LES AMANTS DE LA LUMIÈRE

W0418609

IMAGINAIRE

Mot de l'éditeur

Evidence Editions a été créée dans le but de rendre accessible la lecture pour tous, à tout âge et partout. Nous accordons une grande importance à ce que chacun puisse accéder à la littérature actuelle sans barrière de handicap. C'est pourquoi nos ouvrages sont disponibles en format papier, numérique, dyslexique, malvoyant, braille et audio.

Tout notre professionnalisme est mis en œuvre pour que votre lecture soit des plus confortables.

En tant que lecteur, vous découvrirez dans nos différentes collections de la littérature jeunesse, de la littérature générale, des témoignages, des livres historiques, des livres sur la santé et le bien-être, du policier, du thriller, de la littérature de l'imaginaire, de la romance sous toutes ses formes et de la littérature érotique.

Nous proposons également des ouvrages de la vie pratique tels que : agendas, cahiers de dédicaces, Bullet journal, DIY (Do It Yourself).

Pour prolonger le plaisir de votre lecture, dans notre boutique vous trouverez des goodies à collectionner ainsi que des boxes livresques disponibles toute l'année.

Ouvrir un livre Evidence, c'est aller à la rencontre d'émotions exceptionnelles.

Bertrand Borie

Les amants de la lumière

Tome 2

Le temps des prodiges

(Seconde édition)

Couverture : **Maïka**

Publié dans la **Collection Imaginaire**

ÉVIDENCE ÉDITIONS

© Evidence Editions 2019

À suivre dans la trilogie

Les Amants de la Lumière

Tome III

Le Soleil des Preux

À la mémoire de mon ami,
le compositeur Miklós Rózsa.
Ses mélodies ont fort souvent
résonné dans mes oreilles
durant la rédaction de cette épopée,
dont la lecture lui en aurait certainement
inspiré bien d'autres, avec la verve si unique
qu'il déploya dans ce genre.

PERSONNAGES

Le CIEL : Divinité hermaphrodite, masculine le jour, féminine la nuit

ISCHELTROËM : Divinité de l'Immortalité

THANATROS : Divinité de l'Opprobre

Les CÉLESTES : Filles d'Ischeltroëm et du Ciel Nocturne. Inspiratrices des pouvoirs et de l'imaginaire des hommes, elles sont au nombre de neuf, détenant chacune un des neufs pouvoirs fondateurs de l'action humaine :

LYRIA : la Conscience

PHRÉNÉA : le Savoir

ALÉRIA : le Courage

ÉPONIA : la Force

ASPARTIA : l'Espoir

PÉLUSIA : le Destin

OÏNÉA : le Rêve

SUNISIA : l'Harmonie

ARTELLA : l'Amour

ROYAUME DE THURM-KOOTH

GHERTRADT : Roi de Thurm-Kooth

ISTIANA : Reine de Thurm-Kooth, épouse de Ghertradt

FARKHAR : Prince de Thurm-Kooth, fils de Ghertradt et d'Istiana

OKSTROG : Roi des Renégats

ROYAUME DE SARM'EÏLOAN

ANTRÉGOR : Roi de Sarm'Eïloan

GWENALINE : Fille d'Antrégor

SILFADRED : Mage errant

THEINABRŸN : Magicien

AÏWANA : Fille de Theinabrÿn

SURANDIR : Nain

SPARTAN : Chevalier de la cour d'Antrégor

PANTRAX : Hurleur, lieutenant de Silfadred

TERRE NOIRE : Jument de Gwenaline

ACTARÈS : Destrier de Farkhar

UGROTH : Aigle - Créature fantastique, Incarnation de Silfadred

ROYAUME D'AAK-SOUR

VIRIDIUS : Roi d'Aak-Sour

OLERN : Conseiller de Viridius

THORWALD : Lieutenant de Viridius

SIRGUR : Frère de Thorwald

TERRES ORIENTALES
DU ROYAUME DE SARM'EÏLOAN

EÏSERYNE : Reine des Iazliks

KHAASTER : Roi des Ouloukhs (Peuple Gardien)

TRUFFE D'OR : Chien d'Eïséryne

TRUFFE D'OMBRE : Chien d'Eïséryne

GLOSSAIRE

APOCALYPSE SUPRÊME

Phénomène inexpliqué qui a provoqué l'effondrement brutal d'une civilisation humaine jadis prospère. À sa suite, l'Humanité s'est trouvée condamnée à recommencer le cycle de son évolution. Elle est entrée dans l'Ere d'Ischeltroëm, le dieu qui préside à sa reconstruction.

DRAK'HOÏADE

Créature aquatique.

FEU D'ISCHELTROËM

Vaste brasier brûlant éternellement, il contient et dispense la force par laquelle le dieu Ischeltroëm nourrit la reconstruction de la civilisation humaine.

HURLEURS

Êtres que les habitants de Sarm'Eïloan et d'Aak-Sour supposent habiter les forêts qui environnent les deux royaumes : leur existence est connue seulement par les plaintes lugubres qui parviennent parfois de ces contrées, et qui leur ont valu ce nom.

IAZLIKS

Divinités et génies de la nature sous le règne d'Ischeltroëm, exilés de la pensée des hommes et du monde réel par la venue des Nuées.

INSENSIBLE (Monde de l')

Domaine du réel qui ne peut être saisi par les sens.

LAC DES MALÉFICES

Étendue d'eau engendrée par le déluge qui a succédé à l'extinction du Feu d'Ischeltroëm, prélude à l'arrivée des Nuées, et qui occupe désormais l'emplacement du brasier.

LIVRE DES CÉLESTES

Poème épique conçu par les Célestes durant leur captivité et écrit par elles après leur libération, pour conter les malheurs de l'Ère de Thanatros, qui a suivi l'extinction du Feu d'Ischeltroëm, et la geste de Farkhar.

OMPH

Créature invisible que seule la nuit révèle en la matérialisant.

OULOUKHS (ou PEUPLE GARDIEN)

Habitants des terres qui donnaient accès au domaine du dieu Ischeltroëm sous le règne de celui-ci.

RENÉGATS

Peuple barbare et dégénéré qui habite les forêts autour de la citadelle de Thürmlin.

TÉNÈBRES ou NUÉES

Cataclysme qui a suivi l'extinction du feu d'Ischeltroëm. Leur venue a plongé l'Humanité renaissante dans la dégénérescence et la barbarie, à l'exception de quelques îlots de civilisation qui se sont organisés en royaumes comme Thürmlin, Sarm'Eïloan et Aak-Sour. À la suite du cataclysme, l'humanité est entrée dans l'Ère de Thanatros, le dieu responsable de sa déchéance.

THRUGHS

Êtres naissant de la matérialisation des cauchemars.

* * *

Un lexique des termes médiévaux, techniques, archaïque ou peu usités figure en fin de volume

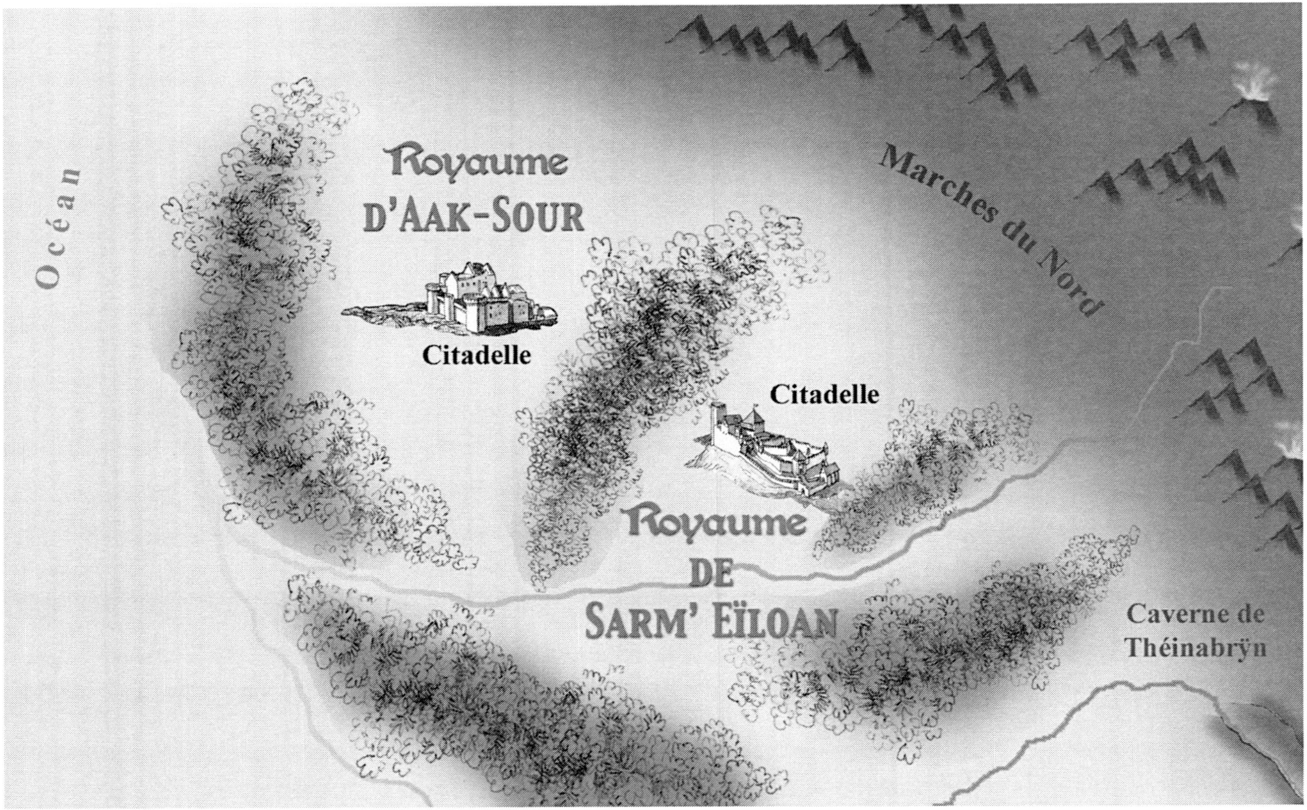
Océan
Royaume
D'AAK-SOUR
Citadelle
Marches du Nord
Citadelle
Royaume
DE
SARM' EÏLOAN
Caverne de
Théinabrÿn

CHANT III
AÏWANA

ÈRE DE THANATROS

– années 517- 518 –

Quand la tragédie broie de ses griffes de sang
Les cœurs purs et leur monde, alors parfois s'élèvent,
Dans l'horizon noyé par des pleurs incessants,
Les éclairs du refuge où l'on forge le glaive
Qui conduira leur guerre et les rendra puissants.

LIVRE DES CÉLESTES,
Troisième Incantation, vers 121-125

Au prince réclamant une mort salvatrice
Apparut, incertain, surgissant dans la nuit
De son amour perdu tel un astre qui luit,
D'un espoir oublié l'improbable calice.

LIVRE DES CÉLESTES
Chant III, vers 94-95

32

À peine Farkhar eut-il le temps d'apercevoir deux chevaux attachés à l'entrée de la grotte de Theinabrÿn qu'il se retrouvait face au magicien.

Comme la première fois qu'il était venu en ce lieu, il avait quitté en un éclair sa morphologie d'innocent volatile et récupéré bras, jambes et tête, baigné par la chaude lumière ambrée de la grotte, toujours aussi mystérieuse.

À quelques pas devant lui se tenaient Theinabrÿn et Aïwana : celle-ci était vêtue de la tenue de page qui lui donnait tant de charme, et d'une cape vert sombre.

En les voyant, il réalisa que lui-même était nu. Autant par la rupture qu'il avait créée de façon si inattendue dans la suite des événements que par sa nature, son voyage aérien avait momentanément distrait ses pensées de la tragédie à laquelle l'intervention d'Aïwana l'avait arraché. Mais cette constatation eut tôt fait de le ramener brutalement à la réalité. Celle passée, dominée par la vision d'une jeune femme devenant la proie des flammes, à travers la fenêtre d'une pièce dans laquelle il était enchaîné au plafond, les bras en croix. Celle présente, qui se réduisait à la perception de sa solitude et de sa douleur morale. Et à l'écho d'un nom qui résonnait de façon lancinante dans son crâne :

Gwenaline...

Les visages de Theinabrÿn et de sa fille s'assombrirent quand ils virent la souffrance déchirer les traits du jeune homme, leur rappelant qu'à l'irrémédiable il n'est point de remède : il reprend toujours ses droits dans l'esprit de ses victimes. Aucun n'osait parler le premier, faute de savoir quels mots pourraient trouver leur place en semblables circonstances. Tout était allé si vite que Farkhar, quant à lui, se demandait s'il n'y avait pas une part d'imaginaire dans ce qu'il venait de vivre. La situation dans laquelle il se trouvait était si antithétique de celle qu'il avait connue durant les heures précédentes, le passage de l'une à l'autre avait été si soudain, que l'ensemble paraissait irréel. Mais lentement, il devait se rendre à l'évidence : tout était vrai. Vraie, sa présence dans l'antre du magicien ; vraie, celle d'Aïwana, qui aurait pu lui apporter tant de réconfort dans un autre contexte, mais le laissait dans l'instant présent totalement indifférent ; vraie, la fraîcheur de la grotte, qui lui rappelait tellement la pièce baignée de nuit dans laquelle il avait repris connaissance pour sentir une dernière fois sur sa peau le souffle de Gwenaline, avant d'assister, impuissant, à son supplice.

Cette cellule où la conscience de sa nudité le ramenait de façon plus aiguë à chaque instant, tant cet état symbolisait l'extrême vulnérabilité à laquelle la volonté d'un homme l'avait réduit, et qui avait manqué de si peu lui être fatale.

Cela n'aurait-il pas mieux valu, d'ailleurs ? se dit-il.

Son regard, parcourant l'espace qui l'environnait comme s'il en redécouvrait chaque détail, accrocha le reflet d'une dague posée sur le secrétaire du magicien. Le cri d'effroi qui s'échappa des lèvres d'Aïwana ne s'était pas éteint qu'il avait bondi, s'était emparé de l'arme et la pointait sur son ventre. Mais seule sa main vide frappa ses chairs : devançant son geste, Theinabrÿn avait brandi le bras en direction du garçon et l'arme s'était volatilisée.

Cet enchaînement d'actions brisa l'immobilisme silencieux dans lequel étaient enfermés les trois personnages.

Le magicien s'approcha de Farkhar qui contemplait, hébété, son poing désarmé :

« Je comprends ta douleur, Farkhar. Mais chercher le trépas ne serait-il pas l'acte le plus absurde, quand s'ouvrent devant toi les voies de ton destin ? »

Le jeune homme posa sur son interlocuteur un regard lourd.

« Quel destin ? Alors que je n'ai même pas pu esquisser un geste pour la sauver, pour soulager ses souffrances ? Alors que je serai toute ma vie hanté par l'image de Gwenaline marchant au milieu de cette foule qui l'accable, vers le monstre qui l'attend pour la livrer à la mort la plus horrible ? De grâce, seigneur Theinabrÿn, laissez un homme qui n'a plus de place dans ce monde abréger ses maux comme il l'entend :

en recouvrant la dignité dont il n'a pas su faire preuve au moment où cela aurait pu être si utile ! »

Theinabrÿn le foudroya d'un regard acéré :

« Par Ischeltroëm ! La jeunesse est-elle à ce point fille de l'irréflexion ! Laisser ton adversaire poursuivre ses forfaits est-il donc la seule ambition qui te reste ? »

Un second nom se mit alors à retentir dans le crâne de Farkhar, obsédant, douloureux, inextinguible.

Silfadred...

Oui. Faute d'avoir pu sauver Gwenaline, il lui restait au moins une raison de vivre : la venger, et se venger lui-même, non seulement de la fin atroce de son amante, mais aussi des humiliations que le mage leur avaient infligées. Pourtant, il laissa échapper :

« Que pourrais-je faire de plus en l'état où je suis réduit, quand je n'ai su agir lorsqu'il était face à moi ? »

Cette fois, le magicien eut un geste exaspéré ; il tourna le dos à Farkhar.

« Va donc lui chercher des vêtements, lança-t-il à Aïwana. Sinon, ce que j'ai à lui raconter pour le ramener à la raison est si long qu'il finira bien par prendre froid. Or, il n'a pas besoin de se répandre en éternuements pour sombrer définitivement dans le ridicule ! »

Être ainsi brocardé devant la jeune fille piqua au vif le garçon.

« Comment ? Seigneur Theinabrÿn, tenta-t-il d'ironiser, votre magie n'est-elle donc plus capable de me vêtir d'un simple geste ? »

Le magicien se figea.

« Ma parole ! s'exclama-t-il sur un ton de rage affecté, en faisant volte-face. Ton enveloppe aurait-elle seule repris sa taille normale, laissant celle de ta cervelle aux dimensions d'un oiseau ! En même temps, ajouta-t-il à l'intention de sa fille, apporte de quoi nous restaurer, avant que ce drôle me reproche de ne pas faire apparaître un festin sur la table ! »

La jeune fille ne put retenir un sourire qui mortifia Farkhar. Theinabrÿn la regarda partir dans le couloir qui s'enfonçait dans les profondeurs de la montagne, puis marmonna de façon à peine audible :

« Le ramener à la raison ? Pffft ! Si seulement il est capable d'y revenir ! »

Farkhar eut le très net sentiment que Theinabrÿn avait juste calculé le ton pour qu'il puisse l'entendre. Ce qui ne fit qu'accroître son dépit. Puis le magicien se tourna vers lui avec une lenteur théâtrale, arborant un sourire qui ne l'était pas moins.

« Sache, mon jeune ami, que la magie est comme toute force : il ne sert à rien de l'épuiser quand elle n'est pas absolument nécessaire. Surtout quand on devra en faire aussi largement usage que ce sera le cas dans les moments et les jours qui vont suivre. L'heure n'est peut-être pas à te laisser mourir, mais elle n'est certainement pas à jouer ! »

Aïwana revint bientôt avec des vêtements qu'elle posa devant Farkhar avant de disparaître à nouveau. Il s'habilla en silence, conscient du fait que la joute verbale avec Theinabrÿn avait assez duré. Sans doute aussi qu'il n'avait aucune chance d'en sortir vainqueur. L'ensemble, simple, consistait en des braies marron sombre, des chausses légères et souples de la même teinte et une tunique de couleur noisette. Il était si inhabituel qu'en l'enfilant, Farkhar ne put s'interdire de penser qu'il y avait peut-être une intention derrière tout cela, sans toutefois imaginer laquelle.

Theinabrÿn le regardait se vêtir en silence. Quand le garçon eut terminé, il le parcourut d'un regard satisfait.

« Voilà une tenue qui siéra à merveille à ce que tu devras faire lorsque tu quitteras ces lieux : légère, souple, et discrète au milieu de ces zones encombrées de forêts. Tout ce qu'il faut pour échapper à d'éventuels adversaires, visuellement d'abord, puis physiquement, et pour les affronter de face si nécessaire.

— Avec quelles armes ?

— Quelle impatience ! Ta combativité reprendrait-elle le dessus ? Je croyais que tu voulais te tuer...

— Pas avant d'avoir supprimé Silfadred !

— Voilà un langage qui me convient nettement mieux ! commenta le magicien sur un ton plein de chaleur. Et une résolution bien plus conforme à ta destinée ! »

C'est à ce moment qu'Aïwana réapparut : elle portait un plateau sur lequel reposait un plat rempli de galettes, trois coupes en vermeil et une aiguière. Elle entreprit de servir un liquide clair contenu dans celle-ci.

« Cet hydromel te réconfortera, Farkhar, dit-elle avec douceur.

— Après ce qui vient de t'être infligé, tu en as bien besoin, ajouta Theinabrÿn. Il contient un subtil mélange de plantes qui t'apportera la sérénité nécessaire pour m'écouter, et comprendre à quel point le moment est venu pour toi de transformer ton désespoir et ta haine en une force capable de surmonter des obstacles devant lesquels tant d'autres renonceraient, sans même prendre le temps de s'interroger sur leurs capacités. »

Le magicien se saisit d'une coupe qu'il tendit à Farkhar.

« Bois ! » dit-il, sur un ton qui ne laissait pas la place au moindre refus.

Le garçon s'exécuta presque machinalement, aussitôt imité par ses deux compagnons. Il se sentit immédiatement envahi par un sentiment de quiétude, à mesure que la boisson descendait dans son corps, causant une sensation physique remarquablement agréable, doublée d'un bien-être inconnu. Il eut l'impression que Gwenaline, Silfadred, Sarm'Eïloan et tous ses tourments, sans perdre pour autant leur réalité, se retiraient dans un espace excentré de son esprit, le laissant complètement ouvert, libre d'absorber tout ce qui allait se présenter à lui, et tourné vers le futur.

« Et mange ! » renchérit Theinabrÿn d'une voix plus tranquille, en présentant les galettes à Farkhar.

Celui-ci en prit une dans laquelle il mordit à belles dents, guidé par un appétit qu'il se serait cru incapable d'éprouver un instant auparavant. Une croûte brune enveloppait le gâteau : elle cachait une pâte moelleuse dont le goût légèrement sucré et très fruité le régala. Il fut surtout surpris par le mélange de saveurs qui imprégna son palais, exaltant l'éveil de ses sens.

Il ne savait ce qu'allait lui raconter son hôte, mais se sentait prêt à entendre les révélations les plus extravagantes. Il se prit même à les espérer, rêvant d'un monde où Gwenaline aurait à nouveau sa place, et où Silfadred serait réduit à l'état de charogne abandonnée aux vautours.

Il sembla à Farkhar que la lumière ambiante se tamisait légèrement, comme pour l'inviter à mieux concentrer son attention sur le magicien. Mais la variation était si infime qu'il n'aurait su dire si le phénomène était réel, ou une illusion provoquée par l'intensité du regard que son hôte posait sur lui, l'invitant à se détacher de toute autre chose.

« Vois-tu, Farkhar, commença Theinabrÿn, le monde dans lequel nous vivons est un immense naufrage. Il est sans commune mesure avec celui que voulait édifier Ischeltroëm, pour compenser l'échec auquel avait conduit les graves et nombreuses imperfections de celui qui l'avait précédé.

« Jadis existait sur notre planète une civilisation qui aurait pu prospérer. Mais trop confiante dans sa destinée, et par suite d'une vision trop matérialiste de celle-ci, elle avait délaissé les divinités qui avaient pour tâche d'inspirer son âme. Au nombre de neuf, elles étaient filles d'Ischeltroëm, qui régnait sous un autre nom parmi une pléiade de déités présidant au devenir des éléments et des vivants.

« Se targuant d'une nature qu'elle jugeait unique par suite de la vision fort superficielle qu'elle en avait, en oubliant que la création est un tout dont elle n'était qu'une des composantes, cette société absurde, allant d'erreurs en aberrations, en vint à se convaincre qu'elle détenait une supériorité sur toute chose, alors qu'elle tournait le dos à sa propre humanité. Cultivée sous sa forme la plus pure, son essence aurait pu faire de cette civilisation la lumière et le guide de l'ordre naturel. Mais, aveuglés sur eux-mêmes et réduisant leur ambition de la manière la plus futile, les hommes d'alors ne visèrent qu'à être les

maîtres de celui-ci. Et, dans leur insatiable ivresse de pouvoir, ils ne songèrent bientôt plus qu'à se dominer mutuellement.

« Alors qu'ils s'imaginaient connaître le progrès, les voies par lesquelles ils prétendaient y accéder devinrent celles d'une décadence conduite par la fatuité. En plaçant leur quotidien sous les auspices d'un bonheur sans idéal, dans lequel le rêve n'avait plus d'existence, cette civilisation débile était devenue le jouet d'une érosion sournoise. Elle avait négligé les fondements spirituels qui seuls peuvent apporter à chaque jour son supplément d'âme et d'imaginaire.

« Certes, les dieux tutélaires avaient réussi à survivre, mais ils furent progressivement exilés dans les recoins les plus obscurs des croyances humaines. Les divinités inspiratrices dont je t'ai parlé étaient les plus proches des hommes, par le contact direct et permanent qu'elles entretenaient avec eux : elles se trouvèrent toutefois peu à peu affaiblies, regroupées dans un magma informe tissé par les certitudes qu'avaient répandues quelques manipulateurs ; désirant uniquement transformer la foi de leurs semblables en une source de pouvoir sur ces derniers, ces prophètes insipides et leurs hordes de sicaires fanatiques achevèrent d'assécher le génie propre aux hommes, au lieu de les conduire à reconnaître celui qui est en toute chose et en tout être, si différent soit-il de ce que l'on est soi-même.

« Ces fabulateurs étaient avant tout habiles à profiter de la servilité dans laquelle avaient sombré les hommes, une fois délaissées les valeurs que ces dieux avaient insufflées en eux pour fonder leur devenir. De natures très diverses, ils géraient les humains non seulement dans leurs croyances, mais dans leurs ambitions les plus quotidiennes. En les obnubilant par des illusions sans cesse renouvelées et chaque fois plus

pernicieuses, ils distillèrent dans leur esprit et, par suite, dans toutes leurs actions, le poison de leur déclin. »

Theinabrÿn but une longue gorgée d'hydromel, en observant du coin de l'œil l'étonnement qui gagnait le visage de Farkhar.

« Sans doute te demandes-tu comment je sais tant de choses sur un monde qui n'existe plus... »

Le jeune homme se contenta d'acquiescer discrètement, comme s'il avait craint de paraître ainsi mettre en doute les paroles du magicien.

« Sache simplement que j'ai, comme Silfadred, traversé bien des siècles. Mais à la différence de ce sinistre personnage, j'ai eu la chance de pénétrer un jour dans ce lieu. Il est préférable qu'il n'y ait jamais mis les pieds, d'ailleurs, car il n'aurait eu de cesse de le détruire de fond en comble avec tous ses trésors, de crainte qu'ils ne tombent un jour entre les mains d'un homme comme moi ou ... comme toi ! »

Theinabrÿn avait prononcé la dernière phrase presque comme s'il soliloquait, en se renfrognant légèrement. Puis il releva la tête, et poursuivit, reprenant sa voix normale :

« Quand tu entres dans la montagne par cette galerie, poursuivit Theinabrÿn, en désignant de la main le passage garni d'antiques volumes qui s'enfonçait derrière lui dans la roche, il en est une autre qui s'ouvre et se perd loin sous terre, très loin, en direction de l'orient. Ne me demande pas comment je l'ai découverte. Son ouverture est invisible. Aïwana n'y a jamais eu accès. Je suis, à ma connaissance, le seul à qui elle se dévoile. Un jour, il y a bien longtemps, j'ai suivi cette seconde galerie. Pendant des jours, je suppose, car à mesure que je

progressais, je perdais toute notion du temps. Elle me conduisit finalement à une vaste salle et là, je m'endormis d'un étrange sommeil, qui dura... »

Theinabrÿn parut chercher ses mots.

« ... le temps qu'il dura ! pouffa-t-il, comme s'il était tout heureux de masquer son ignorance par cette pirouette verbale. Et quand je m'éveillai, je sus, au plus intime de mon esprit, que j'avais acquis tout le savoir des millénaires qui m'avaient précédé.

« Les images se bousculaient dans mon cerveau, me dépeignant le passé intégral de l'humanité. Les parois de la salle s'avérèrent tapissées d'ouvrages et de documents de toute nature, semblables à ceux que tu peux voir ici, mais qui n'en sont qu'un bien maigre échantillonnage. Le plus surprenant est qu'ils n'étaient pas visibles, quand j'avais pénétré dans le lieu. Lorsque j'en feuilletai quelques-uns, j'en compris tout de suite la raison : au moment de mon arrivée, je n'étais pas encore prêt à en saisir le contenu. Ils étaient écrits ou gravés, selon la forme qu'ils prenaient, dans une foule d'alphabets et de langues différents, inconnus de moi, et dont, pourtant, je saisissais le sens sans la moindre difficulté.

« Je compris alors que ces images n'étaient pas la survivance de phantasmes tapis jusqu'alors dans les méandres de ma conscience, mais le reflet de réalités qui avaient bel et bien existé. Leur enchaînement était souvent placé sous le signe d'une démence indigne de ce que prétendent être les humains, qui en étaient les principaux protagonistes. Mais sa cohérence était effroyable, jusque dans l'horreur : il retraçait de toute évidence le triste déroulement d'une histoire du

monde qui, conduite par notre espèce de la façon la plus tyrannique, s'avérait paradoxalement bien inhumaine… »

Theinabrÿn s'arrêta soudain, comme perdu.

« Où en étais-je ? Ah oui ! Je me suis laissé distraire de mon récit premier par mon désir de le justifier à tes yeux. Qu'importe ! Toujours est-il que cette civilisation, dont l'âme était devenue exsangue, s'effondra, comme une bâtisse qu'on édifie toujours plus haut, sans s'apercevoir qu'en puisant autour d'elle les matériaux nécessaires à sa construction, on n'a cessé de miner ses fondations, dont on a fini par négliger, ou peut-être même oublier l'existence. On ne peut pas dire qu'il y eut une guerre, une épidémie, une ruine… Que sais-je encore ? Au cours des siècles, à la faveur d'une lente érosion intérieure, s'étaient assemblées en son sein une série de forces dont la résultante, à un moment donné, fit imploser cette société dans son fonctionnement même. Phénomène curieux, inexplicable. Mais ô combien logique, quand on voit l'accumulation d'égarements et de non-sens sur laquelle elle s'était édifiée !

— Est-ce là ce qu'on appelle l'Apocalypse Suprême ? hasarda Farkhar.

— Oui, dont les quelques rescapés ne conservèrent du passé que des visions de désastre, si terrifiantes, sans doute, qu'ils préférèrent les reléguer dans les arcanes de l'oubli », acheva Theinabrÿn.

Il regarda longuement le garçon, le sondant, avant de poursuivre sur un ton de confidence :

« Je veux voir dans ta perspicacité l'embryon de cette sagesse dont manquèrent nos lointains ancêtres, et qui sera tant utile, si Ischeltroëm reprend les rênes de ce monde. »

Il s'interrompit, visiblement désireux de créer un interlude.

Il tendit une galette à son invité, en prit une dont il savoura une bouchée avec une mimique gourmande. Aïwana en profita pour remplir à nouveau leurs coupes, posant au passage sur Farkhar un regard empli de compassion - à moins que ce ne fût de tendresse.

« Sans doute lasses de cet univers qui avait tant frustré les espoirs qu'elles avaient mis en lui, les divinités qui s'étaient si vainement épuisées à tenter de l'édifier s'éteignirent elles aussi : que leur restait-il à accomplir ? Le livrer au désert n'était-il pas, somme toute, plus raisonnable ?

« Deux d'entre elles, toutefois, continuèrent de régner de la façon la plus naturelle : le Ciel, et Ischeltroëm. Le premier parce qu'il est la source de tout ce qui est, et le second parce qu'il préside aux destinées de tout ce qui vit.

« Mais le Ciel est une divinité étrange : masculine le jour et féminine la nuit. De l'inlassable accouplement entre ses deux natures, que répétaient chaque aurore et chaque crépuscule, finit par naître un dieu monstrueux, égoïste et jaloux : Thanatros. Celui-ci ne vit tout de suite dans les pitoyables vestiges de l'humanité qui erraient sur la Terre que des esclaves destinés à poursuivre leur existence dans une barbarie abjecte, avec pour seule vocation de le vénérer et de le servir. Peut-être portait-il aussi dans sa mémoire intemporelle le souvenir de l'ancienne humanité et de la façon dont, non contente de se désintéresser de ses protecteurs, elle s'était asservie aux plus vils pouvoirs. Cela ne pouvait guère l'inciter, il faut l'avouer, à poser sur notre espèce un œil favorable et bienveillant.

« À l'inverse de Thanatros, la nature généreuse et créatrice d'Ischeltroëm continuait à fonder son action sur l'espoir. Il voulait voir les hommes réédifier une civilisation cette fois digne des aspirations qu'il nourrissait pour eux, et savait qu'il devait les aider. Il ne tarda pas à comprendre que s'il n'intervenait pas, le terrain vierge que constituaient les ruines de l'ancienne humanité deviendrait vite la proie des seuls instincts que Thanatros n'aurait de cesse d'instiller en elle.

« Il plongea donc Thanatros dans un long et profond sommeil, dont il profita pour s'unir au Ciel Nocturne. Dans les premiers temps du Nouvel Age, on voulait croire qu'une partie de sa semence, s'éparpillant dans l'infini, avait donné naissance aux étoiles, qu'une autre partie s'était concentrée dans le cœur du Ciel Nocturne, et que c'était elle qu'on voyait parfois au-dessus de nous, traçant une voie laiteuse dans l'éther...

— Pourquoi dites-vous qu'on voulait le croire ? N'était-ce pas vrai ? »

Theinabrÿn sourit.

« Les étoiles sont dans le ciel depuis la création de l'univers : elles y étaient déjà bien avant la venue de la première humanité ! s'esclaffa-t-il avant de conclure, sur un ton plus grave : du moins cette croyance démontrait-elle que l'œuvre d'Ischeltroëm avait repris son cours, et que les hommes étaient redevenus capables de transcender par l'imaginaire la réalité des choses.

— Comment cela pouvait-il être ? demanda Farkhar, décontenancé.

— De cette union naquirent plus tard, en neuf nuits successives, neuf divinités que le dieu appela les Célestes, du nom de leur mère,

et auxquelles il attribua la mission de reprendre le flambeau des neuf déités déchues qu'il avait offertes à la première humanité... »

Il s'interrompit, voyant le front de Farkhar se plisser.

« Quelque chose te tracasse ?

— Quelles chances les Célestes avaient-elles de faire mieux que celles qui les avaient précédées ?

— Ta question pourrait être excellente ! Mais doutes-tu qu'Ischeltroëm se la soit, lui aussi, posée ? »

Farkhar eut un geste de protestation presque comique, comme s'il se sentait fautif d'avoir paru émettre une telle hypothèse.

« Et comment se fait-il que nous n'ayons jamais entendu parler d'elles ? ajouta Farkhar.

— Voilà la bonne question, jeune homme ! Voilà la *vraie* question. Mais avant d'y répondre, laisse-moi d'abord te dire ce que sont les Célestes, et réagir par la même occasion à ta première interrogation. »

Il reprit une galette, poussant le plat vers Farkhar.

« Sers-toi, car ce jour va être long, et longue à s'étancher ta soif de connaissance. »

Farkhar regarda un instant Aïwana, dont il sentait les yeux posés sans cesse sur lui. La vue de la jeune fille le ramena indirectement à Gwenaline, le temps qu'il comprenne à quel point le discours de son hôte absorbait son attention.

« Ischeltroëm était conscient d'avoir failli la première fois, reprit le magicien. Après tout, n'y avait-il pas perdu ses neuf filles ? L'erreur qu'il avait commise avait été de croire les hommes assez sages par nature pour conduire seuls leur destinée : il n'avait conçu ses messagères que pour embellir leur existence, leur inspirer des notions aussi essentielles et à la

fois aussi futiles, si elles ne s'accompagnent d'aucun entendement, que la beauté, la grâce, les plaisirs de l'esprit, et faire qu'ils les concrétisent par leurs créations. Chacune était censée guider les hommes dans la voie d'un moyen d'expression, l'ensemble de ces moyens devant leur permettre de sublimer leur vision de l'univers. Encore eût-il fallu qu'ils en aient une digne de ce nom, et ne se contentent pas de voir le monde dans lequel ils vivaient à travers l'œilleton fort étroit de leur égoïsme cupide.

« Alors cette fois, chacune des Célestes reçut pour mission d'insuffler dans l'esprit des humains une vertu - voire, pour certaines d'entre elles, deux vertus complémentaires - propre à guider les mortels dans l'élaboration de leur destinée, sans qu'ils oublient que celle-ci ne pouvait être que collective. Et il dota chacune d'un attribut représentatif de sa mission. Aussi naquirent-elles dans un ordre bien précis, obéissant à la logique rigoureuse du grand démiurge qu'est Ischeltroëm.

« La première fut Lyria : elle apportait aux hommes la Conscience, sans laquelle rien n'existe : son attribut était la Lumière. La deuxième, Phrénéa, suscitait le Savoir, qui s'acquiert grâce à la Conscience et permet à celui qui le possède d'être en osmose avec le monde ; à elle revenait la Sensation : quel meilleur moyen possédons-nous, en effet, d'entrer en relation avec ce qui nous entoure que nos sens ? La troisième, Aléria, était l'inspiratrice du Courage, qui incite à entreprendre, quand on s'appuie sur le Savoir : car seul celui qui détient la Connaissance peut agir avec sagesse ; mais étant pleinement conscient des risques qu'il court, il se doit de surmonter les peurs qui peuvent

en naître s'il veut passer à l'acte. Aussi Aléria détenait-elle la Foudre, qui renferme l'énergie primordiale. Qu'est, toutefois, le Courage sans la Force ? C'est cette dernière que la quatrième Céleste, Éponia, reçut pour mission de communiquer aux hommes, en usant de la Gravité, force première de l'univers, grâce à qui tout acte, toute pensée prennent leur poids. »

Theinabrÿn marqua une courte pause, le temps d'avaler une gorgée du nectar contenu dans sa coupe. Sans doute aussi d'observer Farkhar et de mesurer l'impact de ses révélations. Le garçon semblait préoccupé. Le magicien resta muet, dans l'attente de la question qu'il sentait poindre sur les lèvres du jeune prince. Celui-ci hésitait-il à la poser, de crainte de paraître naïf ou irréfléchi ? Mais elle finit par tomber :

« Seigneur Theinabrÿn… Pourquoi parlez-vous de ces divinités au passé ? »

Son interlocuteur inspira profondément.

« C'est là, répondit-il d'un ton posé, l'une des raisons de ta présence ici, sinon la principale. Si tu as en mémoire les détails de notre première conversation, tu possèdes un élément de la réponse. Laisse-moi d'abord finir ce que j'avais entrepris de te dire : alors nous pourrons en venir à cette dimension de l'affaire. »

Farkhar se résolut à prendre son mal en patience. Il est vrai que ce qu'il apprenait de son hôte était déjà si inouï que cela ne lui semblait pas vain ; il n'avait aucun mal à admettre que Theinabrÿn fût soucieux de suivre sa propre logique. Le mutisme d'Aïwana le surprenait un peu, mais il comprenait qu'elle n'eût guère de rôle à jouer en la

circonstance. Le fait qu'elle restât présente suffisait à sous-entendre que son heure viendrait plus tard.

« À laquelle en étais-je ? » reprit soudain Theinabrÿn.

Farkhar se demanda un instant si le doute émis par le vieil homme n'était pas une façon de s'assurer de son attention : il le savait assez matois pour cela, et imaginait mal que l'homme ait pu perdre le fil de ses pensées.

« À la quatrième, Seigneur Theinabrÿn, à... »

Et là, il lui fallut bien admettre qu'il allait être pris en faute, car, l'esprit submergé par la foule d'informations qui s'y engouffraient en si peu de temps, il était incapable de se souvenir du nom de la dernière Céleste mentionnée. Venant fort opportunément à son secours, quoique avec beaucoup de naturel, Aïwana enchaîna :

« Nous en étions à Éponia, père. »

Le sourire complice qu'esquissèrent à son intention les lèvres de la jeune fille lui en dit aussi long que le regard marri que le magicien glissa vers celle-ci, avant d'enchaîner :

« Ah oui ! Éponia, c'est cela... Venons-en maintenant à la cinquième, Aspartia. Dans sa grande clairvoyance, Ischeltroëm savait qu'à tout cela il fallait un moteur, susceptible de pousser les hommes à l'action, sans laquelle le monde est voué à l'immobilité. C'est pourquoi il confia à sa cinquième fille l'Espoir, qui motive et entretient en nous le besoin de bâtir : à elle revenait l'Eau, source de vie par excellence et symbole de la fluidité, grâce à laquelle s'échangent de manière constructive les énergies. Pélusia, la sixième Céleste, était porteuse du Devenir, qui donne son véritable sens à l'existence : l'idée qu'on se fait de notre destinée détermine toutes nos actions ; le Vent était

son emblème, propice à insuffler dans l'esprit et le cœur la croyance en des fins suprêmes. Mais le sage Ischeltroëm savait bien que le pire adversaire de toute entreprise réside dans les limites entre lesquelles on peut être tenté de l'enfermer, et dont la perception endort l'action : il confia donc à la septième déité, Oïnéa, le Rêve, source de l'Inspiration, et remit entre ses mains l'Infini. Pour que tout cet ensemble s'édifiât avec l'équilibre qui seul pouvait lui assurer une réelle pérennité, la huitième, Sunisia, reçut pour tâche de répandre l'Harmonie et se vit confier comme instrument le Son, qui modèle notre esprit, en chaque instant de notre vie, par la variété de ses innombrables combinaisons. Et comme nulle œuvre ne peut se concevoir sans une foi profonde, la neuvième Céleste, qui avait pour nom Artella, fut investie d'une mission ultime : répandre dans l'âme des hommes l'Amour, inspirateur de toute création, assorti de la sensualité, sans laquelle celui-ci ne peut s'exercer ; son attribut fut la Chaleur, celle qui baigne nos corps et leur donne la force de vivre et de rêver ; celle qui les embrase et les conduit à l'acte suprême de l'union charnelle d'où naît tout être mais aussi, on l'oublie souvent, toute pensée, qu'elle soit engendrée par le plaisir, par l'absence ou par la recherche de celui-ci. »

Le silence retomba sur les dernières paroles de Theinabrÿn. Farkhar semblait plongé dans ses réflexions, puis son regard s'éclaira, se départant de la morosité qui l'habitait depuis son arrivée dans l'antre du magicien.

« Je me souviens, à présent, dit-il doucement. Ce sont les Célestes que Silfadred a emprisonnées pour réduire à néant leur influence sur

les hommes. C'est bien ce que vous m'avez dit, lors de notre première rencontre ?

— Tout à fait, Farkhar. J'ai même dû te préciser qu'il les avait enfermées dans des sortilèges. Mais, sur cet aspect de la situation, je reviendrai un peu plus tard.

— Et c'est pour cela que les hommes ont sombré dans cette existence terne, sans imagination ni fantaisie, sans rêve véritable. »

Theinabrÿn s'était mis à acquiescer lentement de la tête.

« Oui, enchaîna-t-il. Une existence à l'opposé du monde qu'ils contribuaient à réédifier sous l'influence bienveillante d'Ischeltroëm ! Car sous l'impulsion des Célestes, l'imagination sans limite des humains reprit ses droits ; tout un univers retrouva vie, d'une richesse immense. Il n'était point un domaine de la nature, pas un brin d'herbe, pas une fleur, pas une rivière que n'habitât quelque merveilleux génie, lui donnant toute son exubérance ! Telle leur ombre, les anciennes divinités inspiratrices des hommes ressurgirent aux côtés des Célestes. Et la civilisation se fortifiait, s'embellissait. Certes, tout n'y était pas parfait ! Mais, même avec ses querelles, ses rivalités, ce qui était en marche était viable, car résolument guidé par un idéal de construction, par une volonté de perfectibilité, d'émancipation positive.

« Sous l'égide des hommes, les divinités se démultipliaient, et sous celle de ces divinités, la richesse intérieure des hommes croissait et eux-mêmes s'épanouissaient ! »

Theinabrÿn s'interrompit et en fixant Farkhar :

« Quelque chose te chagrine-t-il dans mes paroles ?

— Non, répondit celui-ci, une pointe d'hésitation dans la voix. C'est juste une question qui me vient à l'esprit.

— Alors… pose-la !

— Sont-ce les divinités qui créent l'ordre naturel ou… l'inverse ?

— Les deux, Farkhar ! Les deux. C'est une interaction constante. S'ils n'avaient été créés tels qu'ils sont, les hommes et l'ensemble de la nature n'eussent point existé ; mais sans la puissance créatrice de toute chose, dont l'imaginaire des hommes est l'une des plus fécondes manifestations, car il est sans limites, l'univers ne peut détenir l'infinie richesse qui était la sienne sous le règne d'Ischeltroëm. C'est ce cycle fertile que Silfadred a jadis voulu tuer : pour y parvenir, il a fait sienne, en quelques instants, l'œuvre destructrice dont s'était rendue coupable l'ancienne humanité au long des siècles, conduite par une soif de pouvoir aussi aveugle qu'insatiable. »

Il vit le garçon devenir tout à coup songeur, comme traversé par une idée soudaine, l'entendit lâcher dans un souffle…

« Silfadred… »

… et eut la surprise de voir en même temps ses lèvres esquisser un sourire.

« Qu'est-ce qui te passe par la tête ? » questionna le magicien.

Farkhar le regarda un instant, l'air perplexe.

« Je me demande simplement ce que va penser Silfadred, quand il apprendra que je ne suis plus dans ma cellule ! »

* * *

Silfadred était porté par l'enthousiasme que le châtiment de Gwenaline avait déchaîné dans la populace. Régulièrement alimenté

en fagots, le bûcher dressé sur la place de Sarm'Eïloan continuait de ronfler en dévorant le corps de la jeune fille enveloppé de flammes.

Le mage prolongeait le plaisir. Pour faire patienter ceux qui auraient pu trouver que le spectacle devenait à la longue monotone, quand d'autres, de toute évidence, paraissaient ne devoir jamais s'en rassasier, il avait fait venir quelques jongleurs. Ils amusaient les spectateurs, transformant l'exécution des amants maudits en une fête.

Il se réjouissait à l'idée que le corps démembré du prince de Thurm-Kooth serait bientôt éparpillé dans son sang, emportant avec lui dans la mort son principal souci. Il eut un regard vers le bourreau qui attendait, impassible, son signal pour monter sur l'estrade dressée à côté du bûcher.

À présent haut dans le ciel, le soleil passait par-dessus les bâtiments qui bordaient la place, et inondait la quasi-totalité de celle-ci de ses rayons, ne laissant subsister quelques zones d'ombre qu'au pied des maisons derrière lesquelles il poursuivait son ascension.

À proximité du bûcher, la chaleur de l'astre s'ajoutait à celle irradiée par les flammes. Mais il y avait longtemps que cela n'affectait plus Silfadred. Certains des présents avaient préféré prendre un peu de distance par rapport au brasier. Lui n'y prêtait aucune attention : quand on avait affronté le Feu d'Ischeltroëm, comme il l'avait fait jadis, cette fournaise était bien trop réduite pour qu'il en en éprouvât les effets.

Son regard parcourait régulièrement la foule. Avec force effets de regards et de gestes grandiloquents en direction de la colonne de fumée qui s'échappait en volutes épaisses et tourbillonnantes vers l'azur, il

attisait les haines infondées ; pour cela, il jouait sur l'amalgame produit par l'ivresse du spectacle entre les rancœurs personnelles et l'exigence qu'éprouve le commun de toujours détenir un coupable. L'annonce de la guerre à venir exigeait qu'il y en eût un : l'avoir trouvé, pointé du doigt et livré à la vindicte publique avait métamorphosé l'image qu'on se faisait de la situation. En focalisant les attentions sur des apparences, Silfadred les avait détournées du vrai problème : ce qui aurait pu apparaître comme un fléau était devenu dans les esprits une épreuve à surmonter dont la responsable avait payé sa dette, comme si cela suffisait à exorciser la tragédie annoncée.

Provoquer ce déchaînement de passions morbides avait aussi permis à Silfadred d'évaluer la capacité d'agressivité de ce peuple et sa soif de sang. Il avait craint que la paix si prolongée que celui-ci avait connue pendant des générations n'ait engourdi ses instincts profonds. Mais à présent, il savait qu'il pouvait le lancer dans la bataille sans craindre d'être déçu ; l'affrontement serait impitoyable, terrible, à la mesure des cataclysmes dont il avait jalonné sa longue route.

En lisant sur les visages, Silfadred jugea bientôt venu le moment de passer à la suite des réjouissances. Il appela son second, le Hurleur Pantrax revêtu de son apparence humaine, et lui commanda d'aller chercher le prisonnier par un geste qu'il explicita d'un regard en direction de la fenêtre s'ouvrant sur la pièce du château où il avait fait enchaîner Farkhar. Son sbire s'exécuta aussitôt, sans que son expression traduisît le plus infime état d'âme. Ce que Silfadred appréciait le plus chez ses créatures, c'était qu'aucune considération ne pouvait altérer leur dévouement. Elles étaient en cela bien supérieures à ces misérables

humains dont le comportement, tout serviles qu'ils fussent dans leur immense majorité, pouvait toujours être sujet à des rebuffades passagères : même si elles n'étaient le plus souvent qu'une façon de paraître protester pour mieux se soumettre, elles étaient parfois… agaçantes. Avec les Hurleurs, un tel problème n'existait jamais.

Silfadred regarda Pantrax s'éloigner de sa démarche vaguement pataude au milieu des deux cordons de soldats qui séparaient le lieu du supplice de la forteresse ; il était impatient de le voir reparaître traînant Farkhar enchaîné et, surtout, d'entendre les clameurs de l'assistance redoubler, à la vue de la nouvelle victime expiatoire qu'il allait lui offrir. Pour racheter quoi ? Nul n'en savait rien. L'important était qu'ils fussent assez convaincus qu'il y avait quelque chose à laver pour ne pas s'interroger sur la nature de la faute.

Les yeux du mage se levèrent à nouveau vers l'ouverture, dont l'encadrement sombre se découpait sur la façade du château éclatante de soleil : il imaginait ceux de Farkhar vrillés sur lui et sur le lieu où la princesse avait si pitoyablement fini ses jours, et le garçon lui-même, plongé dans l'angoisse que lui imposait la conscience du temps engloutissant les derniers instants qui le séparaient encore du trépas. Et il en tira un regain de jouissance. Comme si l'action se déroulait devant lui, il se représenta Pantrax entrant dans la pièce, détachant brutalement le prince, lui passant autour du cou un collier de métal et le traînant à travers les couloirs vers la porte, pour l'offrir aux instincts sanguinaires de la foule.

Celle-ci avait dû sentir que quelque chose se préparait : sans doute même certains avaient-ils remarqué le départ de Pantrax. Une sorte de

calme s'installait derrière les manifestations encore bruyantes d'allégresse. C'était plus une toile de fond qu'un silence réel. Sur les balcons, d'où l'on était plus à même de voir ce qui se passait, les regards se tournaient toujours plus nombreux vers la poterne où, alors que le jour prenait possession de l'endroit, Gwenaline était apparue dans toute sa nudité. Silfadred était intimement convaincu que, finalement, peu de gens savaient exactement ce qui s'était passé entre la jeune fille et Farkhar, même si les ragots allaient toujours bon train dans ce genre d'affaire. Mais il savait qu'il n'était de moyen plus simple, pour emporter l'adhésion générale, que d'offrir ainsi la jeune fille en pâture à la concupiscence des uns et, plus généralement, à la délectation que provoque chez tant d'humains la vision de leurs semblables humiliés ; surtout pour peu que la jalousie, cette terrible maladie par laquelle l'âme occulte ses propres faiblesses, anime les esprits. Or cette jalousie, le rang et la grâce de Gwenaline étaient bien suffisants pour la porter chez certains, et surtout chez certaines, au plus haut degré. Oh ! Bien sûr, pour quantité de raisons, personne ne l'eût avouée de prime abord ; sans doute même, chez beaucoup, était-elle complètement refoulée. Mais Silfadred savait avec quelle spontanéité les sentiments les plus secrets, à force d'être réfrénés, se révèlent à la moindre occasion. L'envolée de fureur, mêlée de sarcasme et de hargne, qui avait accueilli l'apparition de Gwenaline lui en avait apporté une nouvelle preuve, tout comme la férocité qui avait envahi les regards des femmes, enflammée autant par le spectacle de la beauté avilie que par la convoitise qui s'était affichée dans ceux des hommes.

Il était curieux de voir ce qu'il allait lire sur les visages quand la jeune et superbe virilité de Farkhar allait à son tour surgir de la porte ouverte dans la muraille, sur laquelle l'attention générale se concentrait à présent.

Lorsqu'il vit Pantrax ressortir seul, il voulut d'abord y voir une mise en scène destinée à exciter davantage l'attente de la foule. Mais comme il ne croyait pas le Hurleur capable de beaucoup d'imagination, le détail l'alerta aussitôt. Il dut bientôt se rendre à l'évidence : sa créature continuait de venir vers lui sans qu'apparût le condamné.

Cette fois, le climat qui régnait sur la place s'alourdit nettement. Il fit signe aux jongleurs de monter le rejoindre sur l'estrade, alors que jusqu'à ce moment, ils se déplaçaient au milieu de la foule. Ils reprirent leurs tours. Certains même s'avéraient être d'habiles acrobates, au point que Silfadred jugea pouvoir descendre à la rencontre de Pantrax quand il vit que les spectateurs, pensant peut-être que la suite viendrait plus tard, avaient largement reporté leur attention sur les amuseurs : une partie d'entre eux, nus jusqu'à la ceinture, s'efforçaient, avec une maladresse comique, de se grimper sur les épaules pour former une pyramide humaine : maintenant exposés à la vue de tous, ils provoquaient des éclats de rire qui se généralisaient, car il était à chaque instant plus manifeste qu'ils n'étaient pas près d'y parvenir.

Silfadred arriva près de Pantrax, qui lui glissa, au milieu du vacarme :

« Seigneur, le prisonnier n'est plus dans sa cellule ! »

Silfadred avait su dès le départ qu'en faisant conduire Farkhar dans une pièce moins sûre qu'un simple cachot, il prenait un risque. Mais il ne voyait pas qui aurait pu se permettre une telle audace, et les chaînes qui retenaient le détenu étaient par ailleurs suffisamment robustes et assez solidement fixées aux poutres du plafond pour résister à n'importe qui.

Laissant son homme le devancer, il partit à grandes enjambées vers la forteresse. Au passage, il fit signe à deux soldats de sa garde personnelle de les accompagner.

Une fois dans le local où était censé se trouver le captif, Silfadred eut du mal à cacher sa surprise. Il y avait pénétré seul, afin de pouvoir se concentrer au mieux sur le problème.

Outre l'affirmation de Pantrax selon laquelle la porte était verrouillée quand il était venu chercher le condamné, il blêmit en voyant les anneaux toujours fermés, à l'extrémité des chaînes pendues aux plafonds. Il percevait le vide de la pièce comme une insulte ; à l'endroit où s'était tenu Farkhar, à peine visibles sur la fine couche de poussière qui recouvrait les dalles, des traces de pas le narguaient, avec une ironie accrue par l'absence de toute autre indice témoignant d'une quelconque évasion.

Le regard acéré de Silfadred repéra sur le sol, à la verticale d'une des chaînes qui pendaient du plafond, quelques petites taches rouge sombre. L'anneau de métal était ébréché ; sans doute, quand on avait enserré dedans le poignet de Farkhar, ou simplement du fait de son poids, le fer l'avait-il entaillé. Lorsqu'il avait rendu visite au garçon avec Gwenaline, quelques heures plus tôt, il n'avait pas remarqué que celui-ci fût blessé : mais il est vrai que l'opacité de la pénombre, la façon dont la torche focalisait son attention sur les visages et l'attention qu'il portait au spectacle des deux tourtereaux goûtant leurs derniers instants d'une si courte existence commune avaient été bien peu propices à le laisser remarquer de tels détails, par ailleurs insignifiants.

C'était incompréhensible : si la porte était hermétiquement close, par où le prisonnier avait-il pu sortir, en dehors de la fenêtre qui, surplombant le sol de nombreuses coudées, s'ouvrait sur une paroi offerte à tous les regards ?

Il se dirigea machinalement vers celle-ci, découvrant la place emplie par la foule, d'où montait un vacarme parsemé d'éclats de rires et de cris dans lequel on percevait parfois un juron : il dut convenir que, de l'endroit où il se tenait, la vue était plus impressionnante encore que depuis l'estrade. Il suivit un instant des yeux la fumée qui s'élevait du bûcher, tout en se demandant quelle force obscure veillait ainsi au destin de son adversaire. Car il était manifeste que ce ne pouvait être quelqu'un du château qui était intervenu. En fait, on eût dit que Farkhar s'était... volatilisé ! Ce qui était purement et simplement inconcevable.

C'est alors que lui revint à l'esprit ce qui s'était passé lors de ses fiançailles avec Gwenaline. N'était-ce pas tout aussi mystérieusement qu'après l'avoir provoqué, le jeune prince avait disparu, au moment où il allait implacablement rendre à celui-ci la monnaie de sa pièce ? Comblé par les péripéties qui avaient accompagné la réapparition – tout aussi énigmatique – de Farkhar, et par la façon dont il avait pu en tirer profit, il avait fini par négliger les heures qu'il avait passées, durant l'absence du garçon, à s'interroger sur les faits.

Soudain, imaginer Farkhar assistant au supplice de la princesse n'amusait plus du tout le mage. D'autant que rien ne lui assurait que cela s'était passé ainsi. Quand Farkhar avait-il échappé à son sort, en fait ? La dernière fois que Silfadred était certain de la présence du jeune homme dans ce qui lui servait de cachot, c'était quand, au petit matin, il avait une dernière fois réuni les deux amants durant quelques instants. Mais après ?

Silfadred sentait une rage sourde monter en lui. La première chose à faire était déjà de ne pas perdre la face, car en voulant triompher publiquement, il avait réuni toutes les conditions pour que la cité fût témoin de sa déconvenue. De plus, il lui fallait réagir vite. Très vite !

Il s'accroupit et passa son index sur les taches de coagulum : au contact de sa chair, le sang se liquéfia et se déposa sur l'extrémité de son doigt. Puis il se releva, et sous l'ardeur de son regard, le liquide se mit à frémir, puis à bouillonner.

Il appela l'un des deux hommes qu'il avait laissés à l'entrée avec Pantrax. Comme ce dernier, c'étaient des Hurleurs : ils n'avaient de vie que celle qu'il leur avait concédée, et de connaissance que celle de l'instant. Pas de réelle mémoire, et encore moins de capacité à anticiper l'avenir.

Le soldat apparut dans l'embrasure de la porte.

« Oui, maître », articula la créature dans un rictus, tandis qu'une sorte de flottement troublait furtivement sa face.

Silfadred ne dit rien. Il se contenta de tendre sa main vers le Hurleur et de le fixer. L'être avança son visage ; de sa bouche sortit une langue épaisse, qui lapa le sang sur le doigt du mage. Le regard de celui-ci prit la consistance des flammes qui, sur la place, achevaient de réduire en cendres le corps de Gwenaline, et le Hurleur commença de se métamorphoser lentement : son armure et ses vêtements se fondirent dans ses chairs ; sa morphologie trapue devint élancée, acquérant finesse et fermeté ; ses traits grossiers et communs s'affinèrent, prenant un caractère racé ; sa chevelure s'emplit de boucles et ses yeux inexpressifs acquirent une douceur pleine de rêve.

Silfadred le regarda, satisfait. Dans sa nudité, la brute était devenue d'une surprenante beauté.

Dommage que Gwenaline ne soit plus là pour le voir, songea-t-il. *Elle-même s'y tromperait !*

« Es-tu prêt à me suivre, Farkhar ? demanda-t-il d'une voix moqueuse.

— Oui, maître », répliqua la créature d'une voix neutre, avant que Pantrax vienne l'enchaîner pour la conduire, comme si de rien n'était, sur le lieu du supplice.

Mais en les précédant, Silfadred était loin d'afficher les allures de triomphe qui étaient siennes lorsqu'on avait mené Gwenaline au bûcher. Il avait même grand peine à éviter que son expression ne parût sombre.

Entendre monter le son de la foule assemblée à mesure qu'ils avançaient dans les couloirs ne l'exaltait cette fois nullement. Il n'avait plus qu'une idée en tête : que toute cette mascarade se termine, afin qu'il puisse enfin se concentrer sur les questions qui l'obsédaient depuis qu'il était entré dans la pièce où Farkhar aurait dû se trouver enchaîné.

Qu'était devenu Farkhar ?

Et que cachait sa disparition ?

Recluses dans l'oubli des prisons maléfiques
Dont le mage avait ceint leur génie radieux,
De leur nom entendant l'écho mélodieux,
Apporté pas des vents au doux accents orphiques,

Les déesses ravies surent qu'en cet instant
L'espérance naissait d'une prochaine aurore.

LIVRE DES CÉLESTES
Chant III, vers 229-234

33

Sous le regard d'acier que posait sur lui Theinabrÿn, Farkhar avait succombé, durant quelques instants, à un sommeil réparateur qu'il n'avait pas même senti venir. Il avait rêvé…

Il était à Thurm-Kooth, dans le château de son père. Dans cette salle retirée où étaient entreposés d'étranges volumes dont les pages étaient couvertes d'écritures mystérieuses. Translucide, sa silhouette semblant s'être formée à partir de l'air, une femme se tenait devant lui, dont l'index parcourait les lignes d'un livre ouvert sur la table devant laquelle il était assis. A mesure que le doigt se déplaçait, ce qui était écrit prenait un sens qu'il savait être le seul à percevoir. Ce n'était qu'une conviction intime, car il n'avait pas conscience de les comprendre. Parfois, l'être éthéré lui souriait : et quand leurs regards se croisaient, des mots se formaient dans sa pensée, engendrant des phrases d'où naissaient des récits enchanteurs. En fait, il sentait qu'ils étaient enchanteurs au ravissement qu'il éprouvait, tandis que leur écheveau se démêlait. Mais paradoxalement, il était incapable d'en saisir les épisodes : la signification des uns et des autres ne franchissait pas les frontières de son subconscient. Il se voyait saisir une plume et s'apprêter à transcrire ces rêveries inconsistantes, imaginant peut-être que les écrire allait leur donner vie, les rendre concrètes, les faire correspondre à des images, quand la voix du magicien le tira de sa torpeur.

« Je crains, mon jeune ami, que l'heure ne soit pas encore au repos. Plus tard, certes ! Mais plus tard seulement. Il me reste encore beaucoup à te dire, et un mauvais pressentiment m'habite. Car ce qui me préoccupe, moi, ce n'est pas ce qu'a pu penser Silfadred de ta disparition, mais bien plutôt comment il va réagir, et quels pouvoirs il va mettre en branle sous le coup de la rage ! »

Farkhar le regarda, s'extirpant péniblement d'un sommeil qu'il lui semblait avoir à peine entamé. Combien de temps avait-il dormi, d'ailleurs ? Il aurait été incapable de l'estimer. Entre ce que venait de lui dire le magicien et le fait qu'il retrouvait ce qui l'entourait dans le même état que lorsqu'il l'avait mentalement quitté, il comprit que l'intermède n'avait guère dû se prolonger.

« Pour être franc, poursuivait Theinabrÿn, je pense même que le temps nous est compté ! »

Renouant avec le fil du récit de son hôte, Farkhar n'eut pas de mal à établir un lien entre celui-ci et le contenu de son rêve qui, déjà, s'effaçait, comme peu à peu noyé dans une brume surgie du fond de sa pensée. Une question émergea dans son esprit :

« Seigneur Theinabrÿn, comment savez-vous toutes ces choses, dont nulle personne de ma connaissance n'a jamais entendu parler ? »

Le magicien le dévisagea avec un sourire amusé, se demandant sans doute si ses paroles étaient le fruit d'une curiosité sincère ou traduisaient, de la part du garçon, un doute quant aux révélations qu'il venait de lui faire. Mais il ne lut dans les yeux du jeune homme que la volonté de croire à ce qu'il entendait. Le magicien glissa un regard ambigu vers Aïwana, dont Farkhar chercha vainement le sens, avant de répondre :

« Sous le règne d'Ischeltroëm, un aréopage présidait au devenir de la nouvelle humanité : celle-ci avait reconnu son discernement et savait qu'en se fiant au bon sens de ce qu'il édictait, elle éviterait les déchirements qui anéantissent toute société vulgaire, soumise à ses seuls instincts. Sur elle planait l'ombre de l'Apocalypse Suprême, d'ailleurs soigneusement entretenue par cette assemblée. Cette dernière était composée de sages, au nombre desquels siégeait mon père : lui-même était né des amours d'Ischeltroëm et d'une mortelle. Tout comme le fut un de tes lointains ancêtres. Et comme l'étaient, d'ailleurs, tous les membres de ce conseil, qu'ils fussent femmes ou hommes : c'était ce qui asseyait son autorité et faisait de lui la meilleure garantie de l'harmonie voulue par le dieu.

— Que sont-ils donc devenus ?

— Le cataclysme déclenché par Silfadred les a emportés, comme il aurait emporté les Célestes, si elles n'avaient été d'essence complètement divine, et comme il m'aurait emporté, si mon père n'avait eu le temps de me faire don de la longévité et si… »

Theinabrÿn parut hésiter.

« Et si ? demanda Farkhar d'une voix marquée par l'impatience.

— Vois-tu, Farkhar, nous ne sommes que les maillons d'une chaîne inéluctable. L'erreur de certains est d'entretenir l'illusion qu'ils ont la capacité de la briser. Ils peuvent en retarder la construction, mais c'est tout. Tout comme à l'inverse, bien que des individus comme toi et moi soyons issus de la semence d'un dieu, rien ne garantit le succès de notre action. Et rien ne peut empêcher la destinée de reprendre ses droits. De même que tu as reçu certains dons – disons : une certaine sensibilité – qui te font échapper à la malédiction lancée par Thanatros et son fils sur l'humanité, et qui font de toi l'être idéal pour mener la mission qui va être la tienne, de même j'ai été doté de vertus uniques, dont tu as déjà pu éprouver les effets ; elles font de moi, et de quiconque peut en bénéficier, un adversaire redoutable pour Silfadred. Avant de rejoindre le néant, mon père m'avait confié que le sort de l'humanité dépendrait de ma capacité à survivre au moins jusqu'au jour où mon chemin croiserait celui qui détiendrait la force nécessaire pour rétablir l'œuvre du dieu, de sorte que je puisse lui transmettre les connaissances qui lui permettraient d'utiliser cette force. Bien des signes m'ont annoncé ta venue, et convaincu que tu es cet homme.

— Quels signes ? l'interrompit Farkhar avec surprise.

— Ce qui a commencé de s'éveiller depuis l'instant où tu es né et ne cesse de le faire, encore secrètement, à mesure que ta vie progresse et que ton aptitude à suivre ton destin se confirme. Surtout depuis que tu as mis les pieds sur ces terres, si proches du lieu qui est la source de tout, et où tout a commencé. Mais il ne faut jamais perdre de vue un point capital, Farkhar.

— Lequel ?

— Rien n'est acquis par avance : nos routes auraient pu ne jamais se rencontrer, comme tu peux demain succomber au destin aussi simplement que cela a failli t'arriver ce matin. »

Les yeux de Farkhar vagabondèrent vers Aïwana. Leurs regards se fondirent l'un en l'autre. Le garçon fut surpris par ce qu'il ressentit en cet instant. Il ne savait pourquoi, en dépit de la tragique et si récente disparition de Gwenaline, en dépit de ce qu'il éprouvait pour celle-ci, une attirance invincible le poussait vers la fille du magicien, en cet instant, et depuis qu'il l'avait vue la première fois. Cette attraction n'était pas seulement le fruit de la charmante féminité de la jeune fille ; ce n'était que l'instrument de quelque chose de plus puissant, de plus intime. Aïwana était-elle, comme lui, un pion que la Destinée avançait sur son échiquier, en se jouant des sentiments les plus humbles pour s'accomplir dans l'immensité de ses desseins ?

Ce qui s'était passé dans les jours et les heures qui avaient précédé, lui paraissait tout à coup lointain : avait-il basculé dans un autre versant de son existence ? C'était une sensation paradoxale. Gwenaline était toujours là, et, en même temps, elle était ailleurs. Il avait l'impression qu'elle ne faisait plus partie de son passé, mais d'un futur dont Aïwana constituait une incontournable étape. Il était complètement dérouté, comme guidé par une lumière vers un horizon qu'il ne pouvait voir.

« Mais d'où vient Silfadred ? questionna Farkhar de façon abrupte.

— Je me demandais si tu allais te décider à me poser cette question ! » plaisanta Theinabrÿn.

Le magicien émit un long soupir, avant de reprendre :

« Quand Thanatros sortit du sommeil dans lequel l'avait plongé Ischeltroëm, il ne tarda pas à comprendre ce qui se tramait et entra dans une colère terrifiante. Ses rêves d'asservissement des hommes étaient menacés. Pire : l'alliance entre Ischeltroëm et ses neuf filles le rendaient impuissant à agir, car, seul face à eux, il était trop faible. Malgré la répulsion qu'il éprouvait pour les mortels, il descendit sur Terre et fit ce dont son rival ne l'avait pas cru capable : il s'insinua dans le corps de l'un d'eux et, par une nuit comme les autres, s'unit à la femme de cet homme, déposant dans son ventre sa semence immonde.

« Thanatros se révéla-t-il dans une ultime vision au malheureux dont il avait usurpé l'apparence, le temps de commettre son forfait ? Tout porte à le croire, car aussitôt accompli ce monstrueux accouplement, l'homme fut pris d'une soudaine folie. Il se précipita hors de sa demeure, et disparut pour toujours dans la noirceur de ténèbres dont aucune lueur ne venait, ce soir-là, apaiser le tourment.

« Bien des mois plus tard – bien plus, en fait, qu'il en faut habituellement à une femme pour mettre au jour son fruit ! – la malheureuse donna naissance à un enfant étrange. Lorsqu'elle eut déchiré la nuit de hurlements si effroyables que nul n'osa approcher la demeure avant qu'ils se fussent depuis longtemps éteints, on la retrouva morte. Son cadavre était desséché comme si le nouveau-né avait usé toute sa substance. Quoique ce dernier fût d'une surprenante beauté, sa taille, sa force et sa robustesse inspirèrent à ceux qui le trouvèrent le sentiment que sa mère avait été le jouet de puissances qui la dépassaient. Un réflexe de terreur les conduisit à jeter la créature du haut d'une falaise dans les abîmes liquides de l'océan, dont la furie se faisait l'écho des déchaînements qui bouleversaient les cieux depuis des jours. L'être disparut de leurs yeux, certes, mais pour mieux survivre...

— C'était Silfadred !

— Oui, Silfadred ! Son divin père abrita la lente gestation de sa maturité dans des gouffres obscurs, à l'insu d'Ischeltroëm lui-même. Durant des décennies, puis des siècles, il le fortifia et le modela à son image, le dotant de pouvoirs dont la plupart, tapis en lui, ne demandaient qu'une étincelle divine pour se révéler : la longévité, par exemple, que toute divinité peut, si elle le veut, offrir à ses progénitures. Quand il jugea son fils suffisamment instruit et physiquement préparé, Thanatros le lâcha sur le monde. Dans un premier temps, pour qu'il apprenne à le connaître dans ses moindres subtilités, condition préalable à sa domination ; ensuite afin qu'il acquière le pouvoir d'évincer Ischeltroëm et ses servantes. Endurcissant son corps et son âme, il le nantit de la seule force qui lui était nécessaire pour parvenir à cette fin : celle qui le rendait capable d'affronter le brasier éternel dans lequel, éternellement, Ischeltroëm régénérait sa prépotence de démiurge !

« Alors, au terme d'un long périple, le demi-dieu – ou le demi-homme : comment faut-il l'appeler ? – atteignit le lieu où brûlait le Feu d'Ischeltroëm et se plongea en lui, acquérant non seulement l'immortalité, mais aussi la possibilité de dominer le dieu lui-même, en conjuguant leurs talents. Quand Silfadred sortit de la fournaise, déclencher sur elle le déluge qui la noya ne fut pour lui qu'un jeu d'enfant : ce faisant, il engloutit l'empire que détenait Ischeltroëm sur toute chose, en le privant de la source où se nourrissait son œuvre.

— Est-ce à ce terrible instant que succombèrent les Célestes ?

— Succomber n'est pas le terme qui convient. Car, dans le même temps qu'il anéantissait l'autorité du dieu, Silfadred emprisonna les Célestes dans des sortilèges nourris par l'attribut même que chacune détenait ! Une fois Ischeltroëm et les Célestes réduits à l'impuissance, il fit venir les Nuées qui ensevelirent le monde sous leur pénombre et condamnèrent les hommes à la dégénérescence. Sous la férule de Thanatros, les survivants devinrent les instruments de l'entreprise destructrice menée par son fils contre les quelques îlots qui avaient échappé au cataclysme. De Thurm-Kooth, qui fut celui de tes ancêtres, à Sarm'Eïloan ou à Aak-Sour, ils portaient bien des noms : Ischeltroëm avait-il usé ses dernières forces à accomplir le prodige dont résultait leur existence ? Où, tout simplement, le gigantisme de ce qu'avait provoqué Silfadred interdisait-il que le résultat fût total et sans failles ? Quoi qu'il en fût, l'action que menait Ischeltroëm était désormais dénaturée : privée de l'influence des Célestes, ces territoires continuèrent certes d'évoluer, mais sans âme réelle, constituant autant de proies pour le mage, qui n'eut plus qu'à les détruire l'un après l'autre au fil des siècles… »

* * *

Depuis une fenêtre du château, les yeux embués par le chagrin, Antrégor regarda Farkhar monter sur l'estrade où l'attendait le bourreau. Il s'était d'abord juré de n'assister à aucun moment de cette matinée terrible. Mais entendre les clameurs rageuses d'êtres qu'il avait toujours vus évoluer dans la quiétude l'avait effrayé. Il ne parvenait pas à comprendre comment son peuple n'était devenu que fureur, comme en témoignait le tumulte qui envahissait la forteresse, pénétrant par tous les orifices, jusqu'à paraître suinter à travers les pierres quand ceux-ci étaient hermétiquement clos.

Lorsqu'il s'était enfermé au petit matin dans la salle du trône, le souverain avait cru pouvoir s'isoler de la tragédie qui se jouait au cœur de son royaume. Ce n'était point lâcheté de sa part, mais pure volonté de ne pas s'en rendre complice. De ne pas appartenir au monde dans lequel elle se déroulait. Il n'avait pu enfreindre ses lois, ni même les contourner : du moins marquait-il sa totale désapprobation face à leur application. Il ne savait même pas s'il devait en vouloir à Silfadred de s'être montré à ce point inflexible, en un moment où Sarm'Eïloan allait devoir mettre en œuvre son unité profonde contre l'agression d'un adversaire naguère si improbable. Il ignorait tout autant s'il devait en vouloir à Gwenaline d'avoir succombé à ses pulsions, au risque de tomber sous le coup de règles qui, brutalement, devenaient absurdes, par leur intransigeance et leur indifférence à tout sens de l'humain. Ou encore à Farkhar d'avoir cédé… cédé à quoi, en fait ? Comment le fait de s'aimer, considéré d'ordinaire comme si légitime, pouvait-il en certaines circonstances devenir répréhensible ? N'était-ce pas, pourtant, le même sentiment ?

Antrégor était aux prises avec les turpitudes de ce monde et les méandres de la situation à laquelle il était confronté, quand il avait commencé de percevoir les sons montant de la place où Gwenaline puis Farkhar devaient être exécutés. Au début, il avait cru pouvoir les ignorer. Puis ils étaient devenus obsédants, parcourant la salle, se répercutant sur les parois et à l'intérieur de son crâne dans une danse infernale. Par où pénétraient-ils jusqu'en cet endroit, pourtant si distant de leur source, et séparé d'elle par tant de murailles ? Ils envahissaient l'espace comme la lumière venant de l'extérieur, comme la poussière qui voltigeait dans les rayons entrant par les fenêtres : s'il fermait les yeux, il avait le l'impression qu'une foule se répandait autour de lui, manifestant sa présence par de sourdes vociférations dont le volume montait sans cesse, à chaque instant plus confus.

Alors, convaincu qu'il ne pouvait leur échapper, il s'était décidé à aller vers ce peuple qu'il se prenait à haïr, au moment où il allait devoir le conduire contre l'adversité qui s'abattait sur le royaume.

De loin, Farkhar lui paraissait étrange. Il n'émanait pas du personnage cette dignité qu'il avait perçue en lui dès le premier regard, cette aura à laquelle, au plus intime de ses pensées, il pardonnait tant à sa fille d'avoir succombé. Il ne parvenait pas à croire que la situation seule justifiât une telle métamorphose chez le jeune prince. Il ne paraissait pas abattu par le destin qui l'attendait, mais indifférent à ce qui l'entourait.

Quand il vit le bourreau enfoncer un clou dans la main droite du supplicié pour la maintenir sur le billot puis lever sa hache au-dessus du poignet, il détourna le visage.

Quoique éloigné, le choc sourd qui suivit se propagea dans sa tête comme une vague, laminant toute pensée, jusqu'à ce que les échos de la joie morbide inspirée à la multitude par le spectacle le submergent.

* * *

« Seigneur Theinabrÿn, hasarda Farkhar, je vous ai entendu plusieurs fois évoquer l'idée que je pourrais remédier à semblable situation. Mais comment ? Et surtout, quel homme aurait la capacité de remplir seul une telle mission ?

— C'est la volonté de l'accomplir qui confère à une tâche sa vraie immensité ! »

Farkhar soupira, visiblement peu convaincu.

« Et qui t'a parlé d'être seul ? » poursuivit le magicien, un éclair de malice dans les yeux.

Le garçon jeta un œil vers Aïwana : en associant implicitement la jeune fille à un père dont elle partageait tous les secrets, le mutisme persistant de celle-ci finissait par l'agacer, tant il les sentait isolé dans son ignorance en face d'eux. Mais une nouvelle fois, apercevoir son sourire et croiser son regard chassèrent en un instant l'exaspération qui le gagnait.

« Quand bien même je disposerais d'une armée innombrable, de quel poids serait-elle face à celui qui a su accomplir ce que vous dites ?

— Les armées sont faites pour combattre des hommes. Ce que tu vas devoir affronter est bien plus qu'un homme, même s'il en a l'apparence.

— Raison de plus !

— Mais il est aussi un homme…

— Immortel !

— Mais non point invincible ! À condition de connaître le moyen de l'abattre. Si toutefois tu acceptes de t'attaquer à lui, ce qui, je le conçois, rebuterait nombre de tes pareils. »

Farkhar fixa Theinabrÿn, moins pour s'imposer face à lui que pour s'interdire de regarder Aïwana, dont il sentait le regard l'envelopper depuis que le vieil homme le défiait.

« En revanche n'oublie pas le nombre ni la qualité de ceux qui attendent d'être vengés. »

Les visages de son père Ghertradt et de sa mère Istiana vinrent se mêler, dans l'esprit de Farkhar, à celui de Gwenaline, dans une danse hallucinée que traversaient les visions de monstres repoussants environnés de flammes.

« Devrai-je affronter ce que j'ai vu fondre sur la cité de mes pères depuis le ciel de Thurm-Kooth ? demanda-t-il.

— Pire ! »

L'effarement envahit les yeux de Farkhar.

« Pire, car si ce n'était que cela…

— *Que cela*, dites-vous ? »

Le magicien dodelina la tête d'un air grave.

« Oui, Farkhar : *que cela*. Et n'y vois pas de ma part une forme de dérision. Du moins, alors, saurais-tu ce que tu devras affronter. »

Sur les traits du garçon, la stupéfaction devint incrédulité :

« Est-il donc des choses que vous ne savez pas, seigneur Theinabrÿn ? » ironisa-t-il.

Il fut aussitôt conscient que son attitude était déplacée, mais il n'avait pas trouvé d'autre moyen de reprendre une contenance, pour faire front à ce qui allait suivre, et dont, effectivement, il attendait le pire.

« Ce que je sais, comme je te l'ai dit, c'est que Silfadred a muré chacune des Célestes dans un maléfice, dont l'essence est l'instrument que lui avait confié Ischeltroëm.

— Vous voulez dire... la lumière, la gravité... le vent ? demanda Farkhar, avant d'ajouter sur un ton railleur : je n'ai plus toute la liste en tête !

— Cela viendra, répliqua Theinabrÿn avec calme. Mais ce que je ne sais pas, c'est sous quelle forme ce maléfice agit. Tout ce que je puis affirmer, c'est qu'ils sont tous mortels pour qui les rencontre !

— Et en quoi cela me concerne-t-il ?

— Si tu me laissais poursuivre à ma guise, peut-être ne tarderais-tu pas à le savoir. »

Le magicien eut un hochement de tête, comme s'il attendait de Farkhar la permission de continuer, mais la sévérité de son regard suffit à montrer au garçon que ce n'était là que feinte concession.

« Il n'y a qu'un moyen de détruire Silfadred ! Se rendre au Lac des Maléfices, né du déluge dans lequel le fils de Thanatros noya jadis le feu divin, à l'emplacement où se trouvait celui-ci, et y plonger le glaive qui transpercera le cœur du félon pour y réveiller ce feu qui, alors, le réduira en cendres. »

Theinabrÿn regarda le visage de Farkhar s'éclairer : ce dernier se disait soudain qu'avec la vaillance appropriée, cette tâche n'était peut-être pas au-dessus de ses forces. Au risque de tuer dans l'œuf l'enthousiasme renaissant du jeune homme, il reprit :

« Mais pour cela, le courage ne te suffira pas. Car il faut d'abord atteindre le lac. Une seul voie y conduit : c'est au long de celle-ci que Silfadred a disposé les sortilèges dans lesquels il a muré les Célestes. Chacun d'eux est suffisant pour anéantir l'intrus qui aurait l'imprudence de le déchaîner par sa seule présence – encore une fois, je ne saurais te dire de quelle façon ! Aller jusqu'au lac implique donc d'affronter chaque sortilège ; triompher de lui revient à libérer la déité qu'il retient prisonnière. Et seule l'accumulation des pouvoirs régénérés des Célestes permettra de ressusciter celui d'Ischeltroëm lui-même, sans lequel l'humanité ne peut accomplir sa vraie destinée.

— Il faut donc vaincre neuf fois la magie de Silfadred, chaque fois sans connaître sa nature avant d'y faire face.

— En quelque sorte, oui ! Mais surtout, il te faudra y parvenir avant que Silfadred ait parachevé son entreprise destructrice contre Aak-Sour et Sarm'Eïloan. Car en dehors de ces royaumes, il n'en existe plus que quelques-uns, peu nombreux, fort lointains et bien trop faibles pour lui résister longuement. Il les réduira en un rien de temps, qui sera insuffisant pour que naisse et mûrisse un nouvel homme capable, comme toi, de lui faire obstacle. Si tu renonces, ou si tu échoues, Thanatros règnera sur le monde pour l'éternité, et pour l'éternité Ischeltroëm sera déchu, les Célestes demeureront dans leurs prisons, et ce qui subsistera de l'humanité sera condamné à l'ignominie la plus avilissante... »

Devant un tableau aussi sombre de ce qui l'attendait, Farkhar se demanda une fois de plus quelle chance il avait d'en accomplir seulement la moitié. Mais que lui restait-il à perdre dans une vie qui l'avait déjà privé de ce à quoi il tenait le plus ? Tandis qu'il affrontait l'assaut des Renégats au milieu des murailles en feu de Thurm-Kooth, convaincu de l'issue fatale du combat, il avait déploré que ce dût être la seule occasion qu'il aurait dans son existence d'exercer sa bravoure.

Allait-il tourner le dos quand il lui était offerte une autre opportunité de mettre celle-ci à l'épreuve ?

D'ailleurs, Theinabrÿn semblait avoir déjà résolu le problème à sa place.

« Il m'a semblé que pour mener ta mission à son terme, dit-il, un allié te serait fort utile, d'autant que nul ne peut mieux que lui connaître intuitivement les secrets de la magie de Silfadred. Il était dans cette salle bien avant ton entrée, mais te révéler sa présence au moment où tu es arrivé aurait été inopportun : ton trouble et ton ignorance des faits ne te préparaient pas à le recevoir pour ce qu'il est. »

Farkhar se souvint alors des deux chevaux qu'il avait entraperçus à l'entrée de la grotte, au moment où il pénétrait dans celle-ci. Tout s'éclaira pour lui. Y compris le fait que le rusé magicien n'avait pas un seul instant imaginé qu'il pût être tenté de refuser l'entreprise qui lui serait confiée.

Mais il n'eut guère le temps de s'appesantir sur cette question pour le moins exaspérante.

Sur le siège voisin de celui de Theinabrÿn, Farkhar eut l'impression que l'air se brouillait, puis prenait de la consistance ; peu à peu se dégageait de son immatérialité une silhouette étrange : elle fut d'abord translucide, à peine visible ; puis elle se précisa, paraissant s'épaissir, acquérir un relief. Derrière elle, toute chose s'estompait, peu à peu masquée par l'opacité croissante de la créature.

Créature... Oui, c'était bien le seul mot venant à l'esprit du garçon pour désigner le gnome qui était en train de se matérialiser sous ses yeux, et qui lui inspirait le sentiment de pouvoir être beaucoup de choses, mais certainement pas un allié contre ce qui l'attendait ! Il était vêtu d'une simple tunique et de braies vert sombre qui dépassaient d'un haubert couvrant son corps jusqu'à mi-cuisses. Son torse était couvert par une cuirasse constituée d'un plastron et d'une dossière. À ses cotés pendaient une épée courte à large lame et une petite dague. Entouré par un camail qui couvrait ses épaules et coiffé d'un casque protégeant largement la nuque et les joues, son visage, au premier abord, était effrayant : surmontant un corps difforme, son faciès, d'une innommable laideur, adressait à Farkhar une grimace dans laquelle celui-ci, en faisant jouer son imagination, parvint à reconnaître une apparence de sourire. Les deux yeux, dont l'un était à demi fermé de façon apparemment permanente et plus enfoncé que l'autre dans son orbite, n'étaient pas exactement à la même hauteur. Entre eux prenait naissance un nez boursouflé, dont la protubérance rivalisait avec les pommettes saillantes qui l'encadraient. Le front, d'une hauteur surprenante, était bombé, surplombant l'ensemble du visage, et le menton, saillant, était couvert d'un bouc fourni. En comparaison, le plus horrible des Renégats eût pu prétendre à un prix de beauté, et Okstrogh lui-même aurait paru un dieu !

Okstrogh...

Pourquoi, se demanda Farkhar, *la vue de ce personnage me ramène-t-elle au souvenir de mon vieux compagnon ?*

La raison en surgit tout à coup dans son esprit.

Le regard...

Certes, les yeux de l'apparition ne ressemblaient en rien à ceux du Renégat. Mais ils respiraient la même intelligence, la même malice, la même… loyauté, la même humanité profonde, accentuées par le contraste qu'elles offraient avec l'apparente hideur de l'individu.

« Je te présente Surandir, dit Theinabrÿn. Il est né jadis de la magie de Silfadred, mais en en étant la victime et à l'insu de ce dernier. C'est pourquoi, à la fois, il en connaît toutes les racines, tous les méandres, et il est prêt à tout subir pour te soutenir dans ta lutte. »

Remarquant l'expression dubitative de Farkhar, le magicien poursuivit :

« Ne te fie pas aux apparences. Il n'aura peut-être pas ta prestance quand il s'agira de porter une armure ou de manier une épée, ce qui ne signifie pas qu'il y soit inapte. Mais il pourra t'être d'un grand secours dans des situations où l'une et l'autre se montreront insuffisantes, voire inutiles. Il n'est pas une fibre du mage dont il ne porte en lui la trace, hormis l'instinct du mal. Sans doute parce que bien des choses, ici bas, n'existent que par leur contraire. »

L'être s'approcha du jeune homme avec une démarche d'une souplesse surprenante, eu égard à sa difformité, et lui tendit la main :

« Je te salue, prince Farkhar, dit-il d'une voix grave, avant d'ajouter, avec un sourire entendu : j'espère que ma laideur ne t'empêchera pas de m'accepter comme compagnon de route ! »

Il se frappa le sommet du crâne avec l'index.

« Tu verras que ce que cache cette vilaine tête pourra t'être d'un grand secours, et que mes membres rabougris ne manquent ni d'énergie, ni d'habileté ! »

Le timbre était chaleureux, engendrant la sympathie que partagent deux individus qui se connaissent de longue date. En dépit de toutes les apparences, et sans qu'il sût l'expliquer, Farkhar se sentit conquis.

Comme il l'avait été par Okstrogh, mais, cette fois, avec une spontanéité beaucoup plus immédiate.

Farkhar sourit à Surandir avec amitié. Sa mission s'annonçait aussi riche en périls qu'en énigmes : même s'il n'était pas encore convaincu de l'aide que pourrait lui apporter le nain face aux premiers, il se disait que pour trouver réponse aux secondes…

« Je vois que tu m'accueilles sans préjugé, dit doucement le crapoussin. Ce qui est signe, en toi, d'une grandeur d'âme dont tu n'auras point de trop pour reconquérir ce que tu as perdu. »

Il planta son regard dans celui de Farkhar, le temps pour celui-ci de se demander ce que cachaient les derniers mots de Surandir.

Si, pour résoudre des mystères, je n'ai comme compagnon qu'un nabot au langage abscons, dans quoi mets-je les pieds ! songea-t-il.

Puis le nain enchaîna, avec une jovialité soudaine :

« Mais, rassure-toi ! Pour t'aider à supporter ma disgracieuse présence, nous aurons aussi une charmante compagne ! »

Le visage de Farkhar s'éclaira brièvement.

« Je savais bien que cet argument achèverait de te convaincre, s'il en était besoin, plaisanta Surandir. Car Aïwana sera aussi des nôtres ! »

Le jeune homme regarda la fille de Theinabrÿn, mais elle ne paraissait pas surprise. Son regard s'assombrit ; il se tourna vers le magicien :

« À quoi bon risquer la vie de votre fille dans une aventure si périlleuse ? » demanda-t-il avec une sincérité manifeste.

Après le bref enjouement qui avait marqué l'échange entre Farkhar et Surandir, l'atmosphère de la salle sembla s'alourdir.

« C'est moi qui l'ai demandé à Theinabrÿn, intervint le nain. Et à Aïwana aussi, bien sûr, qui sait depuis le début quel rôle elle devra jouer dans tout cette affaire ! »

Le magicien soutint le regard de Farkhar, pendant que Surandir poursuivait :

« Tous les sortilèges, parce qu'imaginés par Silfadred, sont d'inspiration, et, par voie de conséquence, d'essence masculine. Seule l'aura d'une femme, décuplée par les pouvoirs d'Aïwana, permettra de les affronter. Face à ses talents, aux miens et, bien sûr, à ta vaillance, peut-être trouveront-ils enfin leur maître ! Mais, même ainsi, la route sera rude et dangereuse. »

Une ombre voilait cependant les traits d'Aïwana, dont Farkhar était convaincu qu'elle n'était pas due à la peur. Ce n'était plus lui qu'elle regardait, mais son père, presque avec angoisse.

« Tu savais bien, ma chère fille, dit doucement le magicien, que le temps approchait de ta mission ultime. Et tu l'avais accepté, quoi qu'il dût t'en coûter. »

Elle acquiesça lentement, mais paraissait écrasée par le futur qu'évoquait son père. Les lèvres du garçon s'entrouvrirent : Theinabrÿn ne lui laissa pas le temps de proférer la moindre parole.

« Tu peux encore renoncer, Farkhar : nul ne saurait t'en faire reproche, tant la tâche est surhumaine. Pour ce qui est d'Aïwana, je ne veux rien entendre de ta part. Sa décision est prise depuis longtemps. Ne lis pas dans la tristesse de ses yeux une marque d'hésitation : quant à ce qu'elle cache, tu seras bien assez tôt fixé.

— Venger Gwenaline, Thurm-Kooth et ma famille, dont la douce tendresse fut pendant tant d'années garante de mon bonheur, m'étaient déjà un suffisant motif de ne point reculer, seigneur Theinabrÿn. Mais vous venez d'en ajouter un autre : œuvrer pour que Silfadred cesse de nuire et qu'Ischeltroëm retrouve son pouvoir. Peu m'importe de perdre la vie dans une existence désormais sans joie ; du moins m'avez-vous donné quelque raison de la prolonger sans la juger inutile, et je vous en rends grâce. Mon seul désir est à présent d'employer toutes mes forces à la mission dont le destin m'a investi, et de me montrer digne de votre confiance. »

La scène parut se figer dans la lumière ambrée qui baignait leurs silhouettes, donnant à leurs visages une teinte cuivrée et renforçant l'ardeur de leurs prunelles : alliée au silence, elle renforçait la communion dans laquelle les réunissaient son homogénéité irréelle tout autant que sa mystérieuse origine.

Ce fut Theinabrÿn qui, au bout de quelques instants, rompit le charme. Non sans solennité :

« Viens t'agenouiller devant moi, Farkhar ! »

Sous le regard attentif d'Aïwana et de Surandir, le jeune homme s'avança et posa un genou à terre devant le magicien, qui mit les deux mains sur sa tête. Il commença par murmurer une incantation, dans une langue inconnue du prince : mêlant des accents doux à d'autres, plus gutturaux, elle exprimait une dignité qui n'était pas seulement due au ton sur lequel la prononçait Theinabrÿn, mais aussi à la longueur et au rythme des périodes, clairement identifiables même sans saisir le sens des phrases.

Puis le vieil homme poursuivit, échangeant avec Surandir un regard qui échappa complètement à Farkhar :

« Du fond de sa prison, Ischeltroëm salue ton courage. Puisses-tu ne te départir en aucune circonstance de ta fidélité envers lui, car elle sera ton guide ! »

Farkhar se releva.

« As-tu quelque question à me poser ? lui demanda le magicien.

— Où se trouve la voie qui mène au Lac des Maléfices ?

— Il vous faudra d'abord suivre vers le nord la rivière qui coule dans la gorge sur laquelle s'ouvre cette grotte. Puis, au sortir du défilé, vous obliquerez lentement vers l'orient et pénétrerez à la fin dans les montagnes qui forment la chaîne allant jusqu'aux Marches du Nord : une terre inhospitalière, digne gardienne du Feu sacré et propre à décourager tous les audacieux qu'aurait pu attiser l'idée d'aller vers lui…

— À part Silfadred !

— Certes ! Mais lui bénéficiait d'un allié que n'avaient pas les autres. Sur d'innombrables lieues, à mesure qu'il s'élève vers le ciel, ce territoire n'est que grondements, palpitations montant des entrailles de la Terre, feux précipitant dans l'éther des masses de roches en fusion et de suffocantes fumées qui parfois assombrissent l'astre diurne jusqu'à étouffer presque complètement sa lumière. Semblables reliefs n'existaient point sous cette forme avant l'Apocalypse suprême : c'est pour s'y abriter le temps de fortifier son œuvre que le dieu les modela : souvent, à leur place, n'existaient que des plaines ou d'innocents massifs. »

Farkhar réfléchit un long moment.

« Est-ce à dire que, d'une certaine façon, les terres qui mènent au Lac des Maléfices s'ouvrent sur les confins du royaume de Sarm'Eïloan ? »

Theinabrÿn approuva de la tête, appréciant la capacité de déduction de son interlocuteur.

« Il n'est pas impossible que ce soit pour cette raison que les territoires de Sarm'Eïloan et d'Aak-Sour se sont trouvés épargnés sur de telles distances, si l'on veut croire que le dieu a épuisé ses dernières forces à tenter de protéger ce qui l'entourait. Ce qui explique peut-être aussi que Silfadred les ait gardés pour la fin. Car nul doute que si tu n'y étais parvenu, mettant en péril son entreprise, il aurait d'abord liquidé les quelques poches d'humanité qui subsistent dans notre monde pour faire de l'anéantissement de ces deux royaumes l'objet de son triomphe final… »

Farkhar parut soudain préoccupé.

« Je n'ai vu que deux chevaux à l'entrée de la grotte !

— Fine observation, murmura Theinabrÿn avec un sourire. C'est pourquoi il me reste à te faire un don sans lequel tu serais bien démuni pour entamer la longue route que vous allez devoir suivre, et affronter ce qui t'attend tout au long de celle-ci. Et surtout après, si tu triomphes des premières épreuves. Car n'oublie pas qu'atteindre le lac n'est pas une fin en soi ! Suis-moi, Farkhar. Tes yeux n'ont pas fini de s'émerveiller. »

Dans l'âme d'Ischeltroëm impuissant et maudit,
Guettant l'heure ou l'impie devrait payer sa dette,
Subsistait un pouvoir pour aider dans sa quête
Le champion de sa cause, abattu mais hardi.

Et de l'Immatériel tapi dans sa pensée,
Par la complicité de savoirs surhumains,
Naquit alors le Beau ciselé dans l'Airain.

LIVRE DES CÉLESTES
Chant III, vers 325-331

34

Silfadred regardait la foule quitter la place. Le silence reprenait lentement ses droits sur celle-ci. Finis les cris, fini le vacarme, finie l'hystérie qui avait accompagné chaque coup de hache ou de tranchoir, les giclées et les épanchements de sang, couvrant les hurlements de la créature qui jouait aux yeux de tous le rôle du supplicié annoncé.

L'endroit se vidait en bon ordre. Chacun allait retourner à ses occupations. Sans les panaches de fumée s'envolant vers l'azur, sans les sinistres flaques rouges recouvrant l'estrade, nul n'aurait pu imaginer ce qui avait pu se passer dans les heures précédentes. La langueur des premières contrastait bizarrement avec la violence que suggéraient les secondes. Le tableau restituait dans l'instant l'opposition entre les déchaînements qui avaient animé la multitude et l'apaisement qui l'avait gagnée, aussitôt la tragédie consommée. La tension qui avait accaparé les esprits durant tout le temps qu'elle avait duré était retombée, au rythme des fracas de bois brisé provoqués par les restes du condamné que le bourreau balançait dans le brasier. Le poteau auquel avait été attachée Gwenaline était depuis longtemps réduit à l'état de cendres. Le bûcher n'était plus qu'un large monticule dont le sommet incandescent crachait des langues de feu : leur entrelacement semblait figurer la dernière étreinte des amants maudis. à condition de ne pas connaître la supercherie à laquelle avait dû se résoudre Silfadred pour masquer son échec.

Car c'en était un. Indubitablement.

Finalement, Gwenaline, pour lui, n'était rien, sinon l'instrument privilégié de ses intrigues. Elle lui avait servi à allumer le brandon de la discorde entre Antrégor et Viridius, et aurait dû lui permettre de faire tomber Farkhar. Mais en soi, qu'était-elle, hormis une pucelle sans saveur, qui n'avait pas même présenté l'intérêt d'exciter ses sens depuis longtemps tournés vers d'autres appétits ? Pour un peu, une fois les destinées des uns et des autres aiguillées dans le sens qu'il souhaitait, il aurait pu l'épargner ! Mais voilà...

Le regard perdu dans la vision du ciel troublé par le ballet des volutes et les ondes de chaleur s'échappant des braises, Silfadred écumait de rage en pensant que Gwenaline, dont le devenir lui importait si peu, était morte, et que Farkhar, dont l'élimination lui eût été si précieuse, était quelque part, le narguant par sa seule absence.

C'en était trop. Combien de fois le prince de Thurm-Kooth lui avait-il échappé depuis sa naissance ? Et toujours de la même façon :

alors que toutes les conditions étaient réunies pour que le garçon n'eût aucune chance d'être soustrait au misérable destin qu'il lui réservait. Oui, le jour où ils seraient enfin face à face, ce serait terrible ! Mais d'ici là, jusqu'où ce freluquet parviendrait-il à contrecarrer ses plans ? Et avec quels appuis ?

Car plus il y réfléchissait, plus le mage était convaincu que, sans une aide extérieure, Farkhar n'aurait pu s'échapper de la pièce où il était enfermé, non plus que par des moyens ordinaires.

Et à présent, où était-il ?

Délaissant l'insipide troupeau qui se dispersait peu à peu dans les ruelles de la cité en commentant la représentation à laquelle il venait d'assister, Silfadred parcourut du regard le plancher de l'estrade où il se trouvait à présent seul : le bourreau s'en était allé, et les soldats avaient regagné la forteresse. Le rouge du sang répandu par le supplicié s'assombrissait lentement ; le liquide se figeait, emportant dans l'immobilité les derniers vestiges de la vie dont il avait été le symbole. Sous l'estrade, deux chiens errants, attirés par son odeur, léchaient les coulures qui s'étaient infiltrées dans le sol à travers les lattes de bois. Le bruit de leur langue, quoique discret, était exaspérant de monotonie. Silfadred tapa du pied sur les planches pour les effrayer, mais en vain.

La perfection avec laquelle il avait su donner au Hurleur l'apparence de Farkhar, à partir de quelques gouttes du sang de ce dernier, avait été stupéfiante : elle montrait à quel point l'humeur avait transmis à sa créature l'essence même de son adversaire. Pouvait-il user du phénomène à des fins plus subtiles encore ?

Il s'approcha à pas mesurés de la flaque vermeille dans laquelle baignait la base du billot, la fixant du regard. Elle s'étendait largement vers la place. Sur sa surface, il percevait le reflet des flammes, de la fumée. Il lui semblait même que celui du ciel altérait légèrement le rouge pour lui donner une nuance légèrement violacée. Bientôt, des rides se formèrent, s'organisant en un dessin d'abord étrange, puis d'une précision croissante. Il y avait des silhouettes, dont les visages étaient de plus en plus identifiables. Farkhar, d'abord. Cela ne le surprit pas - ce sang n'était-il pas un peu aussi celui du fugitif ? Une femme, aussi, dont il ne voyait que le dos... puis une sorte de nabot, dont les traits n'évoquaient dans son esprit absolument aucun souvenir...

Quelle impressionnante assemblée ! se dit Silfadred.

... et, enfin... Ses prunelles se figèrent.

« Theinabrÿn ! » lâcha-t-il dans un souffle.

Que ne t'ai-je réduit en poussière, plutôt que de te laisser disparaître ? songea-t-il aussitôt. *Mais il est vrai, vieux fou, que tu ne m'as guère laissé le temps de réfléchir à ce que j'allais faire de toi, quand tu as vu que ta défaite était consommée. À défaut de comprendre comment tu t'y es pris, du moins ai-je trouvé celui que je cherchais !*

Les yeux du mage continuèrent d'interroger la flaque de sang. Elle était étalée de façon à peu près égale devant le billot, sur lequel on avait tranché les poignets et la tête du condamné. Un filet commença de s'en échapper : ce ne fut d'abord qu'une infime déformation du dessin formé par le liquide sur le bois ; puis elle s'accentua, telle une rigole se creusant dans le plancher, aspirant le sang jusqu'alors immobile. Bientôt, le phénomène s'accentua : l'écoulement se faisait en direction de Silfadred, mais ce n'était pas cela qui lui importait. Ce n'était en fait que pure coïncidence. Il pivota lentement sur lui-même et son regard se porta sur la direction que lui désignait le sinistre ruisselet.

Qu'y avait-il par là ? Dépassant la barrière des bâtisses qui entouraient la place, le regard de Silfadred parcourut les distances, insensible aux obstacles. Des forêts... des montagnes... des gorges sillonnées par des torrents... Se pouvait-il que ce fût dans l'une d'elle que Theinabrÿn avait trouvé refuge ? Il se fustigea de n'y avoir jamais seulement songé.

Qu'importe, puisque je t'ai à présent trouvé, et avec toi Farkhar !

Il sut alors ce qu'il allait faire. Rassembler l'énergie nécessaire allait exiger de lui beaucoup de concentration, et un peu de temps. Mais il était certain que le conciliabule dont il venait d'avoir la vision n'était pas près de se terminer. Et même si c'était le cas, ce qu'il imaginait ne laisserait aucune chance de survie à ceux qui y participaient, eussent-ils commencé à repartir du lieu où ils se trouvaient.

Alors, sur la place quasi déserte, le regard du mage se referma derrière ses paupières closes. Et il commença de sentir ses forces se rassembler dans tout son corps, avant de monter en une enivrante spirale vers son cerveau, depuis lequel il les projetterait bientôt là où il le choisirait.

* * *

Suivi des yeux par Aïwana et Surandir, Farkhar avait emboîté le pas à Theinabrÿn. Ils avaient emprunté le couloir qui s'enfonçait dans la montagne depuis la salle à laquelle, jusqu'à cet instant, s'était toujours limitée la connaissance que le jeune homme avait du repaire du magicien.

Il avait été surpris de la longueur de la galerie, et surtout impressionné par les rayonnages de volumes qui s'étiraient de part et d'autre de celle-ci.

« Vois tout cela, avait à un moment commenté Theinabrÿn sans même se retourner, sans doute convaincu de l'émerveillement que le décor éveillait chez le garçon. Songe que cela ne représente qu'une minuscule partie du savoir de l'antique humanité ! Songe à quoi pourrait l'employer une civilisation qui l'exploiterait avec sagesse ! »

Une société qui ne connaîtrait pas de Silfadred ! compléta mentalement Farkhar.

Ils parvinrent bientôt en un endroit que rien ne distinguait du reste, sinon une interruption dans l'enfilade de livres qui garnissait la paroi de droite. Comme ce n'était pas la seule, elle n'avait du même coup aucune raison d'attirer plus particulièrement l'attention.

Partout continuait de régner en maîtresse la même lumière dorée. À la fois douce et flamboyante, elle rayonnait depuis la roche qui, Farkhar en était de plus en plus convaincu, la nourrissait, et donnait partout à la matière son caractère translucide : sur les côtés, sous ses pieds, au-dessus de sa tête. Le phénomène était général et d'une uniformité si parfaite que Farkhar prit conscience qu'il n'engendrait aucune ombre. Devant lui, le déplacement de Theinabrÿn paraissait, de ce simple fait, irréel. Tout ce que l'éclairage caressait devenait chaleureux et donnait presque l'impression de s'en imprégner. Il enivrait le regard de la même façon qu'un parfum captive l'odorat.

Aussi la surprise de Farkhar fut-elle grande quand le magicien, arrêté devant la paroi nue, apposa sa paume sur celle-ci, et qu'une ouverture sombre apparut. Le garçon se dit que si chacun des intervalles qu'il avait aperçus dans les rangées de livres cachait un passage du même type, il lui faudrait bien du temps pour tout explorer. À condition, toutefois, que l'occasion lui en fût donnée.

Le nouveau corridor, en fait, était court. Dès qu'il s'en approcha, invité d'un geste par le magicien, Farkhar réalisa que seul le contraste avec la luminosité ambiante le faisait paraître obscur. Venant d'un espace situé à son extrémité, une lueur irradiait faiblement jusqu'à son entrée, dont la source semblait être d'une tout autre nature que l'éclairage du reste de la grotte. Du moins ce qu'il en connaissait.

Au bout de quelques pas, ils parvinrent sur le seuil d'une salle de forme pyramidale dont la hauteur la plus grande, en son milieu, devait être à peine le double de la leur. Ils durent se baisser pour y pénétrer, car l'ouverture s'élevait à peine au-dessus de la ceinture. Elle était vide, hormis une sorte de bâton reposant sur deux supports. Les quatre parois triangulaires, lisses et nues, donnaient l'impression d'être parfaitement égaux : autant de torches brûlaient, que Farkhar estima au premier coup d'œil accrochées exactement au centre de chacune, dont une au-dessus de l'ouverture par laquelle ils étaient entrés. Le sol était constitué par un sable si fin qu'il paraissait presque de la poussière, au point qu'il sentit ses pieds s'y enfoncer légèrement.

Au milieu de la pièce, une infime surélévation du sol, de forme parfaitement ovale, dessinait comme l'esquisse d'un tumulus. Le garçon s'en étonna, mais se dit que ce devait être une déformation naturelle. Sans grande conviction, toutefois, tant celle-ci, indépendamment de sa situation trop centrale pour être fortuite, s'harmonisait mal avec la pureté des lignes et des surfaces qui composaient l'ensemble.

Mais ce qui l'intrigua le plus, ce furent les flambeaux eux-mêmes. À leur extrémité brûlaient des flammes que n'animait aucun tremblotement. Elles ondulaient de façon si imperceptible qu'on aurait pu les croire sculptées dans une pierre semblable à celle du reste de la grotte, capable d'engendrer une lumière : c'est d'ailleurs ce que crut Farkhar de prime abord, en constatant la surprenante stabilité de celle-ci.

Force était pour lui d'en convenir : c'était bien là le royaume d'un magicien !

Quand il se retourna pour aviser la torche située au-dessus de sa tête, une nouvelle surprise l'attendait : la paroi par laquelle ils étaient arrivés était vierge de tout orifice, rendant la salle parfaitement close.

Un silence ouaté baignait le lieu, créant le sentiment que l'air immobile abritait en son sein une gestation prodigieuse.

Laissant Farkhar sur le seuil, Theinabrÿn parcourut les quelques pas qui les séparaient du bâton et s'empara de celui-ci. Bien qu'il fût d'apparence anodine, Farkhar ne douta point qu'il fût appelé à jouer un rôle important dans la suite des événements.

Se déplaçant sans le moindre bruit, le magicien se tourna dans sa direction et, tout en le fixant d'un regard incandescent, pointa vers lui l'extrémité du bois, balayant l'espace d'une façon apparemment confuse, bien qu'elle lui parût dessiner approximativement sa silhouette ; puis il se détourna, et la plongea dans les flammes de chaque torche, provoquant chaque fois le dégagement d'une fumée mordorée qui s'élevait en caressant la paroi vers le sommet de la pyramide.

Farkhar assistait, muet, à l'opération, se demandant un peu plus à chaque instant à quoi tout cela pouvait mener. Une lenteur surnaturelle affectait ce qui se déroulait sous ses yeux, comme si l'entrée dans la salle avait aboli toute notion de temps. Il vit ainsi Theinabrÿn tracer sur le sol, du bout du bâton, ce qui s'avéra bientôt être une silhouette humaine. Avec une dextérité inattendue, il commença par les pieds puis remonta lentement vers la tête. Le dessin était parfaitement proportionné. Simultanément, il semblait à Farkhar entendre une sorte de murmure, si ténu qu'il mit longtemps à comprendre que celui-ci s'échappait des lèvres du mage qui, il est vrai, lui tournait le dos. C'était un monologue incompréhensible – sans doute parce que prononcé dans une langue inconnue du garçon : c'est en tout cas ce qu'il déduisit de certaines syllabes qui, parfois, se distinguaient du reste – à moins que ce ne fût son ouïe qui s'aiguisait à l'extrême à la faveur des circonstances.

Peu à peu, Farkhar comprit que Theinabrÿn psalmodiait. Il se déplaça légèrement pour voir le visage de l'homme, dont les lèvres remuaient imperceptiblement, et resta stupéfait : les yeux de celui-ci étaient fermés, ce qui rendait d'autant plus sidérante la précision du motif sur le sol. Se pouvait-il que la seule puissance de son esprit guidât la main du magicien ? En y réfléchissant, l'étonnement de Farkhar diminuait : rien d'autre ne pouvait expliquer que les gestes de Theinabrÿn fussent d'une telle justesse. Bientôt, sur la surface du sol, l'image d'un homme s'étala dans les moindres détails, d'un réalisme si parfait qu'il faisait oublier le fait qu'elle n'était qu'en deux dimensions. Mais le plus surprenant n'était pas encore cela. Farkhar étouffa un cri de stupeur quand, dans le visage, il reconnut ses propres traits.

« Seigneur Theinabrÿn… » balbutia-t-il sur un ton hésitant.

Le magicien l'interrompit d'un geste de sa main qui tenait le bâton, tout en plaçant l'index dressé de son autre main devant sa bouche, sans interrompre son incantation.

Continuant de s'échapper des quatre flambeaux, la fumée s'accumulait dans la pointe de la pyramide, s'épaississant à mesure que les volutes l'alimentaient, sans descendre vers le sol, comme maintenue en l'air par une force mystérieuse. La lueur des flammes qui l'engendraient se concentrait en elle, rendant sa couleur de plus en plus dense et lumineuse. En dehors de la voix de Theinabrÿn, à peine audible, le silence le plus total continuait de régner, accroissant l'irréalité de la scène. Le visage de Theinabrÿn était impassible, mais derrière les paupières closes, Farkhar croyait discerner le mouvement agité des globes oculaires : le magicien était entré dans une sorte de transe.

Le fait qu'il avait réagi si promptement à l'indiscrète tentative du garçon prouvait pourtant qu'il n'était en rien détaché de son environnement. Quand le tracé fut complètement achevé, il recula de quelques pas, avec un geste en direction de la figure : le mouvement de ses doigts et de son poignet, quoique tout en douceur, dégagea une impression d'autorité. Le vieillard paraissait s'adresser à un homme allongé à terre pour lui intimer l'ordre de se lever. Dans le discours confus qui s'échappait de la bouche de Theinabrÿn, Farkhar eut le vague sentiment de distinguer son nom.

Il vit presque aussitôt la tête du dessin commencer à se décoller lentement du sol. S'attendant désormais à tout, Farkhar n'éprouva qu'un étonnement modéré en constatant que son image prenait du volume à mesure qu'elle se dressait. Bientôt, juste au centre de la pièce, sous la pointe de la pyramide, son double était debout, devant lui, translucide, constitué par l'air de la pièce légèrement opacifié ; la lumière qui descendait des torches pendues en hauteur soulignait les reliefs du corps, de la musculature et du visage. Le spectacle dépassait tout ce que Farkhar avait pu imaginer jusqu'à ce jour, par le mélange de réalisme et d'immatérialité - a priori incompatibles entre eux - qui caractérisait la silhouette.

Il s'interrogeait de plus en plus pour essayer de comprendre à quelle fin Theinabrÿn procédait comme il le faisait depuis qu'ils avaient pénétré dans la salle, quand il le vit joindre sa main libre à celle qui tenait le bâton pour le diriger de ses deux bras vers le nuage qui continuait de s'accumuler en haut de la pyramide : était-ce pour mieux assurer son geste ou pour concentrer à travers lui son énergie ? Farkhar n'aurait sans doute jamais la réponse, d'autant que ce qui se passa ensuite le subjugua. Il suivit des yeux l'extrémité du bois qui s'abaissait vers la tête de son double avec une lenteur parfaitement maîtrisée : comme guidée par elle, la fumée se mit à former une colonne tourbillonnante qui commença de descendre vers l'inconsistante effigie. Lorsqu'elle atteignit le sommet du crâne, elle se stabilisa un instant puis, suivant le mouvement du bâton, quasi imperceptible tant il était lent, mais d'une régularité parfaite, se mit à envelopper très doucement la silhouette sculptée dans l'air de la salle – car c'était tout à fait l'impression qu'elle donnait à présent au jeune homme. Ce faisant, elle la masquait progressivement, tout en esquissant vaguement sa forme, lui donnant une aspect fantomatique.

Farkhar avait l'impression de saisir parfois à travers le nuage comme des éclairs, semblables à ce qu'aurait provoqué le reflet fugace d'une lumière sur une surface métallique. Ses yeux se portèrent à plusieurs reprises sur les flammes des torches qui, seules, pouvaient être à l'origine du phénomène ; il se demandait ce qui captait sporadiquement leur lumière et créait cet effet, à l'intérieur les tourbillons opaques qui cachaient de plus en plus sa réplique.

Quand la colonne de fumée eut atteint les pieds, les volutes cessèrent de s'échapper des torches et la vapeur continua de descendre pour se répandre sur le sol et virevolter autour de ce qui occupait à présent le centre de la salle.

Theinabrÿn se tourna lentement vers Farkhar ; il paraissait épuisé, mais ses yeux pétillaient de malice :

« Cela te semble-t-il seoir à la tâche qui t'attend ? »

Le jeune homme ne pouvait détacher ses yeux de ce que le phénomène dévoilait à mesure que s'abaissait sa partie supérieure : c'était une armure qu'il semblait avoir forgée sur son passage, parfaitement adaptée à son double, sur lequel elle s'était moulée.

Le heaume, lisse et arrondi, était en partie masqué par la visière relevée dont le tour s'ornait d'un bourrelet doré ; de part et d'autre de l'arrête médiane verticale, deux fentes surmontaient une série d'orifices qui dessinaient comme des ailes ouvertes. Son sommet était orné d'un cimier d'où ruisselaient de longues plumes rouge sang. Le devant de celui-ci figurait la partie antérieure d'un corps de cheval dont les pattes, projetées vers l'avant, suggéraient le cabrage, et dont des ailes déployées s'échappaient vers l'arrière, plaquées contre les côtés de l'ornement.

Sous le métal argenté, apparaissait un camail fait de mailles métalliques si fines qu'il semblait constitué d'une étoffe. Il était en cela semblable au haubert qui, protégeant les bras et le torse, descendait jusqu'à mi-cuisses, se terminant par une jupe, et aux chausses qui habillaient les jambes.

Sur la cuirasse reflétant les lueurs chatoyantes des flambeaux, les formes de la musculature pectorale était esquissées : il en émanait une impression de puissance singulière. En son centre, un visage de femme se détachait en relief, légèrement tourné vers sa gauche ; l'éclat dont il brillait donnait l'impression que le métal qui le composait n'était pas exactement de même nature que celui dont était fait le plastron. Suggérant la blondeur d'une chevelure qui masquait en partie la joue droite, et dont les longues mèches se rejoignaient sous le menton en s'entrelaçant en une tresse, un motif de vermeil flamboyait sous la lueur des torches. La vision arracha à Farkhar une exclamation de surprise :

« Ce visage ! N'est-ce pas celui de...

— Si, Farkhar, c'est celui de Gwenaline... ou presque ! »

En le détaillant, le garçon y percevait en effet quelque chose de familier qui ne lui rappelait pas la princesse, mais qu'il ne parvenait pas non plus à reconnaître, peut-être parce que la couleur des cheveux influençait son regard. C'était sans doute la raison pour laquelle il ne l'avait pas immédiatement identifié. Puis l'évidence le frappa :

« Mais il y a aussi des traits d'Aïwana ! »

Par quelle subtile combinaison se faisait-il que, selon qu'il songeait à l'une ou l'autre des deux jeunes filles, il la retrouvait dans ce visage composite, dont la physionomie, en constante métamorphose, se serait adaptée aux élans de sa pensée ?

« Quel prodige est-ce là, seigneur Theinabrÿn ? »

Son hôte le regarda avec ce sourire à la fois provocateur et empli de mansuétude dont il avait le secret :

« Est-ce un prodige, Farkhar ? Ou n'est-ce pas tout simplement que ta prodigieuse imagination lit dans le visage ce qu'il souhaite y trouver, en l'occurrence les traits des deux femmes auxquelles, à des degrés divers, ton cœur s'est attaché ? Sache surtout que cette représentation féminine est le symbole de Sarm'Eïloan.

— Je ne l'ai pourtant jamais entrevue nulle part !

— Il est vrai. J'aurais dû dire *était*. Avant que Silfadred n'entre en scène et, percevant peut-être comme un obstacle à ses plans la douceur qui émanait de cette représentation, ne l'efface partout où elle figurait dans le même instant qu'il la chassait de la mémoire des hommes. Mais l'important n'est-il pas que t'accompagnent dans ton combat à la fois celle qui t'assistera au cours de celui-ci, et celle pour qui tu le mèneras ? »

Le regard émerveillé de Farkhar continuait cependant de détailler le superbe adoubement, dont la chaude lumière des torches rehaussait l'éclat.

Au bas de chacune des spallières couvrant les épaules pendaient des lamelles de métal dont l'extrémité dessinait, en relief, une tête d'aigle : celle-ci se retrouvait, plus grande, sur les deux tassettes accrochées au bas de la cuirasse, sur le devant des cuisses. En découvrant le bec qui tenait une flèche à deux pointes, Farkhar tressaillit :

« D'où vient ce motif, Seigneur ?

— N'était-ce pas la moindre des choses que tu portes avec toi quelque réminiscence de ton ancien royaume ? Ne sont-ce pas aussi un peu ses couleurs que tu défendras, maintenant que tu sais réellement ce qui s'est passé ? »

L'espace d'un instant, Farkhar revit le bouclier dont il s'était saisi dans la fournaise de Thurm-Kooth, avant de se lancer contre les hordes des Renégats. Cette fois-là, il était certain de courir à une mort aussi certaine qu'inutile. Il n'avait pu imaginer que ce n'était pas dans la cité de ses pères que la gloire l'attendait, mais plus tard, en des lieux encore inconnus.

Il soupira longuement.

« Merci, seigneur Theinabrÿn. Il est vrai que j'ai tant de choses à venger.

— Ne me remercie pas, Farkhar. Tandis que j'œuvrais pour te donner un armement digne des prouesses qu'il te faudra accomplir, tu étais, toi aussi, dans cette pièce. Tes pensées me guidaient. Même celles dont tu n'étais pas conscient !

— Est-il seulement quelque chose qui échappe à votre sagacité en ce bas monde ? »

Le magicien lui adressa un sourire en coin.

« Pas à ma connaissance, répliqua-t-il dans un souffle, avant de poursuivre, comme à regret : Mais, sait-on jamais... »

Le regard de Farkhar s'attarda brièvement sur les brassards d'acier qui couvraient les manches du haubert jusqu'aux gantelets. sur les cubitières et les genouillères dont le centre formait une pointe, et enfin sur les grèves sanglées sur les tibias, au-dessus des solerets qui couvraient les pieds.

C'est en arrivant à ceux-ci qu'il reprit conscience de la fumée qui tourbillonnaient mollement sur le sol, étalée autour d'eux. Elle était en attente. Exactement comme elle l'avait fait précédemment dans la pointe de la pyramide. Le coin de son œil saisit un mouvement : Theinabrÿn toucha la vapeur de l'extrémité de son bâton ; elle parut lentement se rassembler et se mit à remonter le long de l'armure.

Sur son passage apparut le long de la jambe gauche un écu de forme triangulaire légèrement incurvé, bordé, comme la visière du casque, d'un bourrelet doré ; il se trouva bientôt maintenu par une guige en peau de cerf décorée de deux liserés d'or, qui barrait la poitrine depuis l'épaule droite. À l'intérieur du bourrelet, une frise, dont la ciselure dessinait un enchevêtrement d'arabesques, soulignait le pourtour du bouclier. Du bas de celui-ci, dépassait un fourreau dont le métal était recouvert de peau, ornée par des motifs de vermeil qui rutilaient sous la lueur des torches, tout comme la ceinture à laquelle des courroies le maintenait accroché – du moins fut-ce ce que supposa logiquement Farkhar, puisque l'écu, étant plus haut que celle-ci, lui interdisait de voir l'attache. Contre la hanche droite, une dague était suspendue au ceinturon dans une gaine de peau.

Fasciné, Farkhar se mit à tourner autour de l'armure : la visière relevée révélait bizarrement le vide qui l'habitait, et sur lequel elle paraissait en suspens. À mesure qu'il se déplaçait, les miroitements provoqués par les flambeaux couraient sur le métal, agrémentant l'adoubement d'une vie étincelante. L'ensemble était d'une perfection rare.

« Elle est magnifique..., souffla-t-il d'une voix emplie d'émotion.

— Il y manque cependant quelque chose d'essentiel » s'empressa de corriger Theinabrÿn sans que, sur le moment, Farkhar ne parvienne à voir de quoi parlait le magicien.

Celui-ci leva son poing droit fermé. Quand il l'ouvrit, une flamme s'en échappa, qui resta suspendue dans l'air, tandis qu'il saisissait fermement le bâton par chacune de ses extrémités, de ses bras largement écartés. Il plongea la main droite dans l'incandescence, manifestement sans en ressentir le moindre effet, et se mit la déplacer latéralement de sorte à faire passer le morceau de bois à travers elle. À mesure que celui-ci y entrait sous sa forme primitive, il en ressortait sous celle d'une épée que le feu trempait progressivement. La poignée, puis la garde et enfin la lame se mirent à étinceler, exprimant la pureté de la matière dont l'arme était faite. Lorsqu'elle fut terminée, Theinabrÿn la tourna pour la présenter verticale à Farkhar. Le pommeau, rond, portait de chaque côté le visage de la femme dont la chevelure entrelacée descendait le long de la poignée presque jusqu'à la garde : le portrait se retrouvait, gravé en haut de la lame, surmonté par un tronçon sur lequel était ciselé une tête de cheval encadrée par deux ailes déployées, qui faisait écho à l'ornement du cimier.

« Voici l'arme que tu devras plonger dans le feu d'Ischeltroëm lorsque tu auras restauré celui-ci, avant d'en percer Silfadred de part en part ! Puisse l'image de celle que tu as tant chérie raffermir le courage de ton cœur, et stimuler ta vaillance par le souvenir de son amour ! »

Farkhar posa ses lèvres sur le pommeau.

« Je fais serment sur cette épée, dit-il, de ne connaître ni ne rechercher nulle trêve, tant que je n'aurai pas mené ma mission à son terme, jusqu'à conduire le félon à son trépas. Dussé-je pour cela affronter mille morts ! »

Un sourire ironique se dessina sur les lèvres de Theinabrÿn. Amusé par l'emphase soudaine du garçon, si révélatrice de son enthousiasme, il lui souffla avec malice :

« Prends toutefois garde au fait qu'une seule te serait fatale. »

Il alla placer l'arme dans le fourreau suspendu derrière le bouclier.

« Reste à présent à régler quelques menus détails. »

* * *

Dans l'esprit de Silfadred, plus rien n'existait alentour. Ni la place désormais vide, en dehors de quelques traînards, ni les maisons dont les balcons étaient depuis longtemps désertés, ni la forteresse plongée dans son imposante torpeur. Il ne ressentait que la colossale puissance qu'il accumulait dans son corps depuis de longs instants.

Bientôt il fut prêt.

Ses paupières s'ouvrirent alors sur deux prunelles étincelantes dont l'éclat, s'imprégnant du soleil, fit pâlir sa lumière.

Quiconque eût regardé en cet instant le mage aurait cru voir sa silhouette sombre se dédoubler, puis comme une ombre s'en échapper lentement, qui, peu à peu, prenait consistance et forme. L'être qui se constituait ainsi en s'élevant dans l'air muta. Le corps devint plus compact, les jambes plus courtes et plus fines ; les pieds donnèrent naissance à des serres aux griffes longues, acérées, meurtrières ; le visage allongé s'arrondit, le nez et la bouche se fondant en un bec crochu ; l'ensemble se couvrit d'un plumage fauve que semblait colorer l'ardeur de l'astre diurne. Mais la surprise, et peut-être l'horreur aurait gagné le spectateur de cette métamorphose, à la vue des pupilles incandescentes qui brillaient, engendrant le même regard que celui qui, depuis le sol, regardait le rapace monter majestueusement dans le ciel.

« Ugroth, articula lentement le mage, sois mes yeux, et sois aussi mon bras ! »

Lorsque la créature ne fut plus qu'un point perdu dans l'azur, Silfadred ouvrit largement les bras dans un geste d'une puissance contenue, libérant la force colossale tapie au plus profond de lui. De son corps s'échappa, invisible, une onde terrifiante.

Les murailles qu'elle traversa frémirent à son passage, lorsqu'elle commença de se propager avec une amplitude croissante en direction des montagnes au cœur desquelles le mage avait perçu la présence de Farkhar.

Acharné, Silfadred, certain de sa victoire,
Déchaîna dans l'éther son ire dérisoire
Et mortelle à la fois.

LIVRE DES CÉLESTES
Chant III, vers 414-416

35

Farkhar comprit qu'il n'avait pas fini de s'extasier, quand il vit Theinabrÿn porter ses mains sur l'armure et les faire lentement descendre le long de celle-ci : elles engendraient sur leur passage un parement de soie, dont le rouge s'accordait à la couleur des plumes ornant le cimier, chatoyant, comme elles, sous la lumière des torches : sur la poitrine était brodé en fil d'or le visage de femme qui figurait sur la cuirasse. En l'observant une nouvelle fois, le jeune homme réalisa à quel point sa chevelure le rendait à la fois énigmatique et expressif, en le dissimulant partiellement, et en renforçant la présence du regard, qui semblait se perdre dans une contemplation sans limites.

Si la dorure des cheveux lui rappelait la blondeur de ceux de Gwenaline, il retrouvait dans celle des yeux les reflets d'ambre qu'il avait remarqués dans les prunelles d'Aïwana, dès leur première rencontre. Oui... C'était cela, en fait : plus il regardait la représentation, plus il y voyait la fille d'Antrégor. Mais dans le regard transparaissait l'expression qui animait celui de la fille de Theinabrÿn.

Cette troublante ambiguïté l'envoûtait.

Passant derrière l'effigie, le magicien opéra de la même façon, déployant une cape à la blancheur immaculée ; à l'image du parement, elle touchait presque le sol.

Theinabrÿn regarda Farkhar avec un sourire bienveillant, tant l'émerveillement que traduisait l'expression de celui-ci était empreint d'une candeur juvénile.

« Je pense que le moment est venu de te glisser dedans : elle t'attend », dit-il en désignant d'un geste l'armure.

« M'aiderez-vous à enfiler cet équipement ? » demanda Farkhar dont, tout à coup, les yeux trahirent l'inquiétude. Elle n'échappa point au magicien qui parut sourire in petto.

« Qu'y a-t-il, mon garçon ?

— R... rien...

— Te demanderais-tu d'aventure ce que tu feras d'un tel harnachement tout au long des dures journées qui t'attendent ? »

Farkhar dodelina la tête doucement, gêné d'émettre quelque réserve sur le superbe présent de Theinabrÿn. Celui-ci se frotta doucement les mains, puis désigna une nouvelle fois l'adoubement.

« Ne t'ai-je pas dit à l'instant qu'il était temps de te *glisser* dedans ? »

Le regard du jeune homme alla du magicien à l'armure, puis revint sur le premier, d'abord chargé d'incompréhension. Son visage s'éclaira lentement quand Theinabrÿn lui adressa un petit hochement de tête insistant. Sans oser y croire, Farkhar se dirigea vers l'armure, alla jusqu'à être contre elle : sans transition, il se retrouva enveloppé par celle-ci, et retint un cri de surprise. Non point en raison de la soudaineté du phénomène et de son caractère prodigieux, mais parce que, une fois ainsi revêtu, il ne sentait pas le lourd ensemble de métal sur ses épaules.

« Tu t'étonnes de ne pas éprouver le poids de ton armure ? Mais regarde-toi ! »

Theinabrÿn fit un geste vers l'une des parois : elle renvoya son image à Farkhar, qui se découvrit dans la même tenue que lorsqu'il était entré dans la salle !

« Tes armes ne seront là que lorsque tu auras la volonté de t'en servir. Prends ton épée ! »

Incrédule, Farkhar porta la main à l'endroit où devait se trouver la poignée et eut la surprise de sentir son poing se refermer sur elle. Il tira, et l'arme fut dans sa main, qu'il prit le temps d'admirer une nouvelle fois avant de le faire disparaître en la rengainant. Durant le court moment où il l'avait tenu, il avait senti son poids au bout de son bras. Et pourtant, une fois rangée, sa présence ne pesait plus à son côté.

« T'imaginais-tu que le magicien du royaume de Sarm'Eïloan pût te faire don d'une armure… ordinaire ? sourit Theinabrÿn avec malice. Mais tu pourras aussi, à tout moment, quand ta volonté aura fait surgir ton adoubement, le retirer comme n'importe quelle armure. Et le revêtir de nouveau ensuite. Quand il sera sur toi, c'est ton esprit qui en sera maître, en fonction des nécessités. Tâche avant tout d'en faire bon usage, Farkhar. Car cet équipement n'a d'autre but que de servir une noble cause.

— La plus noble de toutes ! Seigneur Theinabrÿn.

— Certes… Certes… Mais il me semble qu'il te manque encore un compagnon d'importance. »

Ce disant, le magicien se tourna vers le centre de la pièce à présent vide et, se penchant, fit courir ses mains sur le renflement du sol que Farkhar avait pris pour l'ébauche d'un tumulus.

« Je ne pensais pas me servir de lui, mais puisque le malheur a voulu qu'il soit là, autant l'emporter à ta façon avec toi. Si tu mènes ta mission jusqu'à son terme, ce n'en sera que mieux.

— De qui voulez-vous parler, seigneur Theinabrÿn ? » hasarda Farkhar, intrigué.

Tout à sa tâche, le magicien négligea de lui répondre. Il se redressa lentement tandis que sous ses paumes émergeait du sol la forme d'un cheval, aussi diaphane que l'avait été l'effigie du garçon sur laquelle il avait modelé l'armure.

« Je parle de Terre Noire, la jument de la princesse. Elle est venue mourir en ces lieux, ce matin. Sans doute à peu près à l'heure où sa maîtresse connaissait l'horrible sort que tu sais. Je l'ai aussitôt ensevelie dans cette salle, me disant que si Aïwana réussissait à te délivrer et à te conduire ici, ce serait l'occasion pour la malheureuse bête de connaître une seconde vie. Et peut-être plus encore !

— Mais comment se fait-il qu'elle se soit dirigée vers cette grotte, et si rapidement ?

— Bien de hommes enrichiraient leur âme autant que leurs capacités, s'ils savaient s'inspirer des animaux en matière de sentiments. Quant au fait qu'elle soit venue à moi, qu'il te suffise de savoir que c'est moi qui ai aidé sa mère à mettre au monde cette pouliche, qui ai suggéré à Antrégor et à son épouse de l'offrir à leur fille, et qui, enfin, ai enseigné à celle-ci les secrets qui les avaient rendues toutes deux inséparables. »

Puis Theinabrÿn éleva ses deux mains vers la pointe de la pyramide, joignant ses index dressés ; des quatre torches s'échappèrent alors quatre rivières de flammèches qui se rejoignirent au-dessus des deux doigts ; les baissant en les séparant, il les fit se répandre sur la silhouette chevaline. Les particules de feu, se démultipliant et la recouvrant peu à peu en épousant ses moindres détails, engendrèrent un destrier noir d'une beauté racée, que parait une housse du même rouge que le parement de l'armure. Les pans qui descendaient le long du poitrail étaient unis ; sur la partie couvrant la croupe, de chaque côté de celle-ci, était brodé en fil d'or un écusson de forme carrée aux angles inférieurs arrondis, dont le côté bas formait en son milieu une pointe ; il était écartelé de portraits de Gwenaline diamétralement opposés et de têtes de rapace tenant une flèche à deux pointes inversement disposées.

Du chanfrein fixé sur la têtière, surgissait la même représentation de cheval cabré qu'à l'avant du cimier surmontant le heaume ; sur la plaque de poitrail se retrouvait le même visage de femme avec sa chevelure de vermeil, dont la tresse dépassait du bas de la pièce de métal. Les brides et le tour de la selle étaient cloutés de vermeil.

Accrochée au côté droit du cheval, à l'avant de la selle, et reposant dans un étui pendu à celle-ci, une lance arborait en son sommet un gonfanon blanc à deux pointes, sur lequel était brodé le visage de Gwenaline, du même rouge que la housse et le parement ; Farkhar le devina plus qu'il le vit, car il était en grande partie masqué par le plis de la pièce de tissu qui, pour l'heure, pendait le long de la hampe. L'omniprésence du portrait rappelait à Farkhar qu'il ne symbolisait pas seulement celle dont le souvenir habitait son cœur, mais aussi Sarm'Eïloan. Son esprit s'exaltait, cependant, à l'idée qu'en combattant pour cette cité, il affronterait également les périls en souvenir de la sienne, dont les armes étaient si présentes, par touches, aux côtés de celles d'Antrégor.

Farkhar contemplait l'animal, fasciné, tant étaient fabuleuses l'harmonie de ses formes, la puissance de sa musculature et la douceur de son regard. Celui-ci balança la tête de gauche à droite puis s'avança vers lui et colla son museau contre la poitrine du garçon, comme si une grande familiarité les liait depuis longtemps. Cela ne surprit qu'à demi Farkhar quand, se remémorant les récentes paroles de Theinabrÿn, il reconnut dans les yeux du destrier l'expression qu'il avait lue dans ceux de la jument de Gwenaline, la première fois qu'il l'avait vue, lors de leur rencontre près de la cascade.

« Comment dois-je t'appeler ? dit-il. Terre Noire, en souvenir de celle dont tu es en partie née ?

— C'est un cheval, précisa Theinabrÿn, avant de poursuivre d'une voix douce, mais sans appel ! puisqu'il est né de la lumière et que sa robe est de nuit et son vêtement de sang, nous le nommerons Actarès.

— Quel est le rapport ? demanda Farkhar, intrigué.

— Ce nom m'est inspiré par celui que l'ancienne humanité – celle qui précéda l'Apocalypse Suprême – donna à une étoile d'une brillance et d'une couleur insignes, dont l'apparition dans le ciel annonçait la venue du printemps. Or, n'est-ce pas à une renaissance que va s'employer ta vaillance ? »

Comme s'il avait entendu quelque bruit, son attention parut soudain se tendre, tandis qu'il ajoutait !

« Comme tes armes, Actarès est magique ! Il dispose de pouvoirs que tu ne soupçonneras pas jusqu'à l'instant où la nécessité leur dictera d'entrer en action. Mais n'oublie jamais, Farkhar, que ta vaillance sera essentielle pour mener ton combat ; simplement, tu ne seras pas seul pour le faire. »

Puis les rides qui barraient le front du magicien se creusèrent imperceptiblement ; son visage se contracta. Farkhar lut dans ses yeux une lueur fugitive, qui mit tous ses sens en alerte.

« Qu'y a-t-il, Seigneur ? »

Son interlocuteur resta silencieux, comme s'il prêtait attention à quelque chose dont le garçon, pour sa part, ne percevait rien.

« Je pense, dit le magicien, que nos routes vont se séparer. »

C'est alors que Farkhar commença d'entendre un son extrêmement ténu, qui faisait songer à un bourdonnement très lointain. Mais qui s'amplifiait lentement. Inéluctablement !

* * *

L'onde que Silfadred avait émise frappa les contreforts des montagnes au sein desquelles était nichée la grotte. Elle progressait lentement, se nourrissant à chaque instant de l'énergie tellurique qu'elle réveillait. Loin vers l'orient, dans les massifs qu'on disait autrefois abriter le Feu d'Ischeltroëm, des volcans commencèrent à trembler sous l'effet de la sève bouillonnante qui s'ébranlait dans les profondeurs de leur cratère.

Toute la terre alentour se mit bientôt à vibrer lourdement.

Et l'œil d'Ugroth scruta chaque détail, attentif à la moindre manifestation de vie, au moindre frémissement des pierres, depuis le firmament où il tournoyait en silence, fendant l'air dans un imperceptible sifflement.

* * *

Aïwana et Surandir échangèrent un regard glacé.

« Que se passe-t-il ? » hurla la jeune fille, pour surmonter le grondement dont la puissance ne cessait de croître, à mesure que le sol et la roche, autour d'eux, paraissaient s'animer d'une vie redoutable.

Seule la lumière ambrée qui les environnait restait insensible au phénomène, défiant de son immatérielle stabilité l'ébranlement qui se propageait à travers la matière rocheuse.

« Il faut sortir d'ici, lui cria le nain. Tout de suite ! »

Il se précipita de toute la vitesse que lui permettaient ses petites jambes vers le boyau conduisait à l'extérieur. D'un geste vif qui fit voleter sa cape, Aïwana l'agrippa par une de ses manches, le stoppant net. Elle posa sur lui des yeux angoissés.

« Et Farkhar ! »

Surandir lui renvoya un regard compatissant.

« En ces circonstances, je crains qu'il soit le seul à pouvoir faire quelque chose pour lui-même… Fuyons, aie confiance en ses capacités, et en les pouvoirs de ton père ! »

D'un geste vif, il s'empara d'un arc et d'un carquois rempli de flèches, et fermé par un rabat, qui pendaient au mur.

« Un peu plus, et je les oubliais ! » s'exclama-t-il, tout en les passant en bandoulière par-dessus son épaule.

Elle hésita un instant, rongée par le désespoir, mais dut s'incliner devant la résolution de son compagnon. Plus irréelle que jamais, la lumière soulignait les fissures qui apparaissaient dans les parois autour d'eux.

Elle jeta un regard vers le couloir par lequel Theinabrÿn et Farkhar s'étaient enfoncés dans la montagne. Le bruit, de plus en plus assourdissant, interdisait de saisir si quoi que ce fût s'y passait : tout ce qu'elle savait, c'était qu'il restait désespérément vide.

Elle comprit alors qu'elle ne pouvait rien faire, sinon se garantir elle-même, avec l'espoir que le garçon survivrait et qu'ils pourraient commencer d'accomplir leur mission. Elle se lança à la suite de Surandir, qui l'avait saisie par la main en rugissant :

« Allez, viens ! »

* * *

« Monte sur Actarès, Farkhar ! Et laisse-le t'emporter vers ta destinée ! »

C'est à peine si le jeune homme parvint à saisir les derniers mots de Theinabrÿn, tant le vacarme emplissait la salle, répercuté par les parois. Une des torches s'était décrochée et continuait de flamber sur le sol. La roche, tout autour, devenue le jouet de forces terrifiantes, paraissait prise de folie. Le tonnerre ininterrompu qu'elle nourrissait en son sein les enveloppait de ses échos cataclysmaux.

« Par où sortir ? » s'exclama Farkhar, reprenant conscience du fait que l'accès par lequel ils étaient entrés avait disparu et que, de toute façon, il n'aurait jamais permis à un cheval de passer, encore moins avec un cavalier.

« Pars, te dis-je ! hurla le magicien. Et cesse de te poser des questions stupides ! »

Le garçon s'élança vers lui, en saisissant la bride d'Actarès dont le calme était stupéfiant, eu égard aux circonstances. N'eût été leur gravité, il se serait extasié de constater que l'équipement du destrier, comme sa propre armure, semblaient s'être évanouis. Mais c'est à peine s'il le remarqua. Il se planta devant le magicien :

« Et vous, seigneur Theinabrÿn ?

— Je t'ai dit que nos routes se séparaient ici. Il est bien d'autres secrets que j'aurais aimé te révéler sur le monde d'Ischeltroëm. Sur ce qui en a survécu sous des formes que même notre ennemi ne soupçonne pas, anodines les unes quant à leur apparence, les autres terrées là où l'on ne voit que le vide, et qui ne demandent qu'à se dévoiler. Mais cet ennemi est très puissant ! Le temps va nous manquer. Il te faudra les découvrir par toi-même. »

Theinabrÿn fut ému par le regard désespéré que posa sur lui Farkhar. Le magicien eut un hochement de tête autoritaire :

« Va ! » l'adjura-t-il.

Il attrapa Farkhar et le hissa sur la monture avec autant d'aisance que s'il n'avait pas plus pesé qu'une plume. Complètement surpris, celui-ci se retrouva en selle sans avoir le temps de comprendre ce qui se passait. Au même moment, un pan de la salle de fissura avec un craquement sonore et des blocs de rocher se disloquèrent, projetant des débris dans tout l'espace.

« Aïwana et Surandir sont déjà à l'entrée de la grotte, cria Theinabrÿn. Chaque instant que tu les obligeras à t'attendre vous mettra un peu plus en péril ! »

Il frappa la croupe d'Actarès d'une claque qui fit bondir l'animal. Farkhar n'eut que le temps de voir la paroi qui lui faisait face fondre sur lui ; elle s'estompa au moment où il croyait la percuter en pleine vitesse, et il se retrouva dans le couloir qui menait à la galerie principale. À ce moment, derrière lui, un claquement effrayant domina tous les autres sons. Il stoppa Actarès, le temps d'un regard dans son dos, et vit le sommet de la pyramide se morceler et s'écrouler sur le magicien ; un nuage de poussière et de sable se précipita en volutes denses vers lui et l'enveloppa, lui ôtant toute vision de ce qui l'entourait, pénétrant par ses narines et sa bouche dans son larynx et le conduisant au bord de l'étouffement.

« Theinabrÿn ! Non... » hoqueta-t-il.

Et tout à coup, le vacarme décrut et s'arrêta, le laissant seul au milieu des volutes, à travers lesquelles la lumière naturelle de la grotte reprenait ses droits, provenant de la galerie qui menait à la grande salle. Retrouvant son souffle, après avoir toussé à s'arracher la gorge, Farkhar resta atterré. Il sentit des larmes de chagrin venir s'ajouter à celles qu'avait déclenchées le contact du nuage avec ses yeux.

« Theinabrÿn ? » hasarda-t-il sans grande conviction, ne recevant pour toute réponse qu'un vague écho de sa propre parole.

Il attendit que la poussière se fût un peu déposée, et ne put s'empêcher de revenir en arrière, dans la salle jonchée de blocs de pierre. Miraculeusement, une des torches brûlait encore, accrochée à un pan de la muraille qui, de façon surprenante, ne s'était pas fissuré. Farkhar l'attrapa et, parcourant la pièce sur son cheval, chercha le magicien. à un endroit, sous un rocher, il lui sembla distinguer du sang. Mais il dut bientôt accepter l'évidence : il n'y avait aucune trace de Theinabrÿn, blessé ou à l'état de cadavre. Il passa une main dans ses cheveux, incrédule. Pourtant le magicien était bien là quelques instants auparavant, il avait vu les rocs tomber sur lui ; il avait même cru saisir à travers la poussière sa silhouette se pliant sous la chute de l'un d'eux. Et pourtant…

* * *

L'onde avait dépassé la grotte et remontait au long de la gorge dans laquelle circulait le torrent : sur la berge de celui-ci, à l'entrée de la caverne, Surandir et Aïwana guettaient anxieusement la galerie, désespérant de voir Farkhar en surgir avant qu'il fût trop tard.

Eux aussi avaient perçu l'accalmie qui avait brutalement interrompu le cataclysme. Mais ils n'en étaient pas optimistes pour autant.

Ils échangeaient nerveusement des regards qui se voulaient rassurants, mais en fait cachaient mal la peur qui leur taraudait le ventre. Il était déjà étonnant que l'entrée de la grotte ne fût pas obstruée. Ils se demandaient surtout ce qui se passait à l'intérieur.

Bien plus loin, le phénomène atteignit un endroit où une paroi rocheuse se dressait en travers de la gorge : derrière un épais éboulis de pierre, un lac profond s'étendait sur plus d'une lieue, s'évasant progressivement jusqu'à atteindre une largeur presque aussi grande. L'eau s'écoulait à travers les rocs entassés et descendait vers la vallée, formant la ravine dont, jusqu'alors, le débit précipité n'était dû qu'à la forte déclivité du terrain.

Le sol se mit à frémir. Il fut bientôt tiraillé par le tourbillon de forces qui le parcourait. Les ruissellements qui le traversaient s'intensifiant, le mur de rocher qui faisait obstacle à la terrifiante masse aquatique commença de se disloquer, jusqu'à s'écarteler. Les blocs qui le composaient semblèrent s'animer d'une vie propre, sous l'effet des tensions qui naissaient au sein de leur amas. Et soudain, la masse de pierre implosa, comme percutée par le poing d'un titan.

Un claquement profond et ample résonna tout au long de la vallée. Libérée de sa prison séculaire, l'eau s'élança dans une turbulence géante entre les versants de la gorge.

* * *

Farkhar était encore en train de s'interroger sur ce qu'avait pu devenir Theinabrÿn quand la déflagration, quoique lointaine, ébranla la caverne avec la violence d'un coup de tonnerre. Il sursauta ; Actarès, lui aussi surpris et jusqu'alors docile, fit un écart. De nouvelles roches se détachèrent des parois. Comprenant qu'il n'avait plus rien à faire dans ce lieu, le garçon heurta instinctivement du talon le flanc du destrier, qui s'élança.

Ils aboutirent à la galerie principale : de façon surprenante, elle paraissait intacte. Il s'y engagea sans ralentir sa monture, dont le galop résonnait entre les parois rocheuses, se superposant à un autre son plus sourd, mais nettement plus inquiétant, qui les enveloppait, engendré par la montagne elle-même. Le bruit se rapprochait, fracassant.

Farkhar marqua un temps d'arrêt dans la salle où se trouvait la table autour de laquelle, il y avait peu, il était installé avec Theinabrÿn, Aïwana et Surandir. Le secrétaire du magicien et les rayonnages de livres baignés par la lumière que diffusait la roche étaient toujours en place. Quelques rocs gisaient à terre, mais le jeune homme fut stupéfait de voir combien l'ensemble avait peu souffert du cataclysme, comme s'il bénéficiait d'une protection mystérieuse.

Une recrudescence du vacarme tira Farkhar des pensées amères qui l'avaient envahi, en revoyant mentalement le vieux magicien attablé, lui livrant ses révélations. Il se sentit submergé par l'inquiétude : Theinabrÿn lui avait bien dit qu'Aïwana et Surandir l'attendaient au dehors. Mais quelle certitude pouvait-il en avoir ? Son visage s'éclaira un peu, lorsqu'il vit que le passage vers l'extérieur, en apparence du moins, était toujours praticable.

Après un dernier regard circulaire, il lança le destrier, meurtri par l'idée qu'il n'aurait certainement plus l'occasion de revoir l'antre du magicien ni de tenter d'en percer les mystères, constitués, à en croire le vieil homme, par la somme des connaissances de l'ancienne humanité.

Parcourant la galerie au galop, il sentit la lumière décroître progressivement autour de lui. Il se trouvait dans une obscurité quasi totale quand une lueur se dessina devant lui, dont la source était cachée par un coude.

Un fracas croissant venant du dehors s'engouffrait à sa rencontre, noyant le bruit qui se propageait à travers la roche ; il ne doutait plus que tous deux eussent le même terrifiante origine.

Il déboucha à l'air libre, accueilli par des cris de joie qui furent aussitôt noyés dans le tonnerre répercuté par les parois de la gorge.

Tous trois se tournèrent vers le fond de celle-ci : à quelques centaines de pas en amont, elle déviait vers la droite et le versant de la montagne, presque vertical en cet endroit, cachait sa suite à leurs regards. Ils savaient qu'il leur fallait se lancer dans une course éperdue pour échapper à ce qui se précipitait vers eux, et dont le son, sans cesse plus écrasant entre les roches, ne trahissait que trop le déferlement imminent : mais ils ne pouvaient détacher leurs regards du tournant de la gorge, pétrifiés.

C'est alors qu'ils virent le mur liquide déboucher en face d'eux dans un flamboiement d'écume et de tourbillons ; il heurta la paroi extérieure du coude en projetant vers le ciel un violent geyser, et se jeta contre l'autre dans un ressac monstrueux, en marquant comme une pause, avant de se propulser sur eux de toute sa hauteur, à laquelle celle de la montage ne permettait pas de faiblir.

Conscients que tout était fini pour eux, mais mus par cette force sans égale qui naît parfois des situations les plus désespérées, ils se jetèrent en avant avec toute la puissance dont étaient capables leurs montures, assourdis par le rugissement démentiel qui retentissait derrière eux, plus proche à chaque fois qu'ils éprouvaient le choc des sabots sur le sol.

Soudain, Aïwana freina son cheval qui se cabra, surprise, manquant de la désarçonner. Pris de court par la manœuvre, Surandir et Farkhar la dépassèrent, tout en tirant brutalement sur le mors de leurs animaux. Quand ils parvinrent à faire volter ceux-ci, ce fut pour voir, dans une vision apocalyptique, la silhouette de la jeune fille dressée sur sa selle, un bras brandi vers le ciel, se découpant sur l'anarchique flottement de la muraille d'eau dont la crête déchiquetée, couronnée d'écume, les surplombait à quelques dizaines de pas. Dans son élan vorace, elle engloutissait les parois de la gorge qui disparaissaient sous leurs yeux, les désignant comme sa prochaine proie.

Il semblait qu'Aïwana s'était tout à coup senti le pouvoir de lui faire obstacle, ce qui était proprement inconcevable. Mais semblables circonstances laissaient si peu de temps à la réflexion que les deux hommes la regardèrent, hébétés, dans l'attente d'un improbable miracle.

Et l'avalanche liquide les balaya de son irréductible maelström...

La connaissance apporte à qui lit dans son ombre
Le pouvoir de guider les plus obscurs desseins.

LIVRE DES CÉLESTES
Chant III, vers 531-532

36

L'impact arracha brutalement Farkhar de sa monture, sans lui laisser la moindre chance de s'accrocher à la bride. Par réflexe, il ferma les yeux. Roulant dans le flot tumultueux qui l'écrasait, il eut l'impression d'avoir été happé par une tourmente.

Son corps, tendu à l'extrême, se décontracta lorsqu'il prit soudain conscience qu'il ne sentait pas l'eau sur ses vêtements, ni sur sa peau. Ses poumons, qui s'étaient instinctivement bloqués, s'ouvrirent : il sentit l'air les envahir et, simultanément, sa musculature se relâcher, comme libérée d'un poids qui l'aurait comprimée.

Ballotté en tout sens entre les flancs de la montagne, qu'il voyait par instant défiler à une vitesse folle en les frôlant le temps d'une vertigineuse embardée, incapable de savoir où était le ciel, où était la terre, livré sans défense à la fureur effrénée qui semblait tout à coup devenue l'unique loi de l'univers, il mit un long moment à réaliser qu'il se trouvait enfermé dans une sorte de poche, comme une bulle d'air, qui le portait en l'isolant de l'élément aqueux. Même les sons, s'aperçut-il, étaient étouffés : ils lui parvenaient déformés par une résonance sourde qui leur donnait une dimension effrayante.

Et la terreur l'envahit. Revoyant, dans un éclair, Aïwana se dresser face à la muraille liquide qui fondait sur eux, il fut convaincu d'avoir dû sa survie à l'intervention de la jeune fille. L'impossible existait-il pour elle, qui avait été capable de le transformer en oiseau et de le faire voler ? Mais de quoi était constituée cette protection qui, pour l'instant, l'enveloppait, l'isolant de l'eau sans pour autant le soustraire à sa fureur ? Qu'adviendrait-il s'il heurtait une roche ou un tronc d'arbre arraché à la terre, comme celui qu'il croyait avoir vu tourbillonner un bref instant au-dessus de lui ? Ou en dessous ? Peu lui importait d'ailleurs !

Les questions affluèrent dans son esprit : où était Aïwana ? Où était Surandir ? Leurs montures avaient-elles été sauvées de la même façon ? Et Actarès ? La douceur presque humaine du regard que le cheval avait posé sur lui, dans la grotte de Theinabrÿn, lui revint en mémoire, comme l'image d'un ami apporte un réconfort en un moment difficile.

Il fut bizarrement ému par le fait qu'il éprouvait autant d'inquiétude pour ses deux compagnons que pour l'animal.

* * *

Surandir subissait le même sort, habité par une rage croissante à l'idée que leur mission se trouvait en échec, à peine entamée. Une fois passés les premiers instants et surmonté le choc qu'il avait affronté, le nain avait, comme Farkhar, compris ce qui se passait, même s'il ne saisissait pas davantage la façon dont le prodige opérait. Il avait curieusement retrouvé aussitôt toute sa lucidité, toute sa froideur face aux événements, prenant son parti du tumulte qui l'emportait sans qu'il eût la moindre possibilité d'anticiper ce qui allait se produire, puisqu'il n'avait aucune idée de la topographie du torrent vers l'aval.

Au bout d'un long moment, il eut l'impression d'être moins secoué ; l'accalmie se confirma très rapidement, lui laissant plus le sentiment de filer dans un courant rapide et puissant que d'être malmené.

Il en déduisit que, peut-être, il était sorti de la gorge, et que l'eau, tout en suivant le cours normal de la rivière, s'épandait sur les terres.

Il se prit à espérer que, bientôt, le flux l'entraînerait vers une berge, ou qu'il s'échouerait. Il lui semblait que retrouver l'air libre serait dès lors aisé, comparé à ce qu'il venait de subir.

C'est alors qu'il se mit à s'interroger vraiment sur le sort de Farkhar et d'Aïwana, dont l'image avait à peine effleuré son esprit durant tout le temps qu'avait duré son périple mouvementé.

* * *

Bien que chahutée par le torrent avec la même violence que les deux hommes, Aïwana était partagée entre la concentration dans laquelle elle devait maintenir son esprit, si elle voulait leur sauver la vie à tous

– cavaliers et montures – et le désarroi dans lequel l'avaient plongée les dernières péripéties de leur aventure.

Quand elle avait perçu le tremblement de terre et compris ce qui se passait dans la grotte, elle avait seulement espéré que Farkhar s'en échappât. Car elle avait douté que son père pût y parvenir. Ni même en eût le désir, à présent qu'il avait fait pour Farkhar tout ce qui était en son pouvoir.

Ne lui avait-il pas dit récemment : *Ma chère enfant, il faut savoir comprendre le jour où les arrêts du destin sont inéluctables. C'est qu'on a accompli ce pour quoi l'on avait accédé à l'existence. Nous ne savons pas toujours ce que c'est, mais l'existence, elle, le sait. Et le destin, qui est son inséparable complice, ne le sait pas moins. Pour moi*, avait-il ajouté après une brève hésitation, *je sais que l'instant est proche, car ma tâche sera bientôt terminée.*

Sans prendre le temps de s'interroger davantage, elle avait compris, en entendant le vacarme provoqué par l'effondrement de la grotte, qu'elle ne reverrait pas Theinabrÿn. Comme elle avait eu l'intuition, avec presque autant de certitude, que Farkhar survivrait à la catastrophe. Quand ce dernier avait débouché seul de la caverne, elle y avait vu la simple confirmation de ce qu'elle avait pressenti.

Aussi avait-elle été complètement prise de cours quand, en plein milieu d'une fuite aussi éperdue que désespérée, l'image de son père avait surgi dans son esprit, lui intimant de s'opposer aux éléments déchaînés, et lui inspirant la pensée qu'il agirait à travers elle. C'est ainsi que, sans prendre le temps de réfléchir, elle s'était retrouvée face au déferlement des eaux, et enveloppée, comme ses deux compagnons et leurs trois chevaux, par cette bulle salvatrice née de sa propre magie, aiguillonnée par la volonté du magicien.

Au même instant lui étaient revenus les mots que celui-ci avait ajoutés en se détournant, presque en aparté, le jour où il s'était livré à cette énigmatique révélation : *Du moins sur cette Terre, et en cette vie...* À présent, ces dernières paroles prenaient un sens qu'elle n'avait pas soupçonné sur le moment, la faisant s'interroger : son père était-il vraiment mort, enseveli sous les rochers, comme tout le lui avait laissé d'abord supposer ? Ou bien... Ou bien quoi ?

Elle avait beaucoup de mal à canaliser ses pensées pour ne pas les laisser vagabonder, au risque de perdre complètement de vue la réalité. Elle savait trop combien cela leur serait fatal à tous. à travers la distance, elle percevait la présence de Farkhar, de Surandir et de leurs montures – la sienne toute proche. Mais elle réalisa tout à coup qu'elle n'avait pas suffisamment fixé son attention sur tous les détails.

Peu avant que la gorge s'élargît lentement vers la plaine, la hauteur des parois diminuant de part et d'autre, une faille s'ouvrait sur elle : leurs tracés divergeaient progressivement. Tandis que la première descendait en pente douce et régulière vers la plaine, la seconde restait à une altitude à peu près constante pour se terminer par un à-pic donnant sur une petite plaine hérissée de végétation. D'ordinaire, la base de la brèche étant plus élevée que le niveau du torrent, celui-ci ne l'atteignait pas, la laissant à sec. Mais cette fois, le flot avait tellement gonflé que l'eau s'y était engouffrée.

Et c'est dans cette faille que le courant, décuplant de violence tant elle était étroite et encaissée, avait entraîné Aïwana. Sur les flancs, de la végétation avait poussé, s'incrustant aux rochers. à de nombreuses reprises, elle heurta des obstacles, mais tint toujours bon, gardant son attention fixée sur ses compagnons comme sur elle-même, et surtout sur le phénomène qui, jusque là, leur avait permis de survivre au sein du flot impétueux.

Dans le ballottement incessant que lui infligeaient les turbulences, ses oreilles percevaient régulièrement, assourdis, des bruits terrifiants. L'un d'eux retentit soudain plus fortement, répercuté par un puissant écho. Elle perçut une forme sombre qui se ruait sur elle, sans réaliser qu'il s'agissait d'un arbre gigantesque qui s'abattait depuis le haut de la faille, déraciné par le cataclysme. Elle hurla et, submergée par une imprévisible panique, perdit dans le même instant tout lien avec le réel.

Le charme fut rompu.

Dépourvue ce qui l'avait jusqu'alors conservée indemne, elle heurta plusieurs rochers avant de basculer dans la chute que le flot ininterrompu du torrent avait engendrée au sortir de la faille. à demi consciente, son regard balaya l'espace au gré de sa trajectoire. La vision de son destrier tombant à sa suite, les quatre fers en l'air, agit comme un coup de fouet. Sans prendre le temps de réfléchir, au prix d'un violent effort mental, elle sentit son corps se métamorphoser. Elle n'avait pas parcouru la moitié de la falaise qu'elle se retrouvait voletant dans le ciel. Emportée par le vent, sa cape sombre chut lentement vers le sol dans un langoureux flottement.

Presque aussitôt, son attention fut attirée par l'affligeant spectacle de son cheval qui s'écrasait en contrebas, rebondissant, tel un pantin, sur la terre que commençait à recouvrir l'eau de la cascade, puis de la tache rouge qui s'étala autour de lui lorsqu'il retomba, démembré, immobile.

Alors l'image de Farkhar et de Surandir traversa son esprit. Elle commença de les chercher, crut voir comme un mouvement dans les tourbillons de l'eau qui, un peu plus loin, se répandait dans la plaine, débordant du lit de la rivière issue du torrent.

Lorsqu'elle sentit la fraîcheur d'une ombre l'envelopper, c'était trop tard. Il lui sembla que les doigts effilés d'une main géante couverte d'une carapace dure et rugueuse, étreignaient son corps minuscule. Se contractant autour d'elle jusqu'à presque la broyer, ils refermèrent sur elle leur prison de ténèbres, la coupant de toute vision du monde extérieur pour la laisser à la sensation de la vitesse vertigineuse à laquelle ce qui l'avait enlevée l'emportait à travers l'air.

* * *

Oh ! Aïwana...

Se confondant avec l'espace et le temps, car à présent détaché de toute contingence charnelle, l'esprit de Theinabrÿn avait vu le torrent saper un morceau de montagne, arrachant un arbre immense qui s'était abattu dans la fracture où avait été emportée sa fille.

Il avait su qu'il ne pouvait plus rien pour elle, sinon s'en remettre à ce destin qui, au sein des pires tourmentes, restait son plus irréductible ennemi.

Il avait contemplé, impuissant, Aïwana et son cheval entamer leur chute, qui lui avait paru interminable, puis celle de la jeune fille se transformer avec une grâce surnaturelle en un vol espiègle. Mais son soulagement avait été brisé par la vision d'Ugroth fondant sur le rouge-gorge. C'est avec la terreur dont était capable la forme d'existence éthérée qu'il avait acquise qu'il vit le rapace filer en direction de Sarm'Eïloan, tandis que de son ample silhouette s'en détachaient deux autres gigantesques, exactement semblables à la sienne : les regarder piquer vers la terre, là où le torrent, alimenté en permanence par le furieux assaut du lac libéré, noyait la plaine, le ramena au souvenir de Farkhar et de Surandir.

Alors, voyant les forces qui se mettaient en marche, pressentant ce qui allait peut-être se produire, l'esprit de Theinabrÿn descendit vers la forêt qui s'étendait en face de la falaise. Il était temps qu'il entre en jeu, dans la mesure de ses moyens qui, en ces circonstances, restaient aussi immenses qu'insoupçonnés.

* * *

Au moment où la jeune fille avait perdu tout contact avec la réalité, les enveloppes dans lesquelles les deux hommes et leurs chevaux avaient été maintenus, eux aussi, à l'abri des éléments s'étaient dissoutes. Les deux humains et les animaux, surpris, avaient manqué de se noyer, incapable de maîtriser sur le coup l'irruption soudaine de l'eau dans leurs poumons. Puis ils s'étaient tant bien que mal ressaisis. Chacun d'eux, ignorant la présence des trois autres, surnageait péniblement, se débattant à la rencontre des tourbillons créés par la crue, sans cesse menacé par les végétaux, parfois de forte taille, que le courant avait déracinés. Le vacarme de l'eau envahissait les crânes de Farkhar et de

Surandir, leur donnant l'impression qu'ils allaient éclater. Ce n'est qu'au dernier instant que la perception, au-dessus de leurs têtes, d'une agitation plus forte encore que celle des éléments attira leur attention. Le choc des serres pointues et aiguisées comme des rasoirs sur leurs corps endoloris, la morsure des becs acérés sur leurs visages les firent sombrer dans un univers d'autant plus cauchemardesque qu'ils ignoraient tout de ce qui les agressait, alors qu'ils étaient déjà dans une telle situation de détresse.

Poussés par leur instinct, ils entreprirent de se protéger à l'aveugle des attaques dont les rapaces nés des dédoublements d'Ugroth les accablaient, convaincus de vivre cette fois leurs derniers instants. Chacun de leur geste était source de souffrance, que ce fût celle de leurs muscles et de leurs articulations endolories ou celle des déchirures infligées par leurs assaillants à leurs chairs. Il leur semblait que l'eau envahissait leurs corps, noyant leur respiration, étouffant les cris que leurs gorges saturées laissaient échapper par pur réflexe.

Le monde n'étaient plus pour eux qu'un vertigineux maelström de mort.

Aussi ne virent-ils pas les longs cous beiges, tachetés de dessins bruns, surgir de l'onde à leurs côtés et à ceux de leurs montures, surmontés d'une tête fine au museau allongé qu'ornaient deux petites cornes. Mais les regards des nouvelles venues perdirent toute la tendresse qu'ils avaient posée sur les humains dès qu'ils rencontrèrent ceux des rapaces, pour devenir d'une froideur métallique. Surpris par les apparitions, les oiseaux se figèrent un instant qui leur fut fatal. Les gueules des créatures aquatiques s'ouvrirent pour projeter un jet de liquide fin et puissant qui percuta la poitrine des monstres et la transperça dans un giclement de sang. Une pluie de gouttelettes rouges éclaboussa les visages des deux hommes et la surface de l'eau ; leur élan brisé, les corps s'affaissèrent sur celle-ci avec un choc sourd, dans un vacarme de cris déchirés et un dernier battement de leurs ailes démesurées, avant de s'enfoncer pesamment dans les flots qui les entraînèrent aussitôt.

Farkhar se sentit bientôt saisi par un bras. Son premier réflexe de terreur, à la vue de la mâchoire allongée qui enserrait son poignet, disparut lorsqu'il reconnut la nature de l'être providentiel qui, déjà, commençait de le tirer vers la rive ; celui-ci luttait contre le courant et les tourbillons avec une facilité déconcertante, qui donnait le sentiment qu'il les ignorait.

Tournant sur lui-même, Farkhar aperçut bientôt Surandir qui se redressait sur la grève où l'avait déposé une autre créature. Un peu plus loin, un des chevaux, aidé de la même façon, s'apprêtait lui aussi à reprendre pied. Un éclair contre son ventre lui fit supposer que la rondache qu'il avait vue accrochée à la selle de Surandir, au moment de leur fuite, avait résisté à l'agression des flots. Il voulut appeler le nain, mais, au même moment, un remous le surprit et l'eau s'engouffra dans sa bouche. Il manqua s'étouffer. Reprit son souffle. Puis réalisa qu'il ferait mieux d'atteindre d'abord la terre ferme : il aurait tout le loisir de rejoindre son compagnon ensuite.

À cet instant, ses yeux rencontrèrent ceux de la Drak'Hoïade, qui éveillèrent en son esprit une foule de souvenirs. Il y retrouva cette douceur si humaine qu'il avait, à sa grande surprise, découverte dans le regard de celle qui lui avait permis de parvenir à Sarm'Eïloan dans des circonstances tragiques. En un temps où il n'imaginait plus le monde que comme un désert. En un monde où nul Silfadred n'existait pour lui. Nulle Gwenaline, non plus.

Bientôt, il sentit le contact du sable mêlé de galets à travers ses vêtements. Le long corps reptilien de la Drak'Hoïade était à présent à demi sorti de l'eau : l'avant se dressait, le dominant de toute sa hauteur en ondulant gracieusement.

Puissiez-vous, toi et tes semblables, être toujours présentes au moment opportun, comme en ce jour ! songea-t-il en se laissant paresseusement traîner par l'animal. Ayant peut-être perçu sa pensée, celui-ci baissa son mufle allongé vers le garçon, qui éprouva un sentiment de grande paix.

Surandir avait rejoint son cheval. De loin, il donnait l'impression de ne pas trop savoir où donner de la tête entre sa monture et les deux Drak'Hoïades qui les avaient sauvés, puis suivis. Bien qu'elles fussent à quelque distance, Farkhar était surpris par leur taille : c'était la première fois qu'il en voyait entièrement sorties de l'eau. Elles semblaient aussi à l'aise sur terre que dans celle-ci.

Encouragé par le spectacle de l'homme et de l'animal réunis sur le bord de la rivière, en compagnie des créatures, il se prit à espérer qu'Actarès avait, lui aussi, survécu et se trouvait quelque part alentour. Se mettant lentement sur ses jambes, en grimaçant lorsque son corps endolori se rappela à son souvenir, il aperçut deux taches dans le scintillement qui moirait le fleuve : elles faisaient irruption sur la surface du flot, derrière un banc de terre surmonté de petits arbustes. Face à lui, le soleil lui interdisait toute vision précise, mais il eut bientôt le net sentiment qu'elles bougeaient et, à mesure qu'elles approchaient, il lui sembla distinguer des formes familières. Quand il vit l'une d'elle se tourner vers lui, il cria de toute la force que lui laissait son épuisement :

« Actarès ! »

Entendant un faible hennissement lui répondre, il sut qu'il avait enfin retrouvé celui dans lequel il reconnaissait déjà un compagnon des plus fidèles. Il entreprit alors de se diriger vers le point où la Drak'Hoïade et le cheval, que celle-ci tirait par la bride, allaient aborder.

Ils se retrouvèrent bientôt tous réunis.

« As-tu vu ce qui nous a attaqués ? demanda le nain.

— Je n'ai pas trop eu le temps ! » répliqua Farkhar.

Il se souvenait avoir été pris dans un tourbillon de violence, de cris stridents, tout en sentant sur ses bras comme des lacérations dont la fraîcheur de l'eau endormait la douleur. De fait, les manches de son vêtement présentaient des déchirures aux contours rougeâtres : jusqu'à cet instant, il n'y avait pas prêté la moindre attention. Surandir était dans le même état.

« Tu aurais vu leur taille ! s'exclama celui-ci. C'était effrayant !

— Mais qu'était-ce ? »

Le nain posa sur Farkhar un regard incrédule : il ne comprenait visiblement pas comment son compagnon pouvait ne pas avoir compris ce qui se passait.

« Des rapaces, répondit-il. Des aigles géants ! »

Farkhar sursauta. Le récit qui lui avait été fait des circonstances dans lesquelles son père s'était un jour trouvé face à face avec le roi des Renégats, lorsque lui-même n'était qu'un tout jeune enfant, ressurgit dans sa mémoire. Ainsi que les révélations de Theinabrÿn à ce sujet, lorsqu'ils s'étaient rencontrés la première fois.

« Des rapaces géants, dis-tu ? »

Il resta longtemps muet, à contempler le ciel.

« Je crains qu'il n'y ait quelque magie là-dessous. Pour tout dire, je crains même le pire…

— Qu'entends-tu par là ?

— Silfadred pourrait bien être derrière tout cela.

— Silfadred ? s'exclama Surandir. Mais comment saurait-il seulement où nous sommes ?

— Ce qu'il faut plutôt nous demander, c'est ce qu'il ne sait pas de nous ! Peut-être aurions-nous alors une chance de trouver la voie de notre salut ! »

Les traits de Farkhar se tendirent.

« Où est Aïwana ? » s'écria-t-il.

Le lent dodelinement de la tête de Surandir lui fut une réponse suffisante, dont le caractère sans appel le plongea dans un gouffre d'angoisse. Son regard croisa celui de la Drak'Hoïade qui l'avait sauvé. Il se sentit progressivement envahi par une immense quiétude, reflet de celle qu'exprimaient les yeux de la créature. Il fut surpris en croyant lire dans ceux-ci de la… reconnaissance ! Comment pouvait-il éprouver ce sentiment avec autant de certitude à travers un échange de regards muets ? Et peu à peu lui revint ce qu'il avait cru déceler dans l'expression moribonde de la Drak'Hoïade qui l'avait autrefois conduit sur les confins du royaume de Sarm'Eïloan. Il y avait alors lu un mélange de sentiments trop humains pour que cela fût sur le moment crédible. Mais la tragédie avait brouillé sa vision. à présent, dans le calme de ces rives que le soir allait bientôt endormir, ce qu'exprimait l'animal qui lui faisait face lui révélait plus clairement ce qu'il n'avait perçu que confusément dans l'adieu de la première. Reconnaissance de quoi ? N'étaient-ce pas elles qui l'avaient sauvé ?

L'échange muet n'échappa pas au nain, qui eut un geste en direction des trois autres êtres, dont les anneaux reposaient mollement sur le sol : leurs queues, agrémentées de nageoires aussi fines que du cristal, balayaient lentement la grève d'un mouvement régulier. Leurs petites pattes, en dessous de la tête, se dépliaient et se repliaient curieusement, comme pour exprimer une invite – mais à quoi ? Elles étaient aussi délicates que leurs têtes fines dont les narines, palpitant doucement, semblaient attentives à chaque effluve, et dont les yeux à la couleur changeante, indéfinissable, exprimaient une bonté surnaturelle, que Farkhar n'avait jamais entrevue chez un être vivant.

« Et elles, que sont-elles ? demanda Surandir.

— Nos amies, répondit instinctivement Farkhar. Des Drak'Hoïades. Quand l'une d'elles est à tes côtés, tu peux être certain qu'il y a au moins un endroit au monde où règne un peu de douceur.

— Ce n'est sûrement pas ce que pensent les monstres qui nous ont attaqués ! S'il leur reste toutefois quelque pensée, ironisa Surandir. Mais c'est vrai, tu n'as rien vu de ce qui se passait ! »

Il raconta en quelques mots la fulgurante contre-attaque des créatures. Farkhar revécut l'espace d'un instant la terrible agonie de celle qui l'avait sauvé, lorsqu'il avait échoué sur le territoire de Sarm'Eïloan.

« Je crois simplement qu'elles sont capables de beaucoup de choses, lorsqu'elles ont décidé de te sauver » répondit-il laconiquement. Un curieux réflexe de pudeur lui interdisait de narrer le triste épisode à Surandir. Le taire était pour lui le meilleur moyen de respecter le souvenir de cette éphémère compagne, à laquelle il devait d'être en ce jour sur cette plage.

Ses yeux n'avaient pas quitté ceux de la Drak'Hoïade. Sous l'influence de ce regard, il avait acquis la certitude qu'ils devaient remonter le cours de la rivière. Il n'en connaissait pas la raison, mais il éprouvait l'intime conviction que c'était la seule chose à faire.

« Elle doit être quelque part. Sans doute par là ! » dit-il en pointant le doigt vers l'amont.

Surandir mit un court moment à comprendre que le garçon parlait d'Aïwana.

« Si tu le dis... Vont-elles venir avec nous ? »

Farkhar tourna le visage vers lui.

« Cela m'étonnerait. La terre ferme n'est pas leur élément. »

Confirmant ses dires, la créature entama une lente reptation vers la rivière, en continuant de les fixer, bientôt suivie par les trois autres. En réponse au regard qu'elles leur adressèrent au moment de disparaître dans l'eau, Farkhar répondit machinalement par un geste d'adieu. Il se sentit aussitôt un peu ridicule. Mais cette impression eut tôt fait de quitter son esprit. Car quelque chose lui disait que son chemin croiserait à nouveau le leur ou celui de quelqu'une de leurs semblables.

Et il se prit à espérer que ce jour viendrait bientôt, animé par le même sentiment que lorsqu'on voit disparaître dans le lointain un ami cher.

Quand il regarda le ciel, il s'aperçut que déjà s'annonçaient, par d'infimes altérations de la lumière et des couleurs, les prémices du crépuscule.

Son attention se tendit alors tout entière vers une seule question : qu'était devenue Aïwana ?

Destins entrecroisés,
Des hommes vous brassez les fantasques fortunes
Et toujours les privez d'une chance opportune
D'affronter vos arrêts sans y être brisés !

LIVRE DES CÉLESTES
Chant III, vers 666-669

37

Pour un temps, Viridius avait délaissé son armure royale pour adopter un équipement plus simple, plus fonctionnel, en un mot : plus conforme à ce qu'il vivait aux côtés de ses soldats. Par-dessus un gambison de peau brun, un corselet de métal arborait sur le devant un ornement de bronze repoussé représentant les armes d'Aak-Sour : le profil d'une tête de cheval surmonté de deux glaives croisés. Des tassettes descendant sur le devant des cuisses couvraient en partie les longues braies en peau qui moulaient ses jambes. Au-dessus de bottes courtes, des grèves de métal protégeaient l'avant de ses tibias. Sur sa tête, un heaume sans visière, doté d'un couvre-nuque et d'un nasal, était orné de deux jugulaires fixes représentant un profil chevalin orienté vers l'avant. à un baudrier de cuir passé en sautoir pendait à sa gauche une épée : à sa droite, une petite ceinture dépassait de la cuirasse, supportant une dague. Les poignées et le pommeau ouvragés des deux armes étaient, avec l'ornement du casque, les seules marques qui distinguaient quelque peu par leur richesse le rang du souverain.

La simplicité de sa tenue rejoignait presque celle de l'équipement, plus frustre, qui revêtait continuellement son vieil ami Olern ; cela ne manquait pas, parfois, de faire sourire sous cape ce dernier. Le conseiller de Viridius n'éprouvait qu'un attrait mitigé pour les harnachements complexes du type de celui que portait le roi au départ d'Aak-Sour. Il convenait toutefois que ce jour-là, pour haranguer ses troupes, l'adoubement du jeune monarque lui conférât un surcroît de prestance fort utile, qui remplirait aussi pleinement son rôle lorsqu'il lui faudrait conduire son armée à la bataille. Mais pour l'heure, Olern estimait qu'en gagnant en simplicité, Viridius avait également accru son propre confort.

Parcourant les rangées de tentes hérissées de bannières qui bordaient la forêt séparant les deux royaumes, Viridius s'enthousiasmait de constater l'importance de l'ost qu'il conduisait vers les murs de Sarm'Eïloan. Chaque jour, de nouveaux combattants, piétons ou chevaliers, les rejoignaient à travers la forêt qui les séparait à présent de son royaume, comme si les arbres de celle-ci les avaient eux-mêmes engendrés. Quoique surpris, Viridius était trop tourné vers l'avenir pour que son jugement ne fût pas en partie égaré par l'idée de l'immense avantage que cela lui donnait sur son adversaire.

Convaincu que plus rien ne pourrait faire obstacle à la folie qui embrasait progressivement les deux royaumes, Olern se tenait coi : une fois passée l'heure de la raison, il se disait que la seule façon qui lui restait de servir son roi était de veiller à lui assurer la victoire à moindres frais, autant pour lui que pour Antrégor, si quelque chose restait encore possible dans ce sens.

Déjà, à l'approche du soir, bon nombre des hommes commençaient d'allumer des feux au-dessus desquels, bientôt, des pièces de gibier rôtiraient, embrochées. De toute part, on voyait des équipes de chasseurs, accompagnées d'archers, surgir du mur de végétation : plusieurs portaient sur leur épaules une biche ou un daim, ou s'aidaient pour transporter le cadavre d'un sanglier. Des pigeons étaient mollement entassés par endroits, la tête pendante au bout du cou, exposant leurs plumes souillées de sang.

Les conversations allaient bon train, les plaisanteries aussi, déclenchant parfois des éclats de rire bruyants. Mais, malgré les apparences, Olern maintenait une discipline de fer, sachant que c'était l'unique condition de la victoire : aucun de ces hommes n'avait jamais combattu. Si certaines troupes avaient été aguerries, comme dans le royaume voisin, en vue de surveiller les Marches du Nord, il savait qu'il n'en allait pas de même pour la plupart de celles qui étaient assemblées en ce jour. Encore les premières n'avaient-elles jamais eu à combattre, puisque nul ennemi n'avait surgi des territoires inconnus s'étendant au-delà des montagnes qui les séparaient de ces zones frontalières. Aussi Olern exigeait-il que, chaque matin, les moins préparés au combat s'exercent avec ceux qui avaient coutume de le pratiquer, même si c'était de façon fictive.

Car le conseiller de Viridius s'inquiétait fort de savoir ce qu'il adviendrait le jour où ces hommes se heurteraient à une armée, si peu entraînée fût-elle, ou, pire, lorsqu'il leur faudrait se lancer à l'assaut de murailles aussi imposantes que celles de Sarm'Eïloan, qu'il avait eu de nombreuses occasions d'admirer par le passé.

Apercevant le roi qui déambulait parmi les tentes, échangeant par instants quelques mots avec les hommes, Olern se dirigea vers lui. Lorsque Viridius l'aperçut, son visage s'éclaira :

« Olern ! Où étais-tu donc passé ? Il y a si longtemps que je te cherche ! »

Son lieutenant le rejoignit à grandes enjambées, pour autant que son âge déjà avancé le lui permettait.

« Je veillais aux préparatifs de ce soir. Pendant que tu parades au milieu des soldats, il faut bien que d'autres songent qu'à un moment, tu seras bien content de te restaurer ! plaisanta Olern.

— Mon vieux compagnon ! Tu n'es pas seulement un père pour moi, mais aussi une mère ! » renchérit le jeune souverain sur un ton goguenard.

Viridius était heureux de voir revenir entre eux le climat d'amitié qu'il avait toujours partagé avec l'ancien conseiller de son père, dès le jour où celui-ci était devenu son précepteur. Cette relation avait été un peu altérée, ces derniers temps, par les divergences entre les appréciations que les deux hommes portaient sur la situation, mais depuis que la décision de rompre la paix l'avait emporté, les choses rentraient dans l'ordre. Le roi savait qu'il n'était pas à l'abri d'une remarque amère ou d'un conseil moralisateur ; toutefois, Olern semblait s'être globalement aligné sur sa position, même si c'était à son corps défendant.

« Le temps viendra bientôt de passer à la phase décisive, dit Viridius.

— Que veux-tu dire ? » demanda Olern.

Cela faisait partie de ces moments où, Viridius devait le reconnaître, le vieil homme l'agaçait. Ce dernier savait parfaitement de quoi le roi parlait. Mais cette ignorance feinte était la meilleure façon qu'Olern, toujours enclin à la roublardise, avait trouvé pour marquer sa désapprobation, dès qu'il en trouvait l'occasion. C'était à ces finauderies que Viridius reconnaissait qu'il n'avait pas emporté complètement l'adhésion de l'homme : chaque fois que cela s'était produit par le passé, cela avait jeté une ombre sur la satisfaction qu'il pouvait tirer de son action. C'était encore plus vrai aujourd'hui, sans doute parce que jamais leurs désaccords n'avaient porté sur une affaire aussi grave, tant s'en fallait.

Une fois de plus, Viridius prit le parti de faire comme si de rien n'était. Il se contenta d'adresser à Olern un sourire accompagné d'un coup d'œil qui valait toutes les remontrances.

« Si mes estimations sont bonnes, cela doit faire six jours que l'émissaire envoyé à Antrégor lui a délivré mon message. »

Olern attendait la suite. En le voyant contempler la plaine d'un regard absent, il sut que Viridius était rongé par l'évocation d'une journée marquée avant tout par les fiançailles du mage Silfadred avec celle qui, il y avait peu de temps encore, était promise au jeune souverain : elle habitait encore son cœur – le vieil homme en était convaincu, en dépit de toutes les protestations de ce dernier.

Le roi se tourna, posant soudain sur lui des prunelles fiévreuses :

« Tu as constaté, je pense, que notre homme n'est jamais revenu. Exactement comme cela s'était passé avec Olaf. »

Olern ne répliqua pas, continuant de regarder le paysage : il savait trop où son interlocuteur voulait en venir.

« Me suis-tu jusque là ? » insista le roi sur un ton incisif.

C'était fait. Sans en avoir l'air, Viridius avait envoyé sa pique en représailles, tant le sous-entendu était clair. Olern se contenta de hocher la tête, sans lui renvoyer son regard.

« Ce qui signifie qu'Antrégor a encore deux jours pour réagir et m'offrir la bataille sur ce terrain, dit le roi en balayant la plaine devant eux d'un geste ample. Faute de quoi... »

Mais Viridius attendit en vain de son conseiller une réaction par laquelle celui-ci eût marqué un début d'assentiment. Il se résolut à poursuivre sa phrase dans le silence obstiné que lui opposait Olern :

« ... notre armée se remettra en marche, pour ne s'arrêter qu'en vue des murailles de Sarm'Eïloan. J'entends donc, mon cher Olern, que tu veilles à préparer cet instant, car je ne doute pas qu'il viendra. Quand je donnerai l'ordre d'envahir le territoire d'Antrégor, je veux que l'organisation soit parfaite. »

Cette fois, Olern se tourna vers le roi :

« Et si...

— Et si quoi ?

— Et si l'armée d'Antrégor se présente demain, en face de nous ?

— Eh bien, soyons prêts à nous aligner en évitant toute confusion, ce qui sera la meilleure manière de lui montrer notre détermination, tout autant que notre maîtrise de la situation. Mais tu ne vas tout de même pas me faire croire qu'une telle hypothèse est pour toi envisageable ? »

Non, en effet, Olern n'y croyait plus. Du reste, entre affronter Antrégor sur le champ de bataille et investir sa citadelle, où se situait la différence ? Simplement, la première solution offrirait la possibilité d'une victoire plus rapide, quel que soit le vainqueur.

Car, au fond de lui, Olern ne partageait pas l'optimisme de son roi. Depuis le début, sans qu'il sût comment cela se faisait, il avait l'intuition que la situation était totalement faussée. Il ne voyait pas pourquoi il en irait autrement du conflit. Des forces s'étaient mises en branle, dont il ignorait la nature, mais dont il voulait voir la manifestation dans l'improbable importance numérique des troupes rassemblées autour de Viridius, tout autant que dans la suite même des événements qui avaient entraîné le déclenchement de la guerre. Elles étaient à l'œuvre, et il ne voyait pas très bien pourquoi elles cesseraient de s'exercer, avant que fût atteinte une issue dont rien ne lui permettait d'entrevoir la nature, ce qui ne faisait qu'ajouter à son désarroi.

Ah ! Si seulement son vieil ami Theinabrÿn n'avait pas disparu de la cour d'Antrégor, peut-être aurait-il pu en tirer quelques éclaircissements. Mais tant de choses semblaient se conjuguer pour que la fin de tout cela, quelle qu'elle fût, soit fatale !

« J'y veillerai, Viridius, j'y veillerai. »

Ce fut sa seule réponse. Le ton sur lequel elle avait été prononcée n'était que désespoir.

* * *

« Qu'est-ce qui me vaut ta visite, Silfadred ? »

La voix grave d'Antrégor avait retenti dès l'entrée du mage dans la grande salle, où ils étaient seuls. Le roi ne l'avait pas quittée depuis le matin, quand il s'y était réfugié pour échapper à la fièvre qui s'était emparée de sa cité le temps du supplice de Gwenaline et de Farkhar. Il n'avait pas bougé du trône sur lequel il avait tenté de sauvegarder un peu de sa dignité. Si vainement…

Il avait refusé toute nourriture. Il savait que tôt ou tard, Silfadred ferait son apparition. Il suffisait de l'attendre. Dans les circonstances qu'il vivait, contraindre le mage à devoir prendre l'initiative de venir vers lui était le seul moyen qui lui restait de marquer les bornes d'un pouvoir que les heures passées avaient rendues dérisoire. Du moins à ses yeux, ce qui lui importait le plus.

Enveloppé dans une cape noire, le mage avança jusqu'à lui sans un mot. C'était sa façon de montrer sa puissance. Antrégor regarda sa silhouette sombre traverser les rayons de lumière entrant par les fenêtres : quoique affaiblis par la venue prochaine du crépuscule qui les teintait de rose, ils se détachaient encore de la pénombre générale de la salle dans laquelle on n'avait allumé aucun éclairage : ainsi l'avait voulu le roi, quand, n'escomptant plus la venue de Silfadred, il s'était résolu à attendre celle de l'obscurité, pour se recueillir et affronter seul ses propres fantômes.

Entendre s'ouvrir la lourde porte l'avait surpris. Le fait qu'il ne percevait aucun bruit de pas était des plus révélateur : il n'y avait que Silfadred pour se déplacer ainsi, sans qu'on détecte son approche.

Du coup, son arrivée fit à Antrégor l'effet d'une intrusion et l'irrita. C'était vrai chaque fois que l'apparition de Silfadred le surprenait de cette façon. Aujourd'hui plus que jamais. Il ne comprenait pas à quel calcul avait répondu l'acharnement du mage contre Gwenaline et Farkhar. Il lui en voulait d'avoir crée une situation qui ne laissait place à aucune échappatoire. Il s'en voulait surtout à soi-même de se sentir régulièrement contraint par Silfadred, sans jamais parvenir à sortir du piège. Cela s'était déjà passé ainsi au moment du départ de Theinabrÿn. Puis à l'occasion de la rupture de Gwenaline avec Viridius – sur laquelle il sentait confusément planer l'ombre du mage. Chaque fois, un nouveau stade était franchi.

Silfadred se planta devant lui et déclara de but en blanc :

« Je venais vous dire que la sentence a été exécutée, Sire. Ce matin, comme prévu. Mais d'urgentes affaires m'ont retenu, et je n'ai pu me présenter à vous plus tôt. Je voulais aussi vous exprimer mon regret d'avoir dû en venir à de telles extrémités. Mais vous aurez compris, je pense, qu'en les circonstances que nous traversons, aucune manifestation de faiblesse n'était possible. »

Antrégor fut pris de cours par la componction dont faisait preuve son interlocuteur.

« Es-tu du moins satisfait ? lui demanda Antrégor avec une rudesse non déguisée. Les vociférations de la foule devant le spectacle que tu lui jetais en pâture ont-elles comblé tes oreilles ?

— Ce spectacle, comme vous dites, Sire, n'a fait que réveiller en eux ce qui se trouve tapi dans le cœur de la plupart des hommes. »

— Ton mépris pour eux est-il si grand ? »

Le regard de braise que le mage darda sur le roi ébranla celui-ci.

« Dois-je ajouter que semblable fureur nous sera très utile, quand il faudra combattre Viridius ? poursuivit le mage, ignorant la question de son interlocuteur. Ce n'est pas avec des valets de cour et des paysans seulement habiles à la charrue qu'on conduit victorieusement une guerre ! »

Une fois de plus, l'envoûtement opéra.

Antrégor sentit sa rancœur s'évanouir, comme si toute raison d'éprouver du ressentiment envers Silfadred avait disparu de son esprit, de la même façon qu'un baume endort une douleur, la reléguant au rang d'une illusion.

« Sait-on où en est l'armée de Viridius ? demanda-t-il d'un ton dont avait disparu toute acrimonie.

— Pas pour l'instant, Sire.

— Peut-être conviendrait-il d'envoyer des éclaireurs en direction d'Aak-Sour !

— J'y songe, Sire, mais là n'est pas ma priorité. Je pense en effet qu'il faut à Viridius du temps pour rassembler ses troupes. Comme à nous. Il me semble plus important de nous consacrer à cette tâche. De toute façon, quand l'armée ennemie approchera, nous en serons forcément avertis : elle ne passera pas inaperçue. »

Antrégor le regarda un moment en silence.

« Quelles affaires urgentes te retenaient donc, que tu ne puisses venir rendre compte à ton roi de l'excellence avec laquelle tu t'acquittes de ton ministère ? interrogea Antrégor, dans un sursaut d'ironie mordante.

Silfadred ne pouvait répondre qu'il avait consacré la fin de l'après-midi à guetter vainement dans le ciel le retour de son envoyé ailé, attendant pour se rendre auprès du roi le moment où il ne pouvait prolonger son silence sans que cela parût suspect.

— Je suis en train de songer aux dispositions que nous devrons envisager s'il nous faut soutenir un siège, Sire. Car après m'être entretenu avec le soldat qui a vu l'adversaire mettre le pied sur notre territoire…

— Ah oui ! Comment s'appelle-t-il déjà ?

— Spartan, Sire.

— C'est cela, en effet. Continue. »

Silfadred marqua une pause, comme pour signifier au roi qu'il n'appréciait guère que celui-ci l'eût interrompu.

« D'après ses dires, Sire, il semble d'ores et déjà que l'armée de Viridius soit importante. Très importante ! Ce qui exclut, selon moi, toute éventualité d'une bataille en rase campagne, à laquelle les combattants que vous pourrez rassembler sous les bannières de Sarm'Eïloan ne sont, d'ailleurs, pas préparés.

— Crois-tu qu'ils le soient davantage à vivre un siège ?

— Non, Sire. Mais du moins le temps que nous pourrons le tenir nous permettra-t-il d'entraîner nos soldats à l'abri. Si nous parvenons à résister, nous pourrons toujours offrir la bataille à Viridius devant les murailles quand nous serons prêts, sans attendre un assaut. Et pendant que nous serons retranchés derrière nos murs, les troupes d'Aak-Sour seront, quant à elles, complètement exposées.

— C'est juste.

— J'entends vous soumettre après-demain les mesures auxquelles je songe. Je dois d'abord m'assurer que leur mise en œuvre est possible. »

Antrégor acquiesça lentement de la tête. Son regard se perdit vers le fond de la salle que la pénombre noyait, supprimant toute notion de limite. Il émit un long soupir.

« Comment en sommes-nous arrivés là, Silfadred. ?

— Seul l'incommensurable orgueil de votre jeune adversaire en est cause, Sire. L'impétuosité de la jeunesse peut être criminelle, quand elle est à ce point débridée.

— Conçois-tu l'absurdité de l'affaire ? »

Sur le moment, Silfadred ne saisit pas le fond de la pensée d'Antrégor, qui poursuivit :

— Gwenaline, qui fut à sa manière le point de départ de tout, n'est même plus de ce monde. Si Viridius apprenait que celle qui fut le motif de notre discorde ne pourra plus jamais être sienne, peut-être percevrait-il la vanité de son entreprise et les choses rentreraient-elles dans l'ordre. »

Silfadred flaira aussitôt le danger.

« À moins que cela ne les pousse à leur paroxysme ! répliqua-t-il sèchement.

— Parce que tu crois qu'elles n'y sont point déjà ?

— Je n'ose imaginer la rage de Viridius, s'il se met aussi en tête de venger Gwenaline, en plus de son honneur !

— Alors, c'est inextricable... et sans espoir ! » consentit Antrégor avec amertume.

Il se leva de son trône, signifiant la fin de l'entretien, et se dirigea sans un regard pour Silfadred vers la porte qui menait à ses appartements.

Mais, tout en marchant, il ajouta, comme s'il soliloquait :

« Sauf à vaincre, au prix de la ruine d'Aak-Sour. Ou à encourir la nôtre ! »

Silfadred le regarda s'éloigner. à l'extérieur, la nuit commençait d'étendre son empire. Il était inquiet. Il hâta le pas vers sa chambre, d'où il pourrait accéder à la terrasse sur laquelle il espérait voir son aigle, Ugroth, revenir promptement.

* * *

Regarder le feu qu'avait allumé Surandir brûler sur la grève rappelait à Farkhar de douloureux souvenirs.

En face de lui, le nain s'appliquait à faire griller un poisson que le garçon avait attrapé en ayant recours aux bonnes vieilles recettes que lui avait enseignées Okstrogh. Il n'avait pas perdu la main.

Son père Ghertradt, sa mère Istiana, Okstrogh, et maintenant Gwenaline et Theinabrÿn ! Sans compter tous les anonymes de Thurm-Kooth et de la forêt des Renégats ! Il eut une pensée pour la Drak'Hoïade, en même temps que pour tous ces morts qui jonchaient sa route, liés de près ou de loin à sa destinée.

Sous la lueur tremblante des flammes, le visage du nain prenait un aspect presque effrayant. Pourtant, sa présence lui apportait un réel réconfort. Surtout depuis la disparition d'Aïwana.

La joie avec laquelle les deux hommes s'étaient retrouvés avait été très vite ternie quand une rapide exploration ne leur avait révélé aucun indice de la jeune fille alentour. Ils avaient en vain parcouru les rives des yeux, allant lentement vers l'amont de celle sur laquelle ils s'étaient échoués et scrutant l'autre, attentifs à la moindre tâche de couleur, au plus infime frémissement de la végétation dont le vert, souvent monotone, contrastait avec les teintes plus chaudes du sable et de la terre. Ils avaient ainsi aperçu quelques animaux, surpris de vagues mouvements. Mais jamais rien qui eût une cause humaine.

Il leur suffisait toutefois de se regarder pour conserver un solide espoir. N'étaient-ils pas, après tout, la preuve vivante que ce qu'ils venaient de subir était surmontable ?

« Demain, nous continuerons de remonter le fleuve, dit Surandir. Nous finirons bien par trouver sa trace. »

Farkhar resta muet. Malgré toutes les raisons qu'il avait d'espérer, un pressentiment funeste l'agitait. Depuis que Silfadred l'avait surpris dans sa chambre avec Gwenaline, il avait le sentiment d'être entraîné dans une spirale de malheurs. Il ne parvenait plus à envisager l'avenir avec le sourire, d'autant qu'il se sentait impuissant face aux pouvoirs magiques de son adversaire qui, seuls, avaient permis à celui-ci de les confondre, lui et Gwenaline. Il en était convaincu. Ce qui s'était produit dans la grotte de Theinabrÿn, puis après qu'ils s'en furent échappés, n'augurait rien de bon. L'inquiétude qu'il avait lue tout à coup dans les yeux du magicien, juste avant que se déclenche le cataclysme, n'était qu'un signe de plus, surtout s'il y ajoutait les quelques paroles, sur le moment surprenantes, par lequel ce dernier avait traduit ses sentiments. Qu'avait-il dit exactement ? *Je pense que nos routes vont se séparer...* Comme s'il avait eu la certitude de ce qui allait se produire.

Harcelé par ces interrogations, Farkhar se demandait avec angoisse ce que le mage savait de lui en cet instant précis. Était-il déjà à sa recherche ? Le pensait-il mort dans le phénomène qui avait détruit la grotte de Theinabrÿn, et auquel, il en avait la conviction, Silfadred était tout sauf étranger ?

« À quoi songes-tu ? » demanda Surandir, en voyant Farkhar absorbé par ses pensées.

Le garçon leva vers lui un regard absent, dont la vie ne paraissait attisée que par le reflet des flammes. Il mit un moment avant de répondre, comme s'il revenait peu à peu à la réalité :

« Se pourrait-il que Theinabrÿn ait su ce qui allait se passer ?

— Il est tant de choses que Theinabrÿn savait ! »

Quelque part, un oiseau de nuit poussa son cri, brisant le chant monotone des craquements du feu. Farkhar parcourut des yeux la pénombre qui les enveloppait, chaque instant plus épaisse. Au-dessus d'eux, dans le ciel, les dernières lueurs du couchant ourlaient les rares nuages de teintes dont le flamboiement s'apaisait lentement.

« Maudite obscurité ! lança-t-il d'un ton rageur. Sans elle, nous aurions pu nous lancer plus avant à la recherche d'Aïwana !

— La fatigue est tout aussi pernicieuse, dit doucement le nain. Surtout quand elle confine à l'épuisement, ce qui est sûrement notre cas après ce que nous venons de vivre. Même si nous n'en sommes pas conscients.

— Qui te dit qu'elle n'est pas quelque part, blessée... Mourante ?

— Qui te dit qu'elle n'est pas quelque part comme nous, à nous attendre, à nous chercher ? »

Surandir agaça soudain le prince. De la même façon que l'avait fait parfois Okstrogh durant leurs longues journées d'errance sur la Terre des Renégats puis sur l'Océan.

Pourquoi faut-il que ce genre d'hommes, sous prétexte qu'ils sont plus âgés, sortent toujours le bon argument au moment où on l'attend le moins, se dit-il.

De guerre las, il jeta un regard surpris vers le morceau de poisson cuit que lui tendait le nain à la pointe de sa dague : il le prit, lâcha un juron en éprouvant la brûlure sur ses doigts, aggrava l'affaire en cherchant maladroitement à rattraper la pièce qui, ainsi malmenée, s'effrita. Et manqua de s'emporter quand il entendit le rire de son compagnon.

Mais ce ne fut pas la douleur, en soi légère, qui provoqua le sanglot que Farkhar sentit monter dans sa gorge. Ce fut la vision d'un visage changeant qui, tour à tour, comme celui ornant son armure, lui rappelait ceux de Gwenaline et d'Aïwana.

Ô douce Gwenaline, ô gente Aïwana,
Le malheureux guerrier au destin si rebelle
Sera-t-il condamné à n'être sentinelle
Que de vos cœurs perdus ?

LIVRE DES CÉLESTES
Chant III, vers 741-743

38

Une frange rouge soulignait le dessin torturé de la ligne d'horizon.

Sur la lueur qu'elle diffusait, le regard perçant de Silfadred distingua un point qui oscillait lentement, là où d'aucuns n'auraient vu que l'uniformité d'un dégradé orangé s'étirant dans le ciel et sombrant dans la noirceur à mesure qu'il rencontrait la nuit.

Bientôt, le phénomène, absorbé par celle-ci, disparut en son sein, alors qu'il n'était pas encore une silhouette clairement identifiable.

Mais le mage, lui, savait…

Au terme d'une attente que chaque instant rendait trop longue, ses sens en alerte perçurent un son lointain et sporadique. C'était un battement d'ailes. Sa régularité empreinte de majesté suffisait à faire imaginer l'immensité de leur taille. Puis ce furent de furtives sensations lumineuses, comme lorsque l'œil accroche un reflet.

Enfin le bruit se précisa, et Ugroth apparut dans sa robe de nuit nimbée par la pâleur lunaire qui affadissait légèrement le ciel à l'orient.

Tandis que l'oiseau tournoyait au-dessus de lui, ses serres lâchèrent quelque chose que Silfadred saisit au vol d'un geste précis, surpris de sentir son poing se refermer sur un petit corps palpitant de chaleur. Puis l'animal descendit vers le mage comme s'il voulait se poser sur ses épaules ; mais, dans le même mouvement, sa silhouette sembla se dissoudre dans l'air, gagnant en transparence à mesure qu'elle s'estompait et pénétrait dans le corps de l'homme avec lequel, bientôt, elle ne fit plus qu'un.

Découvrant le rouge-gorge évanoui dans le creux de sa main Silfadred, un sourire de triomphe illumina son visage austère lorsqu'il comprit ce que cachait son innocente apparence.

* * *

À son réveil, Aïwana s'aperçut qu'elle était dans une cage de grande dimension. Elle sentait une ombre immense la dominer. Elle réalisa alors qu'elle n'était encore qu'un fragile volatile, mais que le rester ne lui serait d'aucune utilité. Il n'existait pour elle nulle chance de fuite, tant était serré le treillis de métal dont était faite sa prison.

En une pensée, elle retrouva sa silhouette élancée et son visage mutin à l'expression effrontée. Reprenant sa taille, elle sortit de l'ombre qui la couvrait, mais n'eut pas le temps de se retourner pour voir quelle était sa source. Derrière elle, une voix grave brisa le silence.

« Ainsi, c'est à la fille de mon rival exilé que je dois toutes ces contrariétés ! »

Elle fit volte face pour se retrouver en présence de Silfadred.

« Car c'est avec ce genre de facéties, à peine digne d'une apprentie magicienne, que tu as, je suppose, par deux fois soustrait Farkhar à ma colère, en le faisant purement et simplement échapper à la mort que je lui destinais. »

Aïwana avait croisé le mage à plusieurs reprises lorsque celui-ci était arrivé à Sarm'Eïloan. Et avant que son père jugeât bon de se retirer, faute de pouvoir efficacement le contrer dans l'esprit d'Antrégor. Elle l'avait haï dès leur première rencontre, tant elle avait perçu de mal derrière l'arrogante supériorité que dégageait toute sa personne.

Une ardeur singulière transparut dans les prunelles de la jeune fille, exprimant sa révolte.

« Quelle sottise a été la tienne, de croire que tu pourrais impunément me narguer, poursuivit le mage. Je te laisse apprécier les conséquences de ton action : ton père gît écrasé sous les ruines de son refuge, Farkhar et le nabot ridicule qui l'accompagnait ne valent sans doute guère mieux, même s'ils s'en sont échappés. Quant à toi... »

Il balaya la cage d'un regard dont la morgue traduisait sa pensée mieux que tous les mots.

« Le seigneur Silfadred serait-il incapable de regarder ses échecs en face ? » demanda-t-elle d'une voix froide, s'efforçant de se donner une contenance qu'ébréchait chaque détail de ce qui l'entourait : outre la densité des mailles dans lesquelles elle était emprisonnée, la pièce était hermétiquement close, éclairée par des torches. à moins de se métamorphoser en fourmi, elle n'avait guère de chances d'en sortir :

encore était-elle certaine que, si elle le faisait, le talon du mage ne lui laisserait guère le temps d'atteindre la moindre issue à sa taille. Pour s'enfuir, il eût fallu qu'elle devînt un courant d'air, ce dont elle était bien incapable.

« Qui parle d'échec ? ironisa-t-il. Disons plutôt des… contretemps, toutefois suffisants pour attiser mes foudres, surtout quand je constate à quoi je les dois ! »

Aïwana frémit sous l'insulte, mais s'efforça de n'en rien laisser paraître.

« Qu'est-ce qui vous humilie, Seigneur ? Le fait que je sois une femme ? Que je sois si jeune ?

— Ce serait plutôt le fait que tu n'es rien. Et en tout cas, à partir de maintenant, rien d'autre que ce que je voudrai bien que tu sois. »

Aïwana trembla intérieurement. Dans la résolution glaciale que traduisait la voix du personnage, elle avait perçu la plus terrifiante des menaces.

Ils s'observèrent longuement. Ce n'est qu'au prix d'un effort de volonté surhumain que la jeune fille parvint à affronter le regard de Silfadred sans baisser le sien.

« Quelle touchante capacité de résistance ! commenta le mage avec ironie, montrant par là à quel point il manipulait leur rencontre. Les femmes de ce royaume sont décidément redoutables. Que peut-on faire d'elles, quand elles ne veulent pas se soumettre et qu'on ne peut les réduire en cendres ? » se demanda-t-il comme s'il soliloquait.

L'horreur gagna soudain Aïwana. À quel funeste sort l'homme la destinait-il ? Car il ne faisait guère de doute, à son ton, qu'il l'avait déjà décidé. Puis elle se rendit compte que ce sentiment était moins motivé par la menace que les derniers mots de Silfadred avaient fait peser sur elle, que par la sensation d'une sorte de torpeur qui l'envahissait. Elle se sentait de pierre. Toujours consciente, mais incapable de vouloir quoi que ce fût. En voyant le sourire que dessinaient les lèvres de Silfadred, elle comprit qu'en lui tenant tête du regard, elle s'était livrée à lui plus intimement que si elle lui avait fait don de son corps : lui avait offert le moyen de la soumettre à sa volonté.

« À quoi ne conduit pas la fatuité, ma chère ? »

D'un simple geste, il ouvrit une paroi de la cage et pénétra dans celle-ci sans même prendre le soin de la refermer. S'approchant d'elle, il souleva un pan de son manteau et fit surgir une dague à la lame mince. Sans pouvoir réagir, elle le vit entailler légèrement le côté de son propre poignet, faisant sourdre une fine rigole de sang, puis il lui saisit le bras et procéda de la même façon, avec le même résultat. Il appliqua ensuite les deux plaies l'une contre l'autre. Longuement. Jusqu'à ce que le liquide rouge sombre cessât de s'écouler et fût parfaitement sec. Elle n'avait ressenti aucune douleur. Mais n'avait rien pu faire d'autre qu'assister à cette énigmatique cérémonie chargée d'une intimité malsaine. Durant tout le temps que celle-ci avait duré, elle avait éprouvé l'étrange sentiment d'être non point actrice, mais spectatrice ce qui se passait. à peine avait-elle entendu l'homme murmurer :

« J'en suis pour toi désolé. Mais je pense que tu as vécu ta dernière métamorphose. »

Silfadred ressortit, laissant la cage ouverte. L'inquiétude qu'engendra cette constatation dans l'esprit d'Aïwana lui fit comprendre qu'elle reprenait pied dans une réalité qu'elle n'avait jamais quittée, mais qui, l'espace de quelques instants, lui était devenue complètement étrangère. *Comment se fait-il qu'il ne semble plus rien craindre de moi,* se demanda-t-elle.

La réponse vint d'elle-même, quand elle voulut agir sur son corps, tester ses capacités, comme si un pressentiment, encore bien terré au fond son cerveau, l'avait alertée. Et qu'elle ne put rien faire !

« Quelle pire condition, pour un être comme toi, que de se sentir réduit à l'état d'une de ces larves humaines qui forment mon bétail ? susurra le mage. Tous tes pouvoirs sont morts désormais. À présent, tu pourrais même t'enfuir que tu ne représenterais plus le moindre danger pour moi. Ni le moindre recours pour les autres. Oh, bien sûr, j'aurais pu te tuer. Je ne sais pourquoi, je ne parviens pas à savoir ce qu'est devenu Farkhar. Mais imagine un instant que ce sot ait une fois de plus échappé à son destin : que me resterait-il pour l'attirer dans un piège ? Car, quand je vois à quelle témérité l'a conduit son amour pour Gwenaline, je suis certain que pour tes doux yeux, il serait capable des pires folies ! »

Il se dirigea vers la porte de la pièce et appela :

« Pantrax ! »

Des pas lourds retentirent dans le couloir. Trois hommes en débouchèrent, lourdement armés.

« Choisis une escorte sûre, et fais-la conduire sous bonne garde au lieu que je t'ai fixé !

— Veux-tu que je prenne leur tête ?

— Non, je te préfère ici, à mes côtés. Je ne vois pas comment elle pourrait s'échapper ! »

Il se tourna vers la jeune fille.

« Au-delà des forêts qui bordent le royaume, vers le sud-est, il est une tour qui sera pour toi la plus terrible des prisons. à part moi, et ces créatures qui me sont entièrement dévouées, personne ne saura que tu t'y trouves. Si tu peux m'être utile, tu auras une petite chance de revoir le jour. Sinon, je t'oublierai, et tu y croupiras. Car la seule chose à laquelle je n'ai pas mis fin en toi, c'est la longévité que tu avais héritée de ton père. Aussi, avant que nous nous séparions, permets-moi de te souhaiter le bonheur d'une éternelle jeunesse ! » sourit-il, avant de s'adresser de nouveau sèchement à ses hommes :

« Qu'on l'emporte ! Puisse-t-elle à jamais disparaître de ma vue ! »

Les deux hommes qui accompagnaient Pantrax empoignèrent brutalement la jeune fille, l'encadrant pour emboîter le pas de leur chef. Quand, dans un futile réflexe de protestation, elle tourna le visage vers l'un d'eux, elle eut la surprise de voir ses traits perdre une fraction d'instant toute contenance pour prendre une apparence répugnante avant d'en retrouver une normale. L'odeur pestilentielle qui agressa au même moment ses narines la convainquit qu'elle venait d'entrer dans le pire des cauchemars.

* * *

Les premières lueurs de l'aube arrachèrent Farkhar à un sommeil d'autant plus profond qu'il avait eu bien du mal à le trouver la veille, s'agitant sans cesse, attentif au moindre bruit, comme s'il s'était attendu, à chaque instant, à voir Aïwana surgir de l'obscurité. Il ne s'était même pas senti sombrer ; aussi fut-il presque surpris d'émerger de sa torpeur.

Il se redressa sur ses coudes. À quelques pas de lui, Actarès s'ébroua, aussitôt imité par l'autre cheval. Hormis le son monotone et quasi imperceptible de la rivière, le silence régnait. Le jour était encore bien trop faible pour dessiner les détails. Le paysage alentour se limitait à la couleur claire de la grève, à celle, plus sombre, de la terre, aux masses obscures dessinées par la végétation et le relief sur le bleu ténébreux du ciel qui, vers l'orient, commençait de légèrement pâlir. Dans cet environnement si pauvre en lumière, les vagues reflets qui se dessinaient sur la surface de l'eau prenaient un caractère surnaturel. C'est à peine si, en entendant Actarès, Farkhar put discerner sa silhouette de nuit sur la toile de fond du décor qui l'environnait.

Un grognement vaguement rageur parvint à ses oreilles. Il en déduisit que Surandir, en se levant, prenait conscience de son corps endolori par les épreuves traversées quelques heures plus tôt, et que le nain ne devait pas être encore suffisamment réveillé pour exprimer pleinement ses états d'âme. Car il le croyait capable de se manifester beaucoup plus vertement, quand il était en possession de tous ses moyens.

Il ne savait que penser de son compagnon et se demandait comment tant de laideur et de difformité pouvait provoquer tant de sympathie, sans qu'elle fût motivée par de la compassion. Or s'il était un sentiment que le personnage n'engendrait pas, c'était bien celui-là. Une fois de plus, Farkhar ne put s'empêcher de repenser à Okstrogh. Et se dit que ce ne devait pas être par hasard, même si la raison lui en échappait.

Il entreprit à son tour de se lever, redoutant le pire de la part de ses articulations et de ses muscles. Mais cela se passa mieux qu'il ne l'avait craint.

« Alors, mon garçon, ta nuit fut-elle bonne ? maugréa la voix du nain.

— Pas mauvaise... Et toi ?

— Bah ! Je l'ai passée à rêver que je dévalais un éboulis chaque fois que je me retournais sur cette terre dure comme le roc ! »

Farkhar sourit. Le ton de Surandir lui confirma sa première impression. à présent, celui-ci avait bien repris ses esprits.

« Partons, dit Farkhar, nous n'avons pas de temps à perdre.

— Puis-je suggérer que nous attendions un peu ? Sous cette lumière, quantité de détails risquent de nous échapper. »

Faisant contre mauvaise fortune bon cœur, Farkhar se mit à contempler la rivière, manifestant son impatience par son mutisme. Son compagnon se joignit à lui. Déjà, un peu partout, les formes commençaient d'émerger de l'uniformité qui les noyait. Les deux hommes se laissèrent gagner par la magie du moment. Il leur semblait découvrir le monde, tant était insensible la façon dont les voiles qui le couvraient s'estompaient un à un.

« Que ferons-nous si nous ne la retrouvons pas ? » demanda abruptement Surandir.

Sans quitter des yeux le spectacle de la rivière à la surface de laquelle, sous les prémices de l'aube, commençaient d'affleurer ici des algues, là le sommet d'un rocher ou la discrète émergence d'un banc de sable, Farkhar répliqua sans réfléchir :

« La question ne se pose même pas. Il *faut* que nous la retrouvions ! Je ne saurais aller plus avant sans savoir ce qu'il est advenu d'elle ! »

Il se retint d'ajouter : *Il me suffit de n'avoir rien pu faire pour Gwenaline*, mais garda cette pensée pour soi.

Des larmes noyèrent sa vision quand il réalisa qu'à peine un jour s'était écoulé depuis leur dernière rencontre : lui enchaîné, tous deux nus, dans une situation qui leur interdisait d'éprouver l'un pour l'autre le moindre désir, partageant un ultime regard et d'ultimes paroles, sur le point de franchir les portes d'une mort atroce. Tant de choses s'étaient passées depuis cet instant qu'il lui paraissait remonter à des siècles ! Sa vision du monde bouleversée, celle de son propre destin remise en question de fond en comble, Theinabrÿn sans doute mort, lui aussi – quoique, en son for intérieur, il n'en fût pas totalement convaincu, même si aucune autre façon satisfaisante d'envisager la situation ne se présentait à son esprit, Aïwana disparue... Cela ne pouvait durer ainsi ! Pas tant qu'il avait le pouvoir d'agir !

Sous l'effet de l'implacable volonté qui reprenait le dessus dans son cœur, les larmes séchèrent. Theinabrÿn avait eu raison en lui interdisant de s'apitoyer sur soi-même, de céder à la tentation de renoncer, de se laisser glisser dans un gouffre creusé par autrui, de s'abandonner au néant de ses propres faiblesses.

Combien de temps s'était-il laissé entraîner dans une rêverie voisine du cauchemar ? Quand il reprit contact avec ce qui l'entourait, il s'aperçut que, même si le soleil était encore loin de surgir dans le ciel, le jour était suffisamment avancé pour qu'ils puissent se remettre en quête d'Aïwana.

Surandir avait préparé leurs chevaux. Il se dirigea en silence vers Actarès, monta en selle et regarda Surandir : comprenant peut-être la nature de ce qui l'agitait, celui-ci semblait attendre qu'il prît l'initiative.

« Allons-y, mon ami, dit Farkhar d'une voix dans laquelle la douceur rivalisait avec la fermeté. Il est grand temps, cette fois, de poursuivre notre recherche ! »

Le nain éprouva une discrète émotion en entendant le mot dont l'avait qualifié le prince : cet instant marquait à coup sûr une étape sans retour dans leurs relations. Et, d'une certaine manière, il en ressentit de la fierté.

* * *

Le soleil était à mi-chemin de sa course matinale quand ils s'arrêtèrent.

Ils avaient jusqu'alors conduit leurs montures à des rythmes divers : rarement au galop et seulement de façon très brève, lorsqu'ils étaient convaincus que rien ne leur avait échappé, parfois au pas, scrutant chaque détail autour d'eux, le plus souvent au trot, attentifs au moindre signe qui aurait pu les inviter à pousser plus loin leur quête dans une direction précise. Bercés par le choc des sabots sur le sol, tantôt claquant sur les galets ou des rochers, tantôt étouffé par la compacité ou par l'humidité du terrain, ils n'avaient échangé que peu de phrases.

Tout autour d'eux, la nature n'avait cessé de s'éveiller au fur et à mesure de leur avance. Ils avaient même aperçu, en bordure de forêt, un petit troupeau de cervidés, qui avaient semblé les premiers étonnés par leur présence. Au milieu de tout leur malheur, un miracle avait voulu que Surandir ne perdît ni l'arc ni les flèches qu'il avait emportés au dernier instant, en quittant l'antre du magicien, après avoir manqué de peu les oublier. Il avait été tenté de chasser un des animaux, mais Farkhar s'y était opposé, objectant qu'ils auraient tout le temps de le faire quand ils en auraient fini avec leur recherche, et que le cadavre risquait tout au plus de les encombrer et de les ralentir. Le garçon avait en fait une autre raison, plus secrète : il s'était soudain senti saturé de violence et de sang. La bête était toute de grâce et d'innocence ; le regard qu'elle avait posé sur eux était dénué de toute prévention : la seule idée de briser sa vie de cette façon et en de telles circonstances, même si ce n'était pas lui qui opérait, l'avait ému.

Remontant le cours de la rivière, ils avaient dépassé depuis peu l'endroit où, par une large courbe, le torrent débouchait du défilé conduisant à la grotte de Theinabrÿn. Le flot était encore tumultueux, la plaine largement inondée. Ils avaient été surpris de la distance qu'ils avaient parcourue la veille, sans s'en rendre compte, malmenés par les flots – ils avaient alors, il est vrai, d'autres soucis en tête que de la mesurer !

Plus loin, sur leur droite, le massif montagneux se terminait abruptement sur une haute falaise : au sommet de celle-ci, un écoulement d'eau surgissait d'une faille, formant une cascade qui se terminait dans un lac de modestes dimensions. De l'eau surgissaient des plantes et des arbres qui n'y avaient pas leur place.

C'est ce détail qui attira l'attention des deux hommes.

« Curieux ! dit Surandir en parcourant les environs du regard. On dirait que ce terrain a été inondé.

— Sauf qu'il est bel et bien sous une cascade, et qu'il ne communique aucunement avec la rivière » enchérit Farkhar.

Le nain avait déjà balayé plusieurs fois l'endroit des yeux, quand il se figea.

« Il me semble que j'aperçois quelque chose… Viens ! »

Il lança sa monture, imité aussitôt par Farkhar. Le bruit de la chute d'eau se mit à occuper progressivement tout l'espace.

Le spectacle qu'ils découvrirent bientôt les remplit de désolation. Allongé sur le dos, le cadavre du coursier d'Aïwana était à demi immergé, les pattes en l'air, comme planté dans le sol creusé et rendu meuble par la violence de l'eau. Comment l'animal pouvait-il se trouver ainsi ? *Sous l'effet de son poids et de sa dégringolade*, songea Farkhar en un éclair, tandis que son regard remontait instinctivement le long de la paroi rocheuse.

« Je ne vois qu'une hypothèse. dit-il d'une voix forte pour dominer le son de la cascade. C'est que ce bras d'eau communique, quelque part là-haut, avec celui dans lequel nous avons été entraînés toi et moi, et a été créé par le phénomène dont nous avons été victimes. C'est la seule explication possible à la présence à la fois de cette végétation en plein milieu du lac, et du cheval.

— Reste alors une question : dans lequel a été emmenée Aïwana ?

— Je crois malheureusement que nous avons un début de réponse » précisa Farkhar d'une voix sombre.

Il pointa le doigt en direction d'un des arbres qui se dressaient devant eux, le bas du tronc dans l'eau. Un morceau de tissu pendait lamentablement à une de ses branches.

« La cape d'Aïwana… » bredouilla Surandir, dans un sanglot étouffé.

Farkhar avait déjà commencé de faire avancer lentement son destrier dans l'étendue aqueuse. S'écartant légèrement de lui, le nain fit de même. Là où la profondeur était la plus grande, les chevaux s'enfonçaient jusqu'à la moitié du flanc. Combien de temps sillonnèrent-ils le lieu, passant et repassant au même endroit, de plus en plus partagés entre l'espoir et l'angoisse d'un genre nouveau que faisait naître en eux l'absence de toute trace de la jeune fille ?

« Ce n'est pas possible, hurla Farkhar. Elle ne peut être là : nous l'aurions vue.

— Par ailleurs, elle ne peut avoir réchappé d'une telle chute ! » commenta Surandir avec une expression morose.

Le garçon parut se perdre un long moment dans une réflexion intense. Il se rapprocha de son compagnon.

« Se pourrait-il qu'elle y ait survécu par miracle, et se soit traînée quelque part sur la berge ? se demanda-t-il à haute voix en scrutant attentivement cette dernière.

— Je l'imagine mal, dit Surandir. Il n'y a aucun vestige de son passage ! à moins qu'il ne lui ait poussé des ailes, je ne vois aucune explication ! »

La remarque de son compagnon déclencha un déclic dans l'esprit de Farkhar. Le cœur tout à coup rempli d'espoir, il se mit à balayer des yeux le ciel en tout sens. Mais à peine avait-il entrepris de le faire que son optimisme commença de retomber. Si ce à quoi il avait brièvement songé était arrivé, il y aurait longtemps que la jeune fille les aurait cherchés, aurait signalé sa présence.

« Que guettes-tu ? demanda Surandir, intrigué.

— Rien…, marmonna Farkhar d'une voix hésitante. Rien. C'étai stupide de ma part. »

Il regarda Surandir monter dans l'arbre décrocher la cape avec une agilité surprenante, puis attendit que celui-ci redescende en scrutant les environs.

Ses yeux s'arrêtèrent tout à coup sur un point que Surandir, suivant son regard tout en regrimpant sur sa monture, estima situé à l'orée d'une forêt qui se dressait, à quelque trois cents pas du lac, face à la falaise. Sans crier gare, Farkhar lança son destrier dans un jaillissement qui étincela sous le soleil maintenant haut dans le ciel, éclaboussant son compagnon. Surpris, le cheval de ce dernier eut un mouvement de recul que le nain maîtrisa aussitôt, partant à la suite de Farkhar qui l'y avait invité d'un geste. Il se demandait ce qui avait si vivement fait piquer des deux le jeune homme. Quand ils eurent repris pied sur la berge, Farkhar ralentit son allure, se retournant pour attendre Surandir. Avec la distance, le vacarme de l'eau s'était affaibli. Le nain eut tôt fait de le rejoindre.

« Qu'est-ce qui t'arrive ? demanda-t-il, heureux de ne plus avoir à s'égosiller pour se faire entendre.

— Je crois avoir vu quelque chose bouger là-bas. Mais cela a disparu » répliqua Farkhar, en continuant de se diriger au trot vers un point de la forêt qu'il montra du doigt.

Ils couvrirent de concert la distance qui les séparait encore de l'endroit qu'avait désigné le garçon, puis s'arrêtèrent devant le rideau de végétation qui se dressait devant eux. Il s'avéra nettement moins épais qu'il le paraissait de loin, se densifiant à mesure que le regard pénétrait plus avant dans le sous-bois ; mais il laissait de larges espaces entre les massifs d'arbres, comme autant de voies que la nature sylvestre, dans son exubérance, aurait laissé pénétrer en son sein.

Ses premiers contacts avec les forêts du monde dans lequel il avait naguère accosté incitaient toutefois Farkhar à la prudence. D'autant qu'il ne décelait plus aucun signe de vie devant lui. Pourtant, il était intimement convaincu de n'avoir point été victime d'une illusion. Il avait perçu quelque chose, à défaut de le voir clairement. Cela avait été très furtif. Ce pouvait n'avoir été qu'un mouvement insolite dans le feuillage. Mais ce qui l'avait intrigué, c'est qu'il n'avait par la suite rien vu d'approchant se reproduire où que ce fût. Ce ne pouvait donc être le vent – d'ailleurs, il n'y en avait pas – ni le mouvement d'un être vivant.

« Ce devait être un animal. » risqua Surandir en constatant la perplexité dans laquelle était plongé son ami, et qu'il jugeait excessive par rapport au problème.

« Non. Ce n'était pas un animal ! » affirma Farkhar.

Hormis le son lointain de la chute d'eau derrière eux, un curieux silence régnait, que ciselaient une multitude de sons. Quelques insectes virevoltaient. En tendant l'oreille, il distinguait, loin devant lui, un concert de chants d'oiseaux, par-delà les gazouillis qui se répondaient dans la futaie, au-dessus de leurs têtes. Cela n'avait rien d'oppressant. La perspective sonore que l'ensemble dégageait semblait aspirer son esprit, comme pour l'inviter à ne pas seulement pénétrer mentalement sans la forêt, mais aussi physiquement. De tout son être.

Cela n'avait rien à voir avec ce qu'il avait rencontré dans les terres qu'il avait traversées sur le chemin de Sarm'Eïloan, en remontant la rivière, guidé par la Drak'Hoïade.

Il descendit de son cheval et tendit la bride à Surandir.

« Attends-moi ici, veux-tu ?

— Est-ce prudent ?

— Quel redoutable danger peut bien habiter ces lieux ? sourit Farkhar.

— Avais-tu imaginé que quelque menace te guettait, quand tu étais dans la grotte de Theinabrÿn ?

— Quel rabat-joie tu fais ! » se contenta de lâcher Farkhar avant de passer la limite des premiers arbres.

Instinctivement, toutefois, il porta la main au pommeau de son épée qui surgit comme par magie à son côté, et se retrouva dans son poing. Le sourire amusé qu'esquissèrent les lèvres de Surandir ne parvint pas à taire l'inquiétude qui se lisait dans les yeux de ce dernier. Quand il comprit que rien ne ferait renoncer le garçon, il prit son parti de se tenir sur ses gardes, prêt à intervenir, quoi qu'il arrive.

Farkhar s'était avancé d'une cinquantaine de pas, l'oreille tendue, les yeux errant sans cesse sur ce qui l'environnait. Quelque chose l'intriguait, qu'il ne parvenait pas à définir, dans la luxuriance végétale qui l'enveloppait progressivement. Il perçut comme un soupir. Il se tourna. Une fougère, au pied d'un arbre, lui sembla osciller un instant de façon incompréhensible : l'air était d'une immobilité totale. Le chevalier se dit qu'il avait dû être victime d'une illusion. *À force de chercher quelque chose qui n'existe pas, tu finis par le voir quand même,* se dit-il, mi-amusé, mi-agacé.

Poursuivant sa progression, il crut à nouveau entendre le même son. Devant lui. Précisément là où le tronc d'un chêne imposant lui donna un bref instant l'impression de… palpiter. Oui, c'était exactement cela. Comme une palpitation, mais lente, infime, à peine perceptible. Quand il voulut concentrer son attention sur le phénomène, c'était déjà terminé.

« Prince Farkhar… »

Était-ce bien une voix qu'il venait cette fois d'entendre ? Un souffle léger balaya son visage. Comme une haleine parfumée.

Il tourna lentement sur lui-même : autour de lui, ce n'étaient que troncs de formes diverses, plantes et buissons. Des taillis proliféraient çà et là entre des arbres plus hauts. Depuis la ramée, au-dessus de sa tête, lui parvenaient une foule de bruits, qui constituaient autant de témoignages d'une vie protéiforme : parmi eux, les chants d'oiseaux dominaient, d'une gamme et d'une variété infinies. Était-ce la présence de tous ces êtres, perceptibles par leurs seules manifestations sonores, qui lui donnait le sentiment d'être observé de toute part, d'être entré dans un village dont tous les volets, fermés, eussent caché ses habitants amassés derrière leurs fentes ?

Tout à coup, il comprit ce qui attisait sa curiosité depuis quelques instants. Balayer les alentours, rapidement cette fois, dans toutes les directions, acheva de faire éclater la vérité. Un tel ensemble végétal était tout simplement improbable. Jamais il n'avait vu autant d'espèces mêlées en un seul lieu. Il lui semblait que s'étalait sous ses yeux tout ce qui existait en matière de flore forestière. Il découvrait des feuillages qu'il n'avait jamais vus, et parmi eux des plantes inconnues.

Au loin, il apercevait la tache lumineuse de la plaine dans laquelle l'attendait Surandir, dont il ne parvenait plus à identifier la silhouette à travers le lacis des troncs, des arbustes et des tiges de toute sorte qui se dressait entre eux.

« Prince Farkhar... »

Cette fois, il n'eut plus de doutes. Les mots avaient été clairement prononcés. Le timbre n'était pas vraiment humain. Il avait quelque chose d'étouffé qui le rendait impersonnel, et semblait composé de milliers de voix chuchotant à l'unisson. Elles venaient de partout, prononçant à présent inlassablement les mêmes syllabes ; pourtant elles semblaient n'avoir qu'une seule source. Il se demanda même si elles ne naissaient pas à l'intérieur de sa pensée.

L'univers dans lequel il avait pénétré était à l'opposé de celui des forêts qui avaient provoqué sa fuite éperdue après la traversée de l'océan.

« Prince Farkhar... Bienvenue dans notre dernier royaume ! »

Dans l'harmonieux concert qui le baignait, l'appel avait été plus grave, nettement distinct, tout en restant partie du tout auquel il appartenait. Il lui sembla qu'il avait retenti dans son dos. Le jeune homme fit volte-face, s'attendant à se trouver devant un individu de chair et de sang. Mais son regard ne rencontra que la végétation. Celle-ci, bien qu'immobile, vibrait d'une vie intérieure intense.

Quelle est cette nouvelle magie ? se demanda-t-il. *Qui êtes-vous ?* Les phrases n'avaient pas franchi la barrière de ses lèvres. Pourtant, la réponse lui parvint, sans qu'il pût toujours dire si elle naissait à l'extérieur ou à l'intérieur de son être. Ou les deux ?

« Nous sommes le peuple des Iazliks, et nos demeures, qui t'entourent, se confondent désormais avec nous. à moins que ce ne soit l'inverse. C'est la seule façon dont nous avons pu survivre.

— Survivre à quoi ? interrogea Farkhar.

— À la magie de Silfadred, bien sûr. Comme tant d'autres êtres qui, pour avoir échappé à sa folie destructrice, n'en ont pas moins été réduits à une existence recluse dans le secret des mondes dont ils étaient au départ l'essence. »

Farkhar resta coi, essayant de percer les arcanes de cet énigmatique discours. Son interlocuteur invisible – ou du moins indiscernable, car il ne doutait pas de l'avoir en fait sous les yeux sans le savoir, tout autour de lui – ne lui laissa guère le loisir de s'interroger.

« Nous t'attendions…

— Ah oui ?

— Theinabrÿn nous avait avertis de ta venue en ces lieux.

— Theinabrÿn ?

— Oui, Theinabrÿn.

— Mais… Theinabrÿn est… mort !

— Theinabrÿn est… Theinabrÿn ! »

Farkhar soupira. Devait-il vraiment chercher à comprendre l'inconcevable ?

« Il voulait que nous te délivrions notre message » poursuivit la voix venue de partout et de nulle part.

— Votre message ?

— Qui est aussi le sien. »

Farkhar s'aperçut que, inconsciemment, il ne cessait de tourner lentement sur soi-même depuis que ce curieux échange avait commencé. Il était animé par le sentiment que tout ce qui l'entourait communiquait avec lui.

« Tu ne peux imaginer tout ce qui est en train de s'éveiller depuis l'instant où ceux dont Silfadred a étouffé le règne ont compris que grâce à toi, le monde allait peut-être revivre.

— Soit, dit Farkhar, écrasé par le sens de ce qu'il venait d'entendre. Et quel est ce message ?

— Tu viens d'en entendre une partie. Voici la suite. Nos regards sont partout : sur toi qui es parmi nous, dans le sol que foulent tes pieds, dans le ciel qui nous domine et dont nous te cachons la vue. »

Instinctivement, les yeux du garçon avaient une nouvelle fois exploré à la vitesse de l'éclair tout ce qui l'entourait.

« Celle que tu cherches…

— Aïwana ?

—… est saine et sauve, mais sans doute à présent entre les mains de ton ennemi, dans les murs de Sarm'Eïloan.

— Comment est-ce possible ?

— Nombreux sont les pouvoirs de Silfadred sur lui-même, les êtres et les choses. Sache seulement que, si tu veux la sauver, il te faut retourner dans la cité d'Antrégor. Nous n'en savons pas plus. Mais cela, nous le savons, car depuis le haut de nos cimes, nous l'avons vu. Tu peux aussi, bien sûr, poursuivre ta route vers ton destin.

— Il ne saurait en être question !

— Sache cependant que tu n'as guère le choix, car sans elle, tes chances de succès sont bien compromises : mais le temps que tu passeras à la rechercher et à la délivrer s'écoulera de la même façon pour les autres, dont l'action se précipite et mine, elles aussi, ton entreprise.

— Existe-t-il une issue à cette situation sans espoir ?

— Oui ! Que tu agisses selon ton cœur, et avec la plus grande promptitude dont tu seras capable. Retourne chercher ton compagnon et traverse cette forêt qui est notre domaine. Vous y serez en toute sécurité. Là où nous sommes, les Hurleurs ne sont point. »

Il lui sembla qu'une grande quiétude envahissait les alentours : une sensation relative, d'autant plus étrange qu'en dehors des sons produits par la nature, le calme le plus total n'avait jamais cessé d'y régner.

« Et là où vous n'êtes point ? » se hasarda à demander Farkhar.

C'est à peine s'il crut entendre, comme dans un soupir :

« Merci, Prince Farkhar, d'avoir rouvert les portes qui nous retenaient prisonniers dans notre propre royaume. »

« Et là où vous n'êtes point ? » insista-t-il sourdement.

Mais les murmures s'étaient tus.

Farkhar resta un long moment perplexe. Et si c'était un nouveau piège ? Pourtant, depuis qu'il avait mis les pieds dans la forêt, il n'y avait rien perçu d'inquiétant. Contrairement à celle des Renégats, toujours enfermée sous une chape de terreur menaçante, et à celles qu'il avait approchées à son arrivée sur les terres conduisant à Sarm'Eïloan, dont chaque poussière, chaque plante, exsudaient une horreur mortelle. Non, cela ne pouvait être un piège. D'ailleurs, avait-il d'autre hypothèse à suivre, en dehors de toute trace d'Aïwana, à part le cadavre de son cheval et sa cape qui prouvaient suffisamment que, d'une façon ou d'une autre, elle s'était à un moment trouvée dans le secteur.

Un long soupir souleva la poitrine du garçon, tiraillé par l'indécision. Si le temps n'avait joué contre lui, le choix eût été plus facile. Malheureusement, à part se soumettre avec une confiance aveugle à ce qu'il venait d'entendre, il n'avait aucune solution. Le visage d'Aïwana traversa ses pensées. L'image de la jeune fille dans les griffes du mage le foudroya. Comment pouvait-il tergiverser ainsi ?

En un instant, sa décision fut prise. Il ne restait plus qu'à expliquer à Surandir pourquoi, alors que l'urgence leur dictait de se diriger vers l'est en direction des terres conduisant au Lac des Maléfices, ils allaient remonter vers le nord se jeter dans la gueule du loup, en pénétrant dans une cité où, une fois cernés par ses murs, ils ne compteraient sans doute aucun allié. Sans avoir la certitude d'y trouver celle qu'ils cherchaient. Mais le fait que la présence d'Aïwana fût apparemment essentielle à l'accomplissement de leur mission était un argument suffisant pour ne rien laisser au hasard. Cela, Surandir le savait aussi.

Il remuait encore toutes ces pensées, conscient de la folie suicidaire de leur entreprise, quand il déboucha de la forêt.

« Ah ! Te voilà ! Je me demandais bien ce que tu faisais, commença Surandir.

— On y va ! » trancha Farkhar, en sautant sur Actarès avec une vigueur surprenante.

Étonné par la vivacité avec laquelle la situation évoluait, le nain resta interdit. Son compagnon avait déjà ouvert la route par l'un des sentiers qui pénétraient dans le sous-bois.

« On va où ? cria Surandir, quelque peu furieux d'être traité avec tant de désinvolture.

— à Sarm'Eïloan !

— Mais… »

Farkhar fit volter son destrier, le temps de lui lancer :

« Je t'expliquerai ! »

La forêt l'avait déjà soustrait au regard de Surandir, quand celui-ci frappa des talons les flancs de son cheval.

Souventes fois le masque aux allures grotesques,
Facétieux, déguise en énigme l'humain.

LIVRE DES CÉLESTES
Chant III, vers 827-828

39

En cours d'après-midi, ils sortirent de la Forêt des Iazliks, qui s'était avérée moins étendue que ne le pensait Farkhar. Durant leur course, les deux hommes n'avaient ralenti que le temps, pour le garçon, d'expliquer à Surandir ce qui se passait. Au départ, celui-ci n'avait pas semblé très convaincu. Il avait bien dû admettre, toutefois, qu'il n'y avait pas grand-chose d'autre à faire.

Lorsqu'ils furent sur la lisière, Farkhar s'arrêta. Ils découvrirent un vallon occupé par une petite plaine au-delà de laquelle une seconde forêt, apparemment plus dense, occupait le paysage. Cela ne parut guère de bon augure au jeune homme, qui se souvint de ce que lui avait dit le mystérieux peuple sylvestre, dont, finalement, il ne savait pratiquement rien. Durant la traversée de ce qu'il avait lui-même appelé son royaume, ce peuple ne s'était aucunement manifesté. Tout avait été calme, confortant le garçon dans l'idée qu'ils ne risquaient rien. Mais à présent qu'ils quittaient le domaine de leurs invisibles et discrets protecteurs, qu'allait-il en être ?

Farkhar fit part de ses craintes à Surandir, lui racontant ce qu'il avait déjà vécu par le passé. Ils convinrent de rebrousser chemin pour tenter de contourner la forêt par l'ouest, si la moindre menace leur interdisait d'aller plus avant. Ce qui aurait pour effet de considérablement rallonger leur trajet.

« Comment peux-tu être si sûr de la route qu'il faut suivre ? » interrogea Surandir tandis qu'ils traversaient la plaine.

C'était vrai. Farkhar ne se posait même pas la question. Il savait. Se pouvait-il qu'en survolant à deux reprises les terres séparant la citadelle de Sarm'Eïloan de la caverne de Theinabrÿn, à la suite d'Aïwana, il eût mémorisé le paysage qui défilait sous lui ? Si c'était le cas, il n'en avait absolument pas eu conscience sur le moment. Et pourtant, il ne voyait pas d'autre explication ; il était seulement certain de ne pas être dans l'erreur.

« Je le sais, c'est tout », répondit-il, conscient du peu de satisfaction que sa réponse procurerait au nain.

Parvenus à l'orée de la nouvelle forêt, ils marquèrent une pause. Farkhar savait à quels signes il devait être attentif. Certes, comme il l'avait pressenti, la végétation était ici plus serrée. La ramée, plus fournie, obscurcissait franchement le sous-bois. Le silence, plus opaque que jamais, ne donnait pas le sentiment d'une nature bienveillante. On était loin de la vie foisonnante dont les sons donnaient à la Forêt des Iazliks son côté accueillant, rassurant. C'était seulement par comparaison que Farkhar éprouvait ce sentiment. Un regard à l'expression dubitative de Surandir lui laissa penser que tous deux partageaient, sous une forme ou sous une autre, la même impression.

« Qu'en penses-tu ? » questionna Farkhar.

Surandir se contenta de hausser les épaules. Ce que le garçon comprenait en un sens. Car, contrairement à ce qu'il avait redouté, il ne percevait aucune menace dans l'univers fermé qui s'étendait devant eux. Simplement un sentiment d'oppression latente, trop diffus pour qu'il pût dire si celui-ci était déclenché par un élément extérieur, ou simplement le fruit de sa propre appréhension.

Surandir jeta un regard vers le ciel, qui commençait de se ternir imperceptiblement.

« La nuit risque de nous surprendre pendant sa traversée, fit-il remarquer à juste titre.

— Avons-nous vraiment le choix ? À quoi bon différer, dans la mesure où ne savons pas si une journée suffira à en sortir ?

— Non, reconnut le nain avec un soupir contrarié. Alors, tentons notre chance ! »

Cette fois, ce fut lui qui s'engagea le premier. Malgré la légère angoisse qui étreignait sa poitrine, il sourit intérieurement, heureux d'avoir, pour une fois, volé l'initiative à Farkhar.

Lorsque la nuit tomba, ils convinrent que rien, jusqu'à cet instant, ne justifiait leurs craintes. Ils décidèrent donc d'établir un campement dans une petite clairière, escomptant se reposer à tour de rôle. Toujours aussi sûr de lui, Farkhar estimait qu'ils arriveraient le surlendemain en vue des murs de la citadelle. Ils devaient à tout prix éviter d'y parvenir épuisés par leur périple : outre les nombreuses incertitudes planant sur la solution qu'ils pourraient envisager, ce qu'ils auraient à entreprendre réclamerait alors toute leur énergie.

Farkhar confectionna un petit feu tandis que Surandir s'aventurait avec son arc à la recherche d'un gibier. Les flammes étaient fournies quand le nain déboucha des arbres en face du garçon, brandissant un lapin et arborant un sourire triomphant qui, sur sa face dissymétrique aux traits grossiers, engendrait une grimace inimaginable.

Pourtant, sa physionomie respirait une beauté et une noblesse sous-jacentes que Farkhar ressentait comme une évidence, sans être capable de dire sur quoi se fondait ce sentiment.

Une nouvelle fois, ce paradoxe le ramena à Okstrogh. Un mystère de même nature enveloppait les deux hommes. Sa perception obéissait-elle à une appréhension toute personnelle de leur humanité, ou n'importe lequel de leurs semblables l'aurait-il partagée ?

Pour Okstrogh, il avait de vagues éléments de réponse : certes, nul n'avait jamais fait allusion, à Thurm-Kooth, à une telle dimension chez les Renégats. C'était même le contraire. Il y avait toutefois le trouble qui avait constamment habité son père, Ghertradt, après sa rencontre avec Okstrogh, et sur lequel le roi ne s'était jamais confié de façon précise. En ce qui concernait Okstrogh, il était clair que Farkhar n'aurait jamais qu'une seule référence : la sienne.

Quant à Surandir, c'était à peine différent. Simplement, c'était Theinabrÿn qui le lui avait imposé comme compagnon de route : en soi, c'était lourd de signification, même si celle-ci restait, pour l'instant, complètement obscure.

Surandir n'était pas d'un naturel loquace. Les circonstances faisaient que Farkhar ne l'était guère plus. Aussi préparèrent-ils l'animal et le firent-ils cuire dans un silence seulement ponctué de quelques banalités.

C'est en mordant à pleines dents dans une cuisse que Farkhar lâcha la question qui le tracassait depuis sa rencontre avec le nain :

« Qui es-tu, Surandir ? »

Celui-ci le regarda de ses yeux mordorés par le reflet des flammes.

« Si je te disais que je ne le sais pas, me croirais-tu ? »

Il vit la perplexité s'afficher sur les traits de Farkhar.

« Mon premier souvenir me ramène à la grève d'un lac ; j'étais déjà tel que je tu me vois. De mon passé j'ignore tout.

— Mais, cette grève, c'était où ?

— Theinabrÿn est le premier visage qui s'inscrit dans ma mémoire. Il m'a toujours dit que je le saurais le moment venu. »

Farkhar nota que, volontairement ou non, le nain n'avait pas répondu à sa question. Il ne put se retenir de pouffer :

« Sacré Theinabrÿn ! Je me demande s'il a su un jour s'exprimer autrement que par énigmes, quand on lui posait des questions indiscrètes ! »

Puis, prenant un air plus grave, presque soliloquant :

« Quoiqu'il n'y ait guère d'indiscrétion à demander d'où l'on vient.

— Sauf, peut-être, quand ce qu'on cherche à savoir, c'est pourquoi l'on est ainsi : difforme, laid...

— Tu n'es pas laid, Surandir. Tu es... différent, c'est tout. Dans un monde fait d'hommes comme toi, c'est moi qui serais laid. »

Surandir le regarda avec curiosité.

« C'est étrange, dit-il.

— Quoi ?

— Theinabrÿn me tenait un langage fort semblable. Il m'a même dit un jour que ma laideur était l'inverse de ma vraie nature, et n'était faite que pour cacher celle-ci, qui se révélerait…

— Le moment venu ! Ne t'inquiète pas, j'ai déjà compris ! » ironisa gentiment Farkhar, en adressant à son compagnon une mimique complice, avant de poursuivre :

« Mais, comment Theinabrÿn pouvait-il connaître ta vraie nature, s'il t'a trouvé au bord d'un lac, privé de toute mémoire ?

— Il est tant de choses que Theinabrÿn savait !

— Tu me l'as déjà dit. Mais avoue que, comme explication, c'est un peu léger ! répliqua Farkhar sur un ton plus mordant.

— Il ne m'a pas dit que je n'avais plus de mémoire. Simplement qu'elle était en sommeil.

— Ce qui nous fait progresser d'un bond prodigieux dans nos connaissances. Espérons qu'elle te reviendra le moment venu.

— À moins qu'à ce moment-là, les choses parlent d'elles-mêmes ! »

Farkhar le considéra avec des yeux écarquillés :

« Dis-moi, histoire d'avancer un peu : tu ne serais pas quelque part jumeau avec Theinabrÿn ? »

Surandir eut l'air de ne pas saisir ce que voulait dire le garçon.

« Ne fais pas attention, poursuivit celui-ci avec un geste désabusé. Je faisais juste allusion à votre façon toujours transparente de vous exprimer. Et ton deuxième souvenir ? »

Surandir parut se renfrogner légèrement, comme si la question l'embarrassait.

« Tout est si flou jusqu'à l'apparition du visage de Theinabrÿn… »

Cette fois, Surandir avait évité de croiser son regard. Farkhar eut alors une certitude : le nain lui cachait quelque chose. Quelque chose qui datait de l'instant où il avait émergé dans la réalité, et qui avait un rapport avec sa présence à ses côtés. Devait-il chercher à pousser l'interrogatoire ? Convaincu que cela ne mènerait à rien, il résolut de s'en tenir à ce qui semblait résumer la philosophie de son interlocuteur, et se dit qu'il le saurait le moment venu.

Il finit de détacher un morceau de viande d'un os avec ses dents, puis, jetant celui-ci dans l'herbe, posa sur le nain un regard soudain grave :

« Tu veux que je te dise qui tu es ? Tu es mon ami. Mon unique ami. Et je pense que si tu n'étais pas là, je serais bien seul, et bien fragile ! On n'a pas besoin de tout savoir d'un ami : l'essentiel est qu'il nous inspire de l'amitié ! Après tout, les sentiments ne puisent-il pas leur profondeur dans le mystère qui les habite ? »

Le silence retomba entre eux, bercé par l'émergence des sons de la nature nocturne : tandis que s'estompaient les dernières lueurs de l'aube, la nuit installait autour d'eux son univers tour à tour inquiétant et apaisant.

Gagnés par la fatigue, ils résolurent d'y céder, non sans se contraindre à un minimum d'organisation : Farkhar prit le premier tour de garde. Le sentiment de sécurité qu'ils éprouvaient ne reposait sur aucun fondement. La prudence restait donc de rigueur.

Lorsque Surandir éveilla Farkhar, le jour ne poignait pas encore.

Ils reprirent alors leur course. En fin de matinée, ils sortirent de la forêt sur les rives d'un large cours d'eau, au-delà duquel ils aperçurent d'autres bois. Ils voulurent essayer de le traverser mais durent bientôt renoncer en raison du courant, quand ils virent que leurs chevaux, immergés jusqu'au flanc, avaient de plus en plus de mal à lutter contre celui-ci. Indécis, ils regagnèrent la rive, décidèrent de se séparer un moment pour explorer la rivière, l'un vers l'amont, l'autre vers l'aval. C'est Surandir qui découvrit un endroit où le lit, s'élargissant considérablement, laissait même apparaître en son milieu des bancs de sable. La force du flot s'y atténuait. Quand ils se retrouvèrent un peu plus tard à l'endroit où ils s'étaient séparés, le nain entraîna Farkhar et ils traversèrent cette fois sans encombre, en profitant au passage pour remplir les gourdes accrochées à leurs selles.

Puis ils s'engagèrent dans les bois qui se dressaient à quelques centaines de pas de la rivière.

* * *

« Aujourd'hui expire le délai que j'avais donné à Antrégor pour nous offrir la bataille. Je doute qu'il se présente d'ici ce soir. Il faut donc, mon cher Olern, envisager de rassembler l'armée en ordre de marche dès demain. Que tu le veuilles ou non. »

Viridius s'était exprimé avec calme et fermeté. Il détacha son regard de la plaine déserte qui s'étendait sous leurs yeux vers l'orient pour regarder son conseiller. Celui-ci se tourna lentement vers les terres couvertes de tentes, derrière eux, ignorant ostensiblement la question. Viridius avait l'habitude. C'était la façon dont Olern manifestait à la fois sa désapprobation et son impuissance à trouver une alternative.

« Je vais m'y employer, Viridius. Il me faudra bien toute la journée, tant nos forces sont importantes. Je ne sais combien de milliers d'hommes tu as rassemblés, mais ce qui est sûr, c'est qu'ils seront suffisamment nombreux pour ceindre les murailles de Sarm'Eïloan d'une barrière humaine impénétrable.

— Peut-être Antrégor comprendra-t-il en nous voyant qu'il lui vaut mieux se rendre, et accepter de laver plus pacifiquement l'affront qu'il nous a infligé.

— J'en doute, vois-tu. Car je pense de moins en moins que s'il ne t'a donné aucune réponse, c'est pour se soumettre quand tu seras sous ses murs. En fait, je crois surtout que lorsque tu désignes Antrégor, tu te trompes lourdement de cible. C'est Silfadred qui est derrière tout cela. Reste à savoir comment il a réduit le roi de Sarm'Eïloan à l'état de pantin. Si mes convictions sont justes, Silfadred poursuit un but que j'ignore, mais qui n'est certainement pas compatible avec une reddition. »

Le silence retomba entre les deux hommes, meublé par la rumeur sourde qui provenait du vaste campement, ponctuée de cris, d'appels, de sons multiples, et qui noyait tous ceux de la nature printanière environnante. Aussi loin que portaient leurs regards, la plaine était couverte d'un assemblage bariolé, hérissé de bannières aux formes variées : les unes carrées, triangulaires ou rectangulaires, les autres à deux ou quatre pointes. Leurs couleurs, rivalisant d'éclat sous le soleil, et le flottement que leur imprimait le souffle intermittent d'un vent léger, semblaient défier l'immobilité et l'uniformité apparentes du ciel et du rideau de verdure que la forêt étirait au-delà.

« Combien de temps nous faudra-t-il pour atteindre la citadelle de Sarm'Eïloan, selon toi ? demanda Viridius.

— Un peu plus d'une semaine, je pense. Notre armée est lourde à déplacer et il n'est pas question de la diviser pour faire parvenir sous les murs ennemis les éléments les plus rapides. Ce sont ceux qui seront les moins utiles à un siège, voire à un assaut. D'autre part, n'oublions pas que nous n'avons, après tout, aucune idée de l'état de préparation de l'adversaire !

— Car tu imagines qu'Antrégor puisse rassembler des forces suffisantes pour nous résister longtemps ?

— Imaginais-tu, toi, en réunir de semblables pour l'attaquer ? » répliqua Olern sur un ton chargé de sous-entendus, en désignant le camp largement étalé sous leurs yeux.

Viridius le regarda, pris de court.

Combien de fois avaient-ils discuté de cette question qui, de toute évidence, intriguait beaucoup moins le roi que son conseiller. Il était vrai qu'aucun décompte n'existait de la population d'Aak-Sour, et que là où Olern trouvait une raison de supputer sur l'importance numérique de l'ost, l'impétuosité de Viridius voyait plutôt la source d'une exaltation toute belliqueuse. Ce qui constituait pour le premier un motif d'inquiétude supplémentaire : il en venait à concevoir les hypothèses les plus folles, à commencer par celle d'une manipulations des êtres et des événements par Silfadred, qui ne se limiterait pas à Antrégor. Après tout, du temps où il était le conseiller du père de Viridius et où les relations entre les deux royaumes étaient des plus amicales, la fréquentation de Theinabrÿn ne lui avait-elle pas offert l'occasion de pressentir tout ce dont un magicien était capable ?

Il avait pu en constater certains effets, lorsque l'homme mettait ses pouvoirs au service d'une cause juste : il n'osait imaginer ce qui pouvait en découler dans le cas contraire.

Comme de coutume, Viridius évita le débat. Peut-être tout simplement parce que, le plus sincèrement du monde, il n'en voyait pas l'opportunité.

Son visage s'éclaira.

« Ah ! Voilà Thorwald ! Il tombe à pic ! »

Tous deux regardèrent un jeune chevalier les rejoindre d'un pas rapide, venant du camp. D'allure athlétique, il était sensiblement du même âge que le roi, qui l'avait choisi parmi ses meilleurs compagnons pour prendre en main l'armée et seconder Olern. Ce serait lui qui conduirait l'infanterie, Viridius s'étant réservé la cavalerie en confiant à Olern les corps spécialisés comme les archers. Une barbe fine encadrait son visage ovale au regard vif et au nez droit. Son expression franche exprimait à l'égard de son souverain une loyauté sans faille. Par-dessus une tunique de lin, il portait un plastron de cuir sombre sur lequel apparaissaient, gravées, les armes d'Aak-Sour. Son casque de cuir était doté d'un large couvre-nuque qui enveloppait son cou et s'étendait jusque sur ses joues.

Il avait eu la charge d'acheminer les chariots destinés à transporter le matériel de siège et avait quitté la citadelle parmi les derniers.

« Tout est en place, Sire, dit-il d'une voix ferme. L'armée entière est à présent assemblée. Il ne reste plus qu'à l'organiser selon l'ordre dans lequel vous souhaitez qu'elle se présente sous les murs de votre adversaire, quand nous les atteindrons.

— Je veux que l'infanterie arrive en premier : c'est elle qui se déploiera autour de la cité d'Antrégor. Et que les machines de siège l'accompagnent. Il faut que l'adversaire comprenne dès qu'il nous verra l'importance de notre ost et des moyens dont nous disposons. Ce sera peut-être moins spectaculaire que nos chevaliers. Mais certainement plus impressionnant ! »

Olern ne put s'interdire un regard légèrement admiratif vers son élève.

« Le fringant chef de guerre songerait-il enfin à son rôle de stratège ? ironisa Olern d'un ton incisif.

— Je ne l'ai jamais oublié. Mais le stratège ne s'impose à son armée que dans un second temps, par la victoire, qui est le résultat de son action et de sa réflexion ; quand ils partent au combat, ce n'est pas la stratégie que voient les soldats, c'est celui qui les conduit !

— Je te le concède. Mais il me semblait que, depuis quelque temps, tu négligeais un peu ce qui permet à celui qui les conduit de revenir à son camp aussi fièrement qu'il en est sorti. »

Thorwald avait assisté à l'échange impassible. Partageant sans réserve la fougue de son roi, il considérait d'un œil parfois amusé le côté ratiocineur d'Olern.

Viridius inspira profondément : une façon pour lui de couper court à l'entretien. Puis il donna une tape amicale à Olern :

« Allez, mon vieil ami, dit-il avec une solennité affectée. Consacre-toi à la tâche que je t'ai confiée ! Thorwald s'emploiera à t'aider. Je compte sur vous deux pour qu'après-demain, au plus tard, notre armée s'ébranle. L'oisiveté n'a jamais été l'aiguillon des ardeurs belliqueuses. Or, c'est d'elles que nous allons avoir besoin dans les jours à venir ! »

* * *

Dans une pièce attenante à la grande salle du trône, un conseil réunissant les chefs des dix plus importantes familles du royaume de Sarm'Eïloan était assemblé autour d'Antrégor et de Silfadred. Sur une peau, tendue dans un cadre de bois reposant sur deux trépieds, figurait un dessin grossier de la citadelle vue de dessus, symbolisée par trois tracés représentant le donjon, le château et les murs entourant la cité.

Tout autour de l'ensemble, une large zone était circonscrite par un quatrième trait. Divers détails complétaient le schéma : des croix, de petits carrés et d'autres symboles.

« Combien de temps sera-t-il nécessaire, selon toi, pour édifier une telle palissade autour de la citadelle ? demanda le roi à Silfadred.

— Si tous les hommes valides s'emploient aux tâches les plus rudes et qu'une chaîne efficace est mise en place entre les forêts avoisinantes et la construction, je pense qu'en six ou sept jours le travail peut être achevé. Le transport des matériaux, qui sera la partie la plus longue, pourra se faire aussi de nuit, ce qui permettra de gagner beaucoup de temps. Pour le reste, nous devrons employer chaque moment du jour.

— Il n'empêche, je te trouve très optimiste, déclara Antrégor.

— Non, Sire. Je compte, bien entendu, sur ceux, toujours plus nombreux, qui affluent sans cesse des quatre coins du royaume, à mesure que nos messagers font leur œuvre.

— Et crois-tu qu'un tel espace sera suffisant pour accueillir toute la population ? Après tout, nous n'avons qu'une vague idée de son importance et...

— Si la palissade est édifiée, comme je le prévois, à environ trois cents pas de la muraille, oui, Sire. Sauf du côté de la rivière, où celle-ci délimite une zone trop étroite. »

Pouvait-il dire à Antrégor que lui savait assez précisément le nombre de gens qu'ils allaient devoir entasser dans cette enceinte ? Pouvait-il lui dire que ses créatures se glisseraient à leur l'insu parmi les hommes du royaume pour lui prêter main forte ? Il fallait en effet que tous les atouts soient réunis pour que le dernier épisode par lequel achèverait de s'accomplir l'œuvre de Thanatros fût digne de celui-ci et de son immensité ? Non, bien sûr,

Désignant une interruption du trait figurant dans la partie de la palissade qui faisait face à la rivière, l'un des participants interpella le mage :

« Seigneur Silfadred, ne prévoyez-vous qu'une ouverture dans toute cette construction ?

— Une seule visible, face au pont qui enjambe la rivière. Elle paraîtra logique et, présentant à l'adversaire la menace d'une sortie en force de notre armée, elle l'obligera à concentrer la sienne sur ce secteur. Donc à dégarnir le reste de ses positions. En fait, d'autres portes seront ménagées, mais camouflées, et invisibles de l'extérieur.

— C'est habile, répondit l'homme. Espérons que l'ennemi n'éventera pas le piège !

— Si nous étions contraints d'engager le combat devant la porte principale, poursuivit Silfadred, il y a fort à croire que Viridius ramènera davantage de troupes sur le lieu de l'affrontement. Nous pourrons alors faire sortir, par d'autres issues, des effectifs de réserve qui tenteront une manœuvre d'encerclement. Même si elle ne réussit pas en tant que telle, cette manœuvre déstabilisera la formation ennemie et augmentera nos chances de l'enfoncer. »

Des hochements de tête approbateurs accompagnèrent ses dernières paroles.

« Et de quelle hauteur prévoyez-vous cette construction ? » interrogea un autre.

Silfadred balaya lentement l'assemblée d'un regard dur, affichant sa supériorité sur ces hommes dont les questions, il en était certain, n'étaient destinées qu'à masquer leur inexpérience en matière de stratégie et de poliorcétique.

« Environ dix coudées avec, selon les endroits, un chemin de ronde, ou une butte permettant de disposer des machines de jet. »

En entendant ce mot, Antrégor songea aux ateliers où charpentiers et forgerons s'activaient depuis quelques jours à fabriquer des épées, des flèches ou simplement des clous, et des pièces plus complexes destinées à être assemblées selon les plans de Silfadred, pour constituer des balistes et des scorpions. Malgré tous les efforts du mage pour le rassurer, il se demandait comment celui-ci allait s'y prendre pour que Sarm'Eïloan soit prête à l'arrivée de l'adversaire. La seule constatation qui lui redonnât espoir était celle de l'état d'avancement des préparatifs en si peu de temps. Même s'il ne comprenait pas comment cela était possible.

La grandeur d'âme et le courage qui constituaient la base de son caractère le préparaient à s'adapter à la situation, pas à concevoir la nature et la puissance des forces qui s'étaient mises en marche, et dont le nombre croissait chaque jour. C'était plus ou moins le cas de la plupart de ses chevaliers, à ceci près que, pris comme ils l'étaient dans la tourmente des événements, et obsédés par la nécessité d'être efficaces et la brièveté du temps qui leur était imparti, ils étaient encore moins enclins que lui à se poser des questions.

« Que se passera-t-il si, malgré tout cela, l'ennemi submerge nos positions ? » questionna un troisième homme.

Le mage le toisa.

« Est-il digne d'un chef de guerre de supputer ce qu'il adviendra si, en plein combat, la mort se présente en face de lui ? »

L'autre blêmit sous la perfidie de l'insinuation. Puis se tint coi.

« Est-ce tout, messeigneurs ? »

Un silence gêné, presque lourd, s'installa. Le mage n'avait pas manqué son effet.

« Alors, je pense qu'il est temps que chacun se mette à la tâche que le roi et moi-même allons lui confier. De son aptitude à la remplir découlera notre capacité de résistance, voire d'attaque. C'est dire combien le sort de Sarm'Eïloan est entre les mains de chacun de vous et dépend des journées qui vont suivre : elles seront aussi déterminantes que celles qui se succéderont en présence de l'ennemi. »

Tous s'apprêtaient à se retirer quand le troisième baron, qui s'était exprimé en dernier pour être si vertement tancé par Silfadred, se tourna vers Antrégor :

« Je m'autorise à dire, au nom de tous mes compagnons, que vous pouvez compter sur notre entière fidélité, Sire… »

Il s'agenouilla en portant son poing droit fermé contre son cœur.

« … et sur notre dévouement jusqu'à la mort ! »

Tous se joignirent à lui dans un seul élan, le regard dirigé vers leur souverain, ignorant soudain le mage. Les yeux de celui-ci se plissèrent légèrement. L'affront ne lui avait pas échappé. Il comprit alors que sa manipulation des humains rencontrait décidément, depuis quelque temps, certaines limites, sans en entrevoir la raison.

Il les regarda sortir un par un. Il faudrait qu'il se garde d'eux plus qu'il ne l'avait imaginé au départ, et qu'il ne s'en était convaincu après avoir emporté si aisément l'unanime adhésion du tribunal qui avait jugé Farkhar et Gwenaline.

* * *

L'après-midi était déjà bien avancée quand, après un nouveau parcours forestier, Farkhar et Surandir arrivèrent en vue d'un vallon occupé par une prairie. Au centre de celle-ci, ils découvrirent un surprenant spectacle : sans doute celui auquel ils s'attendaient le moins.

Fougueux, l'épée brandie,
Foudre portant la mort sur son noir palefroi,
Le preux sur l'ennemi fit s'abattre l'effroi
Et des Hurleurs faucha l'horrible perfidie.

LIVRE DES CÉLESTES
Chant III, vers 945-948

40

Une fois passé le premier moment de surprise, les deux hommes observèrent pendant de longues minutes le petit convoi qui cheminait dans le val. Le poing gauche du premier s'était crispé sur la poignée de son épée : elle n'avait pas disparu de son côté depuis son entrée dans la forêt des Iazliks. Et il n'était pas dans ses intentions qu'elle le fasse de sitôt. Il eut une pensée pour elle, subjugué par la façon dont l'inestimable présent de Theinabrÿn non seulement obéissait aux circonstances et à ses pensées, mais même les devançait !

Une idée caressa son esprit, si légère qu'elle s'évanouit immédiatement, tel un rêve dont les portes ont à peine eu le temps de s'entrouvrir :

Se pourrait-il que tu sois toujours quelque part près de moi, ô mon sage et vieil ami ?

La réalité du spectacle qui se tenait sous leurs yeux attira de nouveau toute son attention.

Cachés derrière le rideau d'arbres qui dominait la prairie, Farkhar et Surandir étaient invisibles. Treize hommes d'armes cheminaient calmement, encadrant un chariot portant une cage, dans laquelle on distinguait nettement une forme humaine allongée.

Ils ne pouvaient voir son visage, mais les couleurs du vêtement, pourpre en bas et vert en haut, n'éveillaient dans leur esprit qu'un seul et même souvenir. Celui de la tenue de page d'Aïwana. Celle qu'elle portait la première fois qu'elle avait surpris Farkhar dans la solitude de sa chambre ; celle qu'elle avait encore, quand ils s'étaient retrouvés dans la grotte de Theinabrÿn, après qu'elle l'eut soustrait au supplice.

Farkhar se tourna vers Surandir. Le léger sourire de satisfaction qu'il lisait sur les lèvres de ce dernier lui confirmait le soupçon qui, dans sa tête, prenait un peu plus, à chaque instant, la force d'une certitude.

« Penses-tu comme moi ? » risqua-t-il à l'adresse du nain.

Celui-ci tourna vers lui un visage radieux, que le garçon n'avait pas encore eu l'occasion de lui voir.

« Je crois que oui ! »

Ils se sourirent en silence.

« Je n'ose croire que ce soit elle, murmura Farkhar en s'approchant doucement de son compagnon jusqu'à ce que leurs chevaux soient presque côte à côte. Reste à savoir comment nous allons nous y prendre. »

Surandir se saisit de l'arc qu'il portait en bandoulière et d'une flèche.

« Je vais en tuer un d'abord. Attaque-les vigoureusement par là au même moment, poursuivit Surandir en désignant de la main le flanc droit de colonne. Le temps qu'ils réalisent ce qui leur arrive, je devrais bien parvenir à en toucher deux ou trois autres. Quand tu auras engagé le combat, je me lancerai sur eux à mon tour par l'autre côté – son bras avait décrit un arc de cercle vers la gauche de l'adversaire. À mon avis, ils ne sauront plus où donner de la tête !

— Ils se demanderont peut-être combien nous sommes réellement !

— Exact ! Ce plan te convient-il, *mon ami ?* »

Surandir avait prononcé les deux derniers mots sur un ton d'ironie complice, avant qu'un sourire lui barre le visage d'une oreille à l'autre.

« Oui... Mon ami ! » répliqua Farkhar.

Si la plus grande discrétion ne s'était imposé de leur part, ils eussent sans doute éclaté de rire. Mais les regards qu'ils échangèrent en tinrent lieu. Leur pacte entrait en pratique. L'action allait le sceller.

La nature s'était tue. Tandis que se tendaient leurs muscles et leur esprit, il leur sembla qu'une chape de silence s'était abattue sur les lieux, faiblement déchirée, par instants, par le grincement des essieux.

Le soldat qui ouvrait la marche se tourna vers ses camarades et leva le bras pour les arrêter. Farkhar et Surandir sentirent une sueur glaciale perler sur leur front, imaginant qu'ils avaient peut-être été repérés. Dans l'ombre du feuillage, ils étaient aussi immobiles que des statues, allant jusqu'à contenir instinctivement leur souffle.

L'homme se contenta de faire le tour du chariot en regardant leur prisonnière qui ne bougeait pas, et d'échanger en riant quelques mots avec les autres membres de l'escorte. Puis, au grand soulagement des deux hommes, il regagna la tête de la colonne et, d'un geste, leur donna l'ordre de reprendre leur avance.

Le garçon et le nain sentirent tout à coup leur poitrine se relâcher, expirant lentement l'air qu'ils y avaient maintenu, sans même s'en rendre compte. Farkhar aperçut du coin de l'œil, plus qu'il ne vit, Surandir qui encochait posément sa flèche et bandait l'arc.

« Tu me dis quand tu es prêt, chuchota le nain d'une voix tendue par l'effort.

Farkhar dégaina son glaive.

— Je le suis ! »

La corde claqua dans ses oreilles et la flèche partit, silencieuse. Surandir avait choisi sa cible. Quand l'homme de tête fut atteint et désarçonné par le choc, une pensée muette traversa l'esprit de Farkhar :

Cette fois, Aïwana, c'est mon tour !

Le soldat n'avait pas touché le sol qu'il s'était élancé, l'épée brandie et le bouclier accroché à son bras gauche, apparu comme par miracle.

Il faudra quand même, songea Surandir en positionnant sa deuxième flèche avec un sourire, *que je lui demande comment il fait cela !*

L'escorte qui accompagnait le chariot fut un moment partagée entre la surprise et l'impression première que la menace venait de toute part. Les râles de leur chef gisant dans une mare de sang, la gorge percée de part en part, ajoutaient à leur confusion, en faisant planer l'image du sort qui pouvait les frapper à chaque instant. Une flèche frappa un autre homme en pleine poitrine, augmentant l'effet de panique, dont Farkhar sut tirer profit.

Fondant sur la petite troupe, il fit tourbillonner son arme. À peine une tête avait-elle valsé dans un giclement pourpre que la pointe pénétrait avec force dans un torse, alors qu'un choc sourd suivi d'un cri déchirant avertissait le garçon que Surandir avait fait mouche une troisième fois.

Mais très vite, la résistance s'organisa. Les huit soldats encore valides se tournèrent contre Farkhar qui fit virevolter Actarès, constatant avec plaisir combien l'animal réagissait vivement à la moindre impulsion.

Le jeune homme piqua des deux en plein centre de la ligne formée par ses adversaires, les déconcertant une nouvelle fois par l'énergie de sa contre-attaque. Cela fut fatal à l'un d'eux : protégeant sa sénestre de son écu, Farkhar abattit sa lame, pourfendant le cavalier qui s'apprêtait à lui faire obstacle : sous le choc, le cheval de celui-ci se cabra avant de s'écrouler lourdement sur lui.

Entraînés de part et d'autre par leur élan, les cavaliers se retrouvèrent éloignés de plusieurs pas. Quand Farkhar fit à nouveau face, ils étaient sept à se regrouper tant bien que mal, quand un dernier trait sema la mort dans leur rang. Les survivants semblaient décidés cette fois à l'attendre, jugeant sans doute qu'ils maîtriseraient mieux ainsi l'affrontement. Farkhar suspendit l'ordre qu'il allait intimer du talon à son destrier, pour se donner le temps de réfléchir.

Il vit un rictus cruel déformer la face d'un des combattants, tandis que le visage de deux autres se transformait un instant en un magma ignoble avant de reprendre forme. Un vilain souvenir traversa les pensées de Farkhar, le ramenant à sa chambre, le soir où Silfadred l'avait surpris avec Gwenaline. À ce qu'il avait vu cette fois-là sur la face d'un des gardes, et qui s'était répété sur celle d'un autre, un peu plus tard, quand le mage avait conduit la jeune fille dans sa cellule.

Il marqua une hésitation au moment où il allait passer à l'attaque : *Qu'est-ce que cette horreur ?*

Il était brusquement surpris que les créatures qu'il avait en face de lui – et qu'il n'osait plus appeler des hommes – puissent être vulnérables. S'attendant à les voir se relever malgré leurs blessures, il balaya vivement du regard l'espace autour de lui et constata avec soulagement que ceux qu'il croyait morts l'étaient on ne peut plus.

Fut-ce parce qu'il ne les voyait plus comme des semblables, ou tout simplement parce ce qu'il ne parvenait pas à imaginer de quoi pouvaient être capables ses ennemis ? Sa rage décupla, et, le glaive pointé en avant, il chargea. C'est ce moment que choisit Surandir pour déboucher de la forêt dans leur dos, en face du chevalier, surprenant jusqu'à celui-ci en poussant un cri de guerre qui ébranla le vallon.

Deux des cavaliers se tournèrent contre lui tandis que les quatre autres, poussés sans doute par l'urgence nouvelle de la situation, se jetaient vers Farkhar. Ce dernier les surprit en déviant, au dernier instant, la course d'Actarès vers celui qui était à sa gauche : son épée crissa sur le bouclier que l'autre avait brandi et s'enfonca dans son ventre à travers le haubert. Le soldat fut soulevé de sa selle : sous le poids, le bras de Farkhar s'abaissa et le corps, libéré de l'arme qui s'était arrachée de ses chairs dans une giclée de sang, aspergeant la jambe du jeune homme, boula sur la terre rougie dans une cabriole grotesque.

Vu la hargne que semblait vouloir déployer le nain, Farkhar ne se sentait pas trop inquiet à son sujet. Un vif coup d'œil lui montra que dès le premier choc, son compagnon avait déjà mis hors de combat l'un de ses deux adversaires et – sur le moment, il n'en crut pas ses yeux, mais cela relevait de l'évidence – mis à mal le second.

C'est alors qu'il vit les trois hommes qui restaient en face de lui se concerter brièvement et l'un d'eux lancer sa monture vers le chariot, dont la suite des duels les avait éloignés. Imaginant immédiatement ce qu'il avait en tête, Farkhar hurla à pleins poumons :

« Surandir ! À moi ! ».

Il choisit de se lancer à la poursuite du soldat, espérant le rejoindre avant d'être rattrapé par les deux autres.

Le nain, voyant la scène, acheva le blessé et se tourna vers le reste du combat.

Tout se passa dès lors très rapidement. Surandir intercepta les deux cavaliers qui tentaient de rejoindre Farkhar. Heurtant de sa monture le premier, il le désarçonna, le fauchant du tranchant de son épée, et dans le même élan, se dressa en travers du passage du second, le transperçant de son arme au moment où les deux chevaux se percutaient violemment. Le Hurleur, le nain et leurs montures s'écrasèrent sur le sol dans un vacarme de cris, de hennissements et de métal. Surandir se retrouva désarmé, son glaive lui ayant été arraché des mains dans le choc en restant planté dans le corps de son adversaire. Il se releva promptement, quoique un peu étourdi, et constata avec soulagement que ce dernier, hors de combat, gisait immobile, à quelques pas, dans une mare de sang, percé de part en part.

Pendant ce temps, le dernier cavalier atteignait le chariot, pointant son arme pour, de toute évidence, tuer la prisonnière. Farkhar l'attaqua au moment où, arrivé devant les barreaux, il allait abattre sa lame. Le garçon le saisit à bras-le-corps et, quittant ses étriers, l'entraîna dans sa chute. Lâchant son glaive, il parvint à maintenir sa prise tandis qu'ils roulaient sur le sol. Au dernier moment, sa dague se matérialisa le long de sa hanche. Il la saisit et la planta dans la nuque de son ennemi, provoquant un craquement sec.

Secoué, il resta vautré sur le cadavre inerte avant de se relever pour voir Surandir qui accourait. Il n'osait y croire : tous deux étaient saufs ; Aïwana aussi ; et les douze Hurleurs gisaient à terre.

Déjà Farkhar ouvrait la cage, qui n'était fermée que par une barre de métal courbe passée entre deux anneaux. La voix de Surandir retentit dans son dos, étonnée :

« C'est tout ?

— C'est surprenant, hein ? Il faut croire qu'ils ne s'attendaient pas à faire de mauvaise rencontre.

— Ni à ce qu'elle se réveille bien vite ! »

Bien qu'il eût dès le départ l'intime conviction que c'était elle, Farkhar fut heureux de voir le visage d'Aïwana. La jeune fille était étendue sur le dos, inerte. Sa poitrine se soulevait régulièrement. Elle ne portait apparemment aucune blessure.

« Ce qui m'étonne, c'est qu'elle ne soit même pas ligotée, dit-il. Il y a quelque chose de bizarre, mais je ne saurais dire quoi. »

Il monta sur le chariot et, courbé, car la cage n'était pas très haute, prit doucement Aïwana sur ses bras. Il engagea son corps dans l'ouverture, laissant à Surandir le soin de l'attraper et de la déposer à terre.

« Qu'as-tu fait de ton épée ? » demanda le garçon.

Le nain se contenta d'un mouvement de menton vers sa dernière victime.

« Je vais la chercher. Surveille-la ! »

Surandir voulut protester, mais son compagnon lui avait déjà tourné le dos.

Farkhar fut bientôt debout devant le cadavre. Il l'observa un instant. Rien ne le distinguait en apparence d'un autre homme. Il se pencha, saisit la poignée de l'arme et commença de la tirer. La créature émit alors un grognement rauque qui fit sursauter le garçon et, dans un geste déconcertant, prit la lame de ses deux mains, en vrillant son regard dans celui du chevalier. Celui-ci eut un mouvement de recul instinctif, arrachant la lame qui entailla profondément les paumes pressées sur elle. Le sang gicla, deux doigts tombèrent sur le sol. Mais tout cela n'était rien en comparaison de ce qu'avait vu Farkhar : les traits de la créature s'étaient déformés en une expression de haine et de cruauté que le jeune homme n'avait jamais rencontrée ; la totale inexpressivité des yeux était plus effrayante encore. En fait, Farkhar n'aurait su dire où il avait lu cette haine et cette cruauté dans le visage qui, hormis les apparences, n'avait rien d'humain. C'était peut-être cela qui l'avait horrifié. La plaie béante vomit un liquide rouge sombre et les traits se figèrent, tandis que le corps était secoué par un dernier spasme. Farkhar aurait juré que, quoique cruellement blessé, l'être qu'il venait de voir mourir n'éprouvait aucune souffrance. À la façon d'un pantin animé fait de chair et de sang. Rejoignant son compagnon, Farkhar ne put maîtriser quelques frissons en remuant ces pensées.

Mais à mesure qu'il approchait de ses amis, deux questions vinrent l'obséder : quand Aïwana allait-elle sortir d'une torpeur qui avait résisté au fracas de la bataille, et pourquoi ceux qui l'avaient mise dans un tel état n'avaient-ils pas jugé bon de se défier d'elle davantage ? En les rejoignant, il tendit son glaive à Surandir ; entre temps, celui-ci était allé chercher celui du garçon, qui gisait à quelques pas. ils procédèrent à l'échange avec un sourire complice.

Tout en s'accroupissant pour essuyer consciencieusement son arme dans l'herbe, Surandir désigna les cadavres éparpillés sur le sol :

« Ils m'inquiètent beaucoup.

— Tu as vu, toi aussi ? Ce ne sont pas des humains, n'est-ce pas ?

— Ils en ont l'apparence, et, heureusement, certaines faiblesses, à en juger par l'état auquel les ont réduits quelques coups de glaive. Mais ce n'en sont pas, en effet ! Ou du moins, ce n'en sont plus…

— Que sont-ils alors ? »

Surandir émit un long soupir.

« Des Hurleurs. »

Le mot éveilla d'abord dans l'esprit de Farkhar un vague souvenir. Puis celui-ci se précisa.

« Des créatures de Silfadred. Theinabrÿn a fait allusion à eux lors de notre première rencontre.

— Des monstres ! s'exclama le nain. Il m'a longuement parlé d'eux. Je pense que Silfadred en a infiltré dans les rangs de Sarm'Eïloan. Auquel cas nous pouvons à tout moment en trouver face à nous, sans même le savoir. Sans qu'ils soient repérables au premier coup d'œil.

— Que veux-tu dire ? »

Surandir se tourna vers Farkhar en se relevant.

« Apparemment, dit-il, notre ami ne t'a pas donné tous les détails. Sache seulement que Silfadred les a dotés du pouvoir de prendre plusieurs formes à leur convenance, en fonction des nécessités, du rôle qu'ils doivent jouer. L'apparence humaine n'est que l'une d'entre elles…

— Quelles sont les autres ?

— Selon moi, nous serons fixés bien assez tôt ! »

Il reporta son regard vers Aïwana.

« Et si nous allions veiller notre protégée ? »

Ils retournèrent auprès d'elle puis s'assirent à ses côtés, silencieux, contemplant le corps de leur compagne enfin retrouvée, espérant qu'elle reprendrait bientôt connaissance.

Remarquant au bout d'un moment que Surandir l'observait avec curiosité, Farkhar lui demanda :

« Qu'est-ce que j'ai ? »

Le nain parut hésiter.

« Qu'as-tu fait de ton bouclier et de ta dague ? »

Farkhar s'esclaffa, satisfait de l'effet produit par les ruses de Theinabrÿn.

« Pourquoi ne me demandes-tu pas plutôt comment ils sont apparus à mon bras et dans ma main ? »

Le garçon vit à l'éclair qui traversa le regard de Surandir qu'il avait touché juste : c'était bien la question qui agitait l'esprit de ce dernier.

« Tu n'as pas tout vu, commença-t-il sur un ton plein de mystère.

— Mais encore ?

— C'est un présent de Theinabrÿn.

— Ah ! souffla le nain, dont le visage s'éclaira, comme s'il se trouvait soudain en face d'une lumineuse vérité.

— Puisque nous en sommes aux confidences, risqua Farkhar, me diras-tu comment il se fait que ton carquois est aussi rempli de flèches qu'avant le combat ?

— Devine... »

Et les deux hommes partirent d'un rire dans lequel, s'ils avaient tendu l'oreille, ils auraient peut-être cru percevoir l'écho de celui de Theinabrÿn, mais si ténu et si lointain qu'ils auraient sans doute été convaincus d'avoir rêvé.

C'est à cet instant que, prenant naissance dans la transparence qui les baignait, le souffle de Theinabrÿn balaya doucement la prairie, dessinant dans l'herbe d'infimes arabesques qui convergèrent vers la jeune fille. Insensibles au phénomène, les deux hommes virent ses paupières frémir.

« On dirait qu'elle s'éveille... » chuchota Surandir.

S'agenouillant près d'Aïwana, Farkhar se mit à caresser lentement sa chevelure du bout des doigts.

Lorsque les yeux de celle-ci s'ouvrirent, ce fut pour découvrir le visage tranquille du garçon penché sur elle. Elle se sentit renaître, puis ses souvenirs remontèrent à la surface de sa mémoire et son regard, après avoir un instant pétillé du reflet mutin qui lui donnait tant de charme, s'assombrit soudain.

« Où sommes-nous ? » demanda-t-elle d'une voix encore faible.

« Qu'importe, répliqua Farkhar, puisque nous y sommes tous les trois ensemble ! »

Quand Aïwana se releva, il ne put lire sur son visage qu'une tristesse infinie, quand il aurait tant voulu y trouver l'écho de ses propres sentiments.

Mais l'amertume qu'éprouvait Aïwana n'était rien, comparée à l'angoisse qu'aurait fait naître dans son esprit, si elle l'avait vu le regard d'acier que posait sur la scène Ugroth, en décrivant très haut dans le ciel des cercles amples de son vol majestueux, dans les lueurs crépusculaires qui commençaient d'envahir le ciel. Un regard qui était aussi celui de son maître.

Et Viridius, doté par la magie félonne
D'un savoir martial porté à son sommet,
Resplendissant d'airain, coiffé de son armet,
Certain de redresser l'honneur de sa couronne,

De son ost ébranla l'invincible ouragan.

LIVRE DES CÉLESTES
Chant III, vers 1061-1165

41

Pantrax émit un grognement animal. Son sourire cruel exprimait une satisfaction sans borne.

Il haïssait sauvagement l'homme qui l'avait ridiculisé aux yeux de son maître. Maintenant, il allait avoir l'occasion de se venger de l'instant où, allant chercher le prisonnier dont Silfadred lui avait confié la garde, il avait ouvert la porte sur une cellule vide où le narguaient les chaînes pendant du plafond, et avait découvert, à leur extrémité, les anneaux de métal refermés dans l'air, comme deux yeux lui hurlant l'inanité de son dévouement envers son créateur. Il allait effacer le mépris qu'il avait lu dans le regard du mage quand il lui avait annoncé la nouvelle.

En dehors, parfois, de la douleur, et de quelques sentiments primaires, utiles pour guider son action, comme ceux que Pantrax nourrissait à présent envers Farkhar, un Hurleur n'éprouvait guère d'émotions. Du moins le croyait-il jusqu'à ce qu'il ressente un surprenant soulagement, lorsque Silfadred avait choisi un autre que lui pour prendre la place du prisonnier disparu. Car il avait craint que le mage ne l'exécute. Il avait alors réalisé que si un Hurleur ne craignait la mort, c'était simplement parce qu'il était incapable de l'envisager. Gardiens de l'œuvre du mage, les Hurleurs pouvaient donner la mort : mais toujours dans des conditions telles qu'ils ne la risquaient pas. La seule mort qui fît partie de leur univers, c'était celle des autres.

Dans la nuit qui régnait sur Sarm'Eïloan, la troisième depuis sa déconvenue, Pantrax regardait une quarantaine de ses congénères s'assembler autour de lui.

Deux heures plus tôt, le mage était venu le trouver, visiblement incapable de contenir une rage inexplicable aux yeux de sa créature. La mission qu'il lui avait confiée était simple : rejoindre les trois fugitifs et les exterminer. *Pourquoi trois ?*, s'était-il demandé, puisque pour lui qui n'était pas au courant des événements de la veille, il n'y en avait qu'un. Son maître avait balayé d'un geste son questionnement, se contentant de préciser : Farkhar, une fille et un nabot. Pantrax se demandait comment le mage savait toutes ces choses. Mais qu'il les sût lui suffisait d'autant que l'important, à ses yeux, était que parmi eux figurait l'homme honni qui l'avait défié. Il était décidé à se charger de lui en personne, à lui infliger une mort particulière. Il laisserait les deux autres aux Hurleurs qui l'accompagneraient. Nul doute que leur sort ne serait guère plus enviable que celui de Farkhar.

Il avait réuni sa troupe au plus vite. Pour satisfaire au mieux Silfadred. Mais aussi, parce qu'il voulait rattraper ses proies avant qu'elles traversent la rivière. Il ne souhaitait pas que d'autres aient la moindre chance de lui voler sa vengeance et lui infligent une nouvelle humiliation qui, cette fois, pourrait lui être fatale. Or il savait qu'au-delà de la rivière…

Il constata que tous étaient prêts autour de lui, armés de pied en cap, qui d'une lourde épée, qui d'une hache, qui encore d'un fléau. Tous avaient leur bouclier accroché en bandoulière, dans leur dos. Tous le même casque sans visière, qui laissait à découvert un visage capable, par instants, d'inspirer plus de terreur que les moulinets de leurs armes. Il sourit à nouveau. La nuit prochaine, ce que les corbeaux et les vautours laisseraient des cadavres de leurs ennemis pourrirait sur quelque grève ensanglantée du royaume. Et il aurait regagné totalement la confiance, aujourd'hui ébréchée, de Silfadred.

Il leva la main, fit lentement pivoter son cheval en parcourant du regard les soldats rassemblés en trois cercles concentriques autour de lui et commença d'avancer. Les rangs s'ouvrirent pour lui laisser le passage et lui emboîter le pas, accompagnés par le claquement des sabots sur les dalles.

Ils passèrent sous la porte du château, traversèrent la ville au grand dam des habitants endormis, et, franchissant les limites de la citadelle, se dirigèrent vers le pont qui enjambait la rivière, au pied de la colline.

Accélérant peu à peu l'allure de leurs chevaux jusqu'à adopter un galop soutenu dans la clarté d'ébène distillée par les étoiles, semblables à des fantômes, ils s'enfoncèrent dans la nuit.

* * *

Un son lointain tira faiblement Antrégor de son sommeil. Comme celui de cavaliers cheminant d'un pas cadencé. Des bribes de son rêve flottaient à la lisière de ses pensées. Il y était avec Theinabrÿn, qui lui parlait d'armées, de batailles et de maintes autres choses dont il était naguère si ignorant.

Il tendit l'oreille.

Le bruit s'était tu.

Ce devaient être ses songes qui avaient engendré l'illusion.

Il se retourna. Vit par sa fenêtre qu'au dehors, l'obscurité était encore totale. Il ferma les yeux, cherchant à retrouver un sommeil qui, fort heureusement, ne s'était pas trop éloigné, en espérant que son vieil ami magicien avait eu la patience de l'y attendre.

C'était bien, quand celui-ci le rejoignait dans ses rêves. Du moins, le temps qu'ils duraient, éprouvait-il le sentiment de ne plus être seul.

* * *

Farkhar s'éveilla doucement, sous l'effet d'un pressentiment.

Plus rien ne justifiant la poursuite de leur route vers Sarm'Eïloan, ils avaient décidé de rebrousser chemin pour enfin chercher la voie menant au Chemin des Maléfices, qui les conduirait au Lac. Vu l'heure tardive, ils avaient toutefois préféré bivouaquer dans une petite clairière proche de l'orée de la forêt dans laquelle ils avaient passé la nuit précédente, à l'intérieur de celle-ci, de sorte à ne pas prendre le risque de s'y aventurer dans l'obscurité, mais aussi à se mettre à l'abri de tout regard.

Avant le crépuscule, ils avaient regroupé les cadavres des Hurleurs et les avaient tirés dans le sous-bois, de l'autre côté du vallon. Puis ils avaient conservé deux chevaux, un pour Aïwana et un pour porter un peu d'équipement qu'ils avaient soustrait à leurs adversaires : essentiellement quelques armes, afin de compléter les leurs. En assemblant des brides, ils avaient confectionné une corde grossière pour tirer l'animal. Aïwana s'était elle-même armée en détroussant un cadavre, déclarant crânement qu'elle saurait, le cas échéant, manier le glaive et le bouclier aussi habilement qu'eux. Les deux hommes n'avaient osé la contrarier, quoiqu'ils fussent à présent parfaitement éclairés sur le type d'ennemis qu'ils risquaient de devoir affronter.

Tout au long de la soirée, partagée autour d'un petit cervidé que Surandir avait abattu d'une flèche et qu'ils avaient fait griller sur un feu, les deux hommes avaient échangé maints regards interrogateurs, inquiets devant la morosité flagrante de leur compagne.

Puis, comme celle-ci ne semblait guère disposée à leur confier ce qui la tourmentait et qu'ils savaient que les journées à venir seraient rudes, ils s'étaient allongés. Ils avaient bientôt succombé à un sommeil bercé par les lueurs et les craquements faiblissants des flammes qui coloraient les premiers arbres, autour d'eux, de nuances chatoyantes, pour aller se noyer au-delà dans l'obscurité. La nature était paisible. C'était à peine si quelques sons furtifs troublaient passagèrement le clair silence de la nuit étoilée : de celle-ci, ils apercevaient quelques lambeaux au-dessus de leurs têtes, à travers la ramée dont la noirceur révélait, par contraste, le bleu profond de l'éther.

L'aube commençait à peine à colorer le ciel.

À quelques pas sur sa gauche, il entendait la respiration calme de Surandir, ponctuée de légers ronflements. Mais quand il regarda de l'autre côté, il sursauta. La cape d'Aïwana, dans laquelle elle s'était enveloppée pour dormir, gisait à même le sol.

Complètement réveillé par ce constat, il se leva d'un bond.

Instinctivement, il se dirigea vers le vallon.

Soulagé, il ne tarda pas à distinguer la silhouette de la jeune fille, qui lui parut bien frêle au milieu des troncs massifs qui bordaient celui-ci. Il se dirigea vers elle, faisant bruisser sous ses pieds quelques brindilles. Quand il fut si près d'elle qu'il n'avait plus qu'à tendre le bras pour la toucher, elle se retourna, les yeux brillants de larmes dans la faible clarté que dispensait l'aurore naissante.

Ils se regardèrent un instant. Il posa doucement les mains sur les épaules de la magicienne :

« Qu'y a-t-il, Aïwana. Tu m'avais accoutumé à de plus réconfortants sourires !

— Je pense… Je crois qu'il serait mieux que Surandir et toi poursuiviez votre chemin sans moi. »

Farkhar blêmit.

« Je serai plus un fardeau qu'autre chose pour vous. D'autant que je sais que vous aurez à cœur de me protéger : votre présence ici le dit assez. Et votre tâche sera déjà bien assez périlleuse pour que vous n'ayez pas besoin…

— C'est hors de question, Aïwana ! S'il l'avait fallu, nous aurions pris d'assaut Sarm'Eïloan à mains nues pour te secourir, plaisanta-t-il sur un ton ostensiblement fanfaron, en espérant décrisper l'atmosphère de leur conversation. Ce n'est pas pour te laisser derrière nous à présent. Quand bien même il n'y aurait d'autre raison de le faire, c'est bien le moins que je dois à ton père.

Elle se tourna avec une moue vers le vallon, lui offrant à nouveau son dos.

— Quand Theinabrÿn nous a demandé, à Surandir et à moi, de t'accompagner dans ta mission, commença-t-elle, ce n'était pas seulement pour que ta route ne soit pas solitaire. Chacun de nous avait ses talents : à nous trois, nous formions une équipe exceptionnelle parce qu'imprévisible pour tout adversaire, tant nos moyens d'actions étaient variés.

— J'ai même cru comprendre que ta présence était indispensable à notre réussite, ajouta le garçon à contrecœur, tant il aurait voulu rester sur l'idée que la seule présence de la jeune fille, et non son utilité, justifiait à ses yeux qu'elle les accompagnât.

— Était, en effet. Mais ce n'est plus le cas, désormais.

— Que veux-tu dire ? Cesse de parler par énigmes !

— Sais-tu par où je suis passée avant de me retrouver dans cette cage ? dit-elle d'une voix brisée. Par les mains de Silfadred... »

Elle lui raconta en quelques mots ce qui s'était passé puis, lui refaisant face en vrillant ses yeux dans les siens, elle vit une ombre passer dans le regard du garçon.

« Rassure-toi : il ne m'a pas touchée, ni fait aucun mal. Mais en un sens, il a fait pire ! Il m'a simplement privée de tous mes pouvoirs. Je ne suis plus qu'une simple femme : n'importe quelle autre habitante de ce royaume te serait aussi utile que moi pour mener à bien ce que t'a confié mon père. Cette aura dont a parlé Surandir dans la grotte, et qui devait être si déterminante au moment le plus fatidique, est maintenant réduite à sa plus simple expression, impuissante à appuyer ton action. Face à certains obstacles, Surandir sera pour toi un allié sûr et précieux. Mais la magie de Silfadred s'est montrée supérieure à la mienne. Pour l'affronter, tu ne peux plus compter que sur toi-même. »

À mesure que les paroles d'Aïwana parvenaient à ses oreilles, Farkhar mesurait avec effroi leur signification. Il savait qu'il n'était pas armé pour lutter contre la puissance maléfique du mage. Lorsqu'ils étaient tous trois avec Theinabrÿn, Surandir n'avait-il pas clairement exprimé l'idée que sa vaillance ne serait qu'un des éléments de la victoire, si toutefois ils devaient sortir victorieux des épreuves qui les attendaient ? N'était-ce pas dire implicitement que cette vaillance, si grande fût-elle, ne serait pas, à elle seule, suffisante ?

Il s'approcha d'elle, l'enveloppa de ses bras et l'attira contre lui.

« Je comprends ton désespoir, Aïwana. Mais crois-tu qu'il puisse être pire que celui que j'éprouvais quand, enchaîné, je regardais Gwenaline devenir la proie des flammes ? N'est-ce pas toi qui m'a appris que même lorsque tout semble perdu, il y a toujours une chance ?

— Je l'ai fait grâce à quelque chose qui n'est plus.

— Tu l'as fait d'abord parce que tu avais la volonté de le faire ! »

Elle leva les yeux vers lui, tandis qu'il poursuivait :

« Je veux accomplir la tâche dont je suis dépositaire. Et parce que je le veux, je réussirai : avec toi, et avec Surandir. Soit nous trouverons un moyen de te rendre tes dons, soit nous nous en passerons. Mais ce dont je suis certain de ne pas pouvoir me passer, c'est de vous deux. D'abord, sourit-il, Surandir n'a-t-il pas dit lui-même que… quels mots a-t-il employés déjà ? Que le charme de ta compagnie m'aidera à supporter sa… ?

— Sa disgracieuse présence ! »

Un semblant de sourire adoucit les traits d'Aïwana.

« En effet, ce furent ses termes, dit Farkhar. Je ne sais comment tu peux avoir une telle mémoire ! Cela aussi fait partie de tes talents, et celui-là, apparemment, Silfadred n'y a pas touché ! Comment ferai-je pour me souvenir du nom de toutes les Célestes, si tu n'es pas là ? Et de quoi aurai-je l'air ?

— Ah ! Farkhar ! Que n'es-tu né poète dans un monde fait pour t'accueillir !

— Si j'étais né dans un tel monde, nous n'aurions eu aucune raison de faire ce que nous allons faire ensemble ! »

Sentant encore une légère résistance de la part d'Aïwana, il ajouta :

« N'est-ce pas toi qui m'a dit, en apparaissant dans ma prison : *Rien n'est fini, Farkhar… Tout commence !* ?

— Tu vois que ta mémoire n'est pas si mauvaise que tu le prétends.

— Oui, mais cela, c'était simple. Par contre, Aléria, Éponia, A… Artella ! Tu vois, je commence déjà à m'y perdre ! »

Voyant avec bonheur Aïwana pouffer, il sut qu'il avait gagné.

« Allez, viens ! » dit-il, en l'entraînant cette fois d'une main ferme.

En arrivant à leur campement de fortune, ils trouvèrent Surandir très en colère.

« Où étiez-vous passé ? » explosa-t-il en les apercevant.

Les deux jeunes gens se regardèrent, se retenant d'éclater de rire en voyant le nain les houspiller avec le regard d'un père qui aurait pris ses gamins en faute.

« Nous… commença Aïwana.

— Nous étions allés voir du côté du vallon si aucune nouvelle menace ne se présentait, la coupa Farkhar d'un ton ostensiblement détaché.

— Hm… » grommela le nain, visiblement peu convaincu, avant de rejoindre son cheval d'un air bougon.

Sans proférer une syllabe, il se mit à vérifier la selle et le harnais.

« Vous feriez bien d'en faire autant avec les vôtres » maugréa-t-il d'une voix sombre au bout de quelques instants.

Farkhar et Aïwana échangèrent un nouveau regard. La jeune fille exprima d'un haussement d'épaules son incompréhension face à l'attitude de leur ami. Le garçon alla vers celui-ci. Elle le retint d'un geste.

« Il vaudrait mieux que tu lui dises la vérité » souffla-t-elle.

Farkhar rejoignit Surandir.

« Excuse-nous si tu t'es inquiété. Je n'allais pas te réveiller juste pour te dire que nous nous éloignions de quelques pas.

— Hm…

— En fait, on a un petit problème. »

Le nain leva vers lui des yeux inquisiteurs.

Le jeune homme l'informa en quelques mots de ce que lui avait confié Aïwana. Surandir resta un instant silencieux.

« Si notre adversaire s'imagine que cela nous arrêtera, il va avoir bien des soucis ! » se contenta-t-il de commenter, avant de recommencer à s'affairer autour de sa monture.

Farkhar l'observa un moment. Il était ravi des paroles qu'il venait d'entendre, nettement moins du ton grognon sur lequel elles avaient été prononcées, qui n'était que trop en accord avec le revirement du personnage. Il ne connaissait pas Surandir depuis longtemps, mais l'imaginait mal avoir une attitude aussi bourrue sans raison.

« On dirait qu'autre chose te tracasse. »

Brève hésitation.

« Oui, Farkhar. »

Surandir posa sur le garçon un regard préoccupé, accentué par le plissement de son front.

« Si des Hurleurs ont été infiltrés par Silfadred dans les troupes d'Antrégor, je crains fort que ce ne soit également le cas dans l'armée de Viridius. Sans doute est-ce en partie à cela que Theinabrÿn faisait allusion, en disant que Silfadred aidait Viridius par sa magie à l'insu de ce dernier. Je ne vois pas, sinon, comment le roi d'Aak-Sour aurait pu réunir des forces aussi importantes que celles dont m'a parlé Theinabrÿn. Cela signifie que, pendant que nous combattrons la magie de Silfadred là où nous croyions qu'elle s'exerçait de la façon la plus destructrice et la plus tangible, elle agira sur la guerre entre Antrégor et Viridius elle-même. Après ce que tu viens de m'annoncer, je ne sais déjà plus comment nous l'affronterons là où nous la trouverons face à nous. Qu'en sera-t-il quand elle s'exercera sur d'autres terrains ? »

Farkhar glissa un regard vers Aïwana. Suivant le conseil de Surandir, elle s'occupait de son nouveau cheval, lui parlant doucement, le flattant pour l'amadouer et le faire sien. *Un moyen comme un autre*, songea-t-il, *de paraître indifférente à leur discussion sans rester les bras ballants.*

Pendant ce temps, Surandir continuait.

« Entre les forces que met en branle notre adversaire et le monde qui s'éveille grâce à toi, ce n'est plus seulement une guerre humaine qui s'engage, mais un conflit qui peut à tout moment nous dépasser et dont, à coup sûr, nous ne pouvons imaginer ce qu'il sera.

— Quel monde s'éveille grâce à moi ? Et d'abord, comment sais-tu qu'un monde s'éveille grâce à moi ? Je n'ai encore rien fait ! »

Surandir tapota sa tempe de l'index en fixant le garçon.

« Je le sais, c'est tout. Tu n'as peut-être encore rien fait de concret, mais tu es toi-même. Ton pouvoir à toi, c'est la capacité d'un imaginaire dont les hommes avaient perdu le sens depuis bien longtemps, et dont la seule résurgence dans cet univers suffit à faire renaître ce que sa mort avait englouti. Même si ce qui renaît n'a pas encore pleinement recouvré la capacité d'agir. »

En entendant Surandir, Farkhar ne put s'empêcher de penser à certains des propos que lui avaient tenus les Iazliks, aux sentiments qu'il avait éprouvés en présence des Drak'Hoïades.

« Ce qui manquera le plus à nos côtés, conclut Surandir d'un ton désabusé, c'est un Theinabrÿn !

— Es-tu certain qu'il n'y sera plus jamais ?

— Je ne sais pas encore » répliqua le nain sur un ton énigmatique, en reportant son attention sur son cheval d'une façon qui fit comprendre à Farkhar que la conversation était close.

* * *

Depuis une colline, Viridius contemplait son armée rangée dans la plaine. À sa droite se tenait Olern, à sa gauche Thorwald, qui était accompagné de son frère cadet, Sirgur. Ce dernier était petit, presque efflanqué : comparé à Thorwald, qui le dominait d'une tête, il aurait fait figure de gringalet s'il ne s'était avéré au premier regard tout de nerfs et de muscles. À l'image du personnage, son visage était osseux, respirant un caractère énergique et volontaire que renforçait le bleu métallique de ses yeux. Quand on observait plus attentivement les deux hommes, Sirgur incarnait la quintessence de ce qu'on ressentait, de façon latente, en présence de son aîné. Frères ils étaient, et, passée la première impression, ils ne pouvaient le renier.

Devant l'immensité de la tâche, consécutive à celle des effectifs réunis sous la bannière de Viridius, Thorwald avait jugé bon de faire appel à Sirgur, avec l'accord du roi, pour le seconder. Ce n'était pas Olern qui se serait insurgé contre la venue de cette aide opportune autant que précieuse.

Car, comme le laissait supposer l'autorité naturelle que dégageait son aspect extérieur, Sirgur était d'une efficacité rare dans le maniement des hommes.

Combien de milliers étaient-ils : nul d'entre eux quatre n'aurait su le dire. Tout ce qu'ils pouvaient constater, c'était que la plaine était couverte de guerriers.

Ils étaient regroupés en formations carrées. Une première ligne rassemblait des frondeurs, des arbalétriers et des archers, tous vêtus de tenues légères en cuir. L'uniformité du brun qui caractérisait leurs unités, se détachant sur le vert vif de l'herbe, était en harmonie avec la nature environnante. Ils semblaient être nés des grands arbres qui dessinaient au loin l'orée de la forêt, dans le dos de l'armée.

Après eux étaient rangés les fantassins. Vêtus de gambisons en tissu, de hauberts et de camails de mailles, ils étaient protégés par diverses pièces de métal : plastrons munis de tassettes, plates couvrant leurs avant-bras et leurs tibias. Ils étaient chaussés de cuir. Leurs casques, assortis de larges couvre-nuques, étaient dépourvus de visière. Ils portaient des rondaches, des épées et des dagues. Des javelots hérissaient les premiers rangs, dont les pointes, scintillant sous le soleil, parsemaient leur masse d'éclairs fugitifs.

Ensuite venait une longue ligne de chariots sur lesquels s'entassaient des matériels de toute sorte : des flèches courtes pour les arcs et d'autres, grandes et massives, pour les armes de siège, des carreaux d'arbalète, des torches, de longues pièces de bois qui, une fois assemblées, constitueraient des beffrois, des mangonneaux et des trébuchets, et d'autres, plus courtes, destinées à la fabrication de balistes, d'onagres et de scorpions.

Enfin, les chevaliers fermaient la marche, étirés sur plusieurs lignes chamarrées, d'un aspect rendu plus hétéroclite que le reste de l'armée par la variété des couleurs, des formes et des armements. Les parements des hommes, les housses des chevaux piaffant dans le vent léger qui balayait la plaine, composaient une mosaïque bigarrée et mouvante, qui inspirait le sentiment d'une puissance tranquille mais redoutable.

La vue de cet ensemble rutilant sous le feu du ciel, du chatoyant flottement des bannières et des visages tournés dans leur direction, dans une attitude d'allégeance à laquelle le silence planant sur ce rassemblement conférait une impressionnante solennité, remplit d'orgueil le cœur de Viridius et de ses jeunes lieutenants. La façon dont ils dominaient le spectacle, ajoutant à son étendue, renforçait son caractère exaltant.

Seul Olern n'était pas gagné par un enthousiasme qu'il savait, en son for intérieur, à jamais banni de ses états d'âme. Une fois de plus le vieil homme s'interrogeait. Ce n'était plus seulement le nombre des combattants alignés sous ses yeux qui l'interpellait, mais aussi cette fièvre guerrière, cette profusion de couleurs, cette magnificence confinant au faste. Il regarda du coin de l'œil Viridius, Thorwald et Sirgur, lut la fierté qui transpirait dans chacun de leurs traits. *Oui, quelque chose a changé en Aak-Sour*, se dit-il. *Quelque chose de fondamental... Mais quoi ?* Tournant la tête dans la direction de Sarm'Eïloan, il se demanda s'il en était de même dans l'autre royaume. Il lui vint à l'esprit que si ce n'était pas le cas, le combat serait bien inégal. Mais que si la même frénésie s'était emparée des terres d'Antrégor, alors ce qui s'engageait allait être bien plus qu'une simple guerre, bien plus qu'une simple bataille : un embrasement comme jamais, de mémoire d'homme, on avait imaginé qu'il en pût exister. Et il sentit son cœur se mettre à battre dans sa poitrine, non pas d'arrogance, mais d'effroi.

Lorsque Viridius leva la main vers le ciel, une rumeur commença de s'élever, se muant rapidement en une immense clameur, emplissant tout l'espace. Elle ébranlait encore la voûte des cieux, quand le roi s'élança au galop vers le bas de la pente pour prendre la tête de son ost gigantesque, et redoubla quand il donna le signal du départ, comme pour propager à l'infini des terres la gloire d'Aak-Sour et de son bouillonnant souverain.

Car souvent par sa seule vertu la vaillance
Fait surgir du lointain l'allié providentiel.

LIVRE DES CÉLESTES
Chant III, vers 1149-1150

42

Un Hurleur retrouvait toujours un Hurleur.

Devant les cadavres étalés dans le sous-bois, Pantrax et ses hommes s'interrogeaient. Comment deux hommes avaient-ils pu venir à bout d'adversaires aussi redoutables, six fois plus nombreux qu'eux ? L'état des corps et les blessures témoignait de la sauvagerie du combat. Il remarqua qu'il manquait des armes. Quant aux chevaux, ils avaient disparu. Du moins comprenait-il à présent pourquoi Silfadred lui avait parlé de trois évadés.

Ils ne seraient pas des proies faciles.

Il regarda la forêt de l'autre côté du vallon. Ses narines s'agitèrent. Des effluves s'engouffrèrent à l'intérieur de celles-ci, transmettant à son cerveau des messages qu'un humain normal n'aurait su traduire. Mais une créature de Silfadred n'était pas un humain normal, même lorsque son apparence était si parfaite qu'elle abuserait l'homme le plus avisé.

Ce qu'il sentait lui faisait percevoir la présence des fugitifs bien au-delà du rideau d'arbres qui bordait la prairie, en face de lui. Ils avançaient lentement, ce qui le surprit. Mais le rassura. Après tout, c'était tout à son avantage.

Il n'était pas certain, toutefois, d'avoir le temps de les rattraper avant qu'ils franchissent la rivière dont ses sens aiguisés lui faisaient pressentir la présence au-delà de la forêt qui lui faisait face. Il lui fallait agir rapidement.

Il rassembla ses hommes, et les répartit en deux groupes. Après qu'il leur eut expliqué ce qu'il attendait d'eux, ils se lancèrent à travers le vallon ; aussitôt qu'ils eurent remonté la pente menant à la forêt, les deux unités se séparèrent, empruntant des voies légèrement divergentes.

Pantrax avait pris la tête de celle qui traquait les fuyards. En allant plus avant dans le sous-bois, il ne tarda pas à comprendre la raison pour laquelle ceux qu'ils cherchaient avaient si peu d'avance sur lui. Il saisit tout de suite l'avantage que ses sbires, comme lui-même, pourraient en tirer.

* * *

Farkhar commençait à désespérer de retrouver le bon chemin. Leurs malheurs avaient commencé quand un suaire de brume s'était abattu sur la forêt dans laquelle Surandir et lui avaient dormi deux nuits auparavant. S'épaississant en peu de temps jusqu'à masquer le soleil et à noyer ce qui les entourait dans une uniformité cadavérique, ils s'étaient rapidement retrouvés privés de tout repère.

Le phénomène avait été si subit qu'ils s'étaient demandé s'ils n'étaient pas le jouet d'un nouveau maléfice jeté par leur adversaire.

Comme rien ne se produisait qui aggravât la situation, ils en étaient revenus à ne voir rien d'autre dans tout cela que de très naturel. Mais ils s'étaient perdus.

« Tant que le soleil ne sera pas plus visible, nous n'aurons aucun moyen de reprendre notre direction », dit Farkhar en arrêtant son destrier, au terme d'une trop longue errance.

Se dressant sur ses étriers pour étirer les muscles de ses jambes, il balaya d'un regard désespéré les alentours : partout régnait une blancheur laiteuse qui trahissait, loin au-dessus de leurs têtes, la vivacité du soleil. Toutefois, où qu'ils posent les yeux, c'était pour découvrir une prison de troncs dont les formes s'estompaient rapidement avec la distance, et dont chacun disparaissait en s'élevant vers le ciel, happé par le brouillard. Non content d'engloutir leur environnement, il avait étouffé toute manifestation de vie. Un silence étrange régnait.

« Ne crois-tu pas que le plus sage serait de nous arrêter, en attendant que cela passe ? demanda Surandir en se tournant vers Farkhar. à force d'avancer coûte que coûte, nous risquons de nous éloigner plus encore de notre route. »

Farkhar acquiesça d'un hochement de tête.

Il était inquiet.

Même s'il n'y avait rien de menaçant dans les circonstances qui les ralentissaient, il voyait néanmoins pour eux, dans le retard qu'ils prenaient, une source de fragilité. Ils ignoraient tout de ce que faisait Silfadred et de ce qu'il savait à leur sujet. Convaincu qu'il était loin de connaître l'étendue des pouvoirs du mage, Farkhar s'attendait au pire. Si ce dernier avait su repérer leur présence au cœur de la montagne où Theinabrÿn avait trouvé refuge, qu'en était-il quand ils étaient au grand jour, même enveloppés d'une telle vapeur.

S'il n'avait été si anxieux, Farkhar se serait longuement complu dans la beauté du spectacle, s'immergeant dans l'extrême quiétude qu'inspirait la contemplation des écharpes éthérées qui dansaient autour d'eux, formant de mouvantes arabesques.

Ils débouchèrent dans ce qu'il jugea être une minuscule clairière. Il descendit de cheval.

« Quitte à attendre, autant nous dégourdir les jambes ! » fit-il sur un ton désabusé.

Tandis que les deux autres l'imitaient, il se mit à marcher lentement de long en large, pour faire illusion. En réalité, son attention était tendue, son oreille attentive à la moindre anomalie. Il ne savait à quoi était dû ce pressentiment, mais il sentait monter en lui la certitude qu'il allait se produire un événement imprévu.

Sans doute n'était-il pas assez bon comédien, car Aïwana le rejoignit bientôt.

« Je te sens préoccupé, Farkhar.

— Non, simplement impatient. » répliqua-t-il sans la regarder, de crainte que ses yeux ne trahissent son mensonge.

Il regretta aussitôt sa brusquerie, mais se dit que, pour l'heure, elle était préférable à tout partage des sentiments qu'il éprouvait, d'autant que rien ne les étayait.

Pourtant, il leur fallut bien se rendre à l'évidence, quand la lumière commença de décliner. Ce jour-là, ils n'iraient guère plus loin.

* * *

Pantrax sentait qu'il gagnait du terrain, mais le brouillard gênait tout autant sa progression que celle de Farkhar, d'Aïwana et de Surandir. Il ne les avait pas encore rejoints, quand la venue de la nuit le surprit. Elle n'allait que compliquer ses recherches. Quoi que lui eût affirmé Silfadred, il avait des doutes sur le nombre de ses adversaires, ayant toujours en mémoire les restes du combat qu'il avait découverts dans le vallon.

Les Hurleurs s'arrêtèrent quand l'obscurité fut trop importante ; ils se vautrèrent à même le sol en s'adossant à des arbres. Sombrant dans le sommeil, ils redevinrent ce qu'ils avaient été après que le règne de Thanatros se fut étendu sur le monde, et avant que Silfadred ne fît d'eux ses créatures : des humains aux faciès grossiers, marqués par la dégénérescence. Leurs traits n'exprimaient que la plus totale brutalité et leurs regards, inexpressifs en dehors des moments où leurs instincts les animaient, laissaient parfois entrevoir leur pâleur morbide à travers l'interstice de paupières mi-closes. La moindre alerte leur ferait recouvrer la cruauté fanatique et sanguinaire que respirait tout leur être à l'état d'éveil, quand ils prenaient une apparence animale, et qui motivait toutes leurs réactions, quelle que fût leur morphologie.

Leurs ronflements rauques montèrent bientôt dans la nuit, que Pantrax fit taire d'un grognement autoritaire. C'était aussi cela qui le différenciait un peu des autres : même quand il s'endormait, il restait un Hurleur à part entière ; ses sens aiguisés percevaient à travers l'obscurité la présence, maintenant proche, de ceux qu'il poursuivait et celle, plus lointaine, de ceux qu'il avait détachés de son groupe.

Son visage fut déformé par une grimace qui se voulait un sourire : les autres avaient dépassé les fuyards. Demain, quoi qu'il advînt, entre le piège qu'il refermerait sur eux et l'écrasante supériorité numérique qu'il espérait avoir, à en croire son maître, ces derniers n'auraient aucune chance de leur échapper.

Ni de survivre...

* * *

Contrairement au matin précédent, ce ne fut pas une vague intuition qui tira Farkhar du sommeil. Mais la conscience aiguë d'un danger. Percevoir du coin de l'œil Surandir qui se dressait sur son séant au même instant lui apporta une confirmation dont il n'avait pas même besoin.

Le jour se levait. La brume avait disparu. Ce qu'il nota avec satisfaction.

Un craquement sur sa gauche, un bruissement sur sa droite... Il n'attendit pas un troisième signe pour bondir vers Aïwana et la secouer sans ménagement, la forçant à se lever, les yeux à peine ouverts.

Déjà Surandir était près des chevaux, qu'il détachait à la hâte pour les amener en courant, bien qu'ils ne fussent qu'à quelques pas du centre de la petite trouée dans laquelle ils avaient passé la nuit. Au moment où il allait tendre à la jeune fille la bride de sa monture, ses yeux s'exorbitèrent, fixant un point derrière Farkhar.

« Farkhar ! » hurla-t-il.

Dans un même geste, le garçon dégaina son épée, qui ne l'avait pas quitté pendant son sommeil, et pivota en balayant puissamment l'air de son l'arme. Il avait à peine entrevu la silhouette qui se précipitait sur lui que la lame entamait le haubert et s'enfonçait dans les chairs, au ras du plastron, sectionnant à demi le corps du Hurleur, dont le visage se tordit dans une mimique stupéfaite. Le sang gicla sur les cuisses de la créature quand Farkhar arracha le glaive, d'un geste sec, à sa prison de muscles. Il la regarda s'écrouler dans un râle, hébété. Il semblait qu'autour d'eux la forêt prenait vie. Une à une, des formes menaçantes surgissaient au milieu des arbres, les premières montant sur les chevaux qu'elles tiraient, les suivantes, déjà sur les leurs, se lançant à l'attaque.

Farkhar rengaina son épée d'un geste sec. Surandir et lui aidèrent Aïwana, visiblement mal réveillée en dépit des circonstances, à se hisser en selle, puis lancèrent à sa suite leurs destriers tout en grimpant sur eux. Dans l'élan, le pied de Farkhar se prit dans une racine au moment où il décollait du sol : il crut que c'en était fini et ne dut sa survie qu'à la poigne d'acier qu'il avait refermée sur le pommeau de la selle. Il parvint enfin à retrouver son équilibre et, au prix d'un effort intense, se retrouva sur Actarès.

En voyant le ciel pâlir légèrement en face d'eux, il sut qu'ils étaient dans la bonne direction. Le hasard en avait décidé ainsi, et, pour une fois, avait bien fait les choses.

Bientôt tous trois galopaient à la file l'un de l'autre. En tête, Aïwana, qui avait complètement retrouvé ses esprits, se dirigeait avec une surprenante vélocité dans le dédale formé par les troncs, déviant pour éviter les uns, se baissant pour esquiver une branche basse, permettant chaque fois à ses compagnons d'anticiper les obstacles.

À un moment où la forêt devenait moins dense, Farkhar risqua un œil derrière lui. Pour l'instant, leurs poursuivants ne gagnaient pas de terrain sur eux. Il espéra qu'eux-mêmes atteindraient la rivière à proximité du gué, imaginant que s'ils parvenaient sur l'autre rive,

Surandir aurait quelque chance, avec son arc, de clairsemer suffisamment les rangs de leurs ennemis, ralentis par la traversée du cours d'eau, pour les inciter à abandonner.

Bientôt, la végétation se densifia de nouveau, refermant sur leur course son mortel défilement. Le choc impétueux des sabots sur la terre martelait leur crâne. Aïwana eut l'impression que le rythme de l'animal diminuait sous elle. Elle réalisa que ce devait être dû à la fatigue de sa monture, et se dit qu'à cette cadence, elle n'irait plus très loin. Ce fut bientôt au tour de Surandir, qui entraînait à sa suite le quatrième cheval en le tirant par la bride, d'être confronté avec le même souci.

Farkhar n'avait pas encore ce problème avec Actarès, dont la capacité de résistance s'avérait exceptionnelle. Il comprit ce qui arrivait aux deux autres quand il vit diminuer l'écart qui le séparait d'eux. Il envisageait de prendre le risque d'une contre-attaque pour laisser à ses amis le loisir de prendre un peu d'avance, quand la lumière, devant, sembla gagner en intensité à travers la végétation. L'espoir les gagna à l'idée qu'ils avaient peut-être atteint la rivière.

De fait, après quelques ultimes foulées, ils débouchèrent en vue du cours d'eau, en un endroit où, avant une petite courbe, il piquait droit vers l'orient. Le soleil surgissait dans son prolongement, pailletant la surface de myriades de reflets d'un jaune pâle, légèrement orangé, qui dansaient dans le courant avec la même effervescence facétieuse que des farfadets menant joyeuse danse.

Dégagés du sous-bois et de son labyrinthe, ils accrurent un peu leur avance en allant vers la rivière. Farkhar réfléchissait vivement, appelant ses souvenirs. Quant ils l'avaient traversée en sens inverse, il se souvenait qu'elle lui avait paru, sur sa droite, se diriger légèrement vers le nord, ce qui était le cas de la partie de fleuve située à sa dextre, en aval de la boucle devant laquelle ils se trouvaient. Espérant qu'il ne se trompait pas, il fit obliquer son cheval vers cette direction, en interpellant Aïwana et Surandir d'une voix forte. Le voyant faire, ceux-ci l'imitèrent, au moment où leurs poursuivants débouchaient de l'orée du bois.

Un peu plus loin, Farkhar crut voir la rivière commencer à s'élargir. Bientôt, il reconnut au loin le paysage caractéristique du gué, avec ses bancs de sable affleurant au milieu du courant. Un regard en arrière lui permit de constater avec inquiétude que les chevaux de ses compagnons semblaient épuisés : ils écumaient, et leur course, s'alourdissant, avait perdu de la vivacité dont ils faisaient preuve alors qu'ils le précédaient à travers la forêt. Il espéra qu'ils tiendraient jusqu'à ce qu'ils atteignent l'autre rive, certain que les montures de leurs poursuivants ne pouvant guère se trouver en meilleur état, ils auraient une petite chance de les décimer et de décourager leur entreprise. Voyant Surandir lui faire un signe, et croyant que celui-ci l'invitait à biaiser dès maintenant en travers la rivière, il se dit que le nain s'était peut-être livré au même calcul que lui. Il agitait ces espoirs dans sa tête lorsque, retournant son visage vers l'avant, il comprit qu'il s'était complètement mépris sur le geste de Surandir. Celui-ci avait tout simplement voulu l'inciter à regarder devant lui, pour découvrir un groupe de cavaliers qui faisaient irruption de la forêt, plus loin sur leur droite, et venaient à leur rencontre pour leur couper la route.

Farkhar tira brusquement sur sa bride, brisant l'élan d'Actarès qui s'arrêta en soulevant un nuage de poussière. Il fut bientôt rejoint par ses compagnons.

Il constata que les deux groupes d'attaquants, sûrs de leur victoire, progressaient lentement vers eux : dès qu'ils avaient vu leur piège commencer à se refermer sur le trio, leurs poursuivants avaient cessé de galoper, dans le but, sans doute, de ménager leurs montures avant d'engager le combat. Bientôt, ils s'arrêtèrent eux aussi. Ayant tout leur temps pour donner le coup de grâce, ils laissaient l'initiative aux fuyards, afin de mieux adapter leur assaut.

« Qu'en penses-tu ? » demanda Farkhar à Surandir, tout en observant Aïwana, ce qui était une manière de l'inviter à donner son avis, bien qu'il ne se fût pas adressé à elle.

Le nain paraissait harassé par leur course. Les chevaux ruisselaient. Leurs museaux frémissaient. Celui de la jeune fille s'ébroua, projetant des filets de bave.

« Te sens-tu capable d'être aussi précis avec ton arc que dans le vallon ? » questionna le garçon pour briser l'embarras manifeste de son compagnon, en risquant une proposition.

Surandir secoua la tête affirmativement, en attrapant son arme d'une geste ferme.

« Bon ! reprit Farkhar. Alors, avec Aïwana, tu te charges de ceux qui sont derrière vous. Aïwana, je t'en prie, aide-le, mais n'interviens directement qu'en cas de nécessité. Tu ne t'imagines pas à quel point il peut être redoutable avec ses flèches ! »

Il vit le nain sourire en lui adressant un regard complice. Il avait compris que Farkhar ne tenait pas à ce que la jeune fille s'engage dans un corps à corps.

« Moi, pendant ce temps, je m'occuperai des autres. Tâche d'en finir vite : si tu es rapidement efficace, peut-être ne demanderont-ils pas trop leur reste ou briseras-tu leur énergie le temps de me prêter main forte. »

Il avait vu Aïwana pâlir.

« C'est de la folie ! dit-elle.

— On voit que tu ne l'as pas vu quand il se déchaîne ! » ricana Surandir pour la rassurer, heureux de faire le pendant à ce que le chevalier avait dit sur lui.

Farkhar balaya le ciel des yeux.

« Prends garde au soleil, dit-il à Surandir. Tu vas l'avoir en face de toi. »

Ils se tournèrent vers leurs adversaires respectifs d'un même mouvement. Surandir n'avait pas achevé sa volte que déjà une flèche quittait son arc.

Farkhar lança brusquement Actarès. Dans le même instant il se retrouva casqué, le torse protégé par sa cuirasse. Ses adversaires ne jugèrent pas opportun de s'écarter face à ce cavalier qui fonçait droit sur eux désarmé. C'est presque au moment du choc qu'ils virent la lance surgir dans sa main droite. Il la baissa tout en accélérant sa charge. Les Hurleurs voulurent s'écarter, mais le faisant en désordre sous le coup de la surprise, se bousculèrent. L'instant d'après, le chevalier était sur eux. Sa lance dérapa sur la cuirasse de l'un d'eux et arracha son épaule, provoquant une éclaboussure sanglante, tandis que le membre, désarticulé, retombait, accroché au torse par des lambeaux de chairs. L'homme bascula sous le choc. L'arme, s'abaissant de nouveau, pénétra dans le corps de celui qui se trouvait derrière lui, pour ressortir dans son dos, le faisant sauvagement décoller de sa selle. Sous le poids du corps, Farkhar lâcha la lance. Il fit faire demi-tour à son destrier et, brandissant son épée encore rouge du sang séché laissé par le Hurleur qu'il avait pourfendu dans le bois, chargea à nouveau, tenant fermement son bouclier de la main qui guidait Actarès. Mais celui-ci n'avait guère besoin de cela, car il anticipait les manœuvres de son maître. Désorganisés par la violence de l'attaque, les Hurleurs ne s'étaient pas encore regroupés pour faire front. Plus loin, Farkhar aperçut Aïwana qui faisait courir en tout sens son cheval, pour obliger les autres soldats à se disperser. Surandir faisait merveille. Stupéfait, Farkhar vit un quatrième cavalier s'affaler en pleine charge, une flèche dans le front, alors que la suivante commençait déjà sa course mortelle.

Il abaissa son glaive quand il fut sur son premier adversaire, tranchant un bras dans un choc sourd. Esquivant de son écu une hache qui crissa sur le métal, et relevant son arme d'un geste sec, il cueillit un quatrième Hurleur sous le menton, lui brisant la mâchoire. La pointe ressortit dans le haut du crâne, entraînant l'homme. Laissant son bras retomber, il dégagea le glaive et opérait une nouvelle volte, quand un cri se souffrance retentit dans son dos.

Lorsque ses yeux se posèrent sur le combat, ce fut pour voir l'un des cavaliers s'effondrer, le corps transpercé par un javelot, tandis qu'un flottement parcourait les rangs de ses adversaires. Il jeta un œil derrière lui. Après avoir abattu un septième cavalier, Surandir et Aïwana étaient sur le point de devoir combattre de près. C'est alors que, dans le dos de ses propres adversaires, un chevalier déboucha de la forêt, dont l'armure jetait des éclairs sous les feux du soleil. La visière de son heaume, abaissée, ne permettait pas de distinguer ses traits. Sa main brandissait un second javelot qui fendit l'air, venant frapper de plein fouet un autre Hurleur qui fut désarçonné par le choc. Aussitôt son trait lancé, le nouveau venu s'était saisi d'un fléau qu'il faisait tourbillonner au-dessus de sa tête. Quand il atteignit les Hurleurs pris de panique par la soudaineté de son action, Farkhar vit les pointes labourer un visage d'un côté et un ventre de l'autre, faisant jaillir les viscères dans une giclée de sang.

Profitant de l'effet de surprise causé par les ravages qu'accomplissait le cavalier, Farkhar repassa à l'attaque. Il croisa l'autre qui piquait des deux, sans ralentir, pour se porter à la rescousse de Surandir et d'Aïwana. Le choc de Farkhar avec les Hurleurs désemparés fut terrible. Perdant la maîtrise de leurs montures, ceux-ci se gênaient mutuellement, formant une masse compacte dans laquelle Actarès s'enfonça. Sentant la morsure d'une lame sur sa cuisse droite, Farkhar abaissa son glaive à l'aveugle et le sentit pénétrer dans des chairs, tout en repoussant à sa gauche une silhouette dressée sur sa selle. Il fut bientôt arrêté par le mur humain formé par les survivants qui, réalisant sa situation, se resserrèrent, lui coupant toute issue, et commençant à l'accabler de coups. Il sentit une violente douleur à l'arrière de son épaule gauche et manqua lâcher son bouclier, quand un hurlement sauvage déchira ses oreilles.

L'autre chevalier, après avoir sans doute créé la même panique dans le second combat, survenait à nouveau. Farkhar fut heurté par le corps d'un de ses ennemis qu'un coup de fléau avait frappé en pleine poitrine : une brèche s'ouvrit parmi ses adversaires. S'étant extirpé du piège, il regarda vers la jeune fille et le nain. Ceux qu'ils affrontaient, déroutés par l'intervention du chevalier, avaient relâché la pression qu'ils exerçaient sur ceux-ci, qui en avaient profité pour prendre quelque distance. Déjà Surandir les accablait à nouveau de ses traits.

Partout, sur l'aire des deux affrontements, le sol était rouge, jonché par endroits de membres sectionnés et de lambeaux de chairs qui témoignaient de la fureur extrême de la lutte.

Ne voulant pas être en reste dans cette succession de prouesses, Aïwana fonça sur les quelques cavaliers survivants du groupe dont elle se chargeait avec Surandir. Douze d'entre eux étaient à terre, morts pour la plupart. Au passage, son cheval piétina l'un des blessés qui tentait vainement de se redresser sur un moignon sanglant, vestige de ce qui était encore un bras peu d'instants auparavant. Quelques foulées plus loin, esquivant une épée de la rondache qu'elle avait prise l'avant-veille dans le vallon, elle sabra un cavalier qui lui faisait face, lui ouvrant le crâne jusqu'aux épaules ; faisant pivoter son cheval à la vitesse de l'éclair, elle planta son arme dégoulinante de cervelle et de sang dans le flanc d'un autre dont elle venait de parer le coup, et qui s'apprêtait à l'attaquer à nouveau.

Craignant de l'atteindre, Surandir ne savait que faire. Jetant un regard vers Farkhar, il s'aperçut que deux de ses agresseurs s'étaient retrouvés entraînés légèrement à l'écart par les hasards de l'affrontement. De deux traits soigneusement ajustés, ils les mit hors de combat avant qu'ils aient eu le temps de rejoindre les leurs, puis, reportant son attention sur Aïwana, réalisa avec horreur que six Hurleurs étaient sur le point de refermer sur elle leur étau.

Lorsque ceux qui affrontaient Farkhar et le chevalier inconnu se rendirent compte qu'ils n'étaient plus que quatre, après avoir vu l'un d'entre eux s'effondrer, la tête réduite en bouillie par le fléau du second, ils rompirent le combat et s'enfuirent en direction de la forêt. C'est alors que l'appel désespéré de Surandir parvint à Farkhar. Les deux chevaliers se retournèrent comme un seul homme pour constater la gravité de la situation : ils lancèrent leurs destriers droit sur la bataille, faisant exploser par la violence de leur charge le cercle des Hurleurs qui accablaient la jeune fille.

Sous le choc, l'un d'eux tomba à terre, éjecté de sa monture : il s'était à peine redressé sur un coude, à demi assommé, que ses yeux exorbités regardaient la pointe d'une flèche émerger de sa poitrine dans un jet de sang. Il était mort quand s'affala sur lui le cadavre d'un de ses compagnons, la poitrine béante, ouverte de haut en bas par le glaive de Farkhar.

L'attention attirée un instant par l'adresse avec laquelle l'autre chevalier mettait à mal un nouvel adversaire, Farkhar sentit une présence à sa droite. Son œil fut plus rapide que sa conscience, lui commandant le réflexe de lever son épée avant même d'avoir saisi ce qui se passait. Il bloqua celle du Hurleur qui s'apprêtait à lui porter un coup fatal.

Le visage crispé par l'effort, ils furent face à face. Le visage hideux du Hurleur effraya Farkhar, tant la haine et la cruauté qu'il exprimait étaient inhumaines. Il fit d'abord surgir une image imprécise dans l'esprit du garçon. C'est lorsque celui-ci la vit devenir visqueuse pour se reformer presque aussitôt, que les souvenirs lui revinrent, le ramenant dans la petite pièce où il avait été, pour la dernière fois, en présence de Gwenaline. Et un nom vint s'inscrire en lettres de sang dans sa mémoire.

« Pantrax ! »

Au paroxysme de sa rage, Farkhar tira sur la bride d'Actarès, le faisant se cabrer. Surprise, la monture du Hurleur fit un écart que le jeune homme mit a profit pour balayer l'air d'un mouvement latéral de son épée, soudain dégagée de la pression de l'autre arme. La pointe déchira le haubert, pénétrant dans l'abdomen du Hurleur et l'ouvrant sur une faible profondeur, suffisante pour le blesser sérieusement et lui faire voir la mort de près, mais non pour le tuer.

Pantrax hurla de douleur et, lâchant son glaive, referma son poing sur la plaie, craignant sans doute de voir ses viscères en jaillir. Il se plia, puis se redressa lentement, la main plaquée sur le ventre, les traits déformés par une grimace.

Autour d'eux, le temps s'était figé. Les soldats qui avaient la chance d'être encore indemnes saisirent l'occasion pour prendre la fuite. Les yeux de Surandir, d'Aïwana et de l'inconnu étaient fixés sur les deux adversaires qui s'affrontaient du regard.

Dévisageant la créature, Farkhar la revoyait le narguant dans sa cellule ; il était tout à coup convaincu que l'être à la démarche grotesque qu'il avait aperçu derrière Silfadred, conduisant les soldats qui escortaient Gwenaline au bûcher, et qui avait ensuite aidé le bourreau à gravir ce dernier, c'était également lui.

Il fut tenté de l'achever, mais en même temps se dit que son bras, en modérant la force du coup qu'il portait, n'avait fait que devancer ses pensées. Au lieu de porter le coup fatal, il baissa son épée contre sa cuisse, rouge et poisseuse de la blessure qu'il avait reçue un peu plus tôt.

« Pantrax ! répéta-t-il d'une voix sourde. Va dire à ton maître que je n'aurai de cesse de le réduire en cendres, comme il l'a fait avec celle que j'aimais. Que pour cela, je le poursuivrai jusque dans l'ombre de Thanatros, s'il le faut. Dis-le lui, Pantrax ! Et souhaite qu'il te tue à sa façon pour le pitoyable échec que tu as subi en ce jour. Car le châtiment qu'il t'infligera, quel qu'il soit, comme l'est ce que tu endures en cet instant, sera bien doux comparé au sort que je te réserve la prochaine fois que nous serons en présence l'un de l'autre. »

La face du Hurleur fut déformée par un rictus.

« Espère-tu vraiment que Silfadred te laissera la moindre chance que cela se produise ? » dit-il d'une voix rauque.

Pour toute réponse, Farkhar frappa du plat de son arme la croupe du cheval de Pantrax qui, après une ruade, partit au galop, guidé par son cavalier vers la forêt.

Farkhar suivit Pantrax du regard jusqu'à ce que la forêt eût englouti celui-ci ; comme perdu dans un songe, il resta longuement les yeux rivés sur les arbres derrière lesquels le Hurleur avait disparu.

Il sentit la lassitude s'abattre sur son corps. La douleur, lui rappelant qu'il avait été touché à la cuisse et à l'épaule, se raviva, cette fois lancinante. Le temps de la surmonter et de se donner une contenance, il fit lentement circuler son cheval sur les deux lieux du combat, regardant un à un les corps dont certains, parfois mutilés, semblaient s'être vidés de leur sang, tant le sol était rouge autour d'eux.

Puis, rengainant son glaive, il revint vers les trois cavaliers qui l'attendaient, un peu à l'écart.

L'inconnu avait retiré son casque, qu'il portait sous son bras, contre son armure. Celle-ci était zébrée par des éclaboussures sanglantes, qui dégoulinaient sur le métal.

Quoiqu'il fût jeune, ses traits marqués le faisaient paraître plus mûr que Farkhar. Un fin collier roux, assorti d'une moustache de même couleur, encadrait son visage carré ; son regard noisette exprimait la droiture et ses pommettes bien dessinées, ainsi que son menton volontaire, donnaient le sentiment d'un personnage énergique, doté d'un courage à toute épreuve. Sa chevelure bouclée flamboyait au-dessus d'un front haut et légèrement bombé qui respirait l'intelligence.

Farkhar alla se placer en face de lui. Une estime mutuelle naquit entre eux dès le premier regard, fondée sur ce qu'ils venaient de vivre.

« Prince Farkhar, fit l'homme, comment cela se peut-il ? Tout le monde, à Sarm'Eïloan, vous a vu périr sous la hache du bourreau, puis brûler sur le bûcher où s'était consumé le corps de la princesse Gwenaline.

— Et il serait bon que tout le monde, pour le moment, continue de le croire. Mais je m'étonnerais qu'un chevalier capable d'une telle vaillance ait à cœur de trahir semblable secret. Surtout s'il sait qu'en le gardant, il agira pour le plus grand bien du roi Antrégor…

— Mon suzerain, jusqu'à la mort !

— Je vois, comme je le pressentais déjà, que nous défendons les mêmes couleurs ! Quel est votre nom chevalier ?

— Spartan, prince.

— Et quel heureux hasard nous valut si opportune intervention dans un combat si inégal ?

— Point de hasard, prince Farkhar. Mais je ne doute pas que, sans moi, vous seriez tout autant venu à bout de ces lâches ! »

Farkhar eut une moue dubitative.

« Quand bien même cela aurait été, de quel prix l'aurions-nous payé ? »

Son regard était allé de sa cuisse sur laquelle le sang avait cessé de coulé à Aïwana qui, malgré son calme apparent, semblait se remettre difficilement de ses dernières frayeurs. Son expression se durcit lorsqu'il se posa sur elle, lui adressant une réprimande muette pour la témérité dont elle avait fait preuve, mettant inutilement en danger sa vie plus qu'elle ne l'était déjà du fait des circonstances.

« Ce n'était point hasard, disiez-vous, ajouta-t-il en tournant de nouveau les yeux vers Spartan. Alors, dans ce cas, que faisiez-vous en ce lieu ? »

Le ton avait été presque badin, marquant par là que sa question était pure curiosité, et combien la présence de l'homme représentait à ses yeux une surprenante coïncidence. Au même instant, il réprima une mimique douloureuse.

« Je passais dans un couloir du château, quand les voix de Silfadred et Pantrax ont attiré mon attention. Lorsque j'ai entendu votre nom, je n'en ai, tout d'abord, pas cru mes oreilles. Puis, quand j'ai compris ce qu'ils tramaient, j'ai observé ce que faisait Pantrax. Voyant le nombre de soldats qu'il réunissait, j'ai décidé de les suivre pour vous aider du mieux que je pourrais. Une quarantaine contre trois ! Quel homme d'honneur aurait laissé commettre semblable félonie sans réagir ? J'ai cheminé à distance, sans les quitter des yeux. Jusqu'à ce que je juge venu le moment d'entrer en action. Je voulais créer la plus grande surprise possible : c'est pourquoi j'ai attendu que le combat soit déjà bien engagé.

— Nous vous en savons gré, de la plus chaleureuse façon !

— Je ne pense pas, prince, que vous auriez agi différemment ! Mais comment se fait-il que vous ayez échappé à la destinée que vous réservait Silfadred ? »

Farkhar parvint à esquisser un sourire et désigna du menton Aïwana :

« Il se trouve que cette jeune fille détient quelques pouvoirs qui se sont déjà avérés plusieurs fois fort utiles ! »

Spartan la dévisagea.

« Vous êtes bien la fille de Theinabrÿn, n'est-ce pas ? » hasarda-t-il.

Il se souvenait à présent de l'adolescente qu'il avait aperçue, une ou deux fois, en compagnie du magicien, du temps où celui-ci était le conseiller d'Antrégor. Mais vêtue, à l'époque, de fort différente façon. Elle acquiesça de la tête. La chevelure de feu de Spartan éveillait en effet en elle quelques réminiscences, mais rien de précis.

« Comment va votre père ? demanda-t-il.

— Hélas ! Il est mort, chevalier. Sans grand doute du fait des maléfices de Silfadred. »

Une ombre passa dans le regard de Spartan.

« C'est là bien triste nouvelle, commenta-t-il d'une voix sincèrement émue, non seulement pour tous ceux qui le chérissaient, mais, je pense aussi, pour le royaume.

— C'est pour accomplir une mission qu'il nous a confiée que nous sommes en chemin, enchaîna Farkhar. De celle-ci, je ne puis rien vous dire, chevalier, sinon que l'un de ses buts est d'empêcher que la situation qui s'est installée entre Sarm'Eïloan et Aak-Sour n'évolue jusqu'aux extrémités les plus mortelles. Mais ne prenez pas ce silence pour de la défiance à votre égard. Je vous crois loyal et ne vois nulle duplicité dans votre regard, non plus que dans vos actes.

— Me permettrez-vous, du moins, de me joindre à votre entreprise ? Connaître son but ne m'est pas nécessaire pour m'y engager corps et âme. »

Ses yeux passèrent de Farkhar à Aïwana.

« Il me suffit de voir qui la conduit ! »

Farkhar l'observa un moment, visiblement en proie à l'incertitude. Puis il s'approcha de lui jusqu'à ce que leurs destriers soient flanc contre flanc, et lui tendit la main, en plantant ses yeux dans ceux du chevalier :

« Sois mon ami, Spartan. »

Celui-ci lui saisit l'avant-bras, et sentit la main de Farkhar se resserrer sur le sien :

« Ton féal, prince, aussi longtemps que la vie nous fera combattre côte à côte ! »

Leurs bras se séparèrent.

« Nul doute, dit Farkhar en pesant ses mots, que ta présence eût été fort utile dans notre quête. Mais il me semble qu'elle est plus nécessaire encore à Sarm'Eïloan, auprès de notre roi. Au moins aurai-je l'assurance qu'il ne sera pas seul dans ce nid de vipères, où nul ne peut désormais savoir où sont les amis, et où les ennemis. La guerre qui s'engage va être terrible. Antrégor y sera bien solitaire. Veille sur lui et sur toi-même, sois le pilier sur lequel toute décision de sa part, toute action qu'il entreprendra pourra s'appuyer. Surveille Silfadred : il est notre unique ennemi véritable ; de lui, tout est à craindre. Quand je reviendrai, quelles que soient les circonstances, je saurai que j'ai sur place un allié sûr et là, tu ne seras pas de trop ! »

Farkhar parut traversé par une idée et se renfrogna, parcouru par une nouvelle onde de souffrance.

« Seul problème, ajouta-t-il, comment faire pour que Pantrax ne te reconnaisse pas ? »

L'idée ne parut pas contrarier Spartan, qui sourit.

« J'y ai déjà songé en entendant ton souhait. La nuit où je l'ai surpris avec son maître, ce dernier m'avait, en fait, envoyé en reconnaissance, pour voir où en était l'armée de Viridius. C'est pourquoi j'étais éveillé, et, par chance, je n'étais pas encore parti. Je ne vais donc pas rentrer directement sur Sarm'Eïloan. Je ferai un crochet en suivant le cours de cette rivière vers l'ouest, puis en remontant vers le nord, pour remplir ma mission. Quand j'aurai approché l'armée de Viridius, peut-être aurai-je la chance de rencontrer l'un de ses éclaireurs. Si j'ai la chance qu'il ait la même corpulence que moi, je lui *emprunterai* son équipement ! Pantrax n'a pas pu voir mon visage.

— Je constate que le courage n'est pas ta seule qualité ! Alors, à présent, pars. Hâte-toi. Et souhaitons que nos routes se croisent à nouveau très vite ! »

Spartan fit tourner son cheval de façon à faire face à Aïwana et à Surandir, et les salua d'une légère inclination du torse.

« Votre père sera vengé, damoiselle. Je fais serment de m'y employer, même si ce ne doit pas être par mon fait. Adieu, Messire ! » dit-il à l'adresse du nain, qui lui répondit d'un hochement de tête.

Puis revenant vers Farkhar :

« Puisses-tu réussir dans ton entreprise. En attendant ton retour, sois tranquille. Le roi Antrégor est en entre de bonnes mains.

— J'en suis certain ! »

Ils échangèrent un signe de la main, et Spartan lança sa monture.

Farkhar écouta le son de son galop décroître, puis se fondre dans le silence. Sa mâchoire se contracta brusquement sous le coup d'un nouvel élancement, plus violent que les autres. Il serra les dents, tentant de reprendre son souffle.

Ses yeux, rencontrant le soleil, furent envahis par une lumière aveuglante. Puis la douleur, trop longtemps contenue, l'emporta. Il eut le temps de gémir d'une voix brisée :

« Surandir ! »

Et il sombra dans un gouffre de nuit.

Dans les brumes d'un rêve où la réalité
Mêlait confusément des désirs insondables
Aux fantômes semés par l'ire inéluctable
Du félon, lors poignit l'intime vérité.

LIVRE DES CÉLESTES
Chant III, vers 1277-1280

43

Après s'être endormi près de la rivière sous les derniers rayons du soleil, Spartan se leva avec lui. Depuis des années, il avait suffisamment patrouillé sur tout le territoire du royaume pour le connaître dans sa globalité. Cependant, s'il avait une idée précise de l'itinéraire qu'il devait suivre pour tenter de retrouver l'armée de Viridius, certains repères étaient imprécis dans sa souvenance. Il avait craint qu'à la faveur de la nuit, l'un ou l'autre lui échappe. Il avait donc profité de l'obscurité pour prendre un repos mérité, sans risquer de commettre une erreur qui le retarderait. La durée de son absence de Sarm'Eïloan ne devait pas se prolonger jusqu'à attirer des soupçons.

Quand le petit jour le tira de sa torpeur, il s'étonna que rien n'eût troublé celle-ci. À part ses songes, tout à fait étranges. Il baignait dans une quiétude totale. Subitement, une ombre dressait sa silhouette d'ébène dans une pénombre parcourue par de mouvants reflets mordorés. Puis une autre, et une autre encore. Il y avait de violents mouvements. Il lui semblait qu'elles étaient secouées par une force terrible. Puis, c'était de nouveau le calme, le silence. Pourquoi, tout à coup, cette notion de silence s'imposait-elle à son esprit, puisque son rêve n'avait été habité par aucun bruit ? Enfin si, peut-être... un gémissement, ou deux. Il ne savait plus. Comme toujours, les images engendrées par la nuit se dissolvaient dans le labyrinthe de sa mémoire.

Il s'étira, se mit debout et posa un regard distrait sur les cendres encore fumantes du feu qu'il avait allumé la veille au soir, comme pour s'approprier les couleurs chaudes du crépuscule qui se reflétaient en un miroitement sans fin vers l'aval, sur l'onde calme de la rivière.

Il avait du mal à quitter complètement son sommeil, et se demandait pourquoi il se sentait si fatigué, après une nuit apparemment si calme.

Se disant qu'il n'avait que trop perdu de temps, il se hissa sur son cheval pour s'enfoncer dans la large plaine herbeuse qui s'étendait à perte de vue vers le nord : il avait de sérieuses raisons de penser que l'armée de Viridius se trouvait quelque part dans celle-ci, en marche vers Sarm'Eïloan.

Il avait fait tout cela machinalement, comme dans un état second, sans un regard vers la rivière. Aussi n'avait-il pas vu les dessins qu'esquissaient à sa surface comme les sillages laissés par des corps ondoyant entre deux eaux. Non plus que les traces rouge sombre couvrant par endroits les galets de la grève, semblables à celles qu'auraient laissés des corps traînés vers le cours d'eau en se vidant de leur sang.

* * *

« Sais-tu ce qui me conduit à t'épargner, malgré ta stupide incompétence ? » demanda Silfadred à Pantrax enchaîné entre deux créatures au visage impassible.

Le prisonnier ne répondit pas.

Dans la vaste cellule, quatre autres Hurleurs étaient agenouillés : les survivants du combat qui s'était déroulé sur la rivière. Diminués de ceux que Pantrax avait envoyés sur la trace du chevalier qui était, en grande partie, responsable de leur échec. Quand Farkhar lui avait rendu sa liberté, il avait retrouvé sept de ses compagnons qui s'étaient enfuis dans le sous-bois. Ils étaient revenus vers la lisière dominant le cours d'eau et avaient vu leurs adversaires se séparer. C'est alors que Pantrax avait donné l'ordre à trois de ses hommes de suivre l'inconnu, et d'attendre que la fatigue le prenne pour régler son sort, pendant que lui-même reprenait la route de la citadelle avec les autres.

À côté de chacun d'eux, un de leurs semblables se tenait debout, une hache levée.

« Ma première raison, poursuivit Silfadred, c'est que les tiens vont devoir apprendre à mourir, quand c'est pour me servir. Grâce à toi, ils vont le savoir. La seconde est que la haine que tu éprouves à présent à l'égard de Farkhar est la meilleure garantie de l'acharnement que tu exerceras contre lui, si tu le trouves à nouveau sur ton chemin. S'il y survit, ce sera que ton inefficacité est sans égale. »

Il faillit ajouter : *Ou qu'il est vraiment exceptionnel et que ce qui le protège est vraiment très fort.* Mais il garda cette considération pour soi. Il ne voulait pas encore se résoudre à envisager une telle hypothèse. De toute façon, ce n'était pas chose à reconnaître devant ses affidés. Toutefois, au fond de lui-même, c'était peut-être aussi cette éventualité, de plus en plus inquiétante, qui lui avait fait épargner Pantrax :

il savait celui-ci redoutable, et ne voulait pas s'en séparer sans avoir la certitude de son inaptitude – qui eût été, en un sens, la marque de son propre échec.

Observant les quatre condamnés, Silfadred sentit suinter leur peur. Quoique toute manifestation extérieure de celle-ci fût inhibée par leur servilité fondamentale, elle était indicible. Ils l'exsudaient par tous les pores de leur peau. *Excellent !* se dit-il. Réduites à leur animalité primitive, qui ne les distinguait de leurs frères humains que par l'absence du vernis dont se parent habituellement ceux-ci pour mieux cacher leur misère, et qui finit par les illusionner sur eux-mêmes, ces créatures étaient dénuées de toute sensibilité altruiste. À l'occasion, elles servaient même de proie. Qu'elles puissent être habitées par la terreur ne pouvait que rendre plus fanatique leur agressivité.

Il se contenta d'un signe du menton énergique.

Les haches s'abaissèrent. Les têtes tombèrent. Avec un regard de glace, Silfadred essuya du revers de la main une éclaboussure de sang qui avait atteint sa joue, puis la tendit devant la bouche de Pantrax. Une langue grise et rugueuse en sortit pour lécher le liquide.

« Tu aimes, n'est-ce pas ? maugréa le mage. Celui de Farkhar et de ceux qui le suivent est encore meilleur. Aie toujours cela en mémoire, Hurleur.

— Oui, maître.

— Et vous aussi », ajouta Silfadred à l'intention des autres.

Il lut avec satisfaction l'avidité qui s'était peinte dans le regard de Pantrax et des autres présents.

« Détachez-le ! »

* * *

Deux jours ! Depuis qu'il avait quitté Farkhar, Aïwana et Surandir, il avait fallu deux jours à Spartan pour retrouver Viridius, qui avait davantage progressé qu'il ne l'avait imaginé. Après réflexion, Procédant très simplement, plutôt que de chercher à l'aveuglette, il avait remonté la plaine en longeant la bordure orientale de la forêt séparant Sarm'Eïloan d'Aak-Sour. Trouvant les traces du vaste campement dans lequel l'armée ennemie s'était regroupée, ce qui n'était guère difficile, il avait éprouvé un serrement de cœur au souvenir d'Ormgur. Tant de choses s'étaient passées depuis que son malheureux compagnon était tombé à ses côtés, quelques jours plus tôt, alors que, descendant des Marches du Nord, tous deux avaient surpris par hasard les premiers éléments de l'armée de Viridius faisant irruption sur le territoire de Sarm'Eïloan. Aucun vestige de la tragédie n'avait subsisté dans l'herbe piétinée, ravagée par des journées de bivouac. Ormgur s'en était allé, sans avoir le temps de réaliser qu'avec sa mort, c'était toute la destinée de son royaume qui basculait.

Puis Spartan avait piqué dans la direction de la citadelle, sur le chemin de laquelle il devrait nécessairement trouver l'ennemi.

Apercevant l'ost de Viridius, il avait été effaré par son ampleur. Gravissant une colline boisée, il avait pu bénéficier d'une vue d'ensemble qui n'avait fait que décupler sa stupéfaction et son angoisse, imaginant aussitôt la terreur que provoquerait dans Sarm'Eïloan la vision d'une telle quantité d'hommes se déployant autour des murailles. Il s'était dit que c'en était fini de la cité de ses pères.

Il s'y trouvait toujours, observant la plaine, et s'efforçant de mémoriser autant d'informations qu'il le pouvait sur les forces ennemies, quand son attention fut distraite par le spectacle de trois cavaliers, qui se dirigeaient vers l'endroit où il se tenait à couvert. Ils semblaient discuter âprement. Ils s'arrêtèrent à mi-pente, échangeant quelques paroles sur un ton d'une rare virulence, qui dénotait leur désaccord, puis l'un d'eux se dirigea seul vers lui, tandis que les deux autres repartaient vers le campement.

L'homme paraissait avoir à peu près sa taille. Spartan se dit qu'il ne pouvait souhaiter circonstances plus favorables. Non seulement, il détenait les informations qu'il cherchait, mais en plus, il allait peut-être avoir ce qui lui manquait pour rentrer à Sarm'Eïloan sans courir le risque d'être reconnu. Il lui suffisait d'un peu de patience. Et de chance !

Cette dernière ne tarda pas à lui sourire. Après avoir attaché son cheval à l'orée du bois, l'homme pénétra dans celui-ci. Remarquant l'arc et le carquois que l'autre portait en bandoulière, Spartan imagina qu'il entendait s'offrir pour le soir un met changeant de l'ordinaire ; il se dit que là devait résider le désaccord qui avait opposé le soldat à ses compagnons, sans doute peu soucieux d'être découverts par le reste du camp en train de faire bande à part. Il laissa sa monture à l'attache derrière le fourré depuis lequel il avait observé toute la scène, et se mit à suivre l'homme. Il le laissa s'enfoncer, puis le vit soudain saisir son arc, encocher une flèche et attendre, immobile, l'arme tendue, regardant vers un point que Spartan distinguait mal. Le trait partit et, manifestement satisfait, le chasseur se mit à courir droit devant lui, pour s'agenouiller un peu plus loin. Aussi discrètement qu'il le pouvait, Spartan arriva dans son dos, l'épée au poing, convaincu que le soldat était trop occupé par sa victime pour se méfier.

L'homme était accroupi devant un petit cervidé dont le flanc se soulevait encore faiblement.

« Seriez-vous prêt à partager votre butin, chevalier ? » lança Spartan sur un ton ironique.

Le soldat se retourna pour se retrouver la gorge comprimée par la pointe d'un glaive, face auquel la petite dague dont il s'apprêtait à achever sa proie était bien dérisoire. Il considéra son agresseur, cherchant visiblement à trouver chez celui-ci un détail qui lui rappelât quelqu'un de connu. L'armée était si nombreuse, il est vrai.

« Mais certainement, Messire, rétorqua-t-il, si toutefois vous ne conviez pas toute cette troupe à un festin qui, pour le coup, deviendrait bien maigre ! »

Malgré ses accents fanfarons, Spartan sourit de percevoir dans la voix un léger tremblement. Décidé à s'amuser un peu, il appuya davantage sa lame contre le cou, provoquant chez l'homme un sursaut qui n'avait plus rien d'intrépide. L'autre blêmit.

« Seriez-vous homme à tuer un adversaire désarmé ? » s'inquiéta-t-il.

— Non, Messire, rassurez-vous. Il n'est point dans mes mœurs d'agir de la sorte. Ce n'est pas votre repas qui m'intéresse. Ni votre vie, sinon, je vous aurais déjà offert le moyen de la défendre.

— Quoi, alors ?

— Votre... votre cuirasse et votre casque me suffiront ! »

Spartan avait jugé que c'étaient là les éléments les plus caractéristiques de son vêtement. S'il les changeait, le reste ne permettrait pas de l'identifier, surtout à quelqu'un comme Pantrax qui serait à mille lieux de soupçonner quelque rapport entre lui et le chevalier inconnu qui avait tant contribué à son échec. Il était fort marri à l'idée de cet échange, car il y perdait beaucoup. Moins, toutefois, que si sa tenue le trahissait et lui coûtait la vie à son retour. Il sautait en effet aux yeux que l'armure de sa victime était fort quelconque, à commencer par le casque, dénué de visière. L'homme le regarda d'un air hébété.

« C'est là une bien étrange requête ! En admettant que je m'y plie, me donnerez-vous du moins les vôtres ?

— Pour tout vous dire, Messire, je ne vous laisse pas le choix : c'est là pour moi question de vie ou de mort ! Quittez votre équipement sur-le-champ. Je n'ai point de temps à perdre ! »

Spartan écarta son épée. Si l'heure, d'une certaine façon, n'eût été grave, il aurait éclaté de rire.

L'autre s'exécuta, avec une mauvaise grâce évidente.

Spartan s'empara des pièces qui l'intéressaient et se mit à retourner vers son cheval.

« Vous ne pouvez me laisser ainsi, s'exclama l'homme !

— Il est vrai, répliqua Spartan d'une voix distraite. Mais comme j'ai besoin de prendre un peu de distance, je vous invite à emprunter le chemin que je vais prendre. Vous trouverez un peu plus loin ce que vous cherchez. »

Spartan alla détacher la monture du soldat, puis l'emmena vers la sienne. Parvenu à celle-ci, il monta dessus et s'enfonça dans le sous-bois en tirant l'autre animal. En passant à proximité du soldat qui le regardait, éberlué, il lâcha sur un ton détaché :

« Il vous faudra me suivre à pied, j'en suis fort contrit, car j'ai besoin aussi d'un peu de temps. Vu ce qui se prépare, peut-être nos routes se croiseront-elles à nouveau, auquel cas j'aurai plaisir à vous rendre votre bien et à récupérer le mien ! »

Et il lança son destrier au galop.

« À la revoyure, Messire ! »

* * *

« Farkhar… » *mon tendre amour…*

Un regard le contemple, curieusement proche et lointain à la fois, comme suspendu dans le vide. Autour de lui, aucun visage, simplement comme un soleil dont il nourrit l'incandescence et que baigne un entrelacs d'arabesques aux innombrables nuances pastel : parfois, dans leur dessin, s'esquisse, fugitive, une silhouette éthérée. Mais il n'a besoin ni d'elle, ni d'un visage pour reconnaître l'extatique plénitude qu'ont exprimée ces yeux, quand la voix a prononcé son nom.

Gwenaline…

Il sent comme une brise caresser sa peau. Dans quel monde erre-t-il ? Quel empyrée inconnu des mortels ordinaires s'est ouvert à lui pour soulager sa tristesse et lui faire entrevoir un possible futur ?

Gwenaline, où es-tu ?

Quand viendras-tu me chercher… « Farkhar… » ?

Quelle voix sonne ainsi à ses oreilles ? Il lui semble à présent qu'il y en a deux, mais si proches, si aimantes, chacune à sa manière !

Gwenaline, me faudra-t-il quitter la vie pour aller vers toi ?

Un instant, le regard disparaît, comme occulté par d'impalpables paupières. Farkhar réalise alors que ce regard est pure sensation, pure lumière : il n'est point d'yeux pour l'engendrer. Est-ce pour cette raison qu'il paraît si distant ?

Puis il s'illumine à nouveau.

Gwenaline...

« Farkhar... » *... hâte-toi, je t'attends...*

Pourquoi la nitescence devient-elle peu à peu éblouissement ?

« Farkhar ! »

Les paupières de Farkhar s'entrouvrent : invisible derrière sa forme assombrie par le contre-jour, le soleil nimbe le visage d'Aïwana dont les yeux sont posés avec douceur sur le garçon, attentifs au moindre signe d'éveil. Leurs souffles se mêlent, l'un subtilement haletant, nourri par l'attente, l'autre apaisé, comme au sortir d'un rêve bienheureux.

« Farkhar..., dit-elle avec une grande douceur, cela fait au moins cinq fois que je prononce ton nom ! »

Elle lui sourit. Passe une main légère sur son front. Il se sent bien. Son corps est détendu. Les souvenirs reviennent. Il ne ressent plus la douleur qui l'a terrassé. A-t-elle seulement jamais déchiré ses chairs ?

Il distingue de mieux en mieux les traits de la jeune fille, prend conscience du tissu sur lequel repose sa tête. Il tourne celle-ci d'un côté, puis de l'autre, pour découvrir une silhouette dressée au-dessus de lui. En remontant sur elle, ses yeux découvrent des poings sur des hanches...

« Ça y est, Surandir, il s'éveille » ajoute Aïwana.

... puis le visage du nain qui se décontracte en une mimique presque joyeuse.

Il sent une énergie irradier dans tout son corps, dans l'intimité duquel elle a pris naissance au moment où son regard s'ouvrait sur le monde réel. Il se redresse sur un coude.

« Eh bien, mon garçon, tu nous as causé grande peur ! » Et Surandir de partir d'un rire qu'il ne contrôle pas.

* * *

Assis dans la petite clairière qui dominait la rivière, séparée d'elle par la large plage et par un rideau d'arbres, Farkhar but à petites gorgées l'eau que lui avait donnée Aïwana.

« Que m'est-il arrivé ? demanda-t-il.

— Une très vilaine blessure dans ton épaule gauche, répondit Surandir. Heureusement pour toi, Silfadred a peut-être enlevé à Aïwana ses pouvoirs de magicienne, mais non ses talents de guérisseuse, qui sont immenses ! Il lui a quand même fallu trois jours pour te remettre sur pied.

— Trois jours !

— C'est mieux qu'une éternité dans la mort. »

Depuis qu'il était sorti de sa torpeur, un vacarme intermittent, ponctué de glapissements, intriguait Farkhar. Comme son esprit était encore un peu engourdi, il le percevait comme une partie intégrante du décor, sans vraiment s'interroger sur lui.

La question lui vint impromptu sur les lèvres :

« Qu'est-ce qu'on entend ? »

Surandir le regarda, étonné :

« Les vautours ! Tu ne te souviens pas de ce qui s'est passé ? On a laissé au bord de l'eau assez de charognes pour en nourrir une colonie entière ! »

Oui, bien sûr, cela lui revenait. Tout remontait dans sa mémoire : Pantrax, les Hurleurs, Spartan...

À ce moment, Aïwana déboucha du sous-bois, conduisant les chevaux par la bride.

« Je suppose que tu ne vas pas vouloir perdre un instant, dit-elle sur un ton moqueur.

— Quand bien même nous voudrions prendre notre temps, le pourrions-nous ? demanda le garçon.

— Non, c'est vrai, regretta Surandir. Nous n'en avons même que trop gaspillé. »

Farkhar fut surpris : il s'attendait plutôt à entendre ses compagnons tenter de calmer son impatience. Tous trois, il est vrai, savaient que le flot des événements ne leur laissait aucun répit, et que la tâche à accomplir était considérable.

Farkhar se dressa sur ses jambes avec une surprenante vivacité, ramassa la cape d'Aïwana roulée sur le sol, là où avait reposé sa tête, et en enveloppa les épaules de celle-ci. Le voyant grimper sur son destrier avec le même allant, Surandir eut une moue admirative vers Aïwana.

« Dites-moi, jeune fille, vos remèdes font, semble-t-il, merveille ! Je vais finir par regretter d'être sorti indemne du combat contre les Hurleurs ! » plaisanta le nain.

Elle lui adressa un sourire dont le caractère énigmatique ne manqua pas d'intriguer ce dernier.

Pouvait-elle lui dire, sans le peiner, que les sentiments que lui inspirait Farkhar entraient pour une large part dans la façon apparemment miraculeuse dont avaient agi ses baumes et ses savantes potions médicinales ? Qu'il était des magies bien plus puissantes que tous les pouvoirs qu'on range habituellement sous ce nom, et contre lesquelles même Silfadred était impuissant, quoiqu'elles n'eussent pas forcément des effets aussi spectaculaires que les seconds ? Elle se hissa sur sa monture.

Le mutisme dans lequel elle s'était enfermée en se détournant ostensiblement vers son cheval fit comprendre à Surandir qu'il ne tirerait rien d'elle. Il se résigna et monta en selle à son tour.

Ils débouchèrent bientôt de la forêt en vue de la plage où un spectacle répugnant les attendait. Par dizaines, des charognards s'acharnaient sur les cadavres des Hurleurs, arrachant des lambeaux de chair, fouillant dans les orbites. Un silence malsain pesait sur le lieu, qu'entrecoupaient quelques rares glapissements. Tout autant que le plumage sanglant des volatiles, il témoignait de l'avidité consciencieuse avec laquelle ces derniers se partageaient le festin.

Quand ils passèrent entre les deux endroits où s'était déroulée l'embuscade pour aborder le gué, une odeur pestilentielle agressa leurs narines, les faisant grimacer. Aïwana agrippa le bas de sa cape pour s'en entourer le bas du visage, provoquant une envie insatiable chez ses compagnons qui ne disposaient pas d'une telle parade. Ils accélérèrent le pas de leurs chevaux, et pénétrèrent dans l'eau en projetant des gerbes : scintillant sous le soleil, elles donnèrent soudain à leur avance une beauté irréelle, en rupture totale avec le spectacle funèbre qu'offrait la berge.

Ralentissant le pas, ils poursuivirent la traversée, bercés par le chant discret de l'onde glissant à travers les algues et se heurtant aux rochers, qui provoquaient par endroits de minuscules cascades. Ils n'eurent pas un regard vers la plage qu'ils venaient de quitter, abandonnant l'horreur derrière eux.

Quand ils atteignirent l'autre rive, le souvenir de celle-ci avait disparu de leur mémoire, chassé par la fraîcheur vivifiante qui les avait enveloppés tandis qu'ils passaient la rivière, et par la vision de la luxuriance qu'étalait sous leurs yeux la forêt. Lorsqu'ils étaient venus en sens inverse, cela n'avait pas frappé Farkhar ni Surandir, peut-être parce que leurs esprits étaient encombrés par de sombres préoccupations. Devant eux, la végétation était bien plus élevée, bien plus fournie que dans les bois qui les avaient conduits au vallon où ils avaient croisé la route d'Aïwana, et où les Hurleurs les avaient attaqués sur le chemin du retour.

Ils s'apprêtaient à franchir la limite dessinée par les premiers arbres lorsque la jeune fille arrêta son cheval.

« Que se passe-t-il ? » demanda-t-elle d'une voix inquiète.

Les deux hommes s'immobilisèrent et se regardèrent, surpris. Ils n'avaient rien saisi d'inquiétant. Le silence régnait, constellé par la gamme infinie des notes qu'égrenaient de toute part les chants des oiseaux.

Constatant leur étonnement, elle insista :

« Vous ne percevez donc rien ? »

Troublés, ils mirent tous leurs sens en éveil. Même en faisant travailler leur imagination, ils ne comprenaient pas ce qui alarmait leur compagne.

Puis cela se matérialisa de façon subtile, par une infime altération des couleurs, une imperceptible vibration de l'air et le sentiment naissant que leurs corps perdaient contact avec ce qui les entourait. C'était à la fois si diffus, si inhabituel, si inanalysable qu'aucune parade ne leur venait à l'esprit. Une parade contre quoi, d'ailleurs, puisque aucun danger ne se dessinait ?

Mais Farkhar et Surandir ne sentait pas moins s'imposer à leur conscience le phénomène dont la perception avait alerté Aïwana avant qu'ils en sentissent eux-mêmes le moindre signe.

Du temps pétrifié la mortelle menace,
Nourrie par le courroux du mage tourmenté,
Emprisonna dans son hivernale âpreté
Les trois âmes figées dans leurs rêves de glace.

LIVRE DES CÉLESTES
Chant III, vers 1313-1316

44

Silfadred avait passé une nuit épouvantable.

Le demi-dieu ne savait pas ce qu'était le rêve.

Pourtant, Theinabrÿn lui était apparu dans son sommeil. Même écrasé dans son repère, cette fois éliminé pour toujours, Theinabrÿn avait trouvé la voie pour venir le hanter. Et le rêve avait tourné au cauchemar.

Il revoyait encore le regard du mage pénétrer jusqu'au tréfonds de son âme, bouleversant l'absence de toute pensée qui caractérisait habituellement son repos pour laisser son esprit attentif au moindre signe extérieur, à la plus infime alerte. Contrairement aux mortels ordinaires, Silfadred ne sombrait jamais dans cet état lamentable qui les coupe de toute sensation et, durant ces périodes, les rend si vulnérables. L'endormissement n'était pour lui qu'un moyen de ne pas distraire son être le temps nécessaire pour qu'il se charge de l'énergie requise par l'exercice de ses pouvoirs, dont sa vigilance permanente n'était pas le moindre.

En quels termes Theinabrÿn s'était-il adressé à lui, dans ce rêve ? À peine sorti de sa torpeur, les mots lui étaient revenus, harcelant ses pensées comme un gong :

Le destin de Farkhar est en marche, Silfadred. Et tu pressens forcément ce qu'il est venu accomplir. Quelle sourde angoisse doit être la tienne, face au doute qui s'insinue en toi à l'idée que tes maléfices ne seront peut-être pas suffisants pour le réduire à néant, comme tu l'as déjà tant de fois éprouvé par le passé. Oui, Silfadred, le destin est en marche. Celui de Farkhar, mais aussi le tien. Quand ils se croiseront viendra l'heure de la confrontation finale : ce sera la seule occasion que tu auras jamais de te débarrasser de lui avec certitude. Ce sera lui, ou toi ! Mais tu sais déjà que, ce jour-là, tu n'auras pas à affronter une simple marionnette, comme celles que tu as pris coutume de manipuler depuis des siècles en jouant avec leur vie et leur mort à ta guise...

Quand il avait ouvert les yeux dans les ténèbres de sa chambre, il avait semblé à Silfadred que les derniers mots résonnaient encore dans ses oreilles. Il n'aurait pas été autrement surpris de découvrir son rival devant lui.

Or, Theinabrÿn n'était plus.

Oui, mais, pourtant, jamais il ne rêvait.

Que s'était-il donc passé cette nuit ?

Une pensée terrible lui vint alors à l'esprit : et si ce n'avait pas été un rêve ? Et si Theinabrÿn avait survécu, sous une forme ou une autre ? Et s'il s'était réellement introduit dans sa chambre, le temps de lui délivrer ce message ?

« Ô Thanatros... » avait-il commencé. Mais au vide qui habitait l'atmosphère autour de lui, il avait su aussitôt que nulle réponse ne lui parviendrait. Quoiqu'il œuvrât à bâtir l'empire de son père, se pouvait-il que la démesure de son orgueil, de sa soif de puissance, ait blessé celui-ci, provoquant sa méfiance ? Ou l'incitant simplement à vouloir ramener son fils à une raison que celui-ci n'était plus capable d'entrevoir ?

L'aube était encore frémissante quand Silfadred avait appris le retour de Spartan.

Il l'avait aussitôt convoqué, non sans avoir fait réveiller Antrégor pour qu'il assiste au rapport de l'éclaireur.

Le soldat leur avait fait part de ses constatations : l'étendue des forces rassemblées par Viridius, qu'il estimait être à environ quatre jours de marche de la citadelle, compte tenu de la lenteur qu'impliquaient leur importance et leur composition.

Il avait décrit aux deux hommes tout ce qu'il avait pu observer - les différents corps constituant les effectifs ennemis, leur nombre - et insisté sur l'idée que ce qu'il avait aperçu lui donnait le sentiment d'une armée se préparant à un siège long et sans merci : ce n'était point, avait-il assuré, une simple démonstration destinée à intimider Antrégor.

La surprise du souverain lui avait paru tout aussi naturelle que le flegme avec lequel le mage accueillait ces alarmantes nouvelles lui avait semblé surprenant.

Il en était rapidement venu à se convaincre que celui-ci savait beaucoup plus de choses qu'il ne le laissait accroire, et que cela représentait un danger supplémentaire : comment peut-on efficacement contrer un homme dont on ne sait ce qu'il ignore et ce qu'il n'ignore pas ?

« Penses-tu vraiment que nous serons prêts quand Viridius se présentera sous nos murailles ? avait demandé Antrégor à Silfadred, d'une voix dans laquelle sourdait son angoisse.

— Oui, Sire, j'en suis certain. Je ne dis pas que notre tâche sera achevée à l'intérieur de nos défenses. Mais ce qu'il verra sera propre à dissuader notre adversaire de s'attaquer à nous comme s'il pouvait nous réduire d'une simple estocade. »

Antrégor hocha lentement la tête, préoccupé.

« Je l'espère, Silfadred, je l'espère… »

En les entendant, Spartan avait repensé au spectacle étonnant qu'il avait découvert, en apercevant Sarm'Eïloan depuis les collines qui descendaient vers la rivière coulant à son pied. Le long de celle-ci commençait de s'élever une fortification de bois dont le tracé, déjà imaginable là où elle n'était pas encore édifiée, allait en s'évasant largement pour faire le tour de la citadelle. Par endroits se dressait l'ébauche de tours. Surtout, malgré l'heure matinale, une foule déjà considérable s'activait de toute part. Ici des bœufs tiraient des chariots lourdement chargés de troncs d'arbres, là on dressait ceux-ci, ailleurs on creusait le fossé qui longerait l'extérieur de la palissade en rejetant la terre à l'intérieur de son périmètre où, déjà, on la repoussait contre le bois pour former un talus.

Il avait alors compris l'origine de la rumeur qu'il percevait en approchant de la cité, avant que le relief la dévoile à ses yeux. En traversant cet immense chantier pour atteindre le château, il s'était demandé comment Antrégor avait pu réunir de tels moyens en si peu de temps. Impressionné, l'idée lui était venue que, même en tenant compte de ce qu'il avait observé de l'armée de Viridius, la perspective de lui résister avec succès quittait le domaine de l'utopie pour entrer dans celui de la probabilité, ce qu'il n'aurait jamais imaginé jusque là. Le nombre de gens que pourrait accueillir l'espace nouvellement délimité était énorme : déjà, de tout côté, arrivaient de petits convois de réfugiés. Spartan s'était dit que, s'il en était ainsi depuis son départ, c'était peut-être là que se trouvait l'explication de la stupéfiante multitude suggérée par l'activité régnant dans les lieux. Mais sur le moment, au fond de lui-même, il n'avait guère été convaincu. Et ne l'avait pas été davantage en écoutant les propos qui s'échangeaient devant lui.

« Je te remercie, Spartan, avait fini par dire le mage. Je suggère que tu prennes dès à présent le commandement de la construction du rempart qui longe la rivière : cette partie sera un point névralgique de l'ouvrage, il me faut un homme sûr !

— J'en suis honoré, Seigneur, avait rétorqué le chevalier, sensible au hochement de tête approbateur d'Antrégor auquel, de façon équivoque, sa réponse s'adressait bien plus qu'à Silfadred.

— Peut-être notre homme mériterait-il quelque repos, avait toutefois objecté le roi.

— Il n'y aura de repos pour quiconque, tant que la tâche ne sera pas achevée ! » avait répliqué le mage sur un ton cassant.

Puis il avait ajouté, à l'intention de Spartan :

« Va prendre ton poste : un de mes hommes s'y trouve déjà, attendant ta relève. Tu y rencontreras mon second, Pantrax. »

Spartan s'était éloigné, après un bref salut aux deux hommes. En chemin, passant devant une glace qui lui avait renvoyé son image, il n'avait pu s'empêcher de sourire intérieurement. Pour lui, l'heure de vérité n'allait pas tarder à sonner.

* * *

Silfadred s'était ensuite retiré dans ses appartements. Et avait fait le point sur la situation.

À Sarm'Eïloan, les préparatifs avançaient bien. Mais il ne pouvait savoir à un jour près quand apparaîtrait l'armée de Viridius. Lorsqu'elle serait là, il ne serait plus question distraie son attention de la guerre, s'il voulait qu'elle se déroule selon ses souhaits, de sorte à ne laisser ni vainqueur, ni vaincu. Seulement des morts et des esclaves. Car maintenant qu'il avait attisé les haines, chacun des camps aurait à cœur de l'emporter.

Certes, le déséquilibre des forces penchait en faveur de Viridius. Mais la faiblesse d'Antrégor serait pour une large part compensée par la solidité de sa position. S'il parvenait à bien jouer sur les deux, l'avènement final de son père Thanatros serait grandiose, digne de l'enjeu.

Pour avoir les mains libres, il devait toutefois se débarrasser définitivement de Farkhar et de ses deux compagnons : l'une qu'il jugeait à présent incapable de lui résister de quelque façon que ce soit, mais dont il se défiait encore dans un monde qui semblait décidé, depuis quelque temps, à lui réserver un peu plus de surprises qu'à l'accoutumée ;

l'autre dont il ne savait rien, mais que sa présence dans le petit groupe suffisait à lui rendre d'autant plus suspect qu'il sentait obscurément planer derrière celle-ci l'ombre de Theinabrÿn.

Son erreur n'avait-elle pas été de toujours compter sur les autres, voire sur les éléments, pour détruire le prince de Thurm-Kooth ? La seule force que pût détenir le garçon était celle de son destin. Quels que soient par ailleurs les pouvoirs de Farkhar, il était certain qu'ils seraient impuissants dans un face à face.

Il devait repérer le trio avec précision, et l'anéantir. Puisque ses créatures s'étaient avérées incapables de le faire, il allait s'en charger lui-même. Ce qu'il fallait, c'était que, pendant qu'il agirait, il ne se passe rien qui échappât à son contrôle.

Après tout, s'était-il dit, *pour le reste, je ne suis pas à un an près !*

Il était sorti sur la terrasse, depuis laquelle son regard s'était attardé vers le sud-est. Quelque part dans cette direction, trois cavaliers le défiaient, en lui tournant le dos pour s'éloigner vers une destination qu'il ne pressentait que trop. Puis ses yeux s'étaient levés vers le ciel où ils avaient rencontré le soleil et les milliers d'astres dont la course rythmait le défilement du temps. Le temps… Ce fluide qui emportait avec lui toute chose, toute vie, seulement perceptible par les consciences, insaisissable même par les pensées, qui ne pouvaient influencer son écoulement inéluctable.

À l'exception de la sienne, surtout si son divin père lui venait pour une fois en aide.

Il avait invoqué Thanatros de sa voix grave, en proférant, avec une humilité qui n'était guère dans ses habitudes, la promesse de ne plus jamais troubler sa paix pour lui demander semblable assistance. Il avait senti le sourd écho de son obsécration revenir vers lui, mais cette fois empreint d'une profondeur sépulcrale : il avait su, par là même, que son père répondait à cette prière, qui coûtait tant à son orgueil. La dernière fois qu'il s'était abaissé à pareille supplique remontait à fort longtemps, quand il s'était plongé dans le feu divin. Thanatros l'avait alors exaucé comme il s'apprêtait à le faire aujourd'hui, mais, dans les deux cas, il en allait, il est vrai, de l'avenir de son règne : jadis, il s'agissait d'établir celui-ci ; en ce jour, il fallait détruire ce qui menaçait sa pérennité.

« Merci, ô mon divin père ! »

Au fond de lui-même, le mage savait qu'une telle faveur ne lui serait pas à nouveau accordée de sitôt.

Tandis qu'une transe fébrile s'emparait de son corps et de son esprit, la puissance de son regard avait transpercé l'espace, sondant l'abîme de l'infini intersidéral. Et le mouvement des étoiles, des planètes, des comètes et des astéroïdes, de tout ce qui vibrait dans l'univers et scandait le passage des jours et des saisons, avait commencé de s'accélérer, entraînant ce qui était soumis aux lois théoriquement immuables du temps. Cela s'était d'abord manifesté par une imperceptible vibration allant en s'amplifiant, à mesure que le cycle de la nature était perturbé par le phénomène...

* * *

Farkhar, Surandir et Aïwana s'étaient figés. Il leur semblait qu'autour d'eux, l'environnement s'affadissait : leurs yeux ne le percevaient plus dans son état normal.

« Regardez cette plante ! » s'exclama la jeune fille, montrant une tige qui s'élevait à vue d'œil.

Aussitôt, ils s'aperçurent que c'était l'ensemble de la végétation qui se modifiait. Ou, plus exactement, qui semblait amorcer une évolution de plus en plus rapide de sa métamorphose printanière.

Le changement de la luminosité leur fit lever le regard vers le ciel pour découvrir le soleil se précipitant vers son zénith.

La vibration qui les baignait devint imperceptiblement stridence, tandis que, pétrifiés sur leurs montures, ils perdaient toute relation avec le décor alentour et, simultanément, toute notion d'une dimension dont le cours échappait désormais à leur conscience. Partout, isolés dans le même instant d'une nature affolée par la vélocité croissante du flux temporel, tous les êtres animés se trouvaient tétanisés par un prodige auquel leurs capacités de mobilité naturelles leur interdisaient de s'adapter ; leurs corps furent réduits à subir le passage du temps, plongés dans une paralysie qui les rendait insensibles à toute chose.

Bientôt, seul de tout le monde vivant doué de connaissance, ébloui par les éclairs que libéraient la succession trépidante des jours et des nuits, Silfadred vit Sarm'Eïloan, plongé dans la torpeur, devenir incandescente dans la fournaise de l'été, puis sombrer dans l'automne sous un ciel pâlissant, que traversait, de plus en plus bas, un soleil dont la couleur devenait exsangue.

L'air commença de se glacer dans une transparence opaque ; les reflets lancés par les paillettes de givre qui le constituaient le rendaient visible, et presque palpable.

Quelque part dans les plaines séparant Sarm'Eïloan d'Aak-Sour, l'armée de Viridius s'était pétrifiée en une masse dont la surface, hérissée d'autant de pointes qu'elle comptait d'hommes et de bêtes, réverbérait les rayons d'albâtre d'un soleil blafard, en engendrant un rutilement de fulgurations livides.

Confiant à la froidure extrême le soin de maintenir toute vie en sommeil, le mage dicta au temps de reprendre momentanément son cours.

Alors, à travers un monde réduit à une immobilité marmoréenne, mouvant fantôme de nuit dans l'atmosphère opalescente, Silfadred se mit en marche, enveloppé d'une épaisse cape sombre, en quête de trois statues de glace…

Quand il les trouverait, il les briserait d'un simple coup de son épée, éparpillant les êtres qu'elles contenaient en une myriade de cristaux : il n'aurait plus qu'à regarder ceux-ci fondre, désormais privés de toute cohérence anatomique, quand la puissance de son esprit ferait revenir, en quelques instants, un printemps que personne ne penserait avoir jamais quitté, succédant à un hiver que nul autre que lui ne se souviendrait avoir traversé.

Les destins pourraient reprendre leur cours inexorable.

Une vision fugitive de la plaine de Sarm'Eïloan gorgée de sang traversa ses pensées, et un pâle sourire s'afficha sur son visage : sous de tels auspices, le triomphe devenait soudain trop facile pour qu'il pût en tirer une réelle jouissance.

* * *

L'esprit de Theinabrÿn posa avec compassion son regard éthéré sur Aïwana et ses deux compagnons. L'enveloppe gelée qui les revêtait épousait curieusement leurs silhouettes, sa transparence en révélant les moindres détails. Leurs traits étaient paisibles. Ils n'avaient pas eu le temps de comprendre ce qui arrivait, moins encore de s'en effrayer. C'était à peine si l'expression d'un étonnement naissant pouvait se lire sur le visage de sa fille, sans doute parce qu'elle avait été la première à percevoir quelque chose d'anormal sans avoir eu le temps de le formuler avec précision.

En regardant Surandir, ce n'est pas le nain qu'il entrevit, mais un être majestueux et immense, et une fulgurante intuition le traversa qui s'estompa aussitôt que née. Car sa pensée fut emportée par l'écrasant sentiment de mort que respirait toute la scène.

Autour des trois cavaliers, le paysage hivernal était noyé dans une grisaille uniforme. Les arbres parmi lesquels ils s'apprêtaient à s'enfoncer ployaient sous le poids du givre ; derrière eux, la surface de la rivière était immobile, recouverte comme la grève d'un épais linceul de neige.

Le cœur de la nature semblait s'être arrêté de battre, prisonnier de la carapace glacée qui avait brutalement saisi tout être et toute chose.

La pâleur moribonde du soleil filtrant à travers le frimas semblait elle-même la dernière manifestation d'un astre à l'agonie.

Theinabrÿn n'avait pas besoin de porter son regard sur la silhouette noire venant à cheval de Sarm'Eïloan, pour sentir son approche. Son irréductible adversaire, le croyant voué au néant, ne pouvait soupçonner qu'il eût encore quelque pouvoir ni moins encore imaginer que son immatérialité avait décuplé sa puissance.

Alors, celui-ci commença par descendre sur les lieux où il avait décidé d'intervenir en premier, poussé par l'urgence. Ce fut comme une ombre qui caressait la plage, la rivière et les trois êtres figés dans leur sommeil de glace. Sur son passage, un voile translucide se forma, se déposa sur les trois silhouettes, seulement perceptible par les flottements dont il parcourait l'air opacifié par les paillettes glacées. À mesure qu'il les recouvrait, Aïwana, Farkhar et Surandir disparaissaient, la transparence du phénomène laissant l'endroit où ils se trouvaient parfaitement vide. Pour quiconque passerait par ces lieux, il n'y eut plus bientôt de visible que la nature pétrifiée sous son suaire hivernal.

Une fois sa tâche accomplie, l'ombre fila vers la plaine où l'armée d'Aak-Sour se dressait, immobile, dans le grand silence d'un vent boréal. En chemin, l'esprit de Theinabrÿn observa les bourgs et les villages plongés dans le sommeil, les convois de réfugiés en route vers Sarm'Eïloan, immobilisés dans les étendues neigeuses. Des animaux solitaires dressaient de-ci de-là leur effigie laiteuse dans l'uniformité dont la palette de couleurs ternes qui s'était partout imposée avait revêtu le paysage.

Puis, lorsqu'il s'étendit sur l'ost immense, il sonda les cœurs et les pensées en léthargie, et tout particulièrement ceux de Viridius. Il lut dans l'intelligence du jeune souverain toute la science guerrière que Silfadred y avait versée à son insu. Grâce à elle, bien qu'il n'eût jamais connu d'autre forme de combat que d'innocentes joutes amicales, le roi avait pu se lancer dans une expédition digne des grands capitaines de l'humanité de jadis : celle qui avait régné avant l'Apocalypse Suprême et dont on croyait toute trace effacée à jamais.

Son regard immatériel se posa, simple lueur, sur Viridius, qu'il avait bien connu naguère, et une vague de tristesse le submergea tandis qu'il considérait le jeune suzerain : Viridius le preux, Viridius le pur, Viridius le sacrifié, dont le destin se tissait en mailles de plus en plus serrées, à mesure que défilait le temps !

Il observa avec effroi la multitude partie à l'assaut de la cité d'Antrégor et sut combien les forces qu'il fallait réveiller étaient colossales, heureux à l'idée que la seule présence de Farkhar eût déjà commencé de les stimuler.

Ayant compris l'ampleur de l'œuvre accomplie par Silfadred, il conçut combien ce qu'il lui restait à faire était immense, s'il voulait que l'affrontement, désormais fatal, fût du moins équitable : cela offrirait la seule chance qu'il dure assez longtemps pour que Farkhar ait le temps de mener à bien sa mission avant que la tragédie fût totalement consommée, ce qui, si cela devait se produire, rendrait vain son succès.

Puis l'âme du magicien s'envola vers Sarm'Eïloan, à la rencontre de celui qu'il n'aurait jamais dû quitter.

Antrégor…

Antrégor, que son endormissement privait de toute défense, rendant ses pensées si perméables. Theinabrÿn lut dans celles-ci le chagrin, la détresse et la solitude que la grandeur d'âme du roi s'appliquait tant à cacher depuis quelque temps. Il reconnut le désespoir qu'y éveillait la conscience de son impuissance, face à la tourmente d'événements que le souverain devinait obscurément en marche sous l'impulsion de puissances qui le dépassaient.

Alors, dans les rêves de glace qui traversaient le sommeil d'Antrégor, Theinabrÿn distilla lentement, le temps d'un irréel hiver, toutes les connaissances guerrières de l'ancienne humanité, faisant de lui un pasteur de troupes qui saurait rivaliser avec l'adversaire le plus valeureux.

« Maintenant, glissa-t-il dans l'esprit du dormeur quand il en eut terminé, il n'est plus rien que Silfadred puisse enseigner à ton adversaire dont tu ne sois à la hauteur. »

Puis, avant que le roi sortît de son sommeil, il lui parla, dans le même langage muet, de ce qui, partout dans le royaume et au-delà, émergeait lentement de la sourde torpeur semée par les Nuées. De Farkhar aussi. Et de Gwenaline ! Et quand il eut insufflé dans la pensée du roi les quelques paroles qui concernaient cette dernière, il vit ses traits se détendre, et l'esquisse d'un sourire se dessiner sur ses lèvres du souverain.

* * *

Au comble de la rage, Silfadred arpenta vainement le secteur où il savait avec certitude que se terraient les fugitifs, voyant les jours succéder aux nuits, et les nuits aux jours.

Cent fois, il passa sur la rive gelée que dominaient, invisibles, leurs silhouettes glacées. Mais l'acuité de ses sens s'avéra inopérante pour percer le secret du charme jeté par son adversaire. Quand il sentit les prémices de la débâcle craqueler les eaux figées de la rivière et tiédir lentement l'atmosphère au-dessus des étendues enneigées, il sut qu'il avait perdu une nouvelle bataille.

Attendre ne servait plus à rien.

Il pénétra dans la forêt pour y semer un message destiné à ceux qui lui étaient dévoués, et que le souffle hiémal avait assoupis. C'était sa dernière chance. S'ils échouaient, le combat se déroulerait ailleurs pour Farkhar, tandis que lui conduirait la lutte finale, sanglante, surhumaine, fatidique. Accaparé par celle-ci, il ne pourrait plus rien faire pour influer sur la destinée du prince de Thurm-Kooth : il ne lui resterait plus qu'à espérer que sa magie l'emporterait sur toute chose et anéantirait ce dernier.

Puis il lança son cheval dans toutes les directions pour visiter ses créatures. La monture filait dans l'air givré, enveloppée d'un halo de chaleur : sur son passage, il rendait sa limpidité à l'air qui s'opacifiait à nouveau aussitôt après. Elle semblait voler sur l'épaisse couche poudreuse, l'effleurant à peine. Silhouette noire et mouvante dans le paysage opalin, elle disparaissait quand elle se fondait dans le décor sombre d'une forêt, ne trahissant sa présence que par les volutes diaphanes qu'elle soulevait, sous les caresses des sabots, et qui retombaient derrière elle en tourbillonnant. Pour l'âme de Theinabrÿn attentive à toute chose, la course de Silfadred à travers le royaume se Sarm'Eïloan engendrait une vision étrange où se mêlaient la féerie et la terreur.

Passant près d'un vallon où se nichait un village noyé dans l'uniformité crayeuse, le mage ralentit son allure : une sensation inhabituelle l'avait traversé, le mettant en alerte. Il scruta les alentours, tenta d'en sonder les arcanes en faisant jouer tous ses sens. La menace était là, c'était sûr, mais indéfinissable. Il chercha longuement, parcourut les rues désertes de la petite bourgade engourdie, puis les forêts qui la dominaient de leur silencieuse majesté. Comme dans le cas des fuyards, il dut bien se rendre à l'évidence : sa maîtrise du monde n'était plus absolue.

Inconscient du regard ironique que posait sur lui l'espace au sein duquel l'esprit diffus de Theinabrÿn achevait d'ensemencer la conscience d'Antrégor, il lui fallut se résoudre à laisser le mystère subsister derrière lui. Il ne lui restait qu'une solution.

Partout où ils étaient disséminés, il insuffla dans les Hurleurs innombrables les directives que lui dictait la situation. Il en fit de même avec tous ceux qui se trouvaient dans l'armée de Viridius, qu'il visita pour constater avec satisfaction que jamais le cœur du jeune roi n'avait été aussi endurci, ni sa volonté de mener son entreprise guerrière jusqu'à son terme aussi implacable.

Puis il jugea que le moment était venu de relâcher la tension de son esprit sur l'univers et laissa le temps s'accélérer de nouveau pour rejoindre le jour où il avait provoqué la rupture temporelle. Quand, dans le grand cycle des saisons, reviendrait l'instant où elle s'était produite, l'ordre naturel reprendrait son cours : les êtres s'éveilleraient d'une année de sommeil qui, dans leur souvenir, ne laisserait aucune trace.

S'en allant vers Sarm'Eïloan, au terme d'une errance stérile qui le laissait habité par un sentiment d'impuissance rageur, il contempla le monde : insensiblement, celui-ci commençait de renaître autour de lui. Après avoir été son arme maîtresse, le temps redevenait son ennemi. La froidure lui échappait. Dans l'immensité des terres, un vide se jouait de lui : celui laissé par l'absence des trois fugitifs dont il n'avait pas même entrevu l'ombre.

Une obsession le harcelait : ce qu'il affrontait était bien supérieur à ce qu'il avait cru. Son seul espoir était de libérer toutes les forces hostiles qu'il avait déchaînées. Et d'espérer que Farkhar et ses compagnons ne survivraient pas à leur rencontre avec les pièges, aussi sournois que redoutables, qu'il avait semés sur le chemin de leur quête.

Bientôt, sous l'impulsion des lois naturelles ravivées, les rythmes de la vie retrouvèrent leur harmonie.

L'âme de Theinabrÿn, désormais au repos mais toujours vigilante, vit au loin Farkhar, Aïwana et Surandir faire à nouveau route à travers la forêt. Et, au même instant, l'armée de Viridius s'ébranler dans le printemps revenu, tandis que Sarm'Eïloan s'éveillait dans l'attente de son destin.

Divinités perdues, par l'oubli des humains
Condamnées au secret des plus humbles feuillées,
En un instant déchues, une à une éveillées...

LIVRE DES CÉLESTES
Chant III, vers 1489-1491

45

Ce matin-là, Eïséryne éprouvait l'inexplicable impression de s'être éveillée deux fois. Sentiment qui, de toute évidence, n'était pas partagé par son entourage. Pourquoi ressentait-elle si souvent quantité de choses qui n'affectaient pas les gens de son village ?

Mais il est vrai, Eïséryne n'était pas une petite fille comme les autres.

* * *

Nul ne savait d'où elle venait. Elle-même n'en avait aucune mémoire. Nul n'osait imaginer qu'elle fût née un matin du néant, au milieu de la forêt encerclant un petit bourg perdu au centre d'un vallon. Et pourtant...

Les étendues sylvestres isolaient tant celui-ci du reste du royaume de Sarm'Eïloan, que les émissaires du roi avaient complètement négligé d'avertir ses habitants des événements. Pourtant, il ne se trouvait pas à l'écart, puisque la série de hauteurs qui le bordaient au Nord dominaient les vastes plaines qu'on traversait pour se rendre de Sarm'Eïloan en Aak-Sour. Mais c'était ainsi : il vivait presque comme un monde clos. Ses échanges avec la citadelle - ils se produisaient essentiellement à l'occasion de certaines fêtes qui attiraient les villageois vers celle-ci - n'y avaient jamais rien changé, car il était pourvu de toutes les richesses nécessaires à leur vie quotidienne.

Les bois alentours étaient giboyeux à souhait, sa terre grasse et riche produisait en abondance toutes les cultures utiles. Il bénéficiait d'une luxuriance rare et n'avait guère besoin du reste du royaume que pour satisfaire ses besoins en produits fabriqués en métal, car il n'y avait dans les environs aucune ressource minière.

On attribuait la fécondité de ses champs à l'irrigation dont ils bénéficiaient grâce, disait-on, à un réseau de rivières souterraines qui se manifestaient, pour la plupart, par des résurgences. L'une d'elle, en particulier, occupait un petit cirque rocheux creusé dans le versant méridional d'une des collines qui le limitaient au sud.

On évitait l'endroit depuis que l'attention d'un berger, qui emmenait fréquemment ses moutons vers ce lieu, avait un jour été attirée par le comportement inhabituel de son chien : celui-ci aboyait, en contrebas, au bord du petit lac formé par la source d'où s'écoulait un des nombreux rus, torrents et rivières nés de ces fontaines naturelles.

Il s'était approché et avait cru voir, dans les profondeurs sombres du gouffre, une forme serpentine monstrueuse qui, avait-il déclaré, le regardait. *De ses yeux mauvais*, avait-il ajouté, sans que personne se demandât si ce n'était pas plutôt la peur qui lui avait fait lire le mal dans ce regard - à condition qu'il y ait bien eu un animal ! Il n'en avait pas fallu plus pour que la fréquentation de ces points d'eau se limitât à quelques audacieux, bien que ceux-ci fussent toujours revenus de leur aventure sans avoir rien vu de plus que de l'eau émergeant en tourbillonnant d'un trou conduisant dans les entrailles de la terre. Parce qu'il avait défrayé la chronique, le témoignage d'un seul avait à jamais prévalu sur tous ceux qui entretenaient cette dernière. En cela, les villageois n'étaient pas différents du commun des mortels.

Le premier souvenir de la vie d'Eïséryne avait été la sensation d'une langue vaguement râpeuse lui léchant goulûment le visage. Elle avait alors ouvert les yeux sur la tête d'un chiot aux longs poils roux, presque de couleur feu : il la regardait tendrement de ses yeux d'ambre. Curieusement assortis à son pelage, ils exprimaient une gentillesse sans bornes. Quand il avait senti la fillette se réveiller, il avait redoublé ses assiduités : il avait ainsi marqué à jamais sa découverte du monde du sceau de l'affection. Elle avait ri en voyant ses oreilles qui le rendaient un peu comique : la droite pendait, et la gauche était dressée, mais cassée, l'extrémité horizontale. Truffe d'Or est le nom qui avait instinctivement surgi dans son esprit puéril pour l'appeler.

Elle avait d'abord ri, en faisant mine de le repousser : comme cela avait rapidement tourné au jeu, ils étaient aussitôt devenus d'inséparables amis. Elle s'était levée maladroitement, en raison des manifestations de tendresse dont l'accablait l'animal, et avait découvert autour d'elle une forêt tranquille, vibrant d'une vie exubérante, que traduisaient mille sons furtifs, dont le chant des oiseaux n'étaient pas les moindres.

Collé contre une de ses jambes, haletant légèrement, le chien semblait, comme elle, se repaître de l'atmosphère environnante.

Elle avait alors sursauté. À quelques pas, un autre regard brillait. Elle avait discerné la forme d'un second chiot que son poil sombre noyait dans la pénombre du sous-bois. Assis, il la regardait avec des yeux curieux, presque timides, la tête légèrement inclinée ; de ses deux oreilles pointues, l'une était droite, l'autre pas encore totalement redressée. Son expression était touchante. Son museau était un peu plus allongé que celui de Truffe d'Or. Elle avait levé un bras vers lui ; comme s'il n'attendait que ce signal de bienvenue, il s'était levé et, venant vers elle, était entré dans un rayon du soleil. Sa tête était sombre, comme l'ensemble de son pelage parsemé de touffes de nuances fauves. Son poil était déjà long sur son poitrail et ses cuisses. Comme Truffe d'Or, sa queue dessinait un magnifique panache. à peine l'avait-il approchée qu'il s'était dressé sur les pattes postérieures, tendant les antérieurs vers la gamine qui les avait prises dans ses mains.

Considérant sa couleur, et soucieuse sans doute de lier symboliquement les deux animaux, elle l'avait appelé Truffe d'Ombre.

Cette première journée de son existence consciente avait bien commencé : elle s'était déjà fait deux amis.

Eïséryne sentait-elle obscurément la raison de sa présence en ces lieux ? De façon surprenante, elle ne s'était pas interrogée sur elle. Elle était partie sur sa droite et avait débouché du bois en vue du village, encadrée par ses deux compagnons qui trottinaient fièrement à ses côtés sur leurs petites pattes.

C'était arrivé fort peu de temps auparavant. Le jour où la Drak'Hoïade avait déposé Farkhar sur le rivage, à l'embouchure du fleuve dont la remontée avait conduit celui-ci à Sarm'Eïloan. Mais cela, nul ne pouvait le savoir. Et d'ailleurs, dans le cas contraire, qui aurait eu des raisons de s'en étonner et d'y voir autre chose qu'une coïncidence ?

On avait accueilli la fillette avec curiosité. Et l'on n'avait pu s'empêcher de faire le rapprochement avec la façon dont les deux chiens étaient sortis de la même forêt quelques jours plus tôt. Un couple qui venait de perdre un animal de compagnie les avait recueillis avec joie. Comme les deux époux souffraient de n'avoir point d'enfant, et que les chiens l'avaient manifestement choisie pour compagne, ils n'avaient pu faire autrement que d'adopter cette gamine, dont la blondeur cendrée, les iris d'émeraude et le sourire empreint de mystère fascinaient. Mystère car, associé à la rare intensité de son regard, il semblait exprimer des sentiments insaisissables, tant on imaginait peu qu'ils pussent habiter un esprit aussi jeune.

Quand on lui avait demandé comment elle s'appelait, elle avait répondu d'une voix enfantine, mais pleine d'assurance :

« Eïséryne. »

Comment savait-elle seulement qu'elle portait ce nom ? Elle n'en avait aucune idée, et s'était bien gardée de le dire. Il était tant d'autres choses dont elle ne se confiait à personne ! Par exemple le fait que, lorsqu'elle errait dans les prés où dans les bois autour du village, ce qu'elle faisait souvent, elle comprenait ce que lui disaient les brins d'herbe, les feuilles et les fleurs, les troncs et la ramée : c'était un langage étonnant, fait de discours intraduisibles qui traversaient ses pensées comme autant de zéphyrs ou de parfums capiteux. Les senteurs étaient d'ailleurs souvent ce par quoi s'exprimaient les êtres qui l'entouraient :

franchissant la frontière de ses narines, elles gagnaient son cerveau où elles faisaient naître non seulement des sensations, mais aussi des mots et des phrases. Les réponses qui lui venaient à l'esprit, sans qu'elle sût comment, en suscitaient d'autres chez ses improbables interlocuteurs, qui lui revenaient à leur tour. Ainsi ses innocentes errances donnaient-elles lieu à d'inépuisables conversations.

Très vite, elle s'était interrogée sur la rapidité avec laquelle ses deux chiens grandissaient, devenant tous deux superbes. Leurs robes étaient chaque jour plus belles, plus longues, plus resplendissantes de leurs couleurs chaudes : celle de Truffe d'Or allait du flamboiement au beige tendre, celle de Truffe d'Ombre présentait toutes les nuances de brun allant du plus charbonné au plus mordoré. Mais, si les oreilles de Truffe d'Ombre se dressaient à présent harmonieusement de chaque côté de sa tête, s'inclinant ou s'orientant curieusement vers elle quand elle lui parlait, il était clair que celles de Truffe d'Or garderaient à jamais leur allure fantaisiste qui faisait toute une part de son charme, comme pour compenser la gravité de son regard, si surprenante chez un animal.

Ce qui échappait plus encore à l'entendement d'Eïséryne, c'était la façon dont, jour après jour, elle-même sentait son corps se modifier. C'était une expérience si intime qu'elle n'était pas étonnée qu'aucune glace ne lui dévoilât le moindre changement dans son apparence et que personne ne s'en fît le témoin. Pourtant, cela se produisait, elle en était convaincue, même si son visage encore poupin traduisait la plus pure des innocences, et si aucun signe n'augurait quoi que ce fût de la femme qu'elle était appelée à devenir un jour. Quelque chose, en elle, était en gestation, inexplicable, invisible, quoique omniprésent dans ses chairs.

* * *

Ce matin-là, donc, au moment où Eïséryne sortait de son sommeil dans la maison de ses parents adoptifs et s'interrogeait sur les curieuses idées qui trottaient dans sa tête, au-delà des lignes de collines occupant le nord du vallon, la plaine recommença de frémir sous le pas des dizaines de milliers d'hommes qui, sortis de leur sommeil hivernal, avançaient en trois corps, sur un front largement déployé. Viridius devançait fièrement le centre, accompagné d'Olern. L'aile droite était conduite par Sirgur et la gauche par Thorwald. L'herbe verdoyante qui s'étendait devant l'armée laissait place, après son passage, à une bouillie de terre et de végétation qui avait la couleur sombre et indéfinissable de la mort. La multitude engendrait un vacarme confus de pas, de cliquetis, de voix et de roulements qui s'étendait loin sur les terres alentour, avant d'être absorbé par l'écran des reliefs et des forêts qu'il rencontrait parfois sur son passage.

Elle progressait avec une lenteur dont la tranquillité accentuait le caractère inexorable.

« Dans combien de temps devrions-nous apercevoir les murailles de Sarm'Eïloan, selon toi ? lança Viridius à son conseiller d'une voix forte, destinée à couvrir autant le tohu-bohu qui s'élevait derrière eux que la distance qui les séparait.

— Dans trois jours, je pense, au rythme où nous marchons.

— J'ai hâte de connaître cet instant ! » cria le roi d'un ton enjoué.

Le silence d'Olern suffit à exprimer combien ses sentiments allaient à l'encontre de ceux de Viridius. Comme il n'aimait toutefois pas être en reste, le vieil homme finit par dire :

« De quoi as-tu hâte ? D'arriver au terme de ton expédition, où de commencer pour de bon ta guerre ? »

Un des sourcils de Viridius se leva : la pique d'Olern, assimilant l'entreprise guerrière qu'il conduisait le plus sérieusement du monde à un jeu, voire à un caprice de gamin, avait touché juste. C'était le privilège d'une relation comme la leur : le plus subtil des sous-entendus faisait toujours mouche.

Viridius dirigea son destrier vers celui d'Olern, pour se mettre à côté de lui.

« Vois-tu, Olern, cela t'étonnera peut-être, et c'est bien là, une fois de plus, l'ironie de l'existence : ce dont j'ai le plus hâte est une chose dont je ne profiterai même pas ! »

Il avait réussi, d'une certaine façon, à rendre coup pour coup, car Olern fut si intrigué par la réponse qu'il manqua de stopper son cheval. Ce qu'il aurait certainement fait, s'il n'avait craint que la masse humaine qui les suivait ne les submergeât, emportée par son élan.

« De quoi s'agit-il donc ? demanda-t-il.

— De l'effet que produira l'apparition de nos forces dans l'esprit des habitants de Sarm'Eïloan.

— Et tout spécialement dans celui d'Antrégor ! » le coupa Olern, soucieux de marquer un point en montrant qu'il n'était pas dupe.

Viridius lui jeta un regard en coin, qui semblait signifier : *Décidément, rien ne t'échappe, vieux renard !* Olern se réjouit in petto, avant de poursuivre :

« Pourquoi dis-tu que tu n'en profiteras pas ?

— Je les apercevrai se bousculer sur les remparts, peut-être s'affoler. Mais je ne pourrai voir leurs yeux, l'expression de leurs visages. Tout ce qui marquera leur surprise, et, en ce qui concerne Antrégor, sa prise de conscience de l'erreur qu'il a commise en me traitant avec une telle superbe !

— T'arrive-t-il, dans tout cela, de songer parfois à Gwenaline ?

— Elle ne m'a pas traité mieux ! Ce faisant, a-t-elle songé à moi ? »

Il plongea ses yeux dans ceux d'Olern. Derrière leur froideur empreinte de dignité outragée, celui-ci lut un désespoir qui provoqua en lui une vague de chagrin. Viridius pourrait protester autant qu'il le voudrait : son amour pour Gwenaline n'avait pas faibli d'une once. Peut-être même s'était-il exacerbé sous le poids des circonstances. *Comment une passion comme la leur peut-elle déboucher sur une telle tragédie ?* se demanda-t-il, soudain bouleversé.

« Espères-tu la voir apparaître sur les remparts, elle aussi ? hasarda le conseiller.

— C'est même mon souhait le plus cher ! répliqua Viridius avec une sécheresse glaciale, avant de poursuivre, d'un ton subitement las : c'est peut-être même la seule victoire qu'au fond de moi je souhaite remporter.

— Fallait-il pour cela lever une telle armée et menacer les terres de notre voisin d'un tel ouragan de violence et de sang ?

— Crois-tu qu'en me présentant seul, humblement, devant les portes de Sarm'Eïloan, je produirais le même effet ? »

Le silence d'Olern montra que cette fois, c'était Viridius qui avait le dernier mot. Mais si le conseiller avait pu lire dans le regard de son roi, sans doute eût-il été surpris par l'amertume qui avait envahi ce dernier, au lieu du sentiment de triomphe qu'il supposait habiter le cœur du souverain en cet instant.

Les deux hommes tournaient régulièrement la tête dans toutes les directions pour voir si rien d'anormal ne se produisait. Pourtant, tout à leur conversation, ils n'avaient pas remarqué le contingent de cavaliers qui s'était subrepticement détaché de l'aile droite, pour gravir les collines et s'enfoncer dans la forêt qui les couronnait, au sud. Le tumulte de l'armée avait couvert le galop des chevaux, et l'importance de celle-ci était telle que, quoique l'escouade fût forte de plus de deux cents d'hommes, son absence n'avait aucune chance d'être remarquée d'un simple coup d'œil.

* * *

Plongée dans ses pensées, Eïséryne fut étonnée de voir tout à coup Truffe d'Or et Truffe d'Ombre, d'habitude paisibles en dehors des moments de jeu, venir vers elle en proie à une agitation qu'elle ne leur avait jamais connue.

Ils se mirent à virevolter autour d'elle avec insistance, multipliant les coups de museaux, entrant et sortant de la maison, la poussant vers l'extérieur. Quand elle eut obtempéré, intriguée, elle les vit qui posaient fixement sur elle un regard intense. Truffe d'or affichait, comme toujours, une expression pleine de sagesse, et, entre deux poses, faisait mine de vouloir partir vers les bois, en direction du sud ; Truffe d'Ombre tantôt la poussait, tantôt la mordillait affectueusement ; quand il arrêtait son manège, il s'asseyait, la tête inclinée, avec cet air intrigué qui attendrissait tant Eïséryne chaque fois qu'il l'exprimait, avant de se remettre à gesticuler. Remarquant leur souffle haletant, qui donnait l'impression qu'ils avaient couru sur une longue distance alors que ce n'était pas le cas, elle attribua leur comportement à une manifestation d'angoisse. C'est ce qui la décida définitivement à les suivre.

Tandis qu'elle s'éloignait vers le sommet de la colline, elle entendit la voix de sa mère, reprise par quelques autres, l'interpeller. Mais elle ne se retourna que pour leur adresser un signe vague. Les appels s'éteignirent : il n'était pas rare qu'on la vît partir ainsi avec ses chiens.

Ils approchaient des premiers arbres. Truffe d'Or tournait régulièrement la tête vers elle, comme pour s'assurer qu'elle était toujours derrière lui. Le manège amusait la fillette, et l'inquiétait en même temps. Elle se demandait ce que l'animal aurait fait, si elle avait brusquement rebroussé chemin, convaincue par ailleurs que Truffe d'Ombre ne l'aurait pas laissée faire. Sentant une tension se glisser dans l'atmosphère des lieux, elle eut la conviction que la conduite des deux chiens était parfaitement réfléchie : elle obéissait à un instinct de conservation qui, à présent, s'éveillait également en elle, bien qu'elle ne sût l'identifier comme tel. Peu à peu, elle prenait conscience du silence oppressant qui s'était abattu sur le vallon, en dehors des sons produits par les activités des habitants. Derrière cette ambiance habituelle, elle ne percevait plus ces myriades de chuchotements qui, à l'accoutumée, constituaient de toutes parts un fond sonore, lui parlant à chaque instant de la vie fourmillante au sein de laquelle se déroulait celle du village, dès qu'elle s'écartait un peu de celui-ci. Elle hâta le pas et bientôt, le souffle court, se glissa entre les premiers arbres qui dominaient le vallon. Voyant Truffe d'Or s'arrêter pour regarder à travers les buissons en direction du village, et Truffe d'Ombre faire de même après les avoir rejoints d'un bond, elle les imita.

* * *

Une fois parcourue à vive allure la première ligne de collines, les cavaliers étaient descendus dans une vallée puis avaient remonté un autre versant abondamment boisé, avant de progresser sans ralentir à travers le sous-bois qui couvrait une sorte de plateau. Ils s'arrêtèrent à couvert en arrivant au bord de celui-ci, pour observer le spectacle qui se tenait sous leurs yeux. Ils savaient parfaitement où ils étaient et ce qu'ils devaient faire. Les ordres que le Maître avait déposés dans leurs esprits étaient très précis.

* * *

De l'endroit où elle s'était dissimulée, Eïséryne aperçut les premiers soldats, à travers le rideau d'arbres qui garnissait le haut des collines lui faisant face. Surprise dans un premier temps, elle se mit a suffoquer de terreur en constatant qu'ils étaient plus nombreux à chaque instant, et surtout en réalisant qu'elle n'aurait pas dû pouvoir les distinguer dans la masse sombre de la végétation. Ce qu'elle avait d'abord ressenti, en fait, c'était le message muet que lui transmettaient les herbes, les plantes et les feuilles qu'ils foulaient dans leur progression : derrière les sons du hameau, le silence ne s'avérait pas aussi total qu'elle l'avait cru en suivant Truffe d'Or. Mais ce qui lui parvenait, plus subtil, ressemblait à l'avertissement d'un monde qui souffrait. C'est parce que cette perception l'avait alertée que ses yeux, redoublant d'acuité, avait cherché et décelé la cause de son trouble. Elle étouffa un cri de stupeur. Voulut à nouveau crier, convaincue qu'elle seule était consciente de l'approche des cavaliers et pouvait lancer l'alerte, et, en même temps, que toute action de sa part serait vaine. Elle sentait quelque chose de non humain dans les êtres qui se massaient dans les bois, de l'autre côté du vallon, quelque chose d'effroyablement impitoyable auquel aucun mortel ne pourrait échapper. Elle comprit surtout que la seule erreur à ne pas commettre, c'était d'attirer l'attention sur elle. Pourquoi ? Comme pour tant d'autres choses, elle en ignorait la raison, aussi sûrement qu'elle en savait le bien-fondé.

Il lui sembla que l'ambiance sonore qui s'élevait du village se taisait progressivement, accentuant l'intensité de ce qui parvenait à ses oreilles depuis la colline. Oui, quelque chose était en train de gagner la vallée. Bien qu'elle en fût éloignée, elle vit des têtes se tourner vers les hauteurs : cela commença par quelques animaux, puis ce furent des hommes, des femmes et même des enfants ; ils sentaient poindre une menace qu'ils ne voyaient pas. Certains commencèrent à se replier instinctivement vers les maisons. L'ambiance devint lourde, comme celle précédant un orage, mais sans la chaleur. Perdant son caractère habituel, elle n'en était que plus chargée d'angoisse.

Une larme coula sur les joues d'Eïséryne, rongée par le remord qu'elle anticipait à l'idée de ce qu'elle allait être impuissante à éviter. La tentation la traversa une nouvelle fois de dévaler la pente herbeuse qui s'étendait devant elle en hurlant. Elle l'aurait peut-être fait, si ses deux compagnons, prévoyant sans doute son geste, ne s'étaient franchement mis en travers de son chemin. Et surtout si elle n'avait pas entendu la clameur qui envahit l'espace au-dessus du vallon : elle se propagea comme une houle depuis les collines septentrionales, d'où la vague des attaquants s'élança, dévorant la prairie sur un front de plus en plus large à mesure qu'ils surgissaient de la lisière des forêts dominant le hameau.

En quelques instants, celui-ci était encerclé par les cavaliers qui arrêtèrent net leur charge, tandis que les habitants faisaient face, amorçant par réflexe un mouvement de repli visant à les ramener vers le centre des habitations. Il était clair qu'entre leur infériorité numérique et le fait qu'ils étaient désarmés, en dehors de quelques outils brandis par certains de façon bien dérisoire, ils n'avaient aucune chance d'échapper à l'extermination.

Les soldats commencèrent à faire avancer leurs chevaux avec une lenteur qui rendait leur approche effroyable. De l'endroit où elle se terrait, Eïséryne ne saisissait aucun détail. Elle s'était accroupie entre les chiens : ils haletaient si près de ses oreilles qu'elle sentait leurs souffles les caresser. Cela la rassurait. Instinctivement elle passa ses bras autour de leurs pattes. Ne voyant la scène que dans son ensemble, elle était gagnée par l'impression que dégageait celle-ci : les cris qui avaient accueilli l'apparition des soldats s'étaient tus ; le climat d'alarme qui planait auparavant sur le vallon avait cédé la place à l'épouvante : accru par la prise de conscience fulgurante d'une mort certaine, ce sentiment était partagé par tout ce qui vivait à l'intérieur du cercle formé par les agresseurs.

Les premiers rangs de cavaliers descendirent de leurs montures, dégainèrent leurs épées et se mirent à avancer au milieu des villageois, se mêlant curieusement à eux au lieu de les massacrer.

On dirait qu'ils cherchaient quelqu'un..., songea Eïséryne, en observant de loin le manège.

Les habitants du village regardaient dans un calme oppressant ces hommes bardés de fer passer au milieu d'eux : les faciès grossiers les toisaient avec une froide brutalité, s'attardant parfois sur les visages. Nul n'avait précisément fait attention à ce qui se passait réellement : bientôt, chacun d'eux se trouva face à un soldat. De façon systématique. Des cris de stupeur fusèrent quand certains virent la face de ceux qui les regardaient se fluidifier en un magma immonde, la plupart restant atterrés par un phénomène si invraisemblable qu'ils n'en croyaient pas leurs yeux. Mais ce ne fut rien, comparé aux manifestations de terreur qui s'élevèrent de toutes les bouches quand chaque villageois vit aussitôt le visage et le corps de son vis-à-vis se remodeler en prenant ses traits, tandis que l'armure disparaissait, fusionnant avec les chairs.

L'horreur qui gagnait leurs esprits fut aussitôt balayée par la sensation de brûlure qui se mettait à les envahir, embrasant leurs cerveaux par la perception d'une douleur insurmontable. En peu de temps, le vallon devint le siège d'une immense clameur de souffrance faite de hurlements déchirés. Les créatures les dévoraient de l'intérieur, s'appropriant leur substance, se fondant en eux au prix de leur supplice. Et surtout, prenant possession de leurs pensées.

Incrédule, ne comprenant pas ce qui se passait, Eïséryne avait vu les corps disparaître dans l'air, aspirés par les êtres qui leur faisaient face. Mais à présent que ces derniers se tournaient dans toutes les directions, quoique de là où elle se trouvait, elle ne pût clairement distinguer les visages, elle était convaincue qu'elle aurait reconnu la plupart d'entre eux. Quand elle vit finalement un bras se tendre vers elle, elle sut que la créature qui désignait l'endroit où elle s'était enfoncée au milieu des arbres avait les traits d'une femme qu'elle avait peu connue, mais suffisamment pour apprécier sa bonté : celle qui, l'espace de quelques semaines, était devenue sa mère.

Et lorsque d'autres mains se mirent à se lever dans la même direction, son esprit d'enfant, qui mûrissait à une cadence qu'elle-même était pour l'instant incapable de saisir, comprit que ces soldats aux pouvoirs effrayants étaient moins venus là pour exterminer les habitants du village que pour la retrouver, elle, et la tuer.

Déjà les cavaliers qui étaient restés en selle s'élançaient dans sa direction.

Ceux qui étaient à terre se dirigèrent vers les maisons et y entrèrent. à peine y avaient-ils fait irruption qu'ils se transformaient spontanément en brasiers, devenaient la proie de flammes qui se communiquaient aux tissus et aux boiseries : les chevaux n'étaient qu'à mi-pente quand les premières volutes de fumée s'échappèrent par les fenêtres et les cheminées, chaque instant plus épaisses, commençant à noyer le vallon dans une brume dont le flottement tranquille semblait vouloir masquer de son suaire la tragédie qui s'y était déroulée.

Truffe d'Or s'éloigna de quelques pas dans le sous-bois : son aboiement sonore arracha Eïséryne à l'emprise de l'horrible spectacle qui se déroulait sous ses yeux, la paralysant d'effroi. L'autre chien la poussant vers lui de son museau, elle comprit qu'ils voulaient l'entraîner plus loin vers le sud. Toujours à la suite de Truffe d'Or et suivie par Truffe d'Ombre, elle se lança dans une course éperdue, sans prendre garde aux branches, aux brindilles et aux ronces qui fouettaient son visage, égratignaient ses bras et ses jambes, parfois même heurtaient sa poitrine, la faisant se plier en deux, le souffle à moitié coupé. Elle était écarlate, transpirait autant sous l'effet de l'effort que sous celui de la peur. Elle ne pensait plus qu'à courir, inconsciente de l'allongement progressif de ses foulées.

Elle parvint bientôt au-dessus du petit cirque qui abritait la principale résurgence située sur le territoire du village. Déjà, derrière elle, le choc des sabots ébranlait le sol, assaillant les tympans d'Eïséryne de son martèlement sourd, sans cesse plus proche.

Sans réfléchir, elle se mit à dévaler la pente, roulant bientôt sur elle-même, espérant que sa chute ne rencontrerait pas le vide. Elle voyait Truffe d'Or, beaucoup plus adroit dans ce genre d'exercice, la devancer, non sans prendre le temps de jeter régulièrement un regard en arrière vers elle. Un fracas de branches brisées lui fit lever la tête pour voir les premiers cavaliers se précipiter à sa suite, fracassant les arbustes sur leur passage, gagnant sur elle avec une agilité démente, en usant, sur la pente, du poids formidable qu'ajoutaient à leur corps les armures et les montures. Les impacts répétés des sabots sur le sol projetaient sur elle des cailloux et des geysers de terre.

Elle chut violemment sur la petite plage qui entourait le lac formé par la source. Quand elle se releva, ses poursuivants se disposaient déjà autour d'elle en maîtrisant difficilement leurs chevaux : enfiévrés par la course effrénée à laquelle ils avaient été contraints, harcelés par les deux chiens, ceux-ci piaffaient et se cabraient en hennissant. Tout en gardant leurs distances, Truffe d'Or et Truffe d'Ombre aboyaient sur les nouveaux venus, tous crocs dehors, les yeux exorbités, manifestant une agressivité dont Eïséryne ne les aurait jamais cru capables. Une nouvelle fois, elle fut frappée par la maturité qu'ils avaient acquise en quelques semaines à peine.

Sans cesse de nouveaux soldats déboulaient de la pente. Un cri leur fit tous lever la tête pour voir l'un des leurs voltiger par-dessus la pièce d'eau et s'écraser sur son bord, démembré, répandant aussitôt une mare de sang, tandis que son cheval percutait l'eau en faisant jaillir autour de lui une vaste corolle liquide.

Mais Eïséryne n'avait d'yeux que pour le cercle de cavaliers menaçants qui l'acculaient à la rive. Les deux chiens, déchaînés, tournaient autour de ses pieds, comme pour marquer un territoire dont elle était le centre, sans quitter des yeux les assaillants. Tous les regards étaient braqués sur elle. Les montures s'étaient calmées. Eïséryne se demandait d'où allait venir un assaut contre lequel elle ne pourrait rien. Un silence étrange régnait, souligné avec monotonie par le son léger du tourbillon formé par l'eau à sa sortie de la terre, derrière elle.

Imitée par ses deux compagnons, qui continuaient de faire face courageusement, elle commença de reculer lentement dans le lac, réfléchissant à la façon dont le trou d'où émergeait la rivière pourrait leur offrir quelque chance de salut. C'est alors que ses yeux rencontrèrent son image se reflétant sur l'onde.

Sa surprise lui fit un instant oublier le piège qui se refermait sur elle.

« Reine, où sommeillais-tu, toi que nos cœurs meurtris
Ont vainement cherchée, tandis que la bourrasque
Noyait dans son néant notre univers fantasque
Et des mondes humains nous écartait, proscrits ? »

LIVRE DES CÉLESTES
Chant III, vers 1525-1528

46

« Qu'est ceci, Seigneur ? » hurla Sirgur en accourant à cheval vers Viridius, qui échangeait avec Olern une conversation apparemment animée.

Le roi dirigea le regard vers le point que son lieutenant lui indiquait du doigt.

Une épaisse fumée noire s'élevait au sud, surgissant du mur végétal qui couvrait les collines. D'autres volutes, plus légères, l'enveloppaient. L'ensemble suggérait un incendie d'une certaine importance.

« Je n'en ai aucune idée, répliqua le souverain. Je vous confie l'armée, à toi, à Olern et à ton frère. Je vais aller voir de mes propres yeux. »

Il fit signe à Thorwald de venir à eux, ainsi qu'à quelques-uns des chevaliers qui le suivaient, formant une longue ligne en avant de l'infanterie centrale. Ceux-ci se détachèrent de leur formation, et partirent à sa suite quand il s'élança au galop en direction du feu.

Olern aurait voulu prendre le temps de lui recommander quelques précautions, mais la fougue de Viridius l'en avait empêché. Avec un regard dépité, il se tourna vers Sirgur et Thorwald, qui venait de les rejoindre.

« Je ne crois pas que nous ayons grand chose à craindre de l'ennemi, dit-il. Je pense que vous suffirez amplement à surveiller une armée au repos, si vaste soit-elle ! »

Il adressa un signal à d'autres chevaliers et partit à son tour avec eux, en regardant Viridius et sa troupe qui, déjà, gravissaient le flanc de la colline.

* * *

Ce qu'avait aperçu Eïséryne dans le miroir constitué par la surface du lac, ce n'était pas vraiment elle. Ou plutôt si, c'était elle, mais grandie, plus mûre.

Le vacarme d'une masse surgissant brusquement de l'eau dans son dos brisa l'univers dans lequel l'avait un instant transportée l'image que l'onde lui avait renvoyée d'elle, la coupant de la réalité. Une gerbe d'eau retomba tout autour d'elle, la trempant. Elle vit les regards de ses assaillants s'effarer soudain. Truffe d'Or et Truffe d'Ombre se tournèrent vers le phénomène d'un bond. Elle entendit un sifflement et un violent jet d'eau passa au-dessus de sa tête pour aller balayer les soldats qui lui faisaient face. Il était si puissant qu'il sectionna leur corps dans un jaillissement de sang qui éclaboussa leurs voisins ; les chevaux, pris de panique, se cabrèrent brutalement, projetant plusieurs cavaliers à terre.

Eïséryne se retourna.

Devant elle se tenait une créature dont le long cou se dressait au-dessus du lac, ondulant avec majesté. Elle eût été prise de panique si le regard que l'être posait sur elle n'avait été d'une douceur telle qu'il la réconforta aussitôt. Si les deux chiens, en l'apercevant, n'avaient cessé d'aboyer. Et si elle n'avait immédiatement su ce qu'il était. Car à présent, des brumes de son cerveau, bien des souvenirs commençaient d'émerger lentement...

Derrière elle, les cris en disaient long sur la débandade provoquée par l'apparition de l'animal parmi les soldats. Deux autres Drak'Hoïades, plus petites, surgirent au côté de la première. Leurs gueules projetèrent avec force une gerbe d'eau dont l'effet dévastateur s'accompagna d'une flambée de hurlements paniqués. Puis, sur la rive, les clameurs faiblirent. Les Hurleurs fanatisés s'apprêtaient à reprendre leur œuvre mortelle, reformant leurs rangs pour entrer dans l'eau.

Se retournant vers eux pour apprécier la situation, Eïséryne vit de nouvelles projections liquides transpercer deux cavaliers, aussi aisément que si leur armure n'avait pas offert plus de résistance qu'une simple étoffe. Une giclée de liquide rouge sombre sortit de leur dos alors qu'ils s'effondraient, projetés en arrière par la puissance de l'impact.

C'est alors que, reportant son regard sur les créatures, Eïséryne croisa celui de la plus grande et y lut un message de connivence depuis longtemps oublié.

Instinctivement, mais sachant parfaitement cette fois ce qu'elle faisait, Eïséryne sourit à la Drak'Hoïade et enjamba son corps de la même façon qu'elle serait montée à cheval. Les chiens se mirent à hurler à la mort, mais les deux autres créatures allongèrent le cou vers eux en abaissant leur petite tête cornue, et les attrapèrent par la nuque entre leurs mâchoires.

Puis, aussi prestement qu'elles étaient apparues, les Drak'Hoïades piquèrent du nez dans le lac en y semant la tempête, et s'enfoncèrent dans le gouffre rocheux d'où jaillissait la rivière.

* * *

Atterrés, les Hurleurs survivants regardèrent les eaux se refermer sur les deux chiens et, surtout, sur leur proie.

Ils firent avancer leurs chevaux jusqu'à entourer le trou d'où la source jaillissait en un bouillonnement lent et monotone avant de s'épandre, alimentant le lac, et de s'échapper de celui-ci en un ruisseau étroit. Ils regardaient fixement l'orifice ténébreux, au centre du cercle qu'ils avaient formés à une distance toutefois respectueuse de celui-ci : quelle monstruosité cachait-il ?

Leurs cerveaux étaient hantés par la vision des trois créatures qui en avaient surgi pour y replonger presque aussitôt – étaient-elles seulement apparues ? Mais le désastreux spectacle qu'offrait la berge était là pour leur confirmer que cette apparition, pour fulgurante qu'elle eût été, n'avait pas été pure vision.

Dans des mares de sang baignaient les cadavres de leurs compagnons, tantôt pourfendus, tantôt démembrés ou sectionnés. Eux-mêmes n'auraient jamais été capables de semer la mort d'une façon aussi foudroyante, aussi totale. Ce à quoi ils avaient été confrontés, sans même avoir le temps de l'affronter, les dépassait. Aucune peur ne les habitait, sinon ils n'auraient pas osé s'approcher de l'endroit d'où avaient émergé leurs exterminatrices : ils le regardaient fixement, cherchant à imaginer un moyen de les poursuivre.

L'un d'eux descendit de cheval et marcha sur le fond du lac. Il fut surpris par la soudaine déclivité du bord de l'entonnoir. La vision de biais lui avait fait mal évaluer la profondeur à cet endroit. Si l'eau n'avait été animée par un mouvement ascendant, il eût à coup sûr été entraîné dans le puits. Il se rattrapa de justesse grâce à la bride qu'il n'avait pas lâchée. Mais sa jambe dérapa jusqu'au bord du trou, au-dessus duquel elle resta un instant suspendue.

Un instant qui lui fut fatal.

Un violent geyser jaillit, perçant la surface pour s'élever jusqu'à une hauteur qui fit redresser vers le ciel la tête de tous ses compagnons. Mais ce qui les fit reculer, ce ne fut pas le caractère spectaculaire du phénomène : c'est la façon dont il se teinta de rouge en projetant le membre arraché par le choc, tandis que le corps amputé glissait sur la pente du cône, avant de rester suspendu au-dessus de son centre, ballotté comme un pantin par la pression de la résurgence, en se vidant de son sang qui, bientôt, vint baigner les pattes de leurs chevaux.

Tous reculèrent d'un même élan, puis sortirent à la hâte du lac. Ils ne pouvaient rien faire. Toute tentative de leur part serait vouée à l'échec.

Ils se résolurent à rebrousser chemin, gravissant lentement le flanc de la colline. Une fois parvenus en haut du petit cirque rocheux qui dominait la source, certains risquèrent un regard vers l'atmosphère de massacre que respirait le paysage en contrebas. Le corps de leur camarade, enfin chassé par l'eau, flottait mollement sur la surface du lac. Les berges rougies étaient encombrées de cadavres plus ou moins disloqués. Il semblait qu'un souffle d'une violence indicible avait balayé le lieu. Pourtant, tout autour, la nature était calme : la paix qui l'habitait accentuait, par contraste, le caractère irréel du spectacle, et le rendait cauchemardesque.

Quand ils parvinrent en vue du hameau, une mauvaise surprise les attendait. Les demeures étaient réduites à l'état de ruines fumantes, dont quelques flammes s'échappaient encore, de-ci de-là. Le rougeoiement des foyers formés par l'effondrement des charpentes rutilait au sein de la ternissure dans laquelle la dévastation du feu avait noyé le vallon. Des cadavres calcinés jonchaient le sol à l'intérieur de ce qu'il restait des maisons, et une odeur fétide planait sur la scène.

Mais là où ils croyaient ne trouver que les vestiges déserts de leur passage, une cinquantaine de chevaliers parcouraient en tous sens les restes du village et ses abords. Les Hurleurs s'arrêtèrent, interdits, en haut de la colline, à l'orée de la forêt.

Viridius faisait virevolter son destrier, en proie à une rage qu'Olern ne lui avait jamais connue.

« Qui a pu commettre une telle action, Olern ? Qui ?

— Tu as voulu la guerre, Viridius. Croyais-tu que cela pouvait se limiter à un jeu innocent respectant les belles règles des joutes que tu menais en Aak-Sour avec tes compagnons d'armes ? »

Le roi se planta devant lui et le foudroya d'un regard dont la fièvre, due aux circonstances, surprit son conseiller.

« Ce n'est pas cela, la guerre !

— Mais ce peut l'être. Et tu t'apprêtes à en explorer toutes les atrocités, qui sont, crois-moi, fort souvent bien éloignées des prouesses que tu croyais y trouver !

— Comment sais-tu cela, vieux radoteur ?

— Je sais simplement observer ce que je vois, sans me voiler la face, jeune impétueux ! Et dis-toi que ce que tu viens de découvrir ici n'est rien, comparé à ce que tu as déclenché ! Tout cela pour les beaux yeux d'une femme ! Pour satisfaire ta vanité outragée ! Ce que tu as trouvé en ce lieu, multiplie-le par mille, et tu seras encore loin de ce qui nous attend sous les murs de Sarm'Eïloan. »

Ébranlé par la violence de leur échange et par la virulence sans concession d'Olern, Viridius regardait celui-ci comme un étranger.

« Je n'ai jamais commandé semblable forfaiture, commise avec une telle lâcheté !

— Certes ! Mais crois-tu que tous les hommes sont doués de ta modération ? Donne à la plupart la moindre liberté, et ils en profiteront pour l'utiliser à faire ce à quoi quelqu'un comme toi n'aurait jamais osé songer, uniquement pour jouir du pouvoir que tu leur auras offert la possibilité de s'approprier ! Et qui n'aura rien de commun avec celui que tu croyais leur avoir donné, d'ailleurs. »

Le regard d'Olern s'éleva pour se figer sur un point situé derrière Viridius.

« Tu te demandais qui pouvait avoir commis une telle action ? Je gagerais que la réponse se trouve sur cette colline. »

Le souverain fit tourner sa monture. Il vit les hommes qui venaient de sortir de la forêt et se demanda aussitôt ce qu'ils pouvaient bien faire là. C'étaient de simples cavaliers : ils n'appartenaient pas à sa chevalerie, c'était clair. Leurs armures étaient trop rudimentaires et trop uniformes.

« Amenez-moi ces hommes ! » commanda-t-il sèchement à ceux qui l'accompagnaient.

Le mouvement de recul qui parcourut la ligne des nouveaux venus, lorsqu'ils virent les chevaliers de Viridius partir au galop, en dit assez long sur leur culpabilité en l'affaire. L'esprit encore ébranlé par ce qu'ils venaient d'affronter, ils n'eurent pas même le réflexe de fuir. Bientôt cernés, ils descendirent sous bonne escorte vers le creux du vallon.

« Êtes-vous les responsables de cette infamie ? » interrogea Viridius.

Les rescapés de la fontaine le regardèrent sans un mot, presque hautains face à celui dans lequel ils ne reconnaissaient pas leur maître.

« Votre silence signe votre aveu ! poursuivit le roi avec amertume, avant d'ajouter, en balayant du bras l'espace qui les entourait : qui vous a ordonné de massacrer ces innocents et de détruire leurs maisons ?

— C'étaient des ennemis, Sire, risqua l'un des Hurleurs.

— Non ! S'écria Viridius. Ce n'étaient pas des ennemis. C'étaient des enfants, des femmes et des hommes semblables à ceux que vous avez laissés derrière vous en Aak-Sour ! »

Il ne put comprendre le rictus glacial ni l'expression d'incompréhension qui s'affichèrent sur leurs faciès de brutes.

« Ramenez-les en prenant garde qu'aucun ne s'échappe ! » lança-t-il à l'adresse des ses chevaliers.

Faisant pivoter lentement son cheval, il parcourut du regard les restes du hameau. Puis il reprit le chemin par lequel ils étaient venus. Olern le rattrapa et vint ranger son cheval à côté du sien.

« Non, lui dit Viridius entre ses dents serrées, quoi que tu en penses, ce n'est pas cela, ma guerre. Et je ne veux en aucun cas qu'elle devienne telle !

— Je crains fort que d'autres n'aient de cesse d'en décider pour toi, en te mettant comme aujourd'hui devant le fait accompli.

— C'est pourquoi je veux que le châtiment de ces hommes soit exemplaire, et que toute l'armée sache ce qui attend ceux qui se rendront coupable de pareilles abjections. »

* * *

Quand elle avait plongé dans le gouffre sur le dos de la Drak'Hoïade, Eïséryne avait cru que sa dernière heure était venue cette fois pour de bon : l'espace d'un instant, prise dans le tourbillon de la résurgence, elle s'était sentie suffoquer, imaginant que l'obscur boyau dans lequel elle était entraînée, accrochée au cou de l'animal, n'allait jamais finir. Elle se retenait de respirer. Malgré le caractère extrême de sa propre situation, elle s'inquiétait de ce qu'étaient devenus ses chiens. Elle n'avait pas même vu les Drak'Hoïades les attraper dans leurs gueules. Puis, au bout d'un temps dont elle aurait été incapable d'estimer la durée, elle ouvrit les yeux et se mit à respirer, stupéfaite de pouvoir le faire en dépit de l'état d'immersion totale dans lequel elle se trouvait.

Le spectacle qu'elle découvrit alors la remplit d'un profond sentiment de paix et de plénitude.

La rivière souterraine dans laquelle l'animal l'emmenait était baignée par une lueur légèrement bleutée ; il semblait que la roche tamisait la lumière du ciel en s'imprégnant de sa couleur.

À moins que ce ne fût le regard de Theinabrÿn l'observant depuis l'éther qui l'éclairât.

Des reflets plus pâles passaient parfois devant ses yeux, l'enveloppant au gré des flux volages qui naissaient d'un rocher ou d'une irrégularité de la paroi. Des plantes accrochées à celle-ci ondoyaient doucement, comme pour saluer son passage.

Eïséryne ne sentait plus son corps. Rêvait-elle, ou tout cela était-il bien réel ?

Elle eut la surprise d'apercevoir son reflet sur la roche, en un endroit où celle-ci était particulièrement lisse et plane. La seconde fois que cela se produisit, elle tenta de suivre l'image des yeux et, au moment où elle la perdait, elle entrevit une tache mordorée.

Un regard en arrière lui fit découvrir la seconde Drak'Hoïade : elle tenait dans sa gueule Truffe d'Or, dont le pelage de feu apportait une note chaleureuse à la sensation de fraîcheur engendrée par le contact de l'eau sur sa peau. Puis la troisième, la tête à demi cachée par une masse plus sombre dont elle sut tout de suite, avec bonheur, ce qu'elle était.

Elle s'aperçut que l'effet se répétait de distance en distance. Bientôt, quelque chose l'intrigua, de façon d'autant plus obsédante que, la vision étant chaque fois fugitive, ce qui attirait son attention restait insaisissable.

Enfin, une évidence s'imposa.

Le flottement de sa chevelure dans l'onde devenait foisonnant, sa tête était maintenant presque à la hauteur des petites pattes dont l'animal usait pour se guider dans le flot, la robe de lin toute simple, qu'elle avait enfilée le matin jusqu'aux pieds, dessinait les formes naissantes de sa poitrine et ne lui arrivait plus que jusqu'aux genoux, son visage… Oui, son visage lui-même n'était plus celui de la fillette qui s'était négligemment passé une main dans les cheveux devant un miroir, au réveil, toute à la hâte de retrouver ses compagnons familiers. Ce n'était point encore tout à fait celui d'une femme, mais ce n'était certes plus celui d'une enfant. Confirmant la métamorphose dont elle était l'objet, la sensation de l'épaisse étoffe qui collait à son corps disparut. Elle constata que flottait désormais autour d'elle un vêtement ample, dont la caresse légère se confondait sur sa peau avec celle de l'onde. Un maelström de souvenirs encore confus se bousculaient dans son esprit. Elle ignorait où elle allait, et pourtant elle savait que c'était dans une forêt, dont la représentation, tel un fantôme, se dessinait par instants dans ses pensées, pour céder aussitôt la place à d'autres images, tout aussi fugaces, à la fois tout aussi claires et tout aussi inconnues.

Soudain, elle émergea à l'air libre, dans le cours d'une rivière bordée d'arbres feuillus. L'eau glissait sur le tissu de sa robe et sur son corps : elle paraissait n'avoir sur eux aucune prise, les laissant secs sous le soleil, dont les rayons la brûlaient. Derrière elle surgirent les deux autres Drak'Hoïades, les chiens pendus à leurs gueules : mais ils ne paraissaient pas si mal en point qu'elle s'y attendait, après un tel séjour dans le milieu aquatique, d'où ils auraient dû ressortir tous deux noyés. Comme elle, d'ailleurs. Pour ce qu'elle pouvait en voir, eux aussi avaient changé : leur corpulence lui semblait en particulier plus forte. Figés, ils paraissaient plutôt penauds, comme s'ils s'étaient sentis honteux de leur situation, et posaient sur Eïséryne des regards affligés. À moins, plus simplement, qu'ils eussent du mal à la reconnaître. Car en voyant ses longues jambes élancées, ses bras fins et gracieux, elle éprouvait au plus intime de son corps la sensation d'être devenue femme, et sentait monter en elle un pouvoir depuis longtemps oublié.

Tant qu'elle était dans le boyau souterrain, Eïséryne avait été incapable de se faire une idée de la vitesse à laquelle elle se déplaçait à travers l'onde. Mais à présent, en voyant la végétation des berges défiler devant elle, elle se rendait compte que la rapidité de la créature était prodigieuse. Elle se dit qu'elle avait dû parcourir sous terre de nombreuses lieues, et qu'il en était de même à présent. Cette impression était renforcée par la sensation de l'air sur sa peau parsemée d'éclaboussures.

Remontant le fleuve en faisant fi du courant, l'animal retournait parfois la tête, enveloppant sa cavalière d'un regard d'une douceur si grande que celle-ci le ressentait comme une caresse ; elle s'amusait de la palpitation à peine perceptible des narines qui, au bout du museau effilé, ajoutaient à la délicatesse de la créature. Comment de tels êtres pouvaient-ils faire preuve de la violence qu'ils avaient déchaînée contre ses assaillants ? Cela constituait encore à ses yeux une énigme.

Les Drak'Hoïades ralentirent bientôt leur allure pour aller s'échouer sur la berge, au sortir d'une courbe de la rivière. Un peu plus loin, une haute falaise dominait un petit lac d'où émergeaient curieusement quelques arbres et des plantes. Elles déposèrent sur la plage Truffe d'Or et Truffe d'Ombre, qui se précipitèrent aussitôt au devant de leur maîtresse : mais quand ils virent Eïséryne poser un pied sur la grève, ils eurent un mouvement de recul qui, chez tout mortel, eût passé pour une marque de vénération. La jeune femme était d'une beauté surhumaine : la grâce de ses gestes et de son port accentuait l'aura de mystère qui la baignait. Sa longue chevelure, d'un blond clair que mordoraient les rayons du soleil, enveloppait son dos, épousant la cambrure de ses reins. La fluidité de sa démarche soulignait les formes menues et les courbes harmonieuses de son corps aux proportions exemplaires, qu'épousait subtilement sa longue robe blanche. Elle paraissait flotter au-dessus du sol, que ses pieds effleuraient à peine. Sa peau, si claire qu'elle était presque diaphane, paraissait scintiller sous la lumière du ciel. Son visage mince aux pommettes finement esquissées et au nez droit à peine retroussé, quoique encore juvénile, exprimait, comme toute sa personne, une féminité absolue, radieuse, éthérée.

Les Drak'Hoïades la regardèrent s'éloigner. À ses côtés, Truffe d'Or et Truffe d'Ombre trottaient avec une étonnante majesté, que rehaussait l'ondoiement de leurs robes, l'une flamboyante et l'autre sombre ponctuée de chatoyants reflets : elles faisaient d'eux les attributs idéaux de la jeune femme. Celle-ci se dirigeait avec assurance vers ce qu'elle savait maintenant, avec une totale clairvoyance, être le but ultime de son voyage tout autant que de sa transfiguration : la forêt qui se dressait à quelques centaines de pas du lac. Mais le plus étrange était les dessins aux teintes subtiles et délicates, reflets d'un monde de fleurs et de feuilles, qui, par instants, moiraient le tissu de sa robe, ou encore ses cheveux, donnant alors l'impression qu'elles étaient accrochées à eux comme à de fines tiges. L'évanescence et la douceur de leur apparition leur donnaient la consistance d'un rêve, évoquant une flore infinie, dont l'émeraude de ses yeux exprimait la quintessence.

Bientôt les deux chiens la devancèrent pour aller se poster à l'orée du bois, de part et d'autre du chemin invisible que dessinaient ses pas. Puis ils s'assirent et se tournèrent vers elle, l'attendant.

Lorsqu'elle pénétra dans la forêt en passant entre eux, accompagnée par leurs regards, et que des paroles s'élevèrent partout autour d'elle en un même murmure, elle sut pourquoi, lorsqu'elle s'était éveillée, il y a quelque temps, parmi les arbres dominant le hameau, elle avait eu le sentiment de sortir d'un cocon fait de la mousse couvrant le sol. Elle comprit également le sens du rêve dont l'avait tirée son réveil dans le sous-bois : elle s'y voyait pénétrer dans un monde où régnait une nature luxuriante, en passant entre de hauts piliers massifs qui figuraient deux animaux majestueux ressemblant à des loups, dont l'un était baigné par l'or brûlant du soleil et l'autre par l'intime lumière de la lune.

De la même façon qu'ils s'étaient adressés à Farkhar, quelques jours plus tôt, les chuchotements sourdaient de chaque plante, de chaque feuille, de chaque arbre ; ils l'entouraient de toute part, mais ne formaient qu'une seule voix :

« Bienvenue à Eïséryne, notre reine, enfin revenue du sommeil de l'oubli ! »

Alors la jeune fille leva un bras et balaya lentement du regard la flore palpitante :

« Peuple des Iazliks… » dit-elle.

Sa voix, en dépit de son extrême douceur, semblait s'étendre à l'infini.

« … mon peuple ! Oui, je suis de retour parmi vous ! Après une longue errance au sein du néant dans lequel m'avait exilée le pouvoir maléfique d'un demi-dieu, comme il vous avait condamnés à vous terrer dans les formes de vie dont vous étiez autrefois l'essence et l'incarnation. »

La multitude sonore se rassembla en un long soupir, qui s'éleva pour retomber lorsque Eïséryne reprit :

« Jadis, c'était à édifier le monde que nous employions nos efforts. Mais si nous voulons que revienne ce temps, c'est à la guerre qu'aujourd'hui je vous appelle ! Celui par qui nous recouvrerons nos vertus premières approche, mais une redoutable épreuve l'attend sur son chemin vers nous : elle lui sera infligée par ceux qui nous ont bannis de nos royaumes et ont usurpé notre nature ! Peuple des Iazliks, vous avez déjà reconnu cet homme quand il est passé par ces lieux, qui étaient jusqu'à ce jour votre dernier refuge : c'est en affrontant avec lui les périls que vous retrouverez votre force et vos capacités à vous engager aux côtés de ceux pour lesquels il combat ! »

Le souffle, apaisé, était resté attentif à ses paroles, telle une note tenue. Il gagna rapidement en puissance, à la façon d'une foule acclamant son souverain, semblable à celui du vent précurseur d'une tempête, et se propagea à travers toute la sylve. Il remonta vers le nord où, bientôt, il atteignit une petite plaine qui le séparait d'une forêt plus dense. Beaucoup plus dense…

Là il se tut.

Mais le silence qui lui succéda n'était pas celui de la quiétude.

C'était celui de l'attente.

De secrètes hideurs
Au souriant visage hantent les profondeurs
De la sylve paisible où la magie sommeille.

LIVRE DES CÉLESTES
Chant III, vers 1646-1648

47

Le soleil approchait de son zénith quand l'armée de Viridius s'ébranla de nouveau. La fin de la matinée avait été rude : les regards de nombreux soldats ne pouvaient se détacher des têtes plantées sur les piques, ruisselantes de sang, qui jalonnaient le flanc de la colline, au sud de la position où ils s'étaient arrêtés en attendant le retour de leur roi.

Pour beaucoup, le châtiment des coupables du massacre perpétué dans le hameau avait été le premier sang versé. Viridius l'avait justifié, mais ils s'inquiétaient de voir que c'était leur propre souverain qui en avait été la cause, et non l'ennemi contre lequel ils marchaient. Cela n'était pas conforme à l'idée qu'ils se faisaient de la guerre, du moins telle que l'influence occulte de Silfadred l'avait insufflée dans leurs esprits.

Seuls les Hurleurs infiltrés dans l'ost connaissaient ce sang imprégné de haine qui résulte du combat : sa couleur, son odeur et même parfois son goût ; ils n'étaient habités par aucun état d'âme quant à l'identité de celui qui le perdait.

Par la force des choses, les contingents d'Aak-Sour défilèrent devant le macabre spectacle, puis l'abandonnèrent aux corbeaux et aux vautours qui, déjà, sillonnaient le ciel en attendant que la place fût libre.

Comme la mort, ils avaient tout leur temps.

Bientôt, la sinistre vision ne fut plus dans l'esprit des soldats qu'un lointain souvenir, qui s'estompait au rythme de leurs pas vers la citadelle d'Antrégor : une cité dont bon nombre ne connaissaient que le nom, et que quelques-uns seulement avaient vue, sans imaginer que les circonstances de la prochaine visite qu'ils y feraient seraient bien différentes.

Le même grondement, scandé par une cacophonie de cliquetis, s'était mis à retentir, accompagnant leur avance, et faisant taire sur son passage les sons d'une nature profanée.

* * *

Au même moment, depuis la palissade ceignant Sarm'Eïloan, Spartan regardait avec appréhension les convois de réfugiés qui confluaient de toutes les directions vers la forteresse. C'étaient parfois quelques familles, d'autres fois des villages entiers qui s'étaient mis en marche. Spartan s'inquiétait du nombre de bouches qu'il allait falloir nourrir, quand il voyait tous ceux qu'il imaginait mal une arme à la main s'ajouter aux hommes en âge de combattre, si toutefois ils en avaient la science.

Il balaya lentement du regard la fortification en tournant sur lui-même. Au sixième jour, depuis qu'avait débuté son édification, elle était presque complète. Et imposante. Spartan n'en croyait pas ses yeux, de la même façon qu'il avait été surpris en rejoignant la citadelle, la veille, de voir l'état d'avancement des travaux de fortification.

Au passage, son regard accrocha la silhouette massive de Pantrax. Depuis que Spartan avait reçu la mission de diriger l'achèvement du rempart en face de la rivière, l'autre n'avait apparemment jamais fait le rapprochement entre lui et le chevalier qui s'était si âprement opposé à ses soldats aux côtés de Farkhar. Ce qui surprenait le plus le jeune homme, c'était de n'avoir pas rencontré la moindre réticence chez celui qui, avec son arrivée, s'était trouvé rétrogradé, de facto, au rang de second. L'individu s'avérait indifférent à ce genre de situation, que beaucoup eussent jugée humiliante. Attitude bien peu humaine, se disait Spartan, surtout de la part d'un être dont le comportement frustre ne respirait ni l'humilité ni la sagesse.

Depuis qu'ils œuvraient de concert à l'édification de la défense, les rapports entre Pantrax et Spartan avaient été simples. Trop simples. Le second ne parvenait pas à expliquer le sentiment trouble que lui inspirait son subordonné, Sa soumission apparente ne cadrait pas avec la sauvagerie inhérente à un personnage capable de conduire une action comme l'attaque qu'il avait lancée contre Farkhar, Aïwana et Surandir, sur les bords de la rivière, non plus qu'à l'arrogance qui avait percé dans son comportement à l'égard du prince après le combat.

Alors qu'il se remémorait l'épisode, un détail revint à l'esprit du chevalier : évoquant sa haine pour Silfadred devant Pantrax, Farkhar avait mentionné le mage en le qualifiant de maître de ce dernier. Il se dit que, sur le moment, il n'avait peut-être pas donné au mot tout le sens qui convenait. Car c'était bien de cela qu'il s'agissait. Quand, le soir précédent, Silfadred leur avait rendu visite sur le rempart, il avait senti une relation obscure entre les deux hommes. C'est alors qu'il s'était une première fois remémoré le terme employé par Farkhar. Il se dit que, loin de se fier aux apparences, il lui fallait être particulièrement vigilant. Pantrax était dangereux. Et sa dangerosité était loin de se limiter à sa force et à ses instincts de guerrier sanguinaire. Elle tenait à autre chose dont Spartan ne pénétrait pas tout le mystère.

Comme sortant d'un rêve, le chevalier reprit contact avec la réalité. Les bruits environnants emplirent à nouveau ses oreilles, la vision de Sarm'Eïloan se préparant à la guerre occupa de nouveau son regard qui, durant quelques instants, était resté posé sur le décor sans le voir vraiment. Une atmosphère de cataclysme commençait à planer sur les lieux. L'agitation était à son comble. Ici on finissait d'ériger, de planter et d'assembler les piquets qui formaient la palissade, là on s'employait à monter le talus qui, tout en consolidant son assise, formait le chemin de ronde d'où l'on surveillerait l'attaquant et l'on repousserait tout assaut. Des tours s'élevaient de place en place, espacées d'environ trois cents pas, saillant de la ligne de défense : elles permettraient, entre autres, à des archers de mieux dominer d'éventuels attaquants et de les accabler latéralement de leurs traits.

Çà et là, à l'intérieur de l'enceinte, des fumées s'élevaient, signalant des forges improvisées d'où parvenait le bruit des marteaux sur le métal des armes qu'on fabriquait, des pointes de flèches qu'on effilait. Emportées doucement par le vent, elles prenaient une teinte brune quand elles s'effilochaient devant le soleil et ; figurant par endroits des lambeaux de brume, elles contrastaient, par l'atmosphère de tranquillité qu'elles dessinaient, avec l'effervescence suggérée par la complexité du volume sonore que dégageait le foisonnement des activités exercées autour et à l'intérieur de l'enceinte. Dans certains secteurs on dressait des tentes qui seraient sans doute en nombre insuffisant pour abriter toute la population s'amassant dans son périmètre.

Si elle n'avait été juchée sur une hauteur, dont la position élevée préservait son caractère imposant, la citadelle aurait été noyée dans l'ensemble qui occupait un peu plus chaque jour les pentes et la plaine autour d'elle.

À la fois émerveillé et effaré par le spectacle, Spartan revint lentement à ce qui faisait, pour l'heure, l'objet de toute son attention : le secteur longeant la rivière qui passait à l'ouest, en contrebas de la citadelle.

Spartan se souvenait du paysage paisible qu'offrait encore récemment la douce déclivité du versant occidental du plateau, avec les sinuosités paresseuses du chemin menant au pont qui enjambait la rivière. Bien qu'il ne l'eût jamais vue le faire, il avait en mémoire les conversations évoquant la princesse Gwenaline, lorsqu'elle partait en promenade sur son magnifique cheval, en empruntant ce parcours. Personne ne savait où elle se rendait. Ces récits entretenaient autour d'elle un mystère que nul ne se fût avisé d'éclaircir, mais qui contribuait largement aux émois qu'avaient toujours provoqués en lui, comme en tous les garçons de Sarm'Eïloan, la vision de cette jeune fille à la beauté envoûtante. Elle ne présentait à leurs yeux qu'un seul défaut, car cela la rendait inaccessible : être la fille du souverain. Du même coup, la nouvelle de sa future union avec Viridius n'avait été une déception pour aucun de ses prétendants secrets, qui ne savaient que trop combien leur chance de partager un jour son cœur était réduite, du fait même de son ascendance.

À présent, la palissade brisait complètement ce paysage.

À quelques dizaines de pas de celle-ci, le cours d'eau, quoique relativement étroit, opposait une première barrière naturelle aux attaquants qui se présenteraient de ce côté. Le fossé creusé au pied du rempart de bois en constituait une seconde. Face au pont qui enjambait l'eau, une porte solide et large avait été insérée dans la construction. Elle était double, offrant ainsi une résistance accrue en cas d'attaque massive. En cette partie stratégique du parapet, le talus courait de façon ininterrompue le long du mur sur des dizaines de pas, de part et d'autre de l'ouverture ; de massifs contreforts de bois encadraient celle-ci, de sorte à consolider son chambranle au cas où l'adversaire envisagerait de l'enfoncer avec un bélier. Spartan en avait eu l'idée, conscient du fait que la seule présence de cette brèche constituait une faiblesse dans la structure.

« Superbe travail, Spartan ! »

Le chevalier, tournant sur soi-même, se trouva face à Antrégor.

« Merci, Sire. »

Il eut du mal à cacher son étonnement. Le ton ferme de la voix du souverain était empreint d'énergie, alors qu'il l'avait trouvé si abattu, pour ne pas dire diminué, les dernières fois qu'il l'avait vu. En fait, depuis que Silfadred était entré en scène dans la vie de Sarm'Eïloan, et surtout depuis la mort de Gwenaline quelques jours plus tôt. Il retrouvait soudain le roi qu'il avait toujours admiré et auquel il avait prêté serment d'allégeance sans la moindre réticence. En espérant même secrètement que sa propre valeur lui donnerait peut-être un jour l'opportunité de devenir, à défaut d'autre chose, le premier chevalier de la princesse. Une ombre balaya ses pensées en même temps que les traversait ce souvenir d'un rêve à jamais révolu.

Le roi vint se placer à ses côtés. Ils restèrent un long moment à contempler le dispositif de défense en le commentant.

« Peut-être serait-il bon de placer sur ce chemin de ronde deux catapultes, de chaque côté de la porte, dit finalement le roi. Si l'ennemi attaque de front, elles ne seront pas de trop pour désorganiser ses lignes. J'ai par ailleurs donné tout à l'heure aux charpentiers les plans d'engins de jet plus hauts et plus puissants, qui permettront de frapper ses rangs jusque au-delà de la rivière : leur construction a déjà commencé. »

Un froissement d'étoffe dans leur dos les fit se retourner, pour découvrir Silfadred dont, comme de coutume, rien n'avait annoncé sa venue :

« Je ne suis pas certain que ce soit une bonne idée, Sire. N'est-ce pas prendre le risque d'attirer encore davantage l'attention de l'ennemi sur cette partie de notre défense ?

— Je ne pense pas, Silfadred. Il faut au contraire que Viridius sache qu'en attaquant ici, le risque de pertes sera pour lui très important avant même qu'il ait approché nos remparts. C'est ce qui sera le plus dissuasif. »

Spartan était stupéfait. Jusque là, Il avait eu l'impression qu'Antrégor, miné par le fatalisme et la résignation, se désintéressait de l'aspect proprement militaire de l'affaire et le laissait entièrement reposer sur les épaules de Silfadred.

En voyant le visage du mage se contracter, le chevalier comprit que celui-ci n'entendait pas en rester là. Il ne voulait pas être mêlé à ce genre de discussion : se trouver dans l'obligation de prendre position en faveur d'un des deux hommes en présence de l'autre ne serait pas le meilleur moyen de servir Antrégor et le royaume.

« Si vous me permettez, Sire, je dois surveiller l'édification de cette tour, qui sera bientôt achevée, dit-il en désignant du doigt la première construction qui s'élevait au-dessus de la palissade, à droite de celle-ci.

— Va, Spartan : l'important est que les travaux avancent vite, et bien. L'ennemi arrivera bientôt sous nos murs. Il faut alors que tout soit en place. Va ! »

Spartan descendit du chemin de ronde par la large rampe de terre en souriant. Au fond de lui-même, il se sentait envahi par un sentiment de satisfaction intense : il devenait de plus en plus évident que, pour une raison inconnue, le roi reprenait les choses en main.

* * *

Depuis le matin, Farkhar et ses deux compagnons s'étaient engagés dans la forêt qu'il avait traversée avec Surandir en sens inverse, six jours plus tôt, après celle des Iazliks. À l'aller, Farkhar avait commencé par se montrer méfiant, puis son attention s'était relâchée, aucun signe de danger ne se manifestant. Aussi, cette fois, avaient-ils pénétrés dans la sylve sans la moindre méfiance. Aïwana tirait le quatrième cheval, sur lequel ils s'étaient déchargés de ce qui les encombrait. Surandir et Farkhar étaient ainsi plus libres de leurs mouvements pour surveiller les alentours, voire réagir, si quoi que ce soit de suspect se manifestait.

Les bois à travers lesquels ils avançaient étaient magnifiques. Les arbres les dominaient de leur ramée majestueusement déployée à une hauteur impressionnante. Ils étaient suffisamment épars pour que la lumière du soleil pénétrât largement, ménageant par endroit des clairières du type de celle dans laquelle les deux hommes avaient campé une nuit, lors de leur précédent passage. Cette fois, ils avaient bon espoir d'atteindre la petite plaine qui séparait cette forêt de celle des Iazliks avant le crépuscule. Tandis qu'ils cheminaient, tantôt au pas, tantôt au trot, Farkhar crut bon de raconter à ses amis ce qu'il avait vécu dans la seconde. Tous deux parurent surpris. Il eut toutefois le sentiment qu'ils l'étaient moins qu'ils ne le laissaient paraître. Cela lui confirma ce qu'il pensait depuis quelque temps : Aïwana et Surandir savaient beaucoup de choses qu'ils lui cachaient. Non par volonté d'entretenir son ignorance, mais peut-être par souci de ne pas s'engager sur des voies qu'ils connaissaient mal. Il l'avait déduit du mutisme quasi total dont avait fait preuve la jeune fille durant les longues révélations de Theinabrÿn : celles-ci ne l'avaient, apparemment, jamais étonnée ni prise de court. Après tout, n'était-elle pas la fille du magicien ? En ce qui concernait Surandir, cela le ramenait au point de départ : qui était véritablement le nain ? L'intéressé lui-même prétendait n'en rien savoir et, somme toute, Farkhar n'avait aucune raison de douter de sa sincérité.

Le garçon était tout à sa réflexion, quand il remarqua qu'un changement se produisait autour d'eux. La végétation devenait plus dense. D'ailleurs, depuis un moment, ils n'avaient plus rencontré de trouée. La lumière perdait de son intensité. Quoique le soleil eût depuis longtemps dépassé son zénith, il était encore bien trop tôt pour que cela soit dû à l'approche du soir. Farkhar crut d'abord que c'était un effet de son imagination. Il leva les yeux vers le ciel, et s'aperçut qu'il n'en distinguait plus la moindre parcelle, la voûte de verdure s'étant considérablement épaissie au-dessus de leurs têtes.

Cela n'aurait peut-être pas suffi à l'alerter, si l'atmosphère n'était devenue plus lourde de façon inexplicable : le fait d'être ainsi davantage enfermé dans le milieu sylvestre et, en particulier, de ne plus bénéficier de la chaleur du soleil, aurait plutôt dû accroître l'impression de fraîcheur. Or, c'était loin d'être le cas. Farkhar se rendit bientôt compte que ce n'était pas un problème de température. Il ne transpirait pas, ne se sentait pas moite. Il était oppressé. Il prit conscience que l'air se refermait sur lui, commençant à l'écraser.

« Vous ne trouvez pas qu'il y a quelque chose d'anormal ? » hasarda-t-il, en se tournant vers ses compagnons.

Un détail le frappa : cela faisait un long moment qu'ils n'avaient pas échangé deux mots, alors que, depuis leur entrée dans la forêt, la conversation était allée bon train. Ils s'étaient tus instinctivement : il aurait été bien incapable de dire à quel moment précis. Surtout, le comportement de Surandir et d'Aïwana lui confirma ce qu'il pensait : ils ne cessaient de jeter des coups d'œil inquiets dans toutes les directions, scrutant le sous-bois. Il réalisa que lui-même faisait d'ailleurs exactement la même chose. Et, en entendant le craquement des branchages sous les sabots, que la nature, devenue muette, se laissait envahir par un angoissant silence.

« Toi aussi ? » répondirent presque simultanément les deux voix.

En d'autres circonstances, l'effet aurait pu paraître comique ; mais, en l'occurrence, il ne provoqua pas l'ébauche d'un sourire sur leurs lèvres, bien qu'en cet instant ils eussent arrêté leurs montures et fussent, pour ainsi dire, les yeux dans les yeux.

Le fait de constater la même appréhension chez les deux autres mit les sens de chacun en alerte. Le temps sembla s'immobiliser.

« Je ne comprends pas, murmura Surandir. Nous n'avons rien ressenti de tel, quand nous avons traversé cette forêt la première fois.

— Peut-être n'avez-vous pas emprunté le même chemin ? hasarda Aïwana sur un ton qui se voulait rassurant. Mais qui ne convainquit personne.

— Ce n'est pas la question, dit Farkhar. C'est la forêt toute entière qui paraît menaçante. »

Il avait lâché le mot juste. Celui qu'aucun d'entre eux n'avait encore osé prononcer.

C'est à ce moment que retentit la première plainte. Lugubre, à peine audible, comme le distant écho d'un feulement…

Puis ce fut une deuxième, et une troisième, et d'autres encore, chaque fois un peu plus proches et provenant de directions différentes.

Leurs visages se tournèrent vivement vers les sons, ne parvenant bientôt plus à suivre le rythme auquel ils naissaient.

« Qu'est-ce que c'est ? » demanda Surandir.

Ce fut Aïwana qui lui répliqua laconiquement, d'une voix où perçait une note d'angoisse :

« Des Hurleurs ! »

Les sons parurent s'apaiser.

« Ces plaintes, dit lentement Farkhar, je les ai entendues à plusieurs reprises quand je suis arrivé sur ces terres, en venant de l'océan. Oserai-je l'avouer ? Elles m'ont alors fait renoncer à pénétrer dans une forêt ! »

Lui revint alors à l'esprit la terrible fuite dans laquelle la Drak'Hoïade qui l'avait sauvé de l'océan, puis conduit jusque sur le territoire de Sarm'Eïloan, l'avait alors entraîné, en sacrifiant sa propre vie.

« Une fois, je les ai entendues à Sarm'Eïloan, ajouta-t-il en se remémorant le matin du jour où Aïwana était apparue sur la fenêtre de sa chambre. On parlait souvent des Hurleurs dans la citadelle, en disant que ce son était la raison pour laquelle on leur avait donné ce nom, mais qu'en fait, on ne savait rien d'eux.

— Même pas s'ils existent réellement ! » compléta Aïwana, se rappelant de l'époque où elle vivait avec son père à la cour d'Antrégor.

Le sourire ironique qui déforma ses traits n'échappa pas à Farkhar : la jeune fille n'avait jamais été dupe. Elle savait pertinemment que les Hurleurs existaient. Il passa outre et poursuivit :

« Puis Theinabrÿn, la première fois que je l'ai rencontré, m'a parlé d'eux en les rapprochant des populations sauvages qui vivaient autour du royaume de mon père. Enfin, l'autre jour, c'est toi, Surandir, conclut-il en désignant le nain d'un geste, qui m'as dit que les soldats que nous avions affrontés pour délivrer Aïwana étaient des Hurleurs.

— Et sans doute aussi ceux qui nous ont poursuivis et attaqués près de la rivière ! » compléta Surandir.

Un souvenir revint à la mémoire de Farkhar : le visage de Pantrax se décomposant pour se recomposer aussitôt, dans la cellule où Silfadred lui avait amené Gwenaline, le matin de leur supplice.

« Bien sûr que c'en étaient, précisa-t-il d'une voix amère, puisque Pantrax en est un ! Mais je reviens à ma question : que sont-ils vraiment ?

Des semblants d'hommes ? Ou autre chose ? Car je n'imagine pas les êtres que nous avons combattus ces derniers temps pousser ce genre de plaintes en restant invisibles.

— On n'a jamais su ce qu'ils sont vraiment, dit Aïwana. Ce sont les créatures de Silfadred. Il semble qu'ils puissent prendre des apparences très différentes.

— À moins qu'ils ne soient aussi eux-mêmes de différentes natures ! suggéra le nain en tendant à nouveau l'oreille. »

Aïwana acquiesça d'un lent mouvement de la tête, avant de dire :

« Quoi qu'il en soit, en ce qui concerne ceux qui leur ont valu leur nom, nous n'allons pas tarder à être fixés. »

Les plaintes avaient en effet repris. Elles allaient en s'intensifiant.

En se rapprochant, pensa Farkhar, tout en réalisant son erreur.

Car elles ne se rapprochaient pas. Elles se multipliaient, toujours plus proches : chaque cri s'ajoutait aux précédents, faisant monter d'un cran le concert de hurlements qui s'élevait tout autour d'eux, avec une profondeur qui s'étendait à l'ensemble de la forêt, ne faisant d'elle qu'une seule clameur faite de milliers de voix. Rien ne permettait de repérer leur origine : elles venaient à la fois de partout et de nulle part. Aucun autre bruit, aucun mouvement. La forêt semblait s'être figée pour proférer une lugubre incantation, dont la monotonie était multitude et les timbres horriblement humains : d'aucuns auraient cru y discerner les voix de suppliciés éructant leur haine et leur soif de vengeance. Ou de massacre...

Entre ses cuisses contractées, Farkhar sentait Actarès trembler. Les trois autres chevaux piaffaient de plus en plus nerveusement.

« Avons-nous le choix ? demanda abruptement Farkhar

— Je ne vois qu'une alternative, dit Surandir. Rebrousser chemin, où aller de l'avant.

— En sachant que, de toute façon, la menace est tout autour de nous…, dit Aïwana.

— … et que la voie qui mène au Lac des Maléfices est droit devant, si je ne m'abuse ! » renchérit Farkhar.

Les mimiques approbatives de ses deux compagnons furent plus éloquentes que tout discours.

« Donc, c'est bien ce que je voulais dire : nous n'avons pas le choix ! » hurla Farkhar, résigné, pour surmonter le tumulte de l'ouragan qui semblait prêt à se déchaîner sur eux.

Actarès se cabra sous l'effet de la volte qu'il lui imposa, et se lança quand le prince enfonça les talons dans ses flancs.

« Yohooo ! » cria Surandir en frappant de la main la croupe de sa monture ; elle bondit avec tant de vigueur que le nain crut un instant que l'animal allait le laisser sur place, avant de se redresser sur sa selle, avec un regard effaré.

Aïwana n'eut pas un geste à faire. Le simple fait qu'elle relâcha la pression de ses pieds, et peut-être l'exemple de ses semblables partant dans une course éperdue, suffirent à faire piquer des deux son cheval. Un à-coup la fit vaciller sur sa selle, quand la corde qui le liait à la quatrième bête se tendit. Mais celle-ci suivit aussitôt et, bientôt, les trois amis filaient à bride abattue dans l'enchevêtrement végétal, que leur vitesse leur faisait paraître plus dense encore qu'il n'était : les troncs fonçaient vers eux, les buissons et les taillis surgissaient sous les sabots. Ils les évitaient l'un après l'autre, souvent de justesse, au prix de prouesses dans la conduite de leurs montures et des multiples meurtrissures que leur infligeaient les branches en leur fouettant le visage. Ils se demandaient chaque fois si la suivante n'allait pas leur être fatale.

Le pire était que rien ne se passait quand, indépendamment de la concentration qu'exigeait la maîtrise de leur course, tous leurs sens se tendaient dans l'attente du moindre signe d'une menace enfin concrète. Mais il n'y avait que le vacarme des plaintes : devant eux, derrière eux, sur les côtés, elles engloutissaient maintenant jusqu'au martèlement des sabots. Elles les attendaient voracement où qu'ils aillent, grondaient de rage là où ils étaient passés, accompagnaient leur fuite effrénée, leur donnant l'impression d'être emprisonnés au cœur d'un cyclone.

Et la tornade déclencha son attaque.

Le détail annonciateur fut la vision fugitive de troncs se tordant, déformés par la grimace cruelle qu'esquissait le faciès modelé par leur écorce. Ce fut si surprenant et, en même temps, si progressif, qu'au début, aucun des trois fugitifs n'en prit conscience, tant leur attention se focalisait sur la direction qu'ils suivaient, et surtout sur les embûches qu'ils craignaient d'y voir surgir. L'environnement sonore, écrasant leur cerveau, leur imposait toutefois d'avoir sans cesse l'œil sur ce qui les entourait.

C'est Surandir qui remarqua le premier le phénomène.

Il piquait droit vers un tronc massif et s'apprêtait à le contourner, quand il vit la surface de l'arbre devenir molle, et comme un regard s'esquisser dans les dessins de son écorce, surmontant une sorte de gueule béante. Cela fut si furtif et si imprécis qu'il crut avoir été victime d'une illusion ; il s'en voulut même d'en avoir été effrayé. L'écart qu'il fit faire à son cheval ne faillit pas moins le désarçonner. C'est à peine s'il entendit Aïwana hurler derrière lui :

« Surandir ! Attention ! »

Simultanément, il avait vu le danger et, cette fois, il n'eut plus de doute : déviant brutalement la trajectoire de sa monture, il frôla des mâchoires aux dents acérées qui s'étaient ouvertes dans un autre tronc. Sur le moment, il ne comprit pas : il aurait juré qu'il n'y avait aucun obstacle devant lui la seconde auparavant. Il eut la dramatique intuition de ce qui se produisait en portant son attention sur Farkhar, qui galopait devant lui.

Le garçon avait saisi qu'il se passait quelque chose de grave, sans en prendre encore la mesure, car il jetait de fréquents regards en arrière pour voir ce qu'il advenait de ses compagnons. Il avait remarqué la façon étrange dont ils guidaient leurs animaux. Profitant de ce que la végétation paraissait un peu s'espacer en face de lui, il se retourna une nouvelle fois : il vit les bouches du nain et de la jeune fille former un cri inaudible pour lui, et leurs doigts se lever pour désigner un point dans sa direction. Il fit face et n'eut que le temps de freiner brutalement Actarès, dont la réactivité montra qu'il avait anticipé le danger. Celui-ci se cabra très haut, battant des sabots : devant lui, là où Farkhar n'avait vu que le sol herbeux d'une clairière, avait surgi un chêne gigantesque dont le tronc était ouvert en une gueule munie de dents : elle était de la taille du destrier et de son cavalier, et les aurait engloutis s'ils n'avaient stoppé net leur élan avec un parfait ensemble. Un regard d'une cruauté innommable la surmontait, dans lequel passa un éclair de rage lorsque le cheval retomba sur le sol pour repartir sur le côté.

Apercevant du coin de l'œil un mouvement au-dessus de sa tête, Farkhar, sans réfléchir, eut l'heureux réflexe de se pencher sur l'encolure d'Actarès, ce qui lui valut d'éviter de justesse une branche de l'arbre qui, tel un bras, s'abattait sur lui pour le rabattre vers la gueule béante. Au même instant, il prit conscience de ce que son regard avait saisi dans le feu de l'action : les griffes qui prolongeaient les extrémités de l'arborescence à la façon de rameaux.

Ça se complique sérieusement, songea-t-il, sous le coup de la surprise.

C'est alors qu'une flambée de cris et de hennissements pathétiques fusa à travers le vacarme des hurlements plaintifs dont retentissait la forêt. Malgré le nombre de plus en plus grand de végétaux qui se révélaient habités par une entité carnivore ou qui sortaient du sol en présentant la même menace, les deux hommes arrêtèrent leur monture pour se tourner vers l'endroit d'où venait le bruit, et découvrirent un spectacle terrifiant.

Un Hurleur avait réussi à planter ses griffes dans un flanc du cheval que tirait Aïwana, et refermé ses crocs sur son arrière-train. De l'abdomen ensanglanté s'échappaient les viscères déchiquetés. Le pauvre animal usait ses dernières forces à se débattre, la gueule écumante, les naseaux expirant une bave rougeâtre. La monture d'Aïwana avait été bloquée dans son élan ; elle se débattait avec tant d'énergie et de violence pour se libérer, que la jeune fille ne parvenait pas à atteindre de son épée la corde qui reliait les deux bêtes. Elle commençait à être entraînée à son tour vers le piège mortel.

Farkhar fit demi-tour en dégainant son glaive.

« Continue ! » fit-il en passant près de Surandir.

Mais le nain préféra profiter de ce court répit pour essayer de voir plus clair dans la situation.

Farkhar arriva près d'Aïwana : abaissant sa lame, il trancha la corde. Libéré, le destrier de la jeune fille bondit en avant. Bouleversé par la souffrance du malheureux animal dont les cris déchiraient ses tympans, Farkhar aperçut le fer d'une hache de combat qu'ils avaient prise sur le cadavre d'un Hurleur, quand ils avaient libéré Aïwana : le manche était enfoncé dans le bât, à quelques doigts à peine de la gueule qui dévorait méthodiquement sa victime, en faisant gicler chaque fois des flots de sang. Oubliant un instant le péril, rengaine son glaive et saisit l'arme, juste avant que les crocs ne se referment sur l'endroit où elle se trouvait ; il l'abattit vigoureusement et sectionna la colonne vertébrale du cheval, mettant fin à son atroce agonie. Puis, encore sous le choc de ce qu'il venait de vivre, il repartit à toute allure.

Ils se retrouvèrent galopant à nouveau de conserve, évitant leurs agresseurs de plus en plus difficilement, et plus convaincus, à chaque instant, qu'ils ne sortiraient pas tous trois vivants de cette situation, face à laquelle leurs armes s'avéraient dérisoires.

La forêt toute entière semblait devenue la proie d'une folie meurtrière. La seule chose qui les sauvât était que les Hurleurs ayant l'apparence d'arbres avaient eu besoin de place pour se développer et ne pouvaient jamais refermer complètement le piège sur leurs proies. Mais ils palliaient en partie ce handicap grâce aux branches griffues au moyen desquelles ils tentaient d'agripper les trois fugitifs. Ceux-ci se demandaient combien de temps eux-mêmes et leurs montures tiendraient à ce rythme et pourraient poursuivre la course d'esquive à laquelle ils étaient constamment contraints, en sachant que la plus infime erreur leur serait fatale. Surandir sentit des pointes dures effleurer sa jambe, y imprimant des éraflures sanguinolentes. Aïwana évita au dernier instant de laisser un bras dans une mâchoire qui se referma avec un claquement sonore. Étant le dernier, Farkhar avait la consolation de tout voir et de se dire que, s'il arrivait quelque malheur à ses compagnons,

il aurait une chance, même minime, d'intervenir.

Lorsqu'une nouvelle branche lui barra le passage, il abaissa sa hache avec tant de virulence qu'il crut un instant que la douleur consécutive au choc allait lui paralyser le bras. Il constata avec bonheur que le coup, à défaut de trancher le bois, l'avait suffisamment entamé pour qu'il puisse se soustraire à l'attaque.

Réitérant avec succès la manœuvre, il vit que ses compagnons, ayant eu la même idée que lui, se protégeaient de leurs boucliers et usaient de leurs glaives, toutefois moins efficaces que son arme.

Soudain, une lueur d'espoir se profila. La clarté qui perçait à travers la végétation devant eux leur fit espérer qu'ils atteignaient l'orée de la forêt et le vallon la séparant de celle des Iazliks.

Mais leurs attentes eurent tôt fait de s'effondrer à mesure qu'ils voyaient la lumière s'assombrir ; ils freinèrent brutalement leurs destriers, plongés dans un état de stupéfaction désespérée par ce qu'ils découvrirent en atteignant la lisière.

Ou, du moins, ce qui en était encore une il y a peu.

Car, de leur position dominante, ils voyaient le vallon se couvrir progressivement de nouveaux arbres qui proliféraient à une vitesse vertigineuse en direction de l'autre forêt. Partout commençaient à s'ouvrir de redoutables mâchoires et des griffes aiguisées apparaissaient à l'extrémité des branches : leur ôtant toute chance de fuite, le phénomène auquel ils étaient confrontés relevait de la monstruosité la plus pure. S'ajoutant à cette vision cauchemardesque, les clameurs qu'ils avaient cru laisser derrière eux gagnaient ce qui avait été une plaine. Le message dont elles les assaillaient de toutes parts était sans équivoque : ils étaient prisonniers d'un monde dont ils ne sortiraient plus.

« Cette fois, nous sommes perdus ! » souffla Aïwana d'une voix rauque, altérée par l'épuisement, en étouffant un sanglot de rage.

Ô peuples endormis !
Des songes de jadis fruits amers et fugaces !
Levez-vous à présent et d'une insigne audace
Enflammez les ardeurs contre l'ost ennemi !

LIVRE DES CÉLESTES
Chant III, vers 1737-1740

48

Étrangement, les Hurleurs semblèrent marquer une pause, clamant leur triomphe.

Les trois amis respirèrent profondément, conscients du fait que l'accalmie serait vraisemblablement de courte durée.

Rompant avec la frénésie de leur course à travers le sous-bois, le temps commença de s'écouler avec une effrayante lenteur.

Mais ils n'étaient pas dupes.

Ils savaient que c'était la pire façon, pour les Hurleurs, de refermer sur eux le piège. Elle le rendait plus inexorable que jamais et pouvait accroître leur nervosité au point de leur faire perdre toute maîtrise d'eux-mêmes : dans une situation qui ne leur laissait déjà guère d'échappatoire, leur perte serait alors définitivement consommée.

Les faciès humanoïdes modelés dans les troncs, moins expressifs, n'en étaient que plus menaçants. Le balancement des branches avait perdu de son amplitude, dans le but de mieux ajuster l'attaque. Les voix s'étaient éteintes lentement, pour se réduire à un fond sonore uniforme et ténu, sous-tendu par une haine latente.

Dans ce climat crispé à l'extrême, les coups d'œil qu'Aïwana, Surandir et Farkhar lançaient furtivement de tous côtés ne leur laissaient entrevoir qu'une forêt dans l'attente de ses proies.

En dépit des apparences, les créatures qu'ils affrontaient étaient bien plus animales que végétales.

Instinctivement, ils s'étaient disposés en étoile, leurs destriers naseaux contre naseaux. Quoique désespérée, leur expression montrait qu'aucun d'eux ne pouvait se résigner à la défaite.

« Plus que jamais, je me sens inutile, dit doucement Aïwana.

— Pourquoi ? demanda Farkhar.

— Tu tiens vraiment à ce que je te réponde ? »

Les regards des deux hommes se croisèrent. Oui, ils savaient pourquoi la jeune fille se sentait coupable de ne pouvoir faire quoi que ce fût en cet instant, elle qui avait été capable de faire s'envoler Farkhar de sa cellule pour le conduire indemne jusqu'à la caverne de son père. Ce qu'elle ne pouvait deviner, c'est qu'aucun d'eux n'avait eu la moindre pensée dans ce sens. Le chevalier au port noble et princier et le nain contrefait partageaient trop le même sens des réalités, de la loyauté, de la dignité. Et du respect d'autrui. D'une façon absolue. Ils étaient l'un comme l'autre incapables de sombrer dans si vil travers.

Les plaintes des Hurleurs n'étaient plus à présent qu'un lointain bourdonnement, mais son omniprésence le rendait plus oppressant encore que lorsqu'elles les assourdissaient.

Puis leur intensité se remit à monter lentement.

« J'ai le sentiment qu'il va falloir..., commença Farkhar

— Tais-toi ! » lui intima le nain avec une autorité désarmante, qu'il appuya de sa main brandie, quoiqu'il eût parlé avec douceur.

Surpris, le jeune homme resta coi, se contentant de lancer un regard interrogateur vers Aïwana. La mimique qu'elle lui renvoya montra qu'elle était autant prise au dépourvu que lui.

« Vous n'entendez donc pas ? » chuchota le nain.

Ils tendirent l'oreille.

En effet. Ce n'étaient plus les plaintes des Hurleurs qui recommençaient à occuper l'espace. Si l'on n'y prêtait pas attention, cela pouvait passer pour le même son, dont l'apparente unicité renfermait une multitude de voix. Mais contrairement au vacarme confus, désordonné, produit par les créatures de Silfadred, cette fois elles étaient à l'unisson. Comme un chœur innombrable entamant un très lent crescendo. Il devint bientôt clair qu'après s'être mêlée intimement au brouhaha produit depuis quelques moments par les Hurleurs, cette nouvelle modulation en émergeait, comme le roulement lointain d'un raz-de-marée sur le point de s'exonder à l'horizon.

Les trois amis levèrent en même temps le visage vers le ciel, parcourant en vain l'azur immaculé, presque déçus de n'y point déceler le moindre signe précurseur de quelque cataclysme naturel : cela leur eût au moins fourni une explication.

« Ne cherchez pas, dit Surandir. Ça vient de par là. »

Il pointa le doigt en direction de la forêt de Hurleurs qui venaient de jaillir de la prairie, en face de lui. Farkhar et Aïwana firent tourner lentement leurs chevaux sur eux-mêmes. En fait, cela venait de bien au-delà. Comme pour leur en apporter une confirmation, tous trois constatèrent qu'un changement s'était produit chez leurs agresseurs. Les troncs s'étaient figés, les branches, immobilisées. Il leur sembla tout à coup que l'attente était partagée. Cela eut pour effet d'atténuer légèrement leur angoisse : ce qui se produisait inquiétait manifestement leurs adversaires tout ce qui pourrait menacer ceux-ci augmenterait leurs propres chances de salut, réduites à néant depuis quelques instants.

Le son s'amplifiait maintenant de façon très nette. C'était celui d'une houle puissante, massive. Les fugitifs virent les derniers arbres qui avaient poussé, de l'autre côté du val, se mettre à frémir, puis le frisson qui les agitait gagner lentement la position dominante sur laquelle ils se trouvaient. Comme si la forêt de Hurleurs était parcourue par une onde qui déferlait depuis celle des Iazliks. Ils la voyaient venir vers eux, et la perçurent enfin distinctement, aussi loin que leurs regards portaient entre les arbres, lorsqu'une infime vibration se mit à brouiller l'air du sous-bois. L'inquiétude les gagna quand ils réalisèrent que le tremblement se rapprochait d'eux, étroitement associé aux voix, de plus en plus intense, et que l'ensemble allait bientôt les envelopper.

« Que se passe-t-il donc ? Regardez cela ! » articula Farkhar d'une voix brisée.

À mesure que le phénomène submergeait la forêt, les feuilles s'asséchaient puis tombaient par myriades, les branches craquaient sèchement avant de se détacher pour choir sur la terre et s'y briser dans un crépitement sec ; les troncs prenaient une teinte verdâtre, puis sombre comme de la cendre ; ils revêtaient un aspect poussiéreux, laissant parfois s'échapper de leur masse des volutes légères, sous le jeu de la trépidation qui agitait l'atmosphère.

Quand cela les atteignit, ils eurent l'impression que devant eux s'étendait désormais une forêt morte. à leur grande surprise, cela passa sur eux, autour d'eux, sans qu'ils en ressentissent aucune incidence. Faisant lentement tourner leurs montures sur elles-mêmes, ils suivirent des yeux le prodige. Et quand ils se retrouvèrent face aux bois qu'ils venaient de traverser, la végétation s'était métamorphosée. Bon nombre d'arbres avaient subi le même sort que ceux qui s'étaient dressés dans le val pour leur couper la fuite, ne laissant subsister qu'une forêt vivace, relativement clairsemée, exempte de toute menace : l'ensemble offrait le spectacle d'une nature partagée entre la luxuriance et la mort.

Peu à peu, le calme revint. Étrange, empli d'une paix surnaturelle, tant il était profond. La nature se mit à renaître, foisonnante de sons dont la gamme était infinie.

Le murmure d'un vent lugubre, derrière eux, les fit se retourner à nouveau vers le vallon : c'est alors que débuta sous leurs yeux un spectacle stupéfiant.

Ils virent son souffle se propager vers eux, noyant l'ambiance des chants d'oiseaux qui contrastait de façon saisissante avec le spectacle de dévastation étalé sous leurs yeux. Les troncs, que le fléau avait laissés complètement dépouillés, se mirent à s'effriter, telles des effigies de cendres. Un nuage grisâtre commença d'envahir les lieux, s'épaississant à mesure que le phénomène prenait de l'ampleur, privant peu à peu les trois amis de toute perspective. Ils eurent bientôt le sentiment d'être perdus, aveugles, au sein d'un univers de poussière terne et suffocant qui ne laissait plus filtrer qu'une lumière blafarde. C'était à peine s'ils pouvaient se voir. Pour se protéger, ils mirent leur main devant leurs narines et leur bouche, et attendirent longuement ce qui allait se passer.

Puis ils sentirent une brise légère caresser leurs visages et eurent l'impression que l'air regagnait lentement en limpidité. Là où s'étaient dressés des troncs feuillus et carnivores, ils virent se dégager lentement du voile de cendres des silhouettes humaines étrangement immobiles, dont les visages étaient tournés vers eux. Où que portent leurs regards, c'était la même vision.

Un peuple de guerriers était assemblé, posant sur eux des yeux dont les iris verts ne se distinguaient, d'un individu à l'autre, que par la nuance de la couleur. Impassible. Bienveillant. Car, en dépit de leurs armes et des adoubements, il ne vint pas un instant à l'esprit de Farkhar, de Surandir et d'Aïwana que ces hommes représentaient pour eux le moindre danger.

Les nouveaux venus occupaient le vallon, et tout laissait penser qu'il s'en trouvait également beaucoup dans la forêt, de l'autre côté de celui-ci, comme dans celle qu'ils venaient de traverser au péril de leur vie et à laquelle ils tournaient à présent le dos.

Poussé par le pressant désir de rompre un silence dont la persistance surnaturelle finissait malgré tout par le mettre mal à l'aise, Farkhar tenta d'ironiser en chuchotant à l'intention de la jeune fille :

« Toi qui es si bien informée, tu dois savoir qui ils sont ? »

À sa grande surprise, la réponse vint aussitôt :

« Les Iazliks...

— J'aurais dû m'en douter ! ironisa-t-il. Mais encore ? »

Aïwana posa sur lui un regard d'une rare intensité, dans lequel le sien se noya pour y découvrir un monde inconnu d'êtres aux formes changeantes, tantôt fleurs, tantôt fruits, tantôt tiges, tantôt branches, tantôt herbe. La voix de la jeune fille s'éleva, dont la douceur enveloppa sa vision en créant dans son esprit un sentiment d'harmonie totale.

« Sous le règne d'Ischeltroëm, ils étaient les divinités de la forêt et du monde végétal en général, habitant chaque plante, chaque arbre. »

La voix de Theinabrÿn traversa un instant les pensées de Farkhar, le ramenant dans la grotte en couvrant celle d'Aïwana : *Il n'était point un domaine de la nature, pas un brin d'herbe, pas une fleur, pas une rivière que n'habitât quelque merveilleux génie, lui donnant toute son exubérance.*

« Nul ne savait ce qu'ils étaient devenus, depuis que Silfadred avait étendu sur le monde sa désolation. Selon mon père, ils n'étaient point disparus, mais simplement en sommeil, attendant que l'imaginaire des hommes, dans lesquels ils puisaient leur vitalité, les éveille de leur torpeur.

— S'ils sont des divinités, pourquoi ont-ils besoin des rêves humains pour exister pleinement ?

— Mon père t'a déjà répondu » dit-elle.

Sa voix contenait un reproche, comme celle d'un maître appelant son élève à davantage d'attention.

« Ici bas, tout n'est qu'équilibre. Ce n'est que par une sublime osmose que chaque être vit et prospère. »

Farkhar s'arracha au tableau qu'il percevait dans les yeux de la jeune fille, tandis que lui revenaient en mémoire les derniers mots de Theinabrÿn avant leur brutale séparation : *Il est bien d'autres secrets que j'aurais aimé te révéler sur le monde d'Ischeltroëm. Sur ce qui en a survécu sous des formes que même notre ennemi ne soupçonne pas, anodines les unes quant à leur apparence, les autres terrées là où l'on ne voit que le vide, et qui ne demandent qu'à se dévoiler.* Il hocha lentement la tête, toujours perplexe.

« Mais je croyais, dit-il, que sans les Célestes, l'imaginaire des hommes ne pouvaient se répandre à nouveau. Or les Célestes sont toujours prisonnières...

— Certes. Malgré cela, n'es-tu pas doté de dons interdits au commun des mortels ? Ta seule venue dans ce monde a fait surgir l'espoir, sur lequel ce qui veut exister peut s'appuyer pour amorcer son retour. Sois cependant sans illusion : si tu échoues dans ta mission finale, ce qui revient lentement à la vie sera éphémère. »

Les trois amis sentirent soudain un flottement parcourir les Iazliks qui commencèrent à s'écarter au loin, ouvrant un passage. Ils virent le couloir se creuser progressivement vers eux : trois êtres, qu'ils distinguaient mal, avaient débouché de la forêt, en face, pour s'y engager avec lenteur. Puis ils disparurent de leurs regards, occultés par la foule des Iazliks massée sur la pente descendant vers le creux du val. Enfin, les premiers rangs s'écartèrent pour laisser apparaître une jeune femme d'une beauté chargée de mystère, qu'encadraient deux animaux d'une telle majesté que les trois compagnons hésitèrent à n'y voir que les chiens qu'ils étaient par ailleurs, de toute évidence.

Insensiblement, l'atmosphère était redevenue diaphane. Les chaudes couleurs d'un crépuscule naissant nimbaient les trois êtres d'une rayonnante splendeur, qui sublimait le flamboiement de Truffe d'Or, le chatoiement ténébreux de Truffe d'Ombre et la lumineuse présence féminine dont ils étaient les gardiens.

« Eïséryne..., dit doucement Aïwana d'une voix respectueuse, toutefois voilée par une sourde hésitation.

— Oui, Aïwana, je suis Eïséryne, à qui la magie de ton père a permis de sortir de l'inconsistante et infinie prison qui était mienne depuis si longtemps, pour retrouver mon peuple. »

Elle se tourna vers Farkhar.

« Bienvenue sur ces terres, prince Farkhar, toi dont l'âme profonde, par ses seules aspirations, a ouvert aux Iazliks les voies de la renaissance. Et bienvenue à toi, Surandir, à qui les siècles ont fait oublier qui tu es, et que je me contenterai d'accueillir en ce jour en allié, et en ami.

— Qu'entends-tu par ces énigmatiques paroles ? demanda le nain.

— Que l'Apparence n'est que le monde de ce qui Est, mais qui ne peut montrer sa vraie nature »

Elle regarda de nouveau le garçon :

« De terribles épreuves t'attendent sur le Chemin des Maléfices, Prince Farkhar, mais sache que d'ici là, nulle créature de ton ennemi ne s'interposera plus sur ta route.

— Comment ton peuple a-t-il fait pour les détruire de semblable façon ? demanda Farkhar, encore habité par les images de ce qui s'était passé sous ses yeux.

— Mon peuple incarne tous les visages de la nature végétale. La nature est la vie, mais aussi la mort, fondements des cycles impitoyables qui nourrissent son perpétuel renouveau. De l'une comme de l'autre, elle détient tous les secrets, ceux qui conduisent à la première comme ceux qui mènent à la seconde.

— Cela ne m'éclaire guère ! »

Eïséryne lui sourit avec malice : sa réponse sibylline n'avait manifestement visé qu'à prolonger le mystère.

— En prenant leur aspect végétal, les Hurleurs s'étaient mis

à la merci d'êtres dotés de notre connaissance et de nos pouvoirs. Le mal que nous avons distillé en eux le temps d'un éclair ne leur laissait aucune chance. »

Farkhar hocha lentement la tête.

« Je n'imaginais pas les pacifiques Iazliks ainsi vêtus, dit Aïwana.

— Quelle place reste-t-il pour la paix, dans ce monde sur lequel règne encore celui qui nous avait condamnés à l'errance ? répliqua Eïséryne, sur un ton péremptoire.

— Dois-je comprendre..., commença Farkhar, incapable de détacher les yeux du regard d'émeraude.

— Oui, le coupa Eïséryne. Les hommes de mon peuple vont aller combattre Silfadred, car c'est l'unique moyen de contribuer à mettre fin à ses méfaits pendant que toi, tu rempliras la mission qui est tienne.

— Le combattre ? s'étonna Surandir. Mais comment ?

— En rejoignant l'armée d'Antrégor dans laquelle ils se fondront, tout comme Silfadred a introduit ses créatures dans celle de Viridius.

— Et dans celle de Sarm'Eïloan ! s'insurgea Surandir.

— Certes, répondit la déité. Mais seulement en petit nombre, pour accomplir des tâches précises et disposer à tout moment de gens qui lui soient entièrement dévoués. C'est pourquoi nous rallierons Antrégor. Car c'est dans l'armée de Viridius que se trouvent nos adversaires.

— Pourquoi entrer dans un combat que seuls les hommes ont voulu ?

— Ce ne sont pas les hommes qui ont voulu cette guerre. Ils y ont été poussés par celui même auquel mon peuple doit des siècles de servitude ! Nous ne pouvons rester étranger à cet affrontement. Notre présence équilibrera la bataille.

— Elle la rendra plus longue et plus mortelle ! » fit remarquer Surandir.

Eïséryne le regarda longuement :

« Le monde d'Ischeltroëm ne renaîtra qu'à deux conditions : que Farkhar rallume le feu sacré et délivre les Célestes, mais aussi que Silfadred n'ait pas détruit tout ce sur quoi peut s'appuyer cette renaissance. Si Sarm'Eïloan et Aak-Sour s'anéantissent mutuellement, ce que fera Farkhar ne servira à rien. Retarder l'issue de la guerre est le seul moyen de donner à Farkhar le temps de triompher, s'il est écrit dans le grand livre du destin qu'il doit y parvenir.

— Les génies de la forêt affronteront donc les hommes, dit Farkhar avec amertume.

— Non, corrigea Eïséryne. Seulement les Hurleurs. Mon peuple et les hommes n'existent que par leur entente : le premier ne saurait s'en prendre aux seconds.

— Il s'exposera pourtant à leurs coups !

— Bien des vies prendront fin dans ce conflit terrible. Nous paierons notre tribut, comme les hommes. »

Le soleil, maintenant proche de l'horizon, parait la scène de lueurs ambrées, s'alliant à l'immobilité silencieuse des Iazliks pour lui donner un caractère complètement irréel qui envoûtait Farkhar.

« Mais..., dit-il, comme traversé par une pensée subite, n'êtes-vous pas d'essence divine, et donc immortels ?

— Nous l'étions. Nous n'avons survécu qu'au prix d'une partie de ce don. Nous ne sommes pas mortels comme les hommes, en ceci que nous ne pouvons mourir de vieillesse. Mais l'on peut nous ôter la vie. En quelque sorte, une part d'entre nous est devenue proprement humaine.

— Veux-tu dire par là *inférieure ?*

— Ce n'est pas en de tels termes que peut se dépeindre le monde d'Ischeltroëm. Ils sont trop emblématiques de celui voulu par Silfadred.

— Qu'en sera-t-il de ceux qui perdront la vie dans ce combat ? Disparaîtront-ils à jamais ?

— En rouvrant les portes de l'imaginaire aux esprits des hommes, tu permettras peu à peu leur retour, car tu rendras pleinement à ceux qui la détiennent leur essence divine, avec tout ce qu'elle implique de complicité et d'intimité avec les humains. »

Une fois de plus, les paroles qu'il avait échangées avec Theinabrÿn remontèrent dans la mémoire de Farkhar :

Sont-ce les divinités qui créent l'ordre naturel ou... l'inverse ?

— Les deux, Farkhar ! Les deux... C'est une interaction constante. S'ils n'avaient été créés tels qu'ils sont, les hommes et l'ensemble de la

nature n'eussent point existé ; mais sans la puissance créatrice de toute chose, dont l'imaginaire des hommes est l'une des plus fécondes manifestations, car elle est sans limites, l'univers ne peut détenir l'infinie richesse qui était la sienne sous le règne d'Ischeltroëm.

Il parut réfléchir un instant.

« Longue est la route pour atteindre Sarm'Eïloan. Y parviendront-ils à temps, avant que Viridius ait investi la place ?

— Mon peuple n'a que faire des chemins qui sillonnent la surface de la terre. Son complice est le vent. C'est grâce à lui que nous avons détruit les Hurleurs : il nous emporte et nous sème, nous dépose partout, à son gré comme au nôtre. Grâce à la brise du soir, nos guerriers seront dans Sarm'Eïloan avant la nuit. »

Elle se détourna des trois cavaliers qui se regardèrent, curieux de voir ce qui allait se passer. Les Iazliks avaient les yeux fixés sur leur reine, comme s'ils n'attendaient que son signal.

Elle leva un bras, et le vent qui parcourut soudain le vallon avec douceur fit onduler sa robe et sa longue chevelure que le soleil couchant faisait chatoyer de fleurs aux pétales frémissants.

Insensiblement, les Iazliks devinrent d'évanescents fantômes qu'orangeaient les rayons de l'astre, s'effilochant et s'étirant, avant de s'estomper progressivement, comme absorbés par l'air.

Il n'y eut plus bientôt que la prairie, devant laquelle se dressaient les silhouettes nimbées d'or d'Eïséryne et de ses gardiens, qui n'avaient, quant à eux, pas quitté des yeux les trois cavaliers.

Instinctivement, Aïwana, Surandir et Farkhar tournèrent la tête de tout côté pour vérifier ce qu'ils savaient déjà : comme le vallon à présent, la sylve était vide, quoique palpitante d'une vie invisible.

Quand ils posèrent à nouveau les yeux sur Eïséryne, celle-ci leur faisait face. Elle scrutait la jeune fille dont les traits s'étaient assombris.

« Quel est le chagrin qui te ronge ? lui demanda la reine des Iazliks. Ne sais-tu point qu'il n'est de peine à laquelle n'existe aucun remède ?

— Las ! Eïséryne, répondit tristement Aïwana. Nul ne pourra me rendre ce dont j'ai été spoliée, et sans lequel la mission de Farkhar est bien compromise. »

Les yeux d'émeraude balayèrent lentement son corps avant de se fixer dans les siens, comme s'ils sondaient son âme. Surandir et Farkhar n'osaient regarder leur compagne, ne connaissant que trop les affres qu'elle endurait intérieurement depuis que Silfadred l'avait privée de ses pouvoirs.

De façon aussi inattendue qu'inexplicable, le visage d'Eïséryne afficha un sourire.

« Silfadred est-il donc à ce point ignorant ? ironisa-t-elle. À moins qu'il ne soit si sûr de lui qu'il néglige le rôle des impondérables dans la destinée de chacun. »

Les trois compagnons échangèrent une œillade incrédule.

« Sur la route qui mène au Chemin des Maléfices, reprit-elle, il est un peuple qui détient le moyen de te rendre tes pouvoirs, Aïwana. Je vais vous conduire jusqu'à lui, en espérant qu'il se manifestera.

— Quel est ce peuple ?

— Le Peuple Gardien, que Silfadred créa jadis, pour défendre l'accès au Chemin des Maléfices.

— Encore des créatures de ce monstre ! s'exclama Aïwana. Comment pourraient-elles être nos alliées ?

— N'ai-je pas dit tout à l'heure que nul ne se dresserait sur votre passage jusqu'au Chemin des Maléfices ? Créatures de Silfadred, elles ne le furent qu'un temps. Suivez-moi, à présent.

— Pourquoi faudrait-il qu'il veuille se manifester ? demanda Farkhar. Ne le rencontrerons-nous pas obligatoirement quand nous traverserons ses terres ? »

Mais Eïséryne ignora la question – à moins qu'elle ne fût pas disposée à répondre.

— Ce soir, dit-elle, après avoir repris des forces qui vous seront bien nécessaires, vous vous reposerez dans mon royaume en jouissant de sa paix. Et je vous parlerai du Peuple Gardien. »

Ils auraient aimé qu'elle les éclairât dès à présent sur ce dernier. Mais, pour bien montrer qu'elle n'avait pas l'intention d'aller plus avant dans ses révélations, elle se retourna lentement et commença de se diriger vers le creux du vallon, en leur donnant l'impression de flotter dans l'air chaudement mordoré par le crépuscule finissant.

Aïwana, Farkhar et Surandir descendirent de leurs destriers, et la suivirent en les tenant par la bride. Truffe d'Or et Truffe d'Ombre les attendirent avec un regard chargé de bienveillance, et s'écartèrent pour les escorter, ce qui était leur façon de les accueillir dans l'univers de leur maîtresse. À mesure que les trois amis avançaient, ils avaient le sentiment de devenir eux-mêmes légers, et de progresser à une allure de plus en plus rapide : c'était pourtant bien sur leurs jambes qu'ils marchaient. Bientôt, ils atteignirent la forêt des Iazliks. Suivant la silhouette d'Eïséryne nimbée par une clarté lunaire, ils s'enfoncèrent dans la pénombre du sous-bois qu'elle repoussait en éclairant leur chemin.

* * *

Spartan leva des yeux inquiets vers le ciel. Un vent venu du sud-est avait balayé durant quelques instants Sarm'Eïloan. Puis il avait tourné, venait à présent de l'ouest et se renforçait. Dans ce cas, il n'était pas rare qu'il apportât la pluie. Il se mettait à faire lourd. À l'occident, l'horizon derrière lequel disparaissait lentement le soleil se brouillait. Cela non plus n'était pas bon signe.

Il préférait les soirs où la lumière déclinait avec netteté, faisant virer progressivement ses teintes parfois violentes vers des tons pastel, dans la complexité desquels le jour cédait insensiblement place à la nuit.

Des torches s'allumaient un peu partout. La tour sur laquelle il se trouvait était presque achevée. Le parapet de bois qui bordait son étage supérieur s'élevait jusqu'à hauteur de menton ; à peine au-dessus, son toit en pente incliné vers la plaine évacuerait tout ce qui pourrait tomber dessus vers l'extérieur de la palissade.

L'interstice qui les séparait était à peine aussi haut que sa tête, garantissant la meilleure protection pour les défenseurs. Il faudrait simplement veiller à ne pas placer là des hommes trop grands. Pour de plus petits, la solution avait été prévue en ménageant des ouvertures dans le rempart lui-même. De toute façon, en dehors des guetteurs, cette position serait exclusivement réservée à des archers.

L'avancée de ces tours par rapport à la fortification offrait un excellent angle de tir, prenant légèrement à revers les premiers rangs de tout assaut massif : cela permettrait de les désorganiser et d'affaiblir leur élan, en les contraignant à se protéger de plusieurs côtés à la fois et en les empêchant, du même coup, de se concentrer uniquement sur ce qu'ils devraient combattre de façon frontale.

Antrégor était venu le trouver dans l'après-midi. Il avait apprécié le travail ainsi réalisé. Les quelques mots qu'ils avaient échangés avaient confirmé à Spartan son impression de la matinée sur la nouvelle détermination du souverain.

Il lui sembla que les dernières lueurs du crépuscule s'estompaient plus rapidement qu'elles ne devaient. Il regarda de nouveau vers l'occident et comprit aussitôt : une frange de lourds nuages avait commencé à surgir de l'horizon, grignotant ce qui restait visible du disque solaire. Ils avaient l'air de progresser rapidement. Nul doute que la pluie serait bientôt là.

Il espérait qu'elle ne durerait pas longtemps. La terre était très sèche. À condition qu'elle ne tombe pas trop dru au début, l'eau serait bien absorbée. Mais l'incessant piétinement dont le périmètre de la palissade avait souffert ces derniers jours avait totalement ravagé l'herbe et tassé le sol : si les intempéries persistaient, les lieux seraient transformés par endroits en bourbier.

Tout à coup, un détail attira l'attention de Spartan. C'était étrange, ce souffle qui n'avait apporté du sud-est que quelques bourrasques pour aussitôt s'apaiser. Il n'avait jamais vu cela. Mais il est vrai : tant de choses curieuses se produisaient à Sarm'Eïloan depuis quelque temps ! Celle-là n'était pas la plus inquiétante. En quoi l'était-elle seulement, d'ailleurs ? Pourtant, cela restait à ses yeux d'autant plus inexplicable que ces jours-ci, le vent était chaque fois venu de l'ouest.

Toujours plus nombreux, des feux parsemaient à présent le terrain à l'intérieur de l'enceinte. Ils s'accompagnaient chaque fois d'un halo de lumière qui allait s'atténuant dans la nuit : à mesure qu'on s'éloignait de lui, les silhouettes qui s'agglutinaient sur son pourtour se fondaient dans une noirceur de plus en plus totale.

En les contemplant, Spartan s'étonna. De rêveur, son regard devint aigu. Il était persuadé qu'ils étaient beaucoup moins nombreux la veille au soir. Il lui avait pourtant semblé que le flot des réfugiés s'était un peu ralenti durant les heures précédentes. Ce n'était pas cohérent.

Mais il n'avait pas d'explication. Seulement une hypothèse, car il est des plus naturel de chercher à toute chose une raison : très absorbé par l'édification de la tour et quelques autres tâches relatives à l'établissement des défenses, il n'avait guère consacré de temps à ce qui se passait alentour. La zone fortifiée était extrêmement vaste, et il était loin de pouvoir l'observer dans son ensemble à tout instant. De nombreux accès existaient encore, pour que les nouveaux arrivants puissent pénétrer sans encombre sur son aire : tout était prêt pour les fermer solidement quand l'ennemi se présenterait. Sans doute n'avait-il pas été attentif à tous les mouvements qui s'étaient produits ce jour-là. Et puis, pouvait-il se fier vraiment à ce qui n'était, somme toute, qu'une intuition ?

Il leva une nouvelle fois le regard vers le ciel, pensif. La nuit était en passe de se refermer sur la citadelle. *Se refermer* était bien le mot juste, puisque, d'un côté, l'obscurité naturelle envahissait le firmament, et, de l'autre, venant à sa rencontre, la voûte de nuages dévorait ses ultimes lueurs.

Spartan entreprit de descendre posément l'escalier de bois, si neuf et si bien ajusté qu'il craquait à peine. Le vent s'amplifiait toujours. Il monta sur son cheval qui l'attendait, attaché à l'un des montants de la tour. Et partit au trot vers la citadelle. Traversant les campements et les tentes, il fit le tour de la colline qu'elle dominait, puis commença de gravir lentement la pente qui menait à celle-ci. Partout un brouhaha s'élevait, empli d'éclats de voix, témoignant de la multitude assemblée à l'intérieur de l'enceinte.

Oui, se dit-il, cette fois plus convaincu que jamais, *ils sont très nombreux... Vraiment très, très nombreux !*

Et, jetant un dernier regard vers le ciel, il se prit à espérer que les mâchoires de ténèbres qui s'étaient resserrées au-dessus de Sarm'Eïloan n'en préfiguraient pas d'autres plus terribles.

Il franchissait la porte monumentale quand il sentit sur son visage la première goutte de pluie. Tournant le dos à l'occident, il ne vit pas l'éclair lointain qui illumina brièvement les nuages. C'était sans doute mieux ainsi. Car il aurait certainement lu dans cette accumulation de présages les signes annonciateurs d'un ouragan se déchaînant depuis Aak-Sour pour broyer la cité de ses pères.

* * *

Spartan n'était pas le seul à avoir remarqué le vent venant du sud-est.

Depuis une terrasse de la citadelle, Silfadred dardait son regard d'acier dans cette direction. Sa puissante silhouette se découpait sur les fulgurations qui éclairaient par instants la voûte nuageuse, en l'animant d'une vie mystérieuse que leur sporadique violence rendait menaçante.

Faisant fi de la pluie qui tombait de plus en plus dru, il ne pouvait détacher les yeux de l'horizon dessiné par les éclairs d'où était venu ce souffle intempestif. L'attitude d'Antrégor était déjà pour lui un motif suffisant d'inquiétude. à défaut d'en avoir la totale maîtrise, du moins pouvait-il avoir l'œil sur ce dernier.

Mais là-bas, dans ce secteur où il avait chargé ses Hurleurs de mettre une fin définitive à la fuite de Farkhar, que s'était-il passé ? Cette brise n'avait pas été naturelle. Trop passagère. Trop douce. Trop inhabituelle...

Il tourna lentement sur lui-même, balayant du regard le périmètre de l'enceinte. Et l'évidence s'imposa à son cerveau, dévastatrice comme les forces qui se déchaînaient dans le ciel, envahissant l'espace au-dessus de Sarm'Eïloan qu'elles éclairaient parfois aussi vivement que la lumière du jour.

L'intérieur de la palissade était rempli de monde. Certes, on pouvait encore largement y circuler. Mais jamais le flot des réfugiés n'aurait dû y accumuler autant de gens. C'était impossible. À la fin de l'après-midi, ils étaient loin d'être aussi nombreux : de cela, il était absolument certain.

Oui, que se passait-il dans cette région du royaume où Theinabrÿn avait déjà trouvé refuge à son insu, où ses plans étaient si terriblement mis en échec depuis quelque temps, et où, malgré tous ses efforts, son adversaire progressait irrémédiablement ?

Au-delà se trouvaient les territoires qui menaient au Lac. Il savait que si Farkhar y pénétrait, il ne pourrait plus compter que sur les sortilèges dans lesquels il avait emprisonné les Célestes pour venir à bout de lui. Il était parfaitement conscient du fait que Farkhar n'était pas un humain comme les autres, et qu'on ne met pas impunément la mainmise sur le domaine d'un dieu.

Jadis, il avait triomphé parce que la surprise et l'appui de Thanatros le lui avaient permis.

Mais qu'en était-il aujourd'hui, alors que son père avait maintes fois manifesté une certaine lassitude devant ses faiblesses. Que ne pouvait-il se rendre lui-même sur place ! Mais parcourir à nouveau les environs du regard le convainquit qu'il avait déjà fort à faire ici. Son visage se tourna vers l'occident, d'où le vent chargé d'éclairs soufflait par rafales, poussant les nuages à une vitesse démente, hurlant dans les embrasures des remparts, figeant sans cesse la majesté de la citadelle dans des étincellements glacés, emportant des tentes.

L'ost de Viridius devait maintenant être proche. Quand serait-elle là ? Dans deux jours ? Trois, tout au plus. Il avait hâte de voir les premiers rangs hérisser les lignes paisibles que les collines dessinaient à l'ouest, le jour, sur le ciel. Il imaginait leur vague les submerger lentement, pour se répandre tout autour de Sarm'Eïloan. Oubliant la nuit, il voyait la plaine et les hauteurs se couvrir de pavillons multicolores hérissées de fanions, les abords des fortifications parcourus par des escadrons de chevaliers et occupés par des formations de fantassins au milieu desquelles les engins de siège se dresseraient, menaçants. Il anticipait la terreur qui se lirait sur les visages en voyant le piège se refermer. Cette vision guerrière s'animait au rythme du tonnerre, dont le fracas martelait son esprit comme l'aurait fait une armée de tambours.

Son visage ruisselant de pluie brillait d'exaltation sous la lueur des éclairs, quand ses traits s'assombrirent soudain.

Une ombre planait sur ce tableau. Paradoxalement, elle émanait des centaines de feux allumés dans l'enceinte, dont le flamboiement, affolé par les bourrasques, s'entêtait à braver le déluge comme pour étaler sous ses yeux la capacité de résistance nouvelle dont le soir avait doté Sarm'Eïloan. Car la pensée qui montait en lui lacérait à présent son cerveau aussi douloureusement que des serres qui auraient déchiré ses chairs. Ce que le vent du sud-est avait apporté était bien plus menaçant que le déferlement de l'orage. D'autant plus qu'il en ignorait la vraie nature. Cette nouvelle certitude s'était imposée à lui à mesure que le temps passait.

Il fallait qu'il sache.

Alors, dans le crépitement de lumière engendré par la foudre, sa silhouette sombre exhala une ombre puissante qui, en prenant consistance, déploya ses ailes et s'envola majestueusement en parcourant les terres de son regard acéré.

Il allait savoir…

Univers hors du temps, d'un monde insoupçonné
Aux âmes égarées que la magie exile
Le temps d'un doux repos offre l'insigne asile !

LIVRE DES CÉLESTES
Chant III, vers 1857-1859

49

Au sortir de la forêt des Iazliks, le pâle halo nimbant la silhouette d'Eïséryne se fondit dans le clair de lune qui baignait le paysage.

Surandir et Farkhar ne reconnaissaient que trop celui-ci : la pente herbeuse menant au coude de la rivière dont ils avaient suivi le cours à la recherche d'Aïwana, et, face à eux, la falaise au pied de laquelle dormait le petit lac hérissé de plantes et d'arbres : c'était à une branche de l'un d'eux qu'ils avaient découvert, accrochée, la cape de la jeune fille, et, tout près, le cadavre de son cheval. Sans doute le squelette de celui-ci gisait-il à présent, disloqué, recouvert par l'eau. Ils n'avaient guère envie d'aller vérifier ce détail. Les deux hommes se regardèrent, l'air sombre, tandis que leur revenaient en mémoire les moments d'angoisse qu'ils avaient alors partagés.

Il fut moins évident pour la jeune fille de se repérer : elle n'avait qu'entraperçu l'endroit depuis le ciel, avant que les serres d'Ugroth se referment sur elle pour l'emmener vers son tortionnaire. Mais le brusque souvenir de sa monture s'écrasant dans le lac en formation provoqua dans son esprit un choc qui eut tôt fait de la ramener à ce qu'elle avait vécu ce jour-là.

La chute d'eau qui l'avait entraînée avait cessé de couler.

Même si revoir ces lieux la ramenait à sa terrible et fatale confrontation avec Silfadred, elle sentait un secret espoir l'envahir depuis leur entrée dans la forêt des Iazliks, à la suite des dernières paroles que lui avait adressées la reine. À présent, elle attendait impatiemment les explications d'Eïséryne.

Durant toute la traversée des bois, elle et ses compagnons n'avaient pas échangé un mot. Ils étaient trop attentifs au silence qui les environnait. Il leur avait sans cesse semblé percevoir autour d'eux des mouvements traduisant la présence de nombreux êtres, sans que jamais cela provoquât chez eux la moindre inquiétude. Ils s'étaient délicieusement abandonnés à l'impression de vélocité aérienne que leur procurait leur déplacement, au sentiment d'être portés par l'atmosphère, libérés des contingences auxquelles les soumettait d'ordinaire le fait de marcher. Ils ne sentaient même pas qu'ils tiraient leurs destriers, allant parfois jusqu'à jeter un œil en arrière afin de s'assurer de leur présence. Pour l'avoir traversée à cheval, Farkhar et Surandir savaient parfaitement qu'ils auraient dû mettre bien plus de temps à parcourir la forêt. Ils avaient été d'autant plus étonnés de parvenir si rapidement à sa sortie que l'obscurité, autour d'eux, les avait empêchés d'estimer la vitesse de leur avance.

En même temps qu'eux, émergèrent des arbres de nombreuses femmes et quelques hommes. Les trois amis comprirent ce qui leur avait causé l'impression d'une certaine agitation autour d'eux. En fait, sous le couvert de l'obscurité, tout le peuple Iazlik les avait escortés jusqu'à leur destination.

Ou du moins, ce qu'il en reste songea Aïwana, en pensant avec amertume à ceux qui étaient partis grossir les forces d'Antrégor, et aux femmes qui évoluaient sous ses yeux. Elle se demanda combien d'entre elles avaient laissé partir ainsi un compagnon.

Quand le monde des hommes chavire, l'univers doit-il donc basculer dans le chaos jusqu'à entraîner à leur suite celui des divinités ? se dit-elle.

Au bord du lac s'élevait une tente, devant laquelle un feu brillait dans la nuit. Sur celui-ci rôtissait un chevreuil. Les trois compagnons s'approchèrent lentement à la suite d'Eïséryne, alléchés par les prémices d'un repas comme ils n'en avaient pas savouré depuis longtemps.

Truffe d'Or et Truffe d'Ombre allèrent directement sous la construction de toile où, suivant leur hôtesse, ils les retrouvèrent couchés de part et d'autre d'une table richement dressée, qui émerveilla Farkhar et ses amis.

« Dire que tout à l'heure, je me voyais déjà broyé par les mâchoires de ces horribles monstres, ricana Surandir.

— Eh oui ! renchérit Farkhar, avec un geste en direction de l'extérieur. C'est à présent ce pauvre animal qui va subir le même sort entre les tiennes ! »

Ils éclatèrent tous trois d'un rire franc que motivait moins la remarque amusée du garçon que le sentiment d'être vraiment hors de danger. Ils ne s'étaient pas attendus à l'ambiance festive qui régnait tout à coup autour d'eux. L'effet de surprise ajoutait à la quiétude dans laquelle leur esprit avait trouvé refuge.

Les yeux de Farkhar croisèrent ceux d'Aïwana et y rencontrèrent une lueur étrange, mélange de candeur et d'amitié, dans lequel il crut lire également comme du désir. Les traits à présent détendus de la magicienne s'alliaient à sa silhouette fluide et à sa démarche presque féline, pour respirer une féminité sauvage dont ses prunelles d'ambre exaltaient le charme. Bien que le souvenir de Gwenaline fût encore vivace dans son esprit, Farkhar ne put contenir un sourire : s'ajoutant à l'éclat furtif qui traversa son regard, celui-ci trahit l'envoûtement dont il était l'objet.

Le manège n'avait pas échappé à Surandir.

Par Ischeltroëm ! pouffa-t-il in petto. *Silfadred l'a peut-être privée de ses pouvoirs de magicienne, mais il lui en a laissé quelques autres qui ne sont pas moins redoutables !*

Farkhar s'était ressaisi.

« Je me demande comment ils ont fait pour organiser pareille réception ! » s'interrogea le garçon à haute voix, mettant fin à une situation qui lui inspirait un sentiment de culpabilité : au fond de lui-même, le caractère irrépressible de l'attirance qu'il venait d'éprouver pour Aïwana, ne fût-ce que le temps d'un sourire, ne lui avait pas échappé.

« Le prince Farkhar s'étonnerait-il plus du pouvoir de déités que de celui de magiciens ? » ironisa Eïséryne, en les invitant d'un geste à prendre place autour de la table.

Pris au dépourvu, le garçon se sentit la cible de tous les regards et, du même coup, un peu vexé.

« Le poète pourrait-il croire que tout cela n'est qu'une sorte de rêve, bien réel pour ceux qui le vivent, et imperceptible pour tout autre ? » ajouta Eïséryne.

Farkhar la fixa, s'attendant à lire sur ses traits quelque moquerie supplémentaire. Mais il n'en fut rien.

Son regard se posa sur son assiette, pour y voir apparaître ce qui ressemblait fort à un pâté chaud entouré d'une croûte, dans lequel des champignons dessinaient des arabesques sombres. Il hésitait encore sur l'attitude à adopter, quand le fumet subtil du plat caressa ses narines.

Bien réel, songea-t-il.

Lorsqu'il releva le visage vers celui d'Eïséryne, ce fut pour y lire cette fois l'expression d'une franche espièglerie.

* * *

Ugroth fendait les ténèbres entretenues par les nuées qui bordaient l'orage. Il l'avait laissé derrière lui. Mais ses sens en alerte percevaient encore, un peu plus distants à chaque coup d'ailes, les furtifs reflets des éclairs sous la voûte de vapeurs tourmentées et le sourd écho du tonnerre qui se propageait à travers elle.

Loin devant, un clair de lune frangeait d'un bleu opalin les derniers nuages.

Ses pupilles dilatées voyaient chaque détail des terres aussi précisément qu'à travers une loupe. Les senteurs montaient jusqu'à lui, le plus infime mouvement attirait son attention.

Dans la forêt qu'il survolait, tout était calme.

Trop calme…

Il aurait dû sentir l'odeur si caractéristique, mélange d'humus, d'écorce et d'haleine fétide, que dégageaient les Hurleurs ; percevoir la vie palpitante, plus humaine que végétale, qui habitait les troncs des arbres dont la frondaison se dressait vers les cieux ; déceler enfin la cruauté sanguinaire qu'exhalaient leurs instincts au repos, tendus dans l'attente de leur proie ou rassasiés de s'en être repus.

Mais il n'y avait rien. Seulement la fadeur d'une forêt ordinaire. Rien, non plus, qui trahît la présence d'humains. Seulement celle d'animaux sans intérêt.

Bientôt il se trouva exposé à la lueur de la lune : elle lui révéla davantage encore le vide qu'il survolait. Ses yeux brillants cherchaient en vain.

Il dépassa un vallon désert, puis une nouvelle forêt, et vit au loin un paysage qu'il reconnut bien : une falaise surplombant un petit lac auprès d'une rivière. C'était là qu'il avait saisi au vol un oiseau pour le porter à son maître.

Son instinct lui dit qu'il s'y trouvait quelque chose d'insolite.

* * *

La conversation allait bon train entre Aïwana, Surandir, Farkhar et Eïséryne, quand Truffe d'Or, jusqu'alors parfaitement tranquille, s'assit, l'air inquiet, levant le museau vers le ciel de la tente. Puis il se dressa, imité par Truffe d'Ombre que son agitation avait tiré d'un sommeil plus apparent que réel. Tous deux allèrent en trottant vers l'entrée du pavillon, et en sortirent précipitamment, aboyant cette fois avec une fureur dont on ne les aurait pas cru capables quelques instants auparavant.

Eïséryne, s'interrompant brusquement, avait levé un regard intrigué. Son attitude fut alors surprenante : elle parut suivre des yeux le vol d'un oiseau. Les trois amis échangèrent des coups d'œil perplexes, jusqu'à ce que la jeune femme les regarde à nouveau, avec un sourire énigmatique.

* * *

Ugroth eut beau tournoyer, élargissant ses cercles en montant ou, au contraire, les concentrant en descendant jusqu'à frôler le sol, un peu plus convaincu à chacun instant de sentir quelque chose dont il ne percevait par ailleurs aucune trace.

Il sut bientôt qu'il n'était pas utile de pousser plus loin. Ceux qu'il cherchait ne pouvaient être allés au-delà de ce point, mais avaient par ailleurs disparu de façon incompréhensible.

Il se résolut alors à retourner vers Sarm'Eïloan, persuadé que son maître ne lirait rien à travers son regard. Il ne pourrait que percevoir cette sensation étrange et paradoxale d'un vide habité par d'imperceptibles présences.

* * *

« Demain, dit Eïséryne, nous vous conduirons au Peuple Gardien. »

Comme ils avaient un peu perdu le fil de leur échange, Farkhar, Surandir et Aïwana ne furent pas mécontents que leur hôtesse en vienne à un autre sujet, d'autant que c'était celui qu'ils avaient le plus envie d'aborder : depuis le début du repas, chacun d'eux s'était mainte fois retenu d'en prendre l'initiative, par égard pour Eïséryne, qui faisait manifestement durer le plaisir, après avoir excité leur curiosité au moment de les entraîner à travers la forêt des Iazliks.

Ils se regardèrent avec soulagement. Farkhar ne put toutefois s'interdire de manifester son agacement devant les atermoiements d'Eïséryne :

« La reine des Iazliks consentira-t-elle cette fois à nous dire ce qu'il en est ? »

Aïwana sourit de l'attitude de Farkhar, si révélatrice de son esprit rebelle, qu'elle appréciait tant en lui. Elle lui était reconnaissante d'avoir osé exprimer ce que tous trois pensaient. Impassible, Eïséryne passa outre à sa pique.

« Lorsque Silfadred descendit du Lac des Maléfices, dans lequel il avait noyé le Feu d'Ischeltroëm, il emprunta le seul chemin qui y conduit, et que jalonnent les sortilèges dans lesquels il a emprisonné les Célestes.

« Parvenu au point de départ de celui-ci, et bien qu'il sût avec certitude qu'aucun mortel n'avait la moindre chance de survivre s'il l'empruntait, il jugea prudent d'interdire son accès en confiant sa garde à un peuple qui vivait un peu plus loin vers Sarm'Eïloan.

— Était-il alors si peu sûr de lui ? demanda Farkhar. Ce n'est guère dans ses façons d'être !

— Il ne savait pas encore jusqu'où s'étendrait son pouvoir sur le monde et craignait sans doute d'avoir négligé quelque imperfection : il était alors plus humble. Ce sont le sentiment de sa suprématie sur toute chose et le constant succès de son action contre les royaumes épargnés par les Nuées qui l'aveuglèrent peu à peu. »

Farkhar acquiesça lentement.

« Pourtant, reprit Eïséryne, quand vous en approcherez, vous constaterez combien l'aspect des terres qui environnent le lac, et à travers lesquelles passe le chemin menant à celui-ci, est en soi terrifiant. Ce qui était jadis une contrée hospitalière, domaine d'un dieu bâtisseur, est à présent un territoire ravagé : sur son sol mort se dressent en maints endroits des cratères qui crachent les entrailles du sol sous leur forme la plus ardente. On pourrait croire qu'en étouffant le feu du dieu, Silfadred l'a contraint à entrer dans la terre où, prisonnier lui aussi, mais mû par sa propre énergie, il n'avait d'autre choix que de ressurgir de celle-ci en mettant à profit ses moindres failles. C'est une contrée tellement exsangue qu'elle échappe à tout contrôle, à toute influence, même à ceux de Silfadred. Il n'y exerce plus aucun pouvoir : seuls ses maléfices y opèrent. »

Farkhar posa sur Aïwana et Surandir un regard lourd. Il cherchait à imaginer le terrible décor dans lequel il allait devoir mener son combat. À sa grande surprise, il eut l'impression que ses deux compagnons ne partageaient pas son étonnement.

« Mon père m'avait parlé d'un peuple habitant ces plaines, dit Aïwana. Ses membres se caractérisaient par leur petite taille. Il les avait appelés les… les Ouloukhs. Lorsqu'il m'en a parlé, il s'est montré très ambigu : il m'a dit qu'ils avaient disparu avec l'arrivée des Nuées, mais que selon lui, ils n'avaient sans doute pas péri. Je n'ai jamais pu obtenir plus de détails ! »

Eïséryne la dévisagea puis sourit.

« Ton père était un homme très sage, Aïwana. Il savait que, s'il disait la vérité, il prenait le risque qu'un jour elle n'éclate et que cela ne mette leur existence en péril pour de bon. Car ce sont bien les Ouloukhs que Silfadred rencontra en revenant du Lac des Maléfices. Des êtres d'une grande bonté – mais comment pouvait-il en être autrement d'un peuple vivant aux abords des terres d'Ischeltroëm ? Et tous dotés de pouvoirs magiques extraordinaires. Cela laisse à penser que le dieu les avait voulus pour surveiller l'accès à son territoire. C'est auprès d'eux que ton père acquit une large partie de sa science, il y a bien longtemps. »

En lisant la surprise sur les traits d'Aïwana, Farkhar fut soulagé de constater qu'il était au moins une chose qu'elle ne savait pas jusqu'à cet instant.

« Mais, s'impatienta Farkhar, n'avez-vous pas dit qu'ils étaient des créatures de Silfadred ? »

La reine des Iazliks posa sur lui des yeux pleins de quiétude, soucieuse d'apaiser son impétuosité.

« Silfadred avait traîtreusement trompé leur vigilance par un de ses subterfuges, en se rendant au Lac. Lorsqu'il les rencontra, à son retour, il leur jeta un sort puissant qui fit d'eux des géants sanguinaires, impitoyables gardiens de l'entrée du Chemin des Maléfices. Cependant, il était un détail que le mage, heureusement, ignorait : les capacités de magiciens des Ouloukhs étaient entretenues par la consommation d'une plante qui poussait sur leurs terres. Un don d'Ischeltroëm, sans nul doute. Comme ils continuèrent de s'en nourrir, avec le temps ils redevinrent eux-mêmes. Mais, craignant le châtiment que leur infligerait Silfadred le jour où il réaliserait ce qui se passait, ils utilisèrent leurs pouvoirs retrouvés pour se réfugier dans l'Insensible...

— Qu'est-ce que l'Insensible ? demanda Farkhar.

— Le monde de ce qui Est, mais qui ne peut être perçu par aucun des sens d'un être vivant, quel qu'il soit, s'il n'y est pas lui-même entré. »

Cette phrase rappela quelque chose au garçon : il mit à profit le silence qui s'était établi entre eux pour fouiller dans ses souvenirs. Une phrase qu'avait prononcée Eïséryne à propos de Surandir, au moment de leur rencontre, lui revint à l'esprit.

« Un peu comme l'Apparence est le monde de ce qui Est, mais qui ne peut montrer sa vraie nature, dit-il.

— Si l'on veut. À cette différence près que l'Apparence, tout le monde la voit. L'Insensible est un monde dont bien peu connaissent l'existence et le moyen d'y accéder. Ton père le détenait, précisa-t-elle à Aïwana. Moi aussi, je le détiens, comme tout Iazlik : c'est pourquoi je vous y ai entraînés à votre insu, de sorte que, quoi qu'il fasse, Silfadred ne pourra vous trouver jusqu'à ce que vous en sortiez.

— Veux-tu dire que cette tente, le feu qui brûle devant elle et tous les êtres qui s'agitent autour de lui ne peuvent être vus par quiconque ? » s'étonna le garçon, bien qu'il ne fût plus à une surprise près.

En guise de réponse, Eïséryne lui sourit, visiblement amusée par la naïveté qu'avait involontairement laissé percer sa voix empreinte d'émerveillement.

« Je suppose toutefois que nous devrons bien sortir à un moment de ce monde, avança Surandir.

— Il sera trop tard pour Silfadred : vous aurez atteint l'entrée du Chemin des Maléfices. Ce sera le début d'un périple effroyable pour vous, mais au cours duquel il sera condamné à ne compter que sur ce qu'il y a semé pour mettre fin à votre entreprise. »

Le visage de Farkhar se rembrunit :

« J'ai cru comprendre qu'il ne prenait pas grand risque ! »

Eïséryne lui adressa un regard qui se voulait réconfortant :

« Certes, car ce que tu devras affronter compte parmi ce qu'il a jamais conçu de plus mortel et de plus terrifiant, du fait que chaque épreuve est imprévisible et, en plus, différente de la précédente : la surmonter ne t'apprendra rien sur la suivante. Mais...

— Mais ?

— Le risque le plus grand que puisse prendre un homme, si puissants soient ses pouvoirs, n'est-il pas de sous-estimer son adversaire ?

— Belle consolation ! » dit Farkhar sur un ton désenchanté.

Le silence retomba. C'est Aïwana qui le rompit d'une voix chargée d'appréhension :

« En quoi le Peuple Gardien peut-il me rendre ce que Silfadred m'a enlevé, Eïséryne ? »

La déité la regarda avec compassion, enchaînant :

« Silfadred n'a pas annihilé tes pouvoirs : il n'a fait que les endormir. Le Peuple Gardien te donnera accès à la plante qui leur permit jadis de recouvrer leur vraie nature : elle te les rendra. »

Aïwana retint un soupir de soulagement au moment où elle allait le laisser échapper :

— Tu t'es dite seulement espérer qu'il se manifesterait. Pourquoi crains-tu que nous puissions ne pas le rencontrer ?

— Le monde de l'Insensible est absolu. Les êtres qui y résident ont le choix de se révéler ou non aux autres. Même à ceux qui s'y sont introduits. Et les Ouloukhs avaient la réputation d'être assez facétieux. »

La lueur optimiste qui avait un instant détendu les traits d'Aïwana s'estompa.

« Ne perds pas confiance, jugea bon d'ajouter Eïséryne. Facétieux, certes, mais aussi bons et avisés. À présent, il serait sage que vous preniez quelque repos. Les jours à venir exigeront beaucoup de vous, et vous avez déjà beaucoup fait. »

Les trois amis réalisèrent tout à coup que, le temps passant, le repas était arrivé à son terme. Le regard d'Eïséryne les enveloppa voluptueusement et, sans avoir le temps de s'interroger sur ce qui leur arrivait, ils sombrèrent dans un univers de verdure, éprouvant combien le monde de l'Insensible était loin d'obéir aux lois de celui qu'ils connaissaient.

* * *

Antrégor s'éveilla à demi d'un sommeil profond. Il entendit un grondement de tonnerre s'atténuer. Celui dont le claquement sec avait brisé le fil de ses pensées endormies. Ses traits étaient détendus : il venait de rêver de Theinabrÿn. Peut-être même s'étaient-ils rencontrés dans son rêve ? Il avait, en tout cas, le souvenir d'avoir conversé avec le magicien. Un échange amical, comme ceux auxquels ils étaient tant accoutumés autrefois.

Son ami lui avait dit que Sarm'Eïloan se préparait bien à la guerre et avait approuvé tout ce qui avait été mis en œuvre pour faire face à l'armée de Viridius. Comment en avait-il connaissance d'ailleurs, puisqu'il n'était pas dans la cité ? Mais il y avait bien longtemps qu'Antrégor savait qu'avec son ancien conseiller, il ne fallait s'étonner de rien.

Que lui avait également dit Theinabrÿn ? Oui, c'était cela : de se méfier de Silfadred.

Le roi sourit. Theinabrÿn n'avait jamais aimé le mage. Comment en était-on venu à cette situation absurde, qui avait conduit à un exil volontaire de son fidèle conseiller ? Antrégor était effrayé par les brumes dans lesquelles sa mémoire avait enfoui les événements de cette période.

Où es-tu à présent, mon vieil ami ? soupira le roi, tandis qu'il se sentait sombrer à nouveau dans une torpeur contre laquelle il n'avait aucune force à opposer. La chute vertigineuse s'accompagna d'une vision de Sarm'Eïloan s'enfonçant dans la nuit. C'était, en fait, celle qu'il avait eue quand, au soir, il était monté sur le donjon et avait parcouru des yeux la citadelle et ses environs. Sous la lueur lointaine des éclairs, il avait été impressionné par la vastitude de la ligne de défense édifiée autour de ce qui, il y a encore peu, n'était qu'un bourg paisible ceint d'une muraille, étalant ses demeures et ses ruelles autour de son château.

C'est à peine s'il eut le temps d'une dernière pensée amère :

Paisible…

Alors qu'il avait l'impression de choir en tourbillonnant dans un gouffre de noirceur qui se serait ouvert sous ses pieds, au centre de sa cité, il lui sembla voir le décor s'embraser autour de lui et eut l'étrange sentiment que ce n'était pas à travers ses yeux, mais à travers ceux de… Gwenaline ! Une réaction d'effroi l'arracha au vide qui l'avalait, pour l'y laisser à nouveau s'y abîmer dans un sentiment de brûlure intense.

Se méfier de Silfadred...

Il flottait à présent lourdement dans l'air, laissant su son passage un sillage de flammes. Jetant un regard derrière lui, il voyait au loin se dessiner Sarm'Eïloan, encerclée par des feux innombrables, immense dans la nuit sillonnée par de violentes lueurs. Et il sentait que quelque chose de terrible allait se produire. Pas pour lui, mais pour un être dont la forme vague s'agitait, loin devant lui.

Dans quel cauchemar était-il entré ?

* * *

Quittant le ciel baigné de lune pour s'enfoncer sous les nuages d'orage de plus en plus épais, la silhouette d'Ugroth se fondit dans les ténèbres. Elle n'en émergeait plus que sporadiquement, révélée, tel un fantôme, par les fulgurances qui déchiraient la voûte nébuleuse.

La pluie glissait sur son plumage. Son vol était pesant. Son regard perçait la nuit, guettant l'instant où un nouvel éclair esquisserait dans le lointain la forme massive sur laquelle son maître devait guetter son retour.

Il était épuisé par ce long voyage au milieu des éléments déchaînés. Moins par le périple et les conditions dans lesquelles il l'avait accompli, d'ailleurs, que par son échec. Incarnation du mage, il n'en possédait ni les visions ni l'intelligence, mais éprouvait ses sentiments immédiats. Ceux qu'il s'apprêtait à lui transmettre étaient écrasants de vanité.

La parfaite copie du rapace dont il avait l'apparence et les dons, poussés à la perfection, se doublait ainsi d'une part d'humain, héritée de son créateur.

Il dut à cette double particularité le fait de percevoir avec une acuité particulière un phénomène qui n'eût jamais dû affecter un animal.

Cela commença par une sorte de dilatation de l'air qu'il fendait avec aisance, se jouant avec une habileté surprenante des vents et des tourbillons engendrés par la tempête : ils le malmenaient de plus en plus violemment à mesure qu'il pénétrait dans celle-ci, et eussent vraisemblablement eu raison, à la longue, de bien des volatiles moins redoutables que lui. Il eut la sensation que s'étiraient les courants impétueux qui menaçaient à tout moment, tantôt de l'entraîner vers le cœur des nuées en proie à la folie ou vers le sol dans une chute irrémédiable, tantôt de le dévier de la façon la plus anarchique de la direction qu'il suivait : dans le bouleversement furieux de la tourmente, l'atmosphère paraissait vouloir créer un espace en son sein pour y laisser la place à quelque entité étrangère à ses flux tumultueux.

Et l'espace s'ouvrit : ce fut comme un vide dans lequel son corps ne trouvait plus aucun appui, et qui concrétisait la pire de ses angoisses. En un instant, il perdit totalement la maîtrise de son vol ; il devint la proie des forces colossales qui se déchaînaient autour de lui, lorsqu'elles se refermèrent sur son corps, incapable de résister à leurs pressions contraires. Désemparé, il se sentit tomber en tourbillonnant, sans jamais parvenir à seulement amorcer un redéploiement de ses ailes dont l'envergure faisait désormais sa faiblesse. Puis il lui sembla que les courants qui le ballottaient en tout sens se concentraient sur lui pour le broyer et qu'une gueule immense dessinée par les nuages fondait sur lui.

Sa dernière vision fut celle des crocs qui se refermaient sur son corps, sa dernière sensation celle de leurs pointes qui s'enfonçaient dans ses chairs et le déchiquetaient. Son cerveau s'était déjà coupé du monde quand ce qui l'avait agressé abandonna ses restes démembrés à la tempête, pour s'évanouir dans les tourbillons de celle-ci, au moment où la mort éteignait les dernières pulsations de sa pensée.

* * *

Il y avait longtemps que l'orage s'était apaisé et que les étoiles avaient repris possession du ciel dont s'était éclipsée la lune, quand Silfadred se résolut à quitter la terrasse depuis laquelle il sondait vainement la nuit du regard, en attendant que s'y manifestât Ugroth.

Il avait pris conscience du fait qu'il ne reverrait jamais ce dernier. À quoi cette partie de lui-même pouvait-elle avoir succombé ?

Il inspira profondément, emplissant son torse puissant de l'air nocturne : il insuffla une réconfortante fraîcheur dans son corps bouillonnant d'une rage à laquelle, pour la première fois de son existence, se mêlait une sorte de hantise. Un sentiment qu'il reconnaissait bien, pour l'avoir si souvent provoqué chez les autres et l'avoir senti suinter de toute leur personne.

Il allait s'engager dans la lueur tremblante des torches qui éclairaient l'escalier de pierre menant à son appartement, quand il s'avisa, avec retard, d'une anomalie dans la dernière vision qu'il avait appréhendée du firmament.

Une sorte de flottement avait un instant traversé l'espace en le brouillant, provoquant une fugace impression de vertige dans son esprit.

Il scruta les ténèbres scintillantes à la recherche du phénomène : pour fugitif qu'il eût été, il n'en avait pas été moins réel. Et il le vit…

Des formes indistinctes se mouvaient dans l'atmosphère, comme engendrées par celle-ci. Puis disparaissaient. Anarchiques, intempestives, elles étaient comme le reflet des turpitudes mêlées d'angoisse qui agitaient son âme. Sa sagacité ne tarda pas à en percer le secret. Un profond murmure s'échappa de ses lèvres à peine entrouvertes.

« Ô Thanatros, mon père, se pourrait-il que ce soient eux ? »

La réponse monta dans son cerveau avec autant de présence que si elle avait résonné dans le silence qui l'entourait :

« Oui, mon fils, ce sont eux. Ce que ton adversaire a réveillé le dépasse, mais, cette fois, te dépasse aussi, car cela n'appartient pas au monde que tu t'efforçais de bâtir. »

Silfadred sut alors que la dimension du conflit qui s'engageait ne serait pas tout à fait celle qu'il envisageait : une guerre humaine, limitée à des protagonistes dont il détenait le contrôle. Son regard se noya dans l'horizon, à l'ouest, où seule l'infime lueur distillée par les astres distinguait la voûte céleste de l'orbe des terres. Il devenait urgent que l'armée de Viridius y apparaisse et que l'affrontement atteigne ses sommets. Mais sur cela, il n'avait aucune influence. Et tandis qu'il descendait les premières marches d'un pas pesant qui, en dépit de sa stature, n'était guère dans ses habitudes, sa colère décupla, occupant sa pensée d'une façon irraisonnée qui ne lui était, elle aussi, guère coutumière.

Toutefois, une intuition se faisait lentement jour dans le tumulte de ses réflexions, et ses lèvres ébauchèrent un sourire.

En es-tu si sûr, mon père ?

Des secrets oubliés du monde imaginaire
Étaient tapis dans l'ombre, attendant le moment,
Insondable prélude à son avènement,
Où son huis s'ouvrirait à leur soif sanguinaire.

LIVRE DES CÉLESTES
Chant III, vers 1925-1928

50

L'aurore commençait à déposer ses doigts de rose, encore à peine perceptibles, sur les effluves stellaires, quand Aïwana s'éveilla, rongée par une impatience qui n'avait cessé de perturber son sommeil, et de le peupler de créatures inconnues.

Dans les premières manifestations de la clarté naissante, elle distingua ses compagnons assoupis sur l'herbe épaisse. Poussée par sa hâte de partir à la rencontre du Peuple Gardien, elle ne put résister à l'impérieux désir de les sortir de leur torpeur.

Ils en émergèrent difficilement. Si leur dernier souvenir était celui du doux regard d'émeraude d'Eïséryne posé sur eux, ils avaient le sentiment qu'il avait agi comme un puissant breuvage soporifique. Ils durent toutefois admettre qu'une fois dissipés les derniers effets de la somnolence, ils se sentaient dans une forme exceptionnelle qui reléguait bien loin les épreuves traversées depuis des jours.

Déjà, le décor alentour se dessinait : le lac, la falaise... tout était en place. Mais la tente avait disparu. Venant de la forêt, une biche passa entre eux pour aller boire dans la pièce d'eau, indifférente à leur présence et à celle des Iazliks qui évoluaient calmement autour d'eux.

La voix d'Eïséryne s'éleva derrière Aïwana, la faisant sursauter malgré sa douceur, et réaliser dans quel univers composite elle avait repris conscience.

« Vous êtes dans deux mondes à la fois, dit la reine. Le monde réel, auquel appartient le paysage et l'animal que tu viens de voir, et le monde de l'Insensible qui se moule sur le premier de façon transparente ; cela explique que la biche ne vous prêtait aucune attention. C'est à travers lui que nous allons partir à la rencontre du peuple Gardien, à l'insu de tout ce qui nous entoure, excepté des Iazliks. »

Un peu plus loin, Aïwana vit leurs chevaux qui les regardaient : eux aussi avaient été conviés dans cet univers étrange.

Quoi de plus naturel ? se dit-elle avec un certain amusement, en se souvenant que, lorsqu'ils y étaient entrés à la suite d'Eïséryne, ils tenaient leurs montures par la bride, faisant corps avec elles. Et que si ce n'avait pas été le cas, faire route vers le Peuple Gardien puis vers le Chemin des Maléfices leur aurait été bien difficile.

Ils se préparèrent en silence, tant ils étaient absorbés par le caractère inhabituel d'une situation qui consistait à voir tout ce qui était autour d'eux, en sachant qu'en dehors de quelques-uns, aucun des êtres qui s'y trouvaient ne pouvait détecter leur présence. Ils n'y avaient pas été trop sensibles, la veille au soir, sans doute en raison de la nuit et du fait que la tente les isolait de l'extérieur. Mais à présent, cette ubiquité les mettait presque mal à l'aise.

Bientôt, des Iazliks guidèrent vers eux leurs destriers ; une jeune femme conduisit à Eïséryne un cheval d'une lumineuse blancheur : sous l'effet du jour naissant, des reflets aux couleurs changeantes apparaissaient par instants sur son pelage, semblables à ceux qui moiraient la robe et la chevelure de la reine. Celle-ci monta sur l'animal avec grâce, comme portée par l'air, les invitant à faire de même. Truffe d'Or et Truffe d'Ombre vinrent à ses côtés et restèrent à la contempler, tout en glissant de furtifs coups d'œil vers les trois amis, conscients que ceux-ci allaient participer à ce qui se préparait.

Sans un mot, Eïséryne ouvrit leur marche à travers la petite plaine qui longeait la falaise ; à l'horizon, le ciel allait s'éclaircissant, annonciateur de la prochaine montée du soleil. Ils cheminèrent en silence, guettant d'abord celle-ci, puis la contemplèrent en s'efforçant de protéger leurs yeux de l'éblouissement que leur infligea le disque incandescent, dès qu'il apparut.

La plaine s'était progressivement élargie.

Sur leur droite, l'abrupt s'était éloigné en perdant de la hauteur. Sur leur gauche, la forêt ne dessinait plus qu'une crête au sommet de la ligne de collines qui bordait la prairie, en s'écartant peu à peu de la route qu'ils suivaient.

Dans le lointain, en face d'eux, émergeait de la brume une chaîne de montagnes, au-dessus de laquelle le ciel semblait parcouru de lueurs tourmentées. Mais le phénomène était trop indistinct pour qu'ils ne pussent envisager que ce fût seulement là un effet de leur imagination.

Farkhar s'étonnait du calme apparent de ses compagnons, alors que lui-même était très préoccupé par l'inconnu dans lequel ils s'enfonçaient, et par l'appréhension latente de ce qui les attendait, que ce fût leur rencontre, encore hypothétique, avec le Peuple Gardien ou, bien plus encore, ce qu'il allait devoir affronter sur le Chemin des Maléfices.

Il s'en ouvrit à Surandir, ne manquant pas de remarquer qu'Eï-séryne, quoiqu'elle fût devant eux, donnait l'impression de prêter discrètement attention à leur conversation.

« N'as-tu vraiment aucune idée de ce que sont les pièges dans lesquels Silfadred a enfermé les Célestes ? Theinabrÿn ne t'en a donc jamais rien dit ?

— Malheureusement non, car je crois que lui-même ignorait leur vraie nature. »

Il se tourna vers Aïwana avec une expression interrogatrice. Sans doute celle-ci était-elle suffisamment limpide, car sans qu'il eût à la questionner, elle ajouta :

« Non, Farkhar. Mon père n'en savait rien, sinon qu'ils sont terrifiants. »

Perplexe, le garçon dirigea tour à tour son visage vers Surandir et Aïwana.

« Cela ne semble pas vous effrayer ?

— À quoi bon se faire peur à l'avance, sourit le nain. Ne vaut-il pas mieux mobiliser notre énergie pour nous préparer au combat, que la gaspiller en de vaines spéculations ? Nous dire que plus notre esprit sera libre et ouvert à tout ce qui se présente, plus il sera capable de réagir à n'importe quoi ? Notre incapacité à prédire l'imprévisible n'est-elle pas ce qui limite le plus nos moyens lorsqu'on se trouve face à lui ?

— J'admire ton flegme, commenta Farkhar, dépité. Que ne peux-tu me le communiquer un peu ! Mes journées seraient plus calmes, et mes nuits moins tourmentées ! Toi non plus, Aïwana, tu ne parais guère soucieuse du futur.

— Si, je le suis ! répliqua-t-elle vivement. Mais pas du même futur que toi.

— Je comprends, dit le jeune homme, en réalisant que les préoccupations de la jeune fille étaient d'abord tournées vers ce que le Peuple Gardien pourrait faire pour elle.

— Non, Farkhar, tu ne comprends pas. Tu ne peux pas comprendre. Ce que tu devras combattre avec tes armes sur le Chemin des Maléfices, je l'affronterai, moi, par d'autres moyens. C'est à ma façon, que tu ne peux imaginer, que je serai à tes côtés. Mais cela, je ne pourrai le faire que si je retrouve mes pouvoirs. Dans le cas contraire, il sera inutile que je m'aventure avec vous, au risque d'être un fardeau. »

Le garçon la contempla avec surprise.

« Veux-tu dire que, quoi qu'il arrive, tu ne t'y engageras pas ? »

En un sens, il était soulagé de savoir qu'Aïwana ne risquerait pas sa vie comme lui. Mais aussi de plus en plus intrigué.

« Quoi qu'il arrive, dit-elle en reprenant ses termes avec insistance, ce n'est pas dans l'ordre des choses. »

Lui faisant implicitement comprendre qu'en ce qui la concernait, la discussion était close, la jeune fille lança d'un coup son cheval en avant pour rejoindre Eïséryne : elles échangèrent quelques mots que Farkhar ne put saisir, mais dont il imagina sans mal le sujet. Se sentant soudain seul, il retourna à ce qui l'obsédait. Comme chaque fois, il essaya de se le représenter et, n'y parvenant pas, recula devant les images d'horreur qui traversaient son esprit.

À plusieurs reprises, ils croisèrent des animaux qui vaquaient à leurs paisibles activités sans être perturbés le moins du monde par leur passage. Ils avaient la singulière impression d'évoluer dans un songe, à l'intérieur duquel ils étaient devenus immatériels. Insensiblement, Aïwana s'était rangée aux côtés de Farkhar. Leurs regards se croisèrent. Plus que la fièvre de l'impatience qu'il s'attendait à y lire, il perçut dans celui de la jeune fille une douceur qui contrastait avec la sécheresse un peu rude sur laquelle s'était clos leur échange. Elle lui adressa un sourire dont la fraîcheur, alliée à l'ardeur de ses prunelles, invita le garçon à la rêverie la plus pure.

Ils restèrent ainsi un long moment, le balancement imprimé à leur corps par leurs montures leur donnant l'illusion de ne plus faire qu'un seul et même être.

C'est à peine s'ils entendirent le grondement sourd qui sortit de la gueule de Truffe d'Ombre, repris comme en écho par Truffe d'Or. Ce fut l'arrêt brutal de leurs chevaux qui rompit le charme.

Eïséryne avait la première stoppé son destrier, alertée par le comportement des deux chiens. La voyant regarder de tout côté, et constatant que Surandir faisait de même, Farkhar et Aïwana les imitèrent instinctivement, tout en réalisant le côté ridicule de la situation. Car autour d'eux régnait le calme le plus plat, et rien ne préfigurait que quoi que ce fût pût le troubler.

Pourtant, un fait était indéniable : non seulement les chiens aboyaient de plus en plus furieusement, en tournant sur eux-mêmes comme pour faire face à un adversaire invisible, mais les chevaux commençaient à piaffer, gagnés par une nervosité croissante, sans qu'il fût possible de dire si c'était dû à l'attitude des deux autres animaux ou à la perception d'une menace réelle.

Ils eurent l'impression qu'un tourbillon traversait l'espace, dans lequel des formes se dessinaient pour se défaire aussitôt. Des êtres monstrueux à peine entrevus, mais suffisamment pour saisir leur allure hideuse, qui provenait parfois de la fulgurante métamorphose d'une créature à l'allure d'abord innocente. Farkhar vit une griffe géante surgir du néant et lacérer l'espace devant lui. Malgré le violent écart qu'il fit faire à Actarès, les serres se refermèrent sur le garçon, mais, en même temps, il ne sentit rien comme si elles n'avaient aucune consistance : il se retrouva indemne lorsque la vision, pourtant si réaliste, disparut.

Les destriers, à présent, se cabraient et ruaient, affolés, en hennissant de terreur. Ils manquaient à tout moment de désarçonner leurs cavaliers.

Étaient-ce bien des monstres, d'ailleurs ? Farkhar se posa tout à coup la question, en voyant l'air se rassembler à côté de lui en un faciès humain qui devenait démesurément grand, ouvrant une bouche hérissée de crocs fourchus : les mâchoires claquèrent silencieusement et l'entité sembla se dissoudre dans l'air en devenant la proie des flammes. Cela frappa Farkhar, Aïwana et Surandir presque au même instant : ce qu'ils voyaient n'existait pas vraiment. À travers les êtres, ils continuaient de voir le paysage environnant ; les seuls sons qui déchiraient leurs oreilles étaient ceux produits par les aboiements des chiens, les hennissements des chevaux, et le martèlement désordonné de leurs sabots sur le sol.

Cette constatation leur rendit toute la maîtrise de leurs montures, qu'ils eurent tôt fait de calmer, s'apercevant que le phénomène s'estompait à mesure qu'eux-mêmes reprenaient possession de leurs moyens.

Ils se rassemblèrent autour d'Eïséryne. Truffe d'or et Truffe d'Ombre s'étaient eux aussi apaisés.

« Qu'était-ce ? » demanda abruptement Farkhar.

La reine les regarda longuement, paraissant hésiter sur la réponse à apporter.

« Les puissances que ta venue sur ces terres a commencé d'éveiller le font de façon anarchique et sauvage, dit-elle lentement. Elles ont été trop longtemps endormies, étouffées, pour qu'il en soit autrement. Tant que les Célestes n'inspireront pas les lois du monde de l'Imaginaire, dont la fécondité est infinie, il est à craindre que certaines de ses forces se déchaînent mortellement, comme d'autres ont permis, d'une façon toute opposée, le retour de mon peuple.

— Cela ne répond pas vraiment à ma question, coupa Farkhar, agacé.

— Ce que nous venons de rencontrer, c'étaient des Thrughs. Fort heureusement pour nous, ils n'ont aucun accès au Monde de l'Insensible.

— Des Thrughs ? s'étonna Aïwana.

— Voilà qui satisfait pleinement ma curiosité ! » ironisa Farkhar, agacé.

Eïséryne le fixa, visiblement plus amusée que choquée par son emportement. Une lueur d'une particulière intensité traversa toutefois ses yeux d'émeraude. De façon surprenante, ce n'est pas à lui qu'elle s'adressa d'abord, mais à Aïwana :

« Ta tâche ne va pas être simple, fille de Theinabrÿn, dit-elle. Il te faudra bien tous tes pouvoirs, et pas seulement contre les maléfices de Silfadred !

— Son impétuosité a déjà valu à Farkhar de frôler la mort maintes fois, répondit celle-ci sur un ton qui mêlait la résignation et la malice.

— Alors, plus que jamais, il te faudra veiller sur lui, car dans ce qu'il devra combattre, ruse et réflexion lui seront aussi utile que fougue et vaillance ! »

Farkhar les écoutait, incrédule, avec le sentiment de faire les frais de cet échange tout en insinuations. N'y tenant plus, et dans le souci de ne pas s'emporter cette fois pour de bon, il s'insurgea :

« N'est-il pas légitime de vouloir comprendre ce qui se passe ?

— Si, Farkhar, bien sûr ! » répliqua Eïséryne de sa voix chaude.

Mais le garçon fut sensible à la discrète moquerie contenue dans ces paroles. Surandir eut alors la bonne idée de venir à son secours, ce dont Farkhar lui fut reconnaissant dès qu'il entendit la voix du nain s'élever. Il n'était pas mécontent que leur complicité se dressât face à celle, par trop voyante, des deux jeunes femmes.

« Il a raison ! rugit Surandir. Moi aussi, j'aimerais savoir ce que sont ces Throghs !

— Des Thrughs ! » rectifia Eïséryne, manifestement ravie d'avoir l'occasion de tourner son ironie vers lui, ce qui revenait à le mettre dans le même sac que Farkhar.

Tous quatre se regardèrent un instant en silence, puis éclatèrent de rire, finalement heureux de désamorcer la tension née à la faveur des circonstances qui venaient de troubler brutalement la tranquillité de leur voyage, en faisant planer sur eux une grave menace.

« Thrughs… Throghs…, dit Surandir, d'un ton goguenard teinté d'auto-ironie, qu'importe leur nom !

— Oui, Eïséryne, qu'importe leur nom, renchérit Farkhar avec une douceur soudaine, qui exprimait tout son désir de revenir à l'essentiel avec sérénité. Mais dis-nous ce qu'ils sont.

— Nos pires cauchemars ! » se contenta-t-elle de répondre dans un premier temps.

Les trois amis la regardèrent, attendant la suite.

« Mon père ne m'avait jamais parlé d'eux, murmura Aïwana.

— Ils sont de ceux qu'il est préférable de ne pas évoquer tant qu'ils ne se manifestent pas, reprit Eïséryne. Dans le monde d'Ischeltroëm, pondéré par la sagesse des Célestes, ils n'ont pas de place en tant qu'entités, même s'ils traversent parfois nos rêves élémentaires ; ils n'en ont pas plus dans le monde de Thanatros, d'où l'imagination est bannie, hormis sous ses formes les plus primaires, qui sont vides de toute énergie. Mais tu sais comme moi, Farkhar, que l'Imaginaire n'est pas fait que de rêves enchanteurs, tels ceux que les poètes aiment à exalter. Les Thrughs sont la matérialisation de ce qui hante les méandres de notre âme et nourrit ses terreurs.

— Où vivent-ils, pour apparaître ainsi ?

— Ils ne sont pas un peuple, comme les Iazliks qui ont un rôle dans l'ordre naturel. Ils ne vivent pas non plus dans un univers défini.

— Mais pourquoi ont-ils d'aussi grotesques apparences ? s'étonna Aïwana, encore sous le choc produit sur elle par ce à quoi ils avaient été confrontés.

— Nés de la pensée des hommes, ils leurs ressemblent. Mais lorsqu'ils surgissent de celle-ci, ils commencent par prendre l'aspect qui concrétise le plus fidèlement les phobies de celui qui les a engendrés. Il arrive parfois qu'ils naissent d'un individu tourmenté par un ressentiment précis. Leur action contre celui qui provoque ce sentiment est alors fulgurante, guidée par une intuition singulière : se manifestant quand et là où on les attend le moins, ils frappent parfois non pas la cible précise, mais ce qui la symbolise à leurs yeux. Le plus souvent, au gré des pulsions secrètes qui agitent nos pensées, ils émergent lentement par hordes d'autant plus immenses que sont nombreux ceux qui les conçoivent. Puis ils se rassemblent et, peu à peu, chacun accomplit sa métamorphose finale en se modelant à l'image de celui dont ils expriment le cauchemar. Comme son double, mais habité par ses instincts les plus sauvages, fruits de ses frayeurs les plus exacerbées et des haines qui en résultent le plus souvent. Au stade ultime, quand ils se sont réunis, ils se retournent contre ceux dont ils sont issus, à l'image des terreurs dont ils sont nés et qui n'étaient telles que parce que leur créateur s'en sentait la cible. Sinon, ce n'eût pas été un cauchemar. C'est pour s'opposer à ce cycle meurtrier que l'influence des Célestes est si primordiale. »

Farkhar réfléchit un instant.

« Veux-tu dire, Eïséryne, que ce qui nous est apparu peut-être le produit des angoisses qui m'agitaient et des images qui en naissaient alors que nous cheminions ?

— N'étais-tu pas, par hasard, en train d'imaginer à quoi pouvait ressembler les pièges dans lesquels Silfadred a emprisonné les Célestes ? »

Le regard ébahi de Farkhar fut assez éloquent pour le dispenser de toute réponse.

« Par chance, tu ne dormais pas et, même si tu n'en étais pas conscient, tes visions étaient distraites par ce que tu voyais ou entendais : leur apparition, anarchique, est restée sans consistance.

— Dois-je comprendre que ces choses seraient devenues des êtres me… enfin, nous ressemblant… et… et qu'ils s'en seraient pris à nous ?

Eïséryne acquiesça lentement.

— Si la force évocatrice des images qu'engendraient tes pensées avait été assez intense, oui. Toutefois, il n'y avait peut-être pas que toi qui étais habité par des frayeurs. » dit Eïséryne.

Elle posa un regard énigmatique sur Aïwana et Surandir, avant de poursuivre :

« Terrifiante est la capacité de destruction des Thrughs, dès lors qu'ils deviennent des êtres de chair et de sang, en nourrissant leur incarnation de la puissance créatrice de nos fantasmes les plus hideux.

— N'y a-t-il aucun moyen de les en empêcher ? s'insurgea Surandir.

— À l'état de veille, peut-être. À condition de maîtriser nos pensées et nos sentiments. Mais peut-on éviter de dormir ? Certes, lorsqu'ils sont devenus des êtres semblables à nous, ils sont mortels. Quel humain aurait cependant l'audace d'affronter de telles abominations ? »

Farkhar réfléchit un instant.

« On peut donc les détruire ? » risqua-t-il.

Sa voix, mal assurée, avait donné l'impression que cela lui paraissait impensable.

« Assurément, si l'on a le courage de leur tenir tête !

— Mais qu'advient-il d'eux, une fois qu'ils sont morts ?

— Que veux-tu dire ?

— Un rêve, qu'il soit bon ou mauvais, ne peut mourir.

— Fort juste. Lorsque leur créateur quitte son rêve, ils réintègrent sa pensée pour y rester tapis et réapparaître en d'autres occasions. Mais s'ils meurent lorsqu'ils sont incarnés, bien des lunes sont nécessaires pour que les esprits dont ils sont nés en engendrent de nouveaux, capables d'atteindre ce stade.

— Ils peuvent donc renaître ?

— Avec le temps, oui. »

Farkhar et ses deux compagnons observèrent Eïséryne en silence, mesurant le poids de ce qu'elle venait de leur apprendre.

« Que signifie l'apparition des Thrughs ? lui demanda Aïwana.

— Que le Monde de l'Imaginaire est bien en train d'émerger du néant dans lequel l'avait plongé l'œuvre de Silfadred. Les Iazliks ont pu s'éveiller parce que la nature elle-même, par sa seule existence, appelait leur retour. Les Thrughs sont sortis de leur torpeur parce qu'ils guettaient la moindre faille dans le linceul séculaire sous lequel Silfadred a enseveli les âmes pour déchaîner leur fureur trop longtemps contenue. Ils sont d'autant plus redoutables qu'ils savent combien brève est la durée de vie qui leur est impartie.

— Comment cela ? s'étonna Farkhar.

— Si le règne d'Ischeltroëm est restauré, les Célestes rendront son harmonie au Monde de l'Imaginaire, et ils seront condamnés à n'être que des ombres, capables de traverser nos pensées mais impuissantes à se matérialiser. Si celui de Thanatros perdure par suite de ta défaite, ils retourneront dans l'oubli, faute de pouvoir puiser la force d'exister dans l'imaginaire des hommes, car il sera derechef réduit à son expression la plus élémentaire, comme il l'a été durant des siècles. »

Son regard se voila, avant qu'elle ajoute :

« Comme mon peuple... et moi-même, sans doute ! »

Tandis qu'Eïséryne repartait en avant, silencieuse, les trois amis échangèrent un regard accablé.

Puis celui de Farkhar s'illumina :

« En tout cas, si nous voulons avoir une chance d'atteindre le Chemin des Maléfices, je sais ce qu'il nous reste à faire, dit-il.

— Quoi donc ? demanda Surandir d'une voix un peu bourrue.

— Chanter, par exemple, répliqua le garçon. Pour distraire notre esprit des cauchemars qui le hantent ! »

Ce qu'il fit pour donner l'exemple, en lançant Actarès à la suite d'Eïséryne. Mais d'une voix quelque peu éraillée, que le nain jugea bon de rectifier en y ajoutant la sienne. Comme chacun d'eux entreprit de rivaliser en tonus avec l'autre, la cacophonie qui s'ensuivit déchira de plus en plus fort le silence relatif qui, jusque là, les environnait. Et que brisa soudain un cri :

« Oh là ! »

Les deux hommes interrompirent leur chant, tandis que la voix poursuivait :

« Est-il si nécessaire de gâcher ainsi la paix de cette plaine ? »

Piqués au vif, Farkhar et Surandir stoppèrent leur monture, sous le regard amusé d'Eïséryne et celui, étonné, d'Aïwana.

Le garçon et le nain cherchèrent d'où pouvait venir l'interpellation. C'était un homme, cela était sûr, mais il restait totalement invisible. Du moins jusqu'à ce qu'ils vissent l'air se densifier lentement devant eux et une silhouette humaine de petite taille en émerger, prenant forme peu à peu. L'être était vêtu d'une tunique courte et de braies de couleur brune. Légèrement ventripotent. Et vaguement difforme, sans que cela atteigne l'infirmité. Il les fixait de son regard vif, qui illuminait une trogne joufflue à l'expression contrariée, encadrée par un collier de barbe grise et bouclée.

À peine avait-il fini de prendre consistance, qu'un autre commença de se matérialiser à côté de lui, puis un autre, jusqu'à ce que se forme autour d'eux un cercle compact. Leur expression plutôt bienveillante était compensée par le mutisme dans lequel ils semblaient décidés à rester enfermés, et qui donnait presque une allure menaçante à leur rassemblement grandissant.

« Existerait-il des Thrughs... gentils ? » hasarda Surandir à l'intention d'Eïséryne, peut-être dans le souci de détendre l'atmosphère.

Mais celle-ci se contenta de lui adresser un bref regard, avant de reporter son attention sur les nouveaux venus.

« Vous souhaitiez rencontrer le Peuple Gardien, dit-elle à ses trois compagnons. Il est fort heureusement venu à nous, ce qui était la seule façon que nos chemins se croisent. »

Puis sa voix, de confidentielle qu'elle était, devint plus solennelle :

« La paix soit avec toi, Khaaster, roi des Ouloukhs, mieux connus en ce triste règne de Thanatros sous le nom de Peuple Gardien ! »

Surandir regardait avec étonnement cet attroupement de créatures petites et contrefaites, qui, jusque dans leur apparence disgracieuse, présentaient bel et bien les caractéristiques d'un seul et même peuple.

Par Ischeltroëm ! songea-t-il, *serais-je un descendant d'Ouloukh exilé dans le monde réel pour avoir trop développé les traits les moins enviables de mon peuple ?*

Mais la suite ne lui laissa guère le temps de prolonger cette réflexion mi-amusée, mi-amère.

« Bienvenue à toi, Eïséryne, reine des Iazliks, nos amis enfin retrouvés, répondit Khaaster d'une voix grave empreinte d'autorité, qui détonait quelque peu avec son apparence.

— Pour l'éternité, espérons-le, dit-elle avec douceur.

— Et bienvenue à toi, fille de Theinabrÿn, qui fut notre disciple, et en qui nous reconnaissons depuis longtemps un pair » poursuivit Khaaster à l'adresse d'Aïwana, en accompagnant ses premières paroles d'un hochement de tête montrant qu'il partageait pleinement les aspirations exprimées par Eïséryne.

Farkhar et Surandir échangèrent instinctivement un regard : n'avoir point encore été nommés les unissait plus étroitement, tout en leur donnant l'impression d'être à l'écart.

Le roi du Peuple Gardien n'y fut pas indifférent. Sur un ton plus familier, il s'adressa à eux :

« Soyez aussi les bienvenus, vous dont Theinabrÿn nous avait annoncé la venue prochaine, et sur les épaules de qui reposent nos destinées. Toi, Surandir, qui te poses tant de questions sur toi-même, et toi, prince Farkhar, dont la tragique errance va commencer à se dénouer sur nos terres. »

Imité par ceux qui l'entouraient, il leur avait chaque fois adressé un salut de la tête, auquel les deux hommes répondirent semblablement, avec un sourire.

Une fois de plus, l'image d'Okstrogh traversa l'esprit de Farkhar, dont les yeux allaient et venaient de Surandir à la petite foule qui les entourait.

Tel est donc, se dit-il, *le Peuple Gardien. Celui qu'Ischeltroëm avait choisi pour garder ses terres et qui a su échapper aux griffes de Silfadred ? La nature nantirait-elle d'autant plus généreusement l'âme des êtres qu'elle crée, qu'elle se montre avare de faveurs en ce qui concerne l'enveloppe dont elle les habille ?*

« Vous pouvez descendre de vos montures, ajouta le roi en le fixant ardemment. Vous avez atteint le but de votre quête. »

Tandis qu'il terminait sa phrase, c'est tout un village constitué de demeures basses, à l'échelle de sa population grouillante, qui prit consistance là où, un instant auparavant, s'étendait une praire herbeuse et déserte. Il apparut progressivement, s'étendant de toute part en travers de la route que suivaient les quatre voyageurs. Partout, des femmes et des hommes de tous âges, y compris des enfants, s'activaient, sortant des maisons ou entrant dans celles-ci, parcourant les ruelles. Il semblait y régner force bonne humeur. Des chaumières s'échappaient, ici et là, des fumées qu'un coup de vent, en les rabattant vers le sol, révélait parfois porteuses d'effluves appétissants. Une amicale atmosphère s'édifiait autour d'eux, comme se complétait le bourg, sur la place centrale duquel ils s'avérèrent bientôt se trouver.

« Le Monde de l'Insensible est décidément plein de surprises » dit Farkhar en sautant de sa selle.

Eïséryne mit pied à terre avec grâce en lui adressant un sourire complice.

Des hommes s'approchèrent d'eux.

« Confiez-leur vos chevaux, dit Khaaster. Ils vont s'occuper d'eux de sorte qu'ils soient frais et dispos quand vous reprendrez votre route. »

Les quatre voyageurs obtempérèrent, puis suivirent leur hôte vers une bâtisse aux dimensions disproportionnées par rapport au reste de l'agglomération. Devançant la question qui brûlait leurs lèvres, l'Ouloukh leur précisa sur un ton plein d'humour :

« Il nous a bien fallu prévoir de quoi accueillir les humains tels que vous ! Sinon, nous n'aurions jamais eu de visiteurs !

— Les Ouloukhs sont un peuple bien hospitalier, commenta aimablement Farkhar. Combien d'individus s'enferment à l'inverse dans leurs propres coutumes en oubliant de respecter celles des autres ?

— Voire en le refusant ! Tu as raison, prince Farkhar. N'est-ce pourtant pas là l'essentiel de l'hospitalité ?

— Et ce qui devrait être le fondement de toute relation » ajouta le garçon.

Ils pénétrèrent dans une vaste salle dont les murs étaient couverts de boiseries. Au fond se dressait un trône étrangement petit par rapport à l'ensemble. Sa simplicité dénotait l'humilité du personnage qui était censé y prendre place.

« Comme il fallait bien trouver une utilité à ce bâtiment, en dehors de l'accueil de nos visiteurs, c'est ici que nous nous réunissons, dit Khaaster. Mais suivez-moi : vous avez sans nul doute envie de vous restaurer ? »

Il les entraîna dans une pièce plus petite, attenante à la première. Quelques femmes et deux hommes s'y affairaient, que rien ne démarquait de ceux qu'ils avaient vus à l'extérieur, bien qu'ils s'employassent de toute évidence à dresser la table en vue d'un festin royal, si l'on jugeait par les mets qui s'y trouvaient déjà disposés.

Khaaster les invita à prendre place et s'assit à son tour. On servit une boisson dans les coupes qui se trouvaient devant eux.

Il leva la sienne à l'intention de ses invités avant de la porter à ses lèvres.

« Allons, mes amis ! Et si vous me parliez de ce qui m'a fait lire dans vos esprits votre hâte à nous rencontrer, tandis que vous approchiez sans le savoir de notre village, bien que la rumeur m'ait déjà quelque peu informé !

— La rumeur ? s'étonna Farkhar

— Pour qui sait lire dans son souffle, le vent est parfois bien plus riche d'enseignements que les creux discours des hommes..., répondit Khaaster de façon énigmatique. Je vous écoute ! »

Des méandres obscurs de la pensée humaine
L'implacable rebut, devenu légions,
S'élança pour semer la dévastation.

LIVRE DES CÉLESTES
Chant III, vers 2013 - 2015

51

La nuit régnait en maîtresse sur la plaine où l'armée de Viridius avait établi son campement.

Comme on se rapprochait de Sarm'Eïloan, le roi avait jugé bon d'édifier une fortification de fortune autour du camp. On s'était arrêté tôt dans l'après-midi, le temps de couper des arbres, de les tronçonner et d'épointer les poteaux, puis de planter ceux-ci à distance régulière en les reliant avec les branches feuillues provenant de leur élagage.

Viridius, Olern, Thorwald et son frère Sirgur étaient tombés d'accord sur le fait qu'en cas d'attaque massive, une telle défense serait bien dérisoire. Mais ils imaginaient mal l'armée d'Antrégor, théoriquement bien inférieure en nombre, quitter la protection de la citadelle pour les assaillir, alors qu'elle avait refusé le combat quand Viridius l'y avait invitée.

Il avait envoyé vers Sarm'Eïloan des éclaireurs qui lui avaient rapporté les importants travaux effectués par l'adversaire autour des murailles déjà existantes. Il avait été surpris de ce qu'il avait entendu. Il ne s'attendait pas à une telle organisation de la résistance chez l'ennemi. Mais cela l'avait conforté dans l'idée qu'Antrégor n'envisageait pas une bataille en rase campagne.

Sur le conseil de Thorwald, il avait toutefois estimé que cela n'était pas incompatible avec le lancement de raids destinés à désorganiser ses troupes, voire à les intimider. La palissade de fortune était donc moins destinée à fournir une protection sûre qu'à constituer un obstacle qui, en cas d'agression, briserait l'élan des assaillants et laisserait aux défenseurs le temps contre-attaquer.

Des gardes se relayaient régulièrement tout au long de cette fragile barrière. La nuit enveloppait de son scintillant linceul le camp endormi, dans lequel les hommes sommeillaient. Les hommes et les Hurleurs.

Dans les rêves des premiers, forts des rumeurs colportées par les envoyés de leur roi, se mêlaient des visions de guerre, de combattants féroces dont ils ignoraient jusqu'aux visages. Dans l'esprit des seconds, créatures de Silfadred, se bousculaient les images du monde hanté de terreurs voulu par celui-ci.

Ici et là fusaient les rires des sentinelles et des soldats qui, ne trouvant pas le sommeil, étaient restés réunis autour de feux épars. Sans doute plus pour calmer les angoisses que provoquait l'imminence de la lutte, que par un réel besoin de converser ; mais les sujets abordés étaient trop anodins pour les distraire des images de violence dont leurs esprits s'encombraient à la faveur du calme qui rôdait dans les lieux, à la différence de la journée, où de multiples tâches et le simple fait de marcher, alourdis par leurs armures et encombrés par leur attirail, occupaient en permanence leur attention.

Peut-être la tranquillité ambiante ramenait-elle aussi dans leur souvenir, par contraste, les fulgurants échos du terrible orage qui, en se déchaînant sur eux le soir précédent, avait modelé dans leur ignorance d'effrayantes hallucinations, et provoqué chez la plupart des animaux une panique communicative.

Viridius avait été plus surpris encore de la nature des travaux réalisés par Antrégor et de ce qu'on lui avait dit sur le nombre des occupants de l'enceinte. Sur le moment, il s'était gardé de réagir, de crainte de laisser paraître son trouble. Mais à présent qu'Olern et lui étaient seuls dans sa tente environnée par la tranquillité nocturne, il jugea bon de confier ses inquiétudes à son conseiller.

Dehors, au loin, une chouette hululait. Accoudé à l'un des piquets de l'entrée, Viridius l'écoutait, songeur, en sondant du regard l'obscurité relative qui baignait le camp, affadie par ses lueurs. Assis derrière lui, à demi éclairé par une torchère posée au milieu de la tente, Olern était silencieux, attendant que le souverain s'ouvre à lui des préoccupations qui, manifestement, l'agitaient.

« Que penses-tu du récit des soldats que j'avais envoyés observer l'ennemi ? » demanda Viridius d'une voix vaguement lasse, en se tournant vers son conseiller.

Ce dernier ne leva pas même les yeux.

« Que veux-tu que j'en pense ? Tu as voulu la guerre. Tu l'as. Elle ne s'annonce pas comme tu le prévoyais, mais n'est-ce pas une loi fort commune du destin que de ne pas offrir aux hommes ce qu'ils attendent de lui ?

— Je te sens bien ironique !

— Non. T'attendais-tu toi-même à réunir une telle armée ? »

La question dérouta Viridius.

« Je ne vois pas le rapport » répliqua-t-il pour masquer le fait qu'il n'avait pas grand chose à répondre.

L'insistance avec laquelle Olern lui opposait régulièrement cet argument l'agaçait d'autant plus qu'elle le mettait chaque fois en situation d'échec.

« Il y en a certainement un, puisque c'est le même type de phénomène.

— Je ne vois pas ce que tu veux dire !

— Je crois avoir suffisamment souligné une fois en ta présence combien je redoutais que sur ce conflit ne plane bien plus l'ombre de Silfadred que celle d'Antrégor. »

Viridius se contenta de le fixer, attendant la suite.

« Silfadred est un mage : d'après ce que je sais, c'est sans doute la seule chose sur laquelle il n'ait pas fait de mystère !

— Peux-tu préciser ta pensée ? Cela me permettra peut-être de ne pas me laisser aller à divaguer.

— Pour avoir souvent côtoyé Theinabrÿn, du temps où j'assurais pour ton père les relations entre nos deux royaumes, j'ai une idée assez précise de ce dont sont capables des hommes comme lui. Sans doute même est-elle bien en dessous de la vérité.

— Si je comprends bien, ce que tu essayes de me dire, c'est que ce Silfadred – dont nous ne savons rien d'autre que les bruits qui circulent sur lui – pourrait avoir multiplié nos troupes. Histoire de montrer ce dont il est capable, je suppose...

— Ne sois pas cynique !

— Le cynisme est la seule réaction que m'inspire ton manque de réflexion, lequel n'est pas dans tes habitudes, mon ami »

Un léger courant d'air fit danser les flammes devant le visage d'Olern, conférant aussitôt une vie étrange aux ombres accrochées à ses traits. Sa silhouette, qu'elles projetaient faiblement sur la toile de tente, parut flotter un instant. Puis tout se figea. Cela avait été si bref, si furtif, que Viridius se demanda s'il n'avait pas eu une vision.

« C'est maintenant à ton tour de m'expliquer, lança Olern, piqué au vif.

— De t'expliquer quoi ? Que Silfadred, qui est dans Sarm'Eïloan, ferait en sorte de nous donner l'avantage ? Car c'est bien ce qui découle de ce que tu avances ! S'il est dangereux, dans ce cas c'est pour son propre camp !

— Que sait-on du but qu'il poursuit, depuis qu'il a évincé Theinabrÿn ?

— Allons, Olern, allons…N'est-il pas plus simple d'admettre que, ne nous étant jamais préoccupés de l'importance de la population du royaume, nous l'avons sous-estimée ?

— Comme nous aurions sous-estimé celle de Sarm'Eïloan ! Reconnais que les dires de tes émissaires t'ont rendu pour le moins perplexe ! Et que la principale raison, c'est que tu n'as pas pu t'empêcher de rapprocher cela de ce que tu avais observé dans tes troupes !

— Que tu peux être têtu ! soupira Viridius.

— Et toi, quelle tête de mule tu fais ! » explosa Olern.

* * *

Bien loin de là, dans le village des Ouloukhs, Surandir et Farkhar se relayaient pour veiller Aïwana.

Apprenant de la bouche de la jeune fille ce qui lui était arrivé, le roi Khaaster s'était empressé de les assurer de toute son aide.

Dans l'après-midi, des femmes étaient venues s'occuper d'Aïwana et la préparer à recevoir le breuvage qui pourrait lui rendre ses pouvoirs. Pour qu'il agisse rapidement, elles avaient dû lui préparer d'autres potions, afin de préparer son corps et son esprit au choc qu'allait provoquer en eux son absorption. Elles l'avaient prévenue qu'elle risquait d'y perdre la vie : cela avait aussitôt déclenché un vif débat entre elle et Farkhar, qui refusait qu'elle prît un tel risque.

Mais, à force d'arguments dont la demi-teinte systématique avait parfois fortement énervé le garçon, elle était parvenue à le convaincre que sa mission serait si compromise sans l'aide qu'elle lui apporterait, et sur la nature de laquelle elle s'était refusée à fournir tout détail, qu'elle ne pouvait échapper à cette épreuve.

Tandis qu'il la regardait sommeiller, à présent paisible, dans la lueur tremblante d'une torche accrochée au mur de la chambre où elle reposait, Farkhar ne pouvait s'interdire de penser aux derniers instants qu'ils avaient passés ensemble, avant qu'elle s'endorme, sous l'effet de la préparation à base de plantes qu'avaient apportée les femmes Ouloukhs, qui se relayaient pour être prêtes à intervenir en cas de problème. Surandir s'était retiré dans une pièce voisine, en compagnie de l'une d'entre elles.

« Es-tu si certaine qu'il soit nécessaire de risquer une pareille folie ? avait demandé Farkhar d'une voix dans laquelle perçait son désespoir.

— En quoi servira ma présence, si elle ne t'est d'aucune utilité, et que de ce fait, tu risques toi aussi la mort, plus que la victoire ?

— Tu seras là, c'est tout. »

Aïwana avait sondé son regard.

« Gwenaline est-elle déjà si loin pour toi ?

— Ce n'est pas la question. J'ai simplement l'impression que cheminer sans toi serait aussi vain que si je le faisais sans Surandir.

— Crois-tu que tes raisons sont les mêmes pour moi que pour lui ? »

Il avait alors détourné les yeux pour éviter que revienne dans son esprit la vision qu'il avait fréquemment d'une femme, chez qui les traits de Gwenaline se combinaient si intimement avec ceux d'Aïwana qu'ils ne dessinaient qu'un seul et même visage, dans lequel il pouvait à volonté retrouver chacune d'elles sans perdre l'autre. Comme dans celui qui figurait sur l'armure que lui avait offerte Theinabrÿn, mais en plus réaliste.

Revenant à Aïwana, il s'était retrouvé enveloppé par son regard d'ambre, sombrant dans celui-ci comme dans un abîme de volupté. L'instant d'après, sans qu'il l'eût prémédité, mais sans avoir offert non plus la moindre résistance, il s'était penché sur elle. Leurs lèvres s'étaient effleurées...

« Ne m'abandonne pas..., avait-il dit dans un souffle, auquel celui d'Aïwana était venu se mêler :

« Gwenaline ne t'a jamais abandonné : pourquoi le ferais-je ? »

... puis un instant unies. Comme obéissant à une volonté autre que la sienne, Farkhar avait attrapé la coupe contenant le breuvage, l'avait tendue à la jeune fille et regardé celle-ci boire lentement le nectar.

Elle avait presque aussitôt plongé dans un sommeil de plus en plus agité, à tel point que, bien qu'averti par les femmes Ouloukhs, il avait failli les appeler à l'aide. Aïwana gesticulait et haletait, comme déchirée par des forces qui s'affrontaient en elle ; impuissant, il avait regardé ses traits se tordre sans qu'il pût savoir si c'était sous l'effet d'une souffrance extrême, où sous celui d'une lutte intérieure sans merci entre ce que le mage avait déposé dans son être et ce qui s'efforçait d'y renaître.

Puis, lentement, le visage de la jeune fille s'était détendu, son corps s'était apaisé, et elle avait semblé tomber en léthargie.

À présent, il la contemplait, ressassant les dernières paroles d'Aïwana en se demandant vainement quel sens leur attribuer. En même temps lui revenait en mémoire l'étrange sentiment que lui avaient laissé les dernières bribes du rêve qu'il vivait, quand elle l'avait éveillé au bord de la rivière, après qu'il eut été blessé lors du combat contre les Hurleurs.

Puis il essaya d'imaginer ce que serait le jour suivant : déjà Khaaster avait fait aménager un chariot dans lequel ils emmèneraient Aïwana qui, selon les femmes Ouloukhs, se réveillerait dans l'après-midi (*ou ne se réveillerait pas !*). Pendant qu'elles installaient Aïwana dans une pièce voisine, Eïséryne avait promis à Farkhar et à Surandir de les accompagner jusqu'au lendemain où, avait-elle annoncé, ils arriveraient en vue du Chemin des Maléfices.

« Ensuite, leur avait-elle précisé, je retournerai vers les miens, et notre destiné reposera entre vos mains à tous trois. »

Ou à tous deux..., n'avait pu s'empêcher de songer Farkhar, rongé par l'inquiétude, avant d'entrer dans la chambre en s'efforçant d'afficher un sourire confiant.

* * *

« La vérité, dit Olern avec un calme qui soulignait plus la profondeur de son analyse qu'une brutale résignation face à Viridius, c'est que depuis que ta cervelle s'encombre d'ambitions guerrières et de rêves de gloire, tu n'es plus sensible qu'à ce qui va dans leur sens. Ton aveuglement face aux autres réalités me stupéfie !

— Quelles autres réalités ?

— Je pense que des forces qui nous dépassent manipulent la situation depuis quelque temps déjà, et avec elle toi, Antrégor, et sans doute bien d'autres, comme elles ont manipulé Gwenaline, par exemple. Peut-être moi-même, aussi, en dépit des apparences, et à mon insu.

— Il me semblait pourtant que l'enchaînement des faits avait été limpide...

— Sans compter les zones d'ombre ! le coupa vainement Olern.

— ... et que l'équilibre qui paraît s'établir entre nos armées va dans le bon sens, en rendant la lutte plus juste, plus loyale : j'y vois la confirmation que l'estimation de nos populations était simplement inexacte, puisque nous constatons la même chose en Aak-Sour et à Sarm'Eïloan : remarque bien que le terme "inexacte" est en partie faux, puisque c'est une question que nous ne nous posions pas auparavant. »

Un souffle de vent plus puissant que le précédent balaya le camp, gonflant le tissu de la tente. Viridius se tourna vers le dehors.

« Serait-ce une nouvelle tempête ? dit-il.

— Cela m'étonnerait, maugréa Olern. Contrairement à hier soir, aucun signe ne l'a annoncé.

— Alors, c'est peut-être que la nature est lasse de nos chamailleries ! »

Coupant court à la conversation, Viridius s'éloigna parmi les tentes, sous le regard triste d'Olern qui, lui aussi, était las de s'opposer vainement à celui qu'il n'avait pas formé à ce genre d'attitude.

Une lune blafarde, car légèrement voilée, éclairait le camp qui baignait dans une terne lueur bleutée. Des torches disposées régulièrement parsemaient la semi-pénombre de halos flamboyants. La plupart des tentes étaient obscures. À travers certaines toiles transparaissait, toutefois, l'éclairage diffusé par une torchère ou un chaudron de braises.

Des ronflements sonores émergeaient de ces espaces envahis par le sommeil de ceux qui y reposaient. Un mouvement dans l'air, à ses côtés, fit sursauter Viridius. Il lui sembla qu'une masse s'était déplacée à quelques pas. Mais il ne vit rien. Il y eut un nouveau souffle, et le calme de l'ambiance somnolente qui baignait le campement se réinstalla.

Le souverain fut soudain intrigué. Quelque chose changeait imperceptiblement dans l'ambiance des lieux. Il ne savait dire quoi. Comme une tension montant dans l'air. Il la sentait en lui et à la surface de sa peau, tout en trouvant cela complètement absurde.

Dans les abris, bien des dormeurs s'agitaient, en proie à des rêves qui, chez certains, prenaient l'allure de cauchemars. Aux visions des soldats suppliciés pour l'exemple quelques jours auparavant se mêlaient des images de combats sanglants, que parcouraient des créatures griffues où des légions de combattants sans visages. Habités par les descriptions, chaque fois plus fantaisistes et déformées, qui circulaient depuis le retour des éclaireurs, les Hurleurs se voyaient myriades culbutant les fortifications de Sarm'Eïloan pour accabler ses défenseurs.

Exploitant la torpeur qui ensevelissait les consciences, une mortelle frénésie s'emparait des âmes.

* * *

Dans sa chambre, Silfadred ne parvenait pas à s'endormir. D'habitude, la maîtrise qu'il avait de son corps et de son esprit lui ôtait tout souci de cet ordre. Mais cette nuit, c'était différent. Lui aussi sentait monter, depuis les milliers d'êtres massés dans le périmètre de la palissade, une présence multiple et une à la fois. Il lui semblait que les innombrables entités qui la composaient ne parvenaient pas encore à se désolidariser, formant un bloc compact prêt à imploser. C'était comme une présence tentaculaire dont les membres, peu à peu, s'allongeaient et se démultipliaient, envahissant la nuit de leur ondoiement anarchique.

Le mage se leva, musculeuse silhouette de ténèbres se dressant nue dans la lumière de la nuit étoilée. Il saisit la large cape qu'il avait laissée choir sur les dalles, avant de s'allonger, et s'en enveloppa. S'approchant de la fenêtre ouverte sur la fraîcheur nocturne, il inspira profondément.

Déjà, dans le ciel de Sarm'Eïloan, les effluves des pensées humaines se répandaient en volutes torturées. Quiconque eût contemplé l'espace n'aurait rien perçu. Mais lui les voyait. Cela ressemblait à des nappes de brume qui opacifiaient l'air, s'entrelaçant dans un vertigineux ballet qui s'étendait peu à peu au-dessus de toute la citadelle et de ses enceintes. Parfois, leurs arabesques esquissaient une forme qui se dissolvait aussitôt, ou changeait d'apparence, accrochant par instants la nitescence lunaire pour dessiner dans l'air un fugitif fantôme.

Mais il le savait : bientôt, ce qui n'était qu'ébauches inconsistantes engendrerait, en se déposant sur le sol, des êtres de chair dont le comportement et l'apparence seraient aussi variés que les hantises qui habitaient les esprits endormis, et qui retourneraient contre leurs créateurs la rage destructrice qu'il avait lui-même insufflée en eux, simplement parce que ceux-ci constituaient les premières proies à leur portée.

Silfadred réfléchit, en regardant l'éther devenir le lieu d'une sarabande effrénée qui s'accélérait progressivement, en voilant avec une densité croissante la clarté translucide des cieux. Il n'avait pas droit à l'erreur. Il était impossible qu'il laissât l'émanation sournoise de ceux qu'il considérait à présent comme ses sujets les anéantir en même temps que son œuvre. Sa passivité face aux cauchemars des hommes n'était-elle pas indigne de celui qui, jadis, avait à jamais asservi les inspiratrices de leurs rêves ?

Il n'avait jamais eu l'occasion d'affronter les Thrughs : la transition entre le règne d'Ischeltroëm et celui de Thanatros avait été bien trop brève pour qu'ils aient eu le temps de se manifester. En soi, le faire ne l'inquiétait pas. Ce qui l'alarmait, c'était de devoir le faire, car il pressentait ce que cela signifiait. Il savait ce que cela allait lui coûter. Mais avait-il le choix ?

Dressant lentement les bras vers la lune, il sentit bientôt une froidure glaciale l'envahir : il la laissa pénétrer en lui jusqu'à ce que son sang, ses organes, ses muscles fussent presque tétanisés. Un faible halo de lumière bleutée l'avait progressivement enveloppé, dessinant sa silhouette au sein des ténèbres : occultant les pierres sur lesquelles étaient posés ses pieds, il donnait l'impression que le mage était en suspension dans la nuit.

Au prix d'un douloureux effort, il usa le peu de mobilité dont il disposait encore à diriger ses bras vers les tourbillons de plus en plus denses qui sillonnaient l'espace au-dessus de Sarm'Eïloan : ils prenaient de la consistance et se rapprochaient du sol, tandis qu'une foule d'êtres encore à peine discernables se matérialisaient en son sein, se différenciant les uns des autres à mesure qu'ils se précisaient. La métamorphose se faisait avec une lenteur infinie, qui ne rendait le phénomène que plus inexorable.

Il ferma les yeux, et bientôt, l'énergie contenue dans la nuée commença de gagner ses membres, puis son torse, et enfin tout son être. Une vague profonde pénétrait en lui et parcourait ses chairs de son maelström, le transportant dans une dimension dont la puissance devenait la seule règle, faisant naître dans son esprit un sentiment d'ivresse. La jouissance qu'il en tirait portait à son comble l'excitation dont il vibrait.

Tandis que la lueur glacée dans laquelle il baignait devenait progressivement flamboyante, dessinant dans la nuit une silhouette de feu étrangement figée, la masse d'air grouillante et opaque suspendue au-dessus de Sarm'Eïloan, se confondant avec l'air, s'était doucement teintée de bleu, se solidifiant progressivement à mesure que la couleur devenait plus intense. Elle formait à présent un nuage immense

Quand il eut le sentiment de n'être plus qu'incandescence, il ouvrit les paupières. Il vit les myriades de cristaux qui composaient à présent la masse gazeuse se dissocier lentement, puis se désintégrer au contact de la tiédeur nocturne. Un sourire de triomphe illumina son visage.

Les hantises mortelles de ceux qui peuplaient Sarm'Eïloan étaient réduites à néant. Leur courage ne s'en trouverait que renforcé, leur hargne plus impitoyable. Il avait anéanti le peuple de leurs chimères les plus agressives et les plus effroyables.

C'est alors que ses sens exacerbés perçurent un vacarme lointain, dans lequel il décela les sons d'une sauvage bataille.

Le ténébreux regard posé par les étoiles
Sur la plaine endormie, hantée par la terreur,
À l'armée d'Aak-Sour révéla la fureur
Sur laquelle la nuit avait posé son voile.

LIVRE DES CÉLESTES
Chant III, vers 2125--2128

52

Viridius ne comprenait toujours pas ce qui se passait.

Il errait paisiblement dans le camp, ressassant les derniers mots qu'il avait échangés avec Olern, quand un cri d'alarme avait fusé sur sa droite.

Cela venait d'une tente, un peu plus loin. Il n'avait pas eu le temps de réagir qu'il l'avait vue devenir lentement la proie des flammes, tandis que les soldats qui y dormaient en sortaient précipitamment, l'arme au poing, souvent encore à moitié nus. Puis d'autres éclats de voix avaient retenti : appels, hurlements, mais aussi plaintes. Un son mat avait attiré son attention sur sa gauche : un homme s'écroulait, une flèche en travers de la gorge. Levant les yeux, il avait alors vu le ciel se remplir de traits enflammés qui convergeaient vers le camp depuis l'extérieur, semblables à une pluie de météorites. Le tumulte d'une agitation désordonnée avait commencé de monter un peu partout, empreinte de panique. Très vite, il lui avait semblé entendre celle-ci se répandre, alors qu'il se précipitait vers sa propre tente où il avait trouvé Olern debout, en alerte.

« On nous attaque ! » avait-il hurlé.

Sans prendre le temps d'enfiler son armure, il avait saisi un bouclier et une épée suspendus à un des piliers soutenant la structure de toile, et s'était lancé à l'extérieur.

Rapidement, la nuit se peuplait des bruits d'une multitude affairée, traduisant l'agitation croissante qui se propageait de toute part.

C'est à peine s'il avait entendu son conseiller maugréer :

« C'est inconcevable ! »

Déjà, la confusion était à son comble. Des hommes couraient, d'autres montaient à cheval, on se précipitait vers la ligne de défense, çà et là s'élevaient vers le ciel les flammes s'échappant de tentes transformées en torches géantes. La nuit prenait une couleur orangée au sein de laquelle des silhouettes sombres se hâtaient en tout sens, vociférant des ordres ou, plus souvent, des paroles emplies de stupéfaction ou de détresse.

Olern avait rejoint le roi.

« Ce n'est pas possible, Viridius !

— Qu'est-ce qui n'est pas possible ? Ce que nous avons sous les yeux est bien réel, pourtant !

— Jamais une armée capable de lancer un assaut en règle contre nos retranchements n'aurait pu approcher dans ces ténèbres, sans qu'on en perçoive le moindre signe. »

Viridius avait regardé Olern. Ce que celui-ci venait de dire sonnait trop juste. D'autant que les troupes de Sarm'Eïloan ne pouvaient avoir massivement parcouru la distance qui les séparait du camp depuis le moment où ses éclaireurs avaient observé la cité ennemie. Ceux-ci ne lui avaient-ils pas dit, d'ailleurs, qu'ils n'avaient relevé aucun mouvement laissant penser qu'Antrégor entendait sortir de son enceinte ? Une attaque comme celle-là ne s'improvisait pas ! Un frisson avait parcouru l'échine de Viridius.

Des forces qui nous dépassent… Les récentes paroles d'Olern résonnaient encore dans ses oreilles.

Avant ces événements, nul n'avait été à même de saisir dans le ciel l'immatérielle présence d'une nuée compacte, et moins encore de la voir se répandre en dessinant d'imperceptibles formes d'une variété infinie, avant de se déposer sur la plaine tout autour du périmètre occupé par l'armée d'Aak-Sour. C'était le terme d'un vaste processus qui avait commencé dès que les premiers soldats avaient sombré dans le sommeil. Et qui avait refermé sur l'ost un piège effroyable autant que meurtrier.

La lueur diffuse des incendies commençait d'engloutir la noirceur qui environnait l'enceinte.

Olern et Viridius s'étaient dirigés vers celle-ci, rongés par l'inquiétude à l'idée que, si ce qu'ils redoutaient était vrai, elle ne freinerait même pas l'ennemi. Autour d'eux, les soldats se précipitaient en masse vers elle, comme sans doute partout ailleurs. Des flèches tombaient au hasard, se fichant tantôt dans le sol, tantôt dans un corps en arrachant un cri.

Comme les deux hommes, nombreux étaient ceux qui se protégeaient tant bien que mal de leur bouclier contre une menace imprévisible : elle ne se précisait qu'au moment où elle frappait.

Olern avait vigoureusement ouvert le passage à Viridius dans le mur humain qui s'agglutinait devant la palanque, en tonitruant :

« Le roi ! Faites place ! Le roi ! »

En dépit de l'effervescence générale, il était ainsi parvenu à provoquer un mouvement de recul respectueux chez la plupart des soldats. Quand les deux hommes étaient parvenus à la palissade, ils avaient observé ce que la lumière diffusée par les brasiers de plus en plus nombreux permettait de distinguer alentour.

C'est alors que Viridius avait perçu, comme la plupart de ceux qui l'entouraient sans doute, une anomalie. En apparence, le camp était ceint par une pénombre de plus en plus profonde, à mesure qu'on s'éloignait de la palissade. Mais était-ce la perception d'une atmosphère sonore inconsistante ? Ou celle de perturbations visuelles quasi indiscernables ? Les ténèbres environnantes semblaient animées par une vie propre.

Viridius avait avisé une des torchères qui jalonnaient la ligne de défense.

« Archers ! » avait-il crié.

Aussitôt, plusieurs hommes s'étaient précipités vers lui. Il avait noté le silence qui gagnait les lieux : de nombreux bruits le perturbaient de toute part, mais, sous-jacent à ceux-ci, il soulignait l'attente angoissée dans laquelle, une fois résorbée la panique initiale, l'ensemble de l'armée avait plongé.

Le souverain avait désigné les flammes d'un geste autoritaire.

« Éclairez le terrain ! »

Ils avaient enveloppé la pointe d'une flèche d'un peu de l'étoupe qu'ils avaient dans une sacoche suspendue à leur ceinture. Les uns après les autres, ils avaient enflammé leurs traits. Puis ils avaient bandé leurs arcs, attendant l'ordre.

Viridius avait baissé sèchement le bras. Un rideau de flammes s'était élancé vers le ciel, parcourant l'obscurité en la repoussant au fur et à mesure de leur vol. Et bientôt, celle-ci s'était ouverte sur l'horreur.

Une foule silencieuse encerclait le camp, compacte et hostile. Bien qu'ils fussent à une certaine distance, les êtres qui la composaient étaient entièrement nus. Du moins était-ce ce qu'avait cru Viridius. Mais il s'était pris à en douter en voyant leurs corps se couvrir de ce qui ressemblait à des armures. Les dernières flèches enflammées avaient pénétré dans leurs rangs, et l'obscurité finissait de retomber, rendant la menace plus oppressante. Seule la lueur faiblissante des tentes en feu éclairait de plus en plus faiblement la plaine, sans atteindre les assaillants. C'étaient plus des reflets naissant sur leur peau qui avaient alerté le roi.

« Dis-moi que je deviens fou, Olern !

— Je ne sais si nous devenons fous, mais douteras-tu de mes paroles, désormais, quand je te dirai que ce que nous vivons n'est pas seulement à l'échelle humaine ? »

Viridius avait regardé son compagnon.

C'est alors qu'une immense clameur s'était élevée, résonnant sous la voûte des cieux, fondant sur eux de toute part, les submergeant de son souffle implacable. Et le sol avait tremblé, ébranlé par les milliers de pas qui convergeaient vers le campement, rapprochant à chaque instant de leur position un ennemi enveloppé de pénombre et dont, jusqu'à ce qu'il fût à portée de main, ils ne verraient pas les visages.

* * *

Silfadred réalisa soudain son erreur. Ou plutôt son inadvertance.

Il était évident que ce qui s'était répandu au-dessus de Sarm'Eïloan, et qu'il avait si proprement vaincu, ne pouvait être un phénomène unique. Partout où des hommes plongeaient dans le sommeil, surtout en grand nombre, les Thrughs pouvaient se manifester, dès lors qu'ils avaient trouvé le moyen de revenir dans le monde. Comment y étaient-ils parvenus ? C'était une autre affaire. L'important était que sa connaissance des arcanes du passé avait suffi à lui laisser entrevoir la nature des événements en cours.

Ce qui se produisait à présent était pire que ce qui venait de se passer sur la citadelle d'Antrégor. Les contingents d'Aak-Sour mis à mal, c'était toute sa stratégie qui risquait de se fissurer, voire de tomber en miettes.

Or, le fracas de la bataille dont les lointains échos arrivaient à ses oreilles ne pouvait avoir qu'une origine : l'armée de Viridius, qu'il avait rendue multitude, offrant sans le savoir aux Thrughs l'opportunité d'être presque aussi nombreux que les soldats qui la composaient. Heureusement pour lui, les produits des cauchemars humains, même à leur stade le plus accompli, n'étaient, eux aussi, que des sous-hommes.

Ugroth ayant disparu, et l'urgence de la situation réclamant son intervention immédiate, il allait devoir se rendre sur place en usant de pouvoirs qu'il avait préféré ne pas utiliser à cette fin depuis déjà quelque temps. Sa seule chance était qu'il n'avait pas été contraint d'épuiser toute son énergie à réduire les Thrughs de Sarm'Eïloan en poussière. Mais allait-il lui rester suffisamment de force pour accomplir ce qui était nécessaire, en vue de poursuivre son œuvre comme il l'entendait ?

Ses yeux balayèrent l'horizon, suivant la ligne que les collines dessinaient sur le ciel étoilé : dans la nuit, elle n'était perceptible que grâce à l'acuité particulière de ses sens. Le son venait bien de la direction où se trouvaient les troupes d'Aak-Sour. Comment, d'ailleurs, aurait-il pu en être autrement ?

Alors, une nouvelle fois, il projeta son âme sur le monde et son regard parcourut les terres, laissant sur la terrasse du château son corps figé, enveloppe trompeuse vidée de toute substance, gardien d'autant plus immuable de la cité endormie qu'il s'était désincarné.

Loin devant lui, une lueur orangée mit brusquement en évidence le profil de coteaux : il sut qu'il approchait de ce qu'il cherchait. Lorsqu'il les dépassa s'offrit à lui une vision d'apocalypse qui l'eût ravi en d'autres circonstances !

La bataille occupait tout le centre du vaste vallon dans lequel s'était installée l'armée d'Aak-Sour.

Les flèches avaient enflammé par endroits les hautes herbes de la prairie, et le feu avait gagné certains conifères grillés par le soleil, omniprésent depuis des jours, en dehors de l'orage qui avait récemment traversé la région, sans réel effet sur la sécheresse.

La lutte que se livraient partout les lueurs d'embrasement et les ténèbres de la nuit illuminait de clairs-obscurs flamboyants l'assaut dont les Thrughs pressaient de toute part le camp de Viridius. De l'affrontement s'élevait un vacarme assourdissant, dans lequel cris et hurlements se mêlaient aux chocs du métal sur le métal, aux hennissement des chevaux affolés, à l'effondrement de la palissade aux endroits où elle cédait, et au fracas des arbres ou des branches sur le sol, lorsque le feu avait eu raison de leur robustesse.

Viridius, Olern, Thorwald et Sirgur avaient fini par se répartir l'ensemble du périmètre et géraient autant qu'ils le pouvaient l'afflux des combattants vers la palanque. Ils étaient parvenus à le contenir, à l'organiser. Derrière la fortification, plusieurs lignes s'efforçaient de faire obstacle au déferlement des vagues ennemies. En arrière, d'autres attendaient, prêtes à les relayer en cas de faiblesse ou à s'opposer à leur tour à l'irruption des Thrughs dans l'enceinte, dans le cas où les premières seraient submergées.

Sur la palissade elle-même régnait la confusion la plus totale, tant le front entre les adversaires était entremêlé. La faiblesse des soldats d'Aak-Sour venait en grande partie du fait qu'ils n'avaient souvent pas pris le temps de s'équiper complètement. Les Thrughs bardés de fer accablaient les assiégés, qui ne leur opposaient que glaives, haches, boucliers et, parfois, casques.

Pour la première fois de son existence, Viridius mesurait la distance séparant les joutes amicales auxquelles il s'était livré jusqu'à ce jour de la sauvagerie qui se déchaînait alentour. Quelques-uns de ses soldats s'étaient rassemblés autour de lui pour le protéger de leur mieux. Il affrontait avec vaillance les adversaires qui bondissaient par-dessus la palissade pour se jeter sur lui, et dont les silhouettes d'ombre, fantômes de fureur, se découpaient en rangs serrés sur les lueurs de feu qui enveloppaient le camp. Sa rage était décuplée par l'idée que la même scène se répétait sur tout le pourtour de celui-ci, et par la vision que son imagination lui offrait de la bataille.

Frappant d'estoc un Thrugh, il vit son adversaire s'effondrer sur lui tandis que sa lame était encore enfoncée dans le corps. Il ne dut son salut qu'à la promptitude avec laquelle deux de ses compagnons tournèrent leur lance vers de nouveaux assaillants, les embrochant en les repoussant sur ceux qui se pressaient derrière eux. Se dégageant, Viridius s'aperçut qu'un flottement se produisait dans les rangs ennemis.

« Archers ! » hurla-t-il en apercevant quelques-uns de ses hommes qui bandaient leurs arcs à côté de lui ; il pointa son glaive vers les attaquants qui tentaient de se dépêtrer des cadavres retombés sur eux. Aussitôt, ses hommes dardèrent une volée de flèches sur le mur mouvant des Thrughs, les accablant de traits sans désemparer. Surpris par cette violente contre-attaque, les assaillants s'effondraient les uns sur les autres avec des cris mêlant la souffrance et la stupeur. Une brèche se dessina dans leurs rangs : Viridius comprit qu'elle lui offrait une chance de créer dans l'assaut une faille, à condition que sa charge soit vigoureuse.

« Je veux des cavaliers ! cria-t-il à l'un de ses soldats. Va ! »

L'homme se précipita en arrière, fendant la masse de ses compagnons.

Un peu plus loin, au nord, Olern avait fort à faire contre l'inépuisable marée qui pressait ses défenses. La palanque avait été enfoncée, et il était contraint à reculer sous la pression de l'attaque. Il entendit l'un de ceux qui l'accompagnaient pousser un hurlement et le vit s'effondrer, le bras sectionné par une hache : le sang éclaboussa tous ceux qui l'entouraient en imposant à leur esprit une vision dont l'horreur les pétrifia.

Le bref instant que dura leur effarement suffit aux Thrughs pour prendre définitivement l'avantage. Redoublant leurs coups, ils commencèrent à faire refluer Olern et sa troupe, pénétrant comme un coin dans leurs rangs.

« Envoie trois hommes vers Viridius, Thorwald et Sirgur, hurla-t-il à l'un des siens. Qu'ils nous procurent des renforts si cela leur est possible ! »

Le soldat s'échappa, évitant de justesse un glaive qui balayait l'air et qu'Olern bloqua aussitôt de son arme, repoussant l'agresseur de son bouclier avant de le sabrer en le décapitant à demi.

« Reculez en bon ordre ! » vociféra-t-il, soucieux de gérer la retraite pour qu'elle ne se transforme pas en débâcle.

Parant les coups plus souvent qu'ils n'en portaient, les soldats d'Aak-Sour se retirèrent lentement, cédant du terrain, essayant d'oublier l'expression de haine implacable affichée par leurs assaillants dans la lumière des tentes qui brûlaient derrière eux.

L'esprit de Silfadred observait le combat. Rien ne distinguait les Hurleurs : le hasard des circonstances et l'affolement qui avait marqué les premiers moments de l'attaque les avaient mêlés aux autres combattants. Le vallon paraissait par endroits la proie des flammes, tant les incendies s'y étaient multipliés, limités toutefois dans chaque cas à un pavillon, à un bosquet ou simplement à un arbre. Tourbillonnant sous l'effet du vent, les fumées qui s'échappaient des foyers se mélangeaient en des volutes parfois denses, dont l'opacité se teintait d'une incandescence tourmentée.

Les adversaires s'affrontaient de façon si serrée qu'il était difficile de les distinguer, sinon lorsque l'un d'eux l'emportait et faisait massivement refluer l'autre. Mais le plus souvent, la lutte était acharnée et indécise.

Dans ce bouillonnement, le mage vit soudain se distinguer le mouvement de cavaliers qui se ruaient vers l'ouest, où l'armée d'Aak-Sour pénétrait déjà vaillamment dans la masse des Thrughs. Les rangs de Viridius s'écartèrent pour laisser passer les chevaliers qui chargèrent, abattant à coups redoublés, de part et d'autre de leur monture, leurs armes de poing, hache, glaive ou fléau.

On avait amené un cheval au roi qui monta aussitôt dessus pour diriger l'offensive. De sa longue épée, il faisait merveille, tranchant dans les êtres gesticulants qui se pressaient autour de son destrier, devançant les gestes qui visaient celui-ci. Ses compagnons rivalisaient de prouesse. Certains avaient eu le temps de revêtir leur armure qui chatoyait sous la lueur des flammes ; chacun de leurs mouvements lançait vers le ciel des éclairs de feu qui, par instants, formaient un halo autour des lames dressées, au moment de porter un coup mortel et de faucher les assaillants.

Bientôt il vit d'autres corps de cavalerie se lancer vers tous les points de la palissade, ajoutant au tumulte qui régnait partout à l'intérieur de l'enceinte et mêlant au ronflement des incendies le martèlement lourd de leur charge.

Chacun dans son secteur, Thorwald et Sirgur contraient avec ardeur les assauts incessants des vagues ennemies.

Les soldats du premier n'avaient pas cédé un pouce de terrain. Accrochés à la ligne de défense, ils repoussaient toutes les attaques, appuyés par des archers qui faisaient des ravages dans les rangs de l'adversaire. Tantôt ils tiraient droit devant eux, perçant les corps et leur harnachement presque à bout portant ; il arrivait même que le trait, ne rencontrant que du cuir et des muscles, frappe avec une telle force sa cible qu'il la traversait de part en part dans un giclement de sang et de chairs, et aille se ficher dans le corps un autre Thrugh pressé contre la victime par la masse de ses semblables. Tantôt ils envoyaient vers le ciel une volée de dards qui balayaient l'espace de leur majestueuse trajectoire, avant de s'abattre en une pluie drue, décimant les assaillants en ouvrant dans leur grouillement une trouée vite refermée.

Les contingents de Sirgur étaient parvenus, quant à eux, à provoquer un flottement chez les Thrughs, par la vivacité et la violence de leur riposte. Les attaquants, surpris de ne pouvoir déborder les assiégés, avaient même marqué un mouvement de recul et semblaient hésiter à poursuivre leur offensive. Comprenant que cela lui offrait une chance inespérée de les repousser de façon marquante, Sirgur décida de franchir la palissade qui, en cet endroit, avait été renforcée par des troncs d'arbres et avait tenu bon.

« Soldats d'Aak-Sour, en avant ! » clama-t-il en faisant parcourir à son glaive un ample arc de cercle en direction des Thrughs massés à quelques pas à peine.

Il gravit la fortification avec fougue, entraînant ses hommes, que l'exemple de ses exploits et le succès de leur action avaient rendus plus intrépides que jamais. L'image de leurs silhouettes illuminées par les flammes se dressant sur la noirceur du ciel en s'accompagnant de cris sauvages provoqua chez ceux qui les suivaient une exaltation effrénée : tout le bataillon s'élança dans un même mouvement derrière son chef, prêt à déferler sur l'ennemi en une vague puissante.

Mais Sirgur n'avait pas vu un Thrugh qui, bousculé par les siens, s'était retrouvé à terre contre les rondins. Lorsque ce dernier aperçut le chevalier surgir au-dessus de lui, il se leva d'un bond, l'arme à bout de bras, et la pointe, passant sous la cuirasse, déchira le ventre de Sirgur pour remonter jusqu'à sa gorge. Stoppé net dans son élan sans même comprendre ce qui lui arrivait sur le moment, le malheureux laissa échapper un râle pathétique, avant de s'effondrer lorsque le Thrugh dégagea de ses chairs son bras et son glaive ruisselants de sang. Alors, déjà presque inconscient, Sirgur saisit, à travers le voile épais dont la mort, fulgurante, enveloppait ses sens, la forme de son agresseur. Laissant retomber son bras, il employa son dernier souffle à diriger son épée vers elle et, s'affalant lourdement sur la créature, la cloua sur la terre dans un hurlement d'agonie.

Voir leur chef tomber si inopinément brisa l'élan des soldats, qui avaient pu croire depuis quelque temps que le trépas n'était le lot que de l'adversaire.

Quelques-uns se précipitèrent en bas de la fortification pour se saisir du cadavre de Sirgur et le hissèrent, pantelant, par-dessus celle-ci, vers d'autres qui tendaient les bras pour le tirer à eux. Se frayant un passage à travers les rangs de leurs compagnons atterrés, ils emmenèrent le corps, tandis que la nouvelle se répandait déjà de toute part :

« Sirgur est mort ! Sirgur est mort ! »

Jusqu'alors victorieuse dans ce secteur, la défense venait d'y être sérieusement ébranlée. Privés de guide, choqués par la brutalité d'un événement qui bouleversait l'utopie entretenue par certains de façon latente, selon laquelle un seigneur de cette trempe était immortel, les soldats commencèrent de refluer massivement devant l'élan nouveau que la tragédie avait insufflé aux Thrughs. Ceux-ci se ruèrent sur la palissade momentanément désertée, l'escaladant avec frénésie dans un élan irréductible. Surgissant à son sommet, vociférant des cris de guerre avec une hargne qui tordait leurs visages en des grimaces hideuses accentuées par la lueur mouvante des flammes, ils paraissaient des monstres sortant d'un brasier pour dévorer tout ce qui leur ferait obstacle. Une vague de terreur submergea les défenseurs, dont bon nombre tournèrent le dos pour s'abandonner à une fuite éperdue. L'arrivée massive d'une forte cavalerie stoppa leur débandade. Les chevaliers, les bousculant sans ménagement, en écrasant certains sous les sabots de leurs chevaux, chargèrent vers l'enceinte, fauchant comme des fétus les premiers Thrughs qui en étaient descendus, et obligeant ceux qui arrivaient à son sommet à se jeter en arrière par la soudaineté de leur contre-attaque ; d'aucuns, parmi ceux-ci, s'empalèrent sur les armes brandies de ceux qui s'apprêtaient à les suivre, ajoutant à une confusion d'autant plus grande qu'elle avait brisé l'espoir d'une victoire prompte et certaine.

Soumis aux assauts forcenés des Thrughs, les soldats de Thorwald, commençaient à ressentir les premiers effets de l'épuisement. Il craignait à présent qu'en dépit de leur héroïsme, ils ne parviennent jamais à faire pencher le sort du combat en leur faveur de façon décisive.

Transpirant sous le coup de l'effort autant que sous celui des effluves embrasés que le vent portait vers eux depuis les tentes en flammes, ils commençaient même à fléchir, insensiblement.

C'est à ce moment qu'un cavalier arriva dans leur dos, suivis par de nombreux autres venus à la rescousse. Il descendit de son cheval et se fraya un chemin vers Thorwald. Lorsqu'il l'eut rejoint, il l'attrapa par l'épaule et le fit se retourner, lui hurlant quelques mots dont peu saisirent le sens, tant était grand le vacarme. L'expression de Thorwald était déjà terrible. Son visage devint livide. Une grimace de fureur déforma ses traits. Et, avec un cri sauvage, il se rua sur l'adversaire. Esquivant les coups de son bouclier, zébrant l'espace de son glaive en faisant jaillir le sang à chaque instant, tranchant, mutilant, éventrant tout ce qui se trouvait sur son passage, il s'enfonça dans les rangs ennemis, enflammant par son exemple l'impétuosité déclinante de ceux qui l'entouraient : ils se jetèrent à sa suite.

Guidés par Thorwald devenu, semblait-il, invincible, ils franchirent la ligne de la palissade qui, plus fragile en cet endroit, avait été renversée dès les premiers instants du combat, et se mirent à culbuter dans leur élan la masse stupéfaite des Thrughs.

Constatant d'un regard les effets de sa rage vengeresse, Thorwald laissa un sanglot monter dans sa gorge et murmura d'une voix rauque, tandis que son glaive fendait le crâne d'un de ses adversaires :

« Au moins, Sirgur, ta mort n'aura pas été inutile… »

C'est avec soulagement qu'Olern entendit monter dans le fracas de la bataille le battement sourd de dizaines de sabots sur le sol. Il ouvrit une brèche dans sa troupe, fortement mise à mal par le harcèlement auquel elle était soumise. Les chevaliers s'y engouffrèrent pour se déployer aussitôt : leur survenue inopinée, appuyée par la supériorité que leur conféraient leur armement et leurs montures, leur donna un avantage immédiat sur les Thrughs qui avaient envahi le camp. Ceux-ci se retrouvèrent pris en étau entre la charge frontale qu'ils subissaient et la pression exercée par leurs semblables derrière eux. En tournant le dos, les premiers rangs transformèrent l'affrontement en massacre. Fuyards désespérés et assaillants incrédules eurent tôt fait de s'entretuer, souvent sans même s'en rendre compte, tandis que les cavaliers accablaient les premiers de leurs armes. Les Thrughs qui, peu de temps auparavant, se voyaient bientôt engloutir l'ennemi dans leur flot dévastateur, se trouvèrent refoulés jusqu'à l'extérieur des défenses.

À l'ouest, Viridius poursuivaient son irrésistible percée à travers les attaquants. Il s'enfonçait dans leurs rangs à la tête d'une pointe allant s'élargissant jusqu'à la palanque, d'où ses soldats sortaient, toujours plus nombreux, renforçant son offensive. Malgré l'effort constant auquel ils soumettaient leurs corps, l'épuisement semblait n'avoir aucune prise sur eux. Chacun de leurs pas les faisait progresser sur un océan de cadavres et d'agonisants dont chacun de leurs coups nourrissait le reflux.

Contemplant la terrible bataille, l'âme désincarnée de Silfadred était satisfaite. Son influence sur les esprits d'Aak-Sour avait rempli son rôle à la perfection, faisant des êtres qu'ils habitaient des combattants exemplaires. Cette guerre allait être le sommet de son art. À condition, toutefois, qu'elle eût bien lieu.

Hommes et Hurleurs tombaient par dizaines sous les coups des Thrughs, dont les pertes étaient désormais bien supérieures. Le sort de ces derniers, en soi, lui importait peu. Tous ceux qui mouraient ne viendraient plus encombrer les délires humains au risque de contrecarrer ses plans. Mais ce n'était pas une armée exsangue qu'il voulait voir parvenir sous les murs de Sarm'Eïloan.

Alors, invisible dans la noirceur de la nuit tourmentée par la fureur du combat et la rage des incendies, l'ombre du mage s'étendit sur le champ de bataille, le couvrant d'un immense et invisible linceul.

N'était-ce pas ainsi qu'il avait jadis procédé sur les étendues assombries par les Nuées, dans lesquels survivaient, misérables, les innombrables rebuts de l'humanité qui avait vainement espéré transcender ses rêves futiles sous le règne du bienveillant Ischeltroëm ? Et tout particulièrement sur celles environnant les terres conduisant à la demeure du dieu déchu, sur lesquelles les deux royaumes prêts à se déchirer avaient provisoirement échappé à la malédiction qu'il avait déchaînée sur le monde ?

S'il n'avait pas été en cet instant que pur esprit, Silfadred eût souri avec une cruauté amusée.

Bienveillant Ischeltroëm, à présent relégué dans les remugles de l'oubli !

De la terre gorgée de sang se mit à sourdre lentement une brume, dont l'opacité se combina tout d'abord à l'obscurité. Elle ne commença de se révéler que lorsqu'elle ouata les lueurs d'incendies, les métamorphosant en halos aux couleurs incertaines et diluées. Le bataille prit peu à peu en son sein une allure spectrale : un flou surnaturel enveloppa les silhouettes des combattants, dont la fureur s'atténuait lentement, comme endormie par le phénomène.

« Que se passe-t-il ? » cria Viridius qui, le premier, avait ralenti son offensive.

La montée du brouillard s'accentuait d'instant en instant.

« Peut-être est-ce l'approche de l'aube, suggéra à ses côtés un chevalier. Nous devrions nous replier, Seigneur ! Sinon, nous risquons bientôt de nous entretuer sans même le savoir ! »

Les bruits du combat faiblissaient, le cliquetis des armes se raréfiait. Une torpeur insolite semblait s'emparer des lieux et de tous ceux qui s'y trouvaient. Devant l'ampleur que prenait l'apparition du brouillard, décuplée par l'obscurité, Viridius dut se résoudre à faire retraite. De tout côté, la réaction était la même. De part et d'autre, on cessait le combat, faute de pouvoir distinguer l'adversaire de l'allié.

Un silence épais s'empara du vallon encore baigné de nuit.

Telle une pestilence, l'ombre s'insinua dans les cerveaux dégénérés des Thrughs. Tous sentirent les souvenirs qui les liaient à ceux dont ils étaient nés s'éloigner de leur conscience, tandis qu'une force intérieure écartelait les chairs au milieu de leurs crânes, y faisant naître d'indicibles souffrances. Bon nombre s'effondrèrent, en proie à une agonie rapide, mais terrible ; leur faiblesse originelle ne leur permettait pas de résister à la puissance destructrice qui montait en eux et s'imposait à leur corps autant qu'à leur esprit, s'ils survivaient à l'épreuve.

Certains, après s'être affaissés, aux portes de la mort, se relevèrent bientôt, surpris d'avoir échappé à la terrifiante et longue torture qu'ils avaient endurée, et dont leur corps tremblait encore. Mais, comme tous ceux qui avaient résisté, ils se sentaient autres que ce qu'ils étaient auparavant.

Il leur sembla que leurs muscles exsudaient lentement les séquelles de la souffrance qui les avait ravagés, tandis que les pénétrait le sentiment d'être inexorables.

Lorsqu'ils furent apaisés, ils surent qu'ils devaient à présent rejoindre ceux dont ils étaient devenus les semblables.

Alors, enveloppés de la brume qui les rendait indistincts, ils se dirigèrent vers le camp de Viridius dans lequel ils pénétrèrent, se mêlant insensiblement à ceux qui s'y trouvaient, aveugles, incapables de discerner leurs voisins. Les remous qu'occasionna leur venue n'inquiétèrent personne, tant ils semblaient consécutifs aux déplacements les plus naturels des occupants du camp, massés aux abords de la palissade, les yeux rivés sur l'extérieur.

Ils se répandirent à l'intérieur de l'enceinte dans le plus total anonymat. Seuls les Hurleurs détectèrent, sans broncher, les présences de ceux qui rejoignaient leurs rangs.

L'âme de Silfadred perçut à l'orient les prémices de l'aurore. L'ombre qu'elle avait étendue sur le champ de bataille commença de se résorber doucement, pour disparaître en même temps que la brume, à mesure que viendrait le jour. Satisfaite, elle reprit le chemin de Sarm'Eïloan. Lorsqu'elle réintégra la silhouette immobile dont le regard vide était posé sur les alentours de la citadelle, le visage frémit et un pâle sourire de triomphe déforma les traits du mage : devenus ses esclaves, les Thrughs qui avaient survécu à sa malédiction étaient allés regonfler les effectifs de Viridius, compensant les pertes d'une malencontreuse bataille et rééquilibrant les forces belligérantes.

Créatures de cauchemar ils étaient…

… créatures de cauchemar ils resteraient !

Aurore nostalgique où des rêves de gloire
Se révèle sans fard le visage illusoire...

LIVRE DES CÉLESTES
Chant III, vers 2246--2247

53

Viridius n'aurait su dire depuis combien de temps, entouré de ses soldats, il cherchait à sonder du regard la brume dans laquelle ils baignaient.

Lentement, la venue du jour l'avait révélée dans toute son épaisseur, imposant dans l'espace son impénétrable blancheur, plus lumineuse, plus aveuglante à mesure que le soleil s'élevait dans le ciel, sans parvenir à la percer.

L'attente qu'elle créait par sa seule présence envoûtait les esprits, en y distillant une insidieuse angoisse que renforçait le silence, omniprésent, presque surnaturel.

Puis, tout doucement, son uniformité se différencia en des myriades de volutes paisibles qui ondoyaient sous les caresses d'une brise impalpable, laissant peu à peu la clarté diurne filtrer à travers elles.

La tension retombait, tant il s'avérait que les assaillants avaient disparu.

En perdant de sa compacité, le dégradé de brouillard dévoilait progressivement la plaine, sur laquelle de nombreux cadavres reposaient, entremêlés parfois dans des poses étranges ou grotesques. Si certains étaient manifestement tombés sous les coups des soldats d'Aak-Sour, d'autres semblaient s'être tassés sur eux-mêmes. Parmi eux gisaient aussi des soldats de Viridius, en petit nombre, et même deux chevaux dont les poitrails, ouverts, laissaient échapper leurs viscères. Leurs cavaliers avaient visiblement été achevés sans avoir le temps de se relever : l'un d'eux, la gorge tranchée, avait encore une jambe coincée sous sa monture.

Cette désolante vision tira Viridius de la fascination inconsciemment morbide qu'exerçait sur lui le spectacle de la prairie surgissant lentement du mystère dont la vapeur l'enveloppait : il rendait à chaque instant plus tangible l'étendue d'une bataille que la nuit avait jusqu'alors réduite pour chacun à ce qui se passait autour de soi. Prenant conscience de la dévastation semée par l'affrontement, voyant ses soldats immobiles dans des mares de sang, il réalisa qu'il devait en être de même sur tout le pourtour du camp, et peut-être à l'intérieur de celui-ci.

Sa main droite était crispée sur la poignée de son glaive. Quand il relâcha sa prise, une sensation de brûlure, sans doute étouffée jusque là par la contraction de ses muscles, remonta le long de son bras. Il s'aperçut qu'une plaie sanguinolente barrait le membre au-dessus du coude, sans gravité mais assez profonde. Il n'avait même pas senti le coup.

« Il va falloir nous occuper des blessés, dit-il lentement. Et des morts ! »

Du regard et d'un signe de tête, il intima à deux soldats l'ordre d'organiser cette besogne. C'est à ce moment que retentit dans son dos une voix qu'il reconnut à peine sur le moment, tant elle était brisée.

« Sire ! »

Il se retourna pour se retrouver face à Thorwald dont les yeux, marqués par le chagrin, le fixaient. Près de lui, la dépouille de Sirgur reposait sur un brancard de fortune tenu par quatre fantassins. Le bas de son corps était rougi par le sang échappé d'une blessure que couvrait la cuirasse, mais qu'on devinait horrible. Viridius lâcha son bouclier, s'approcha de son lieutenant et, sans un mot, passa son bras autour du cou de ce dernier dans une accolade fraternelle, d'une compassion contenue. Les deux guerriers restèrent ainsi un long moment, puis se séparèrent.

Viridius se recueillit brièvement devant le corps, semblant mettre à profit le temps qui s'écoulait moins pour rendre hommage à un compagnon d'armes que pour méditer.

Il releva soudain la tête.

« Qu'on dresse un bûcher pour les morts. Sauf lui, précisa-t-il en désignant Sirgur du doigt. Nous ne le brûlerons que devant les murs de Sarm'Eïloan, lorsque nous y parviendrons demain. Les honneurs que nous lui rendrons seront notre premier acte de guerre ! »

Puis il s'éloigna d'un pas résolu, après avoir ramassé son écu.

* * *

Aux premières lueurs de l'aube, Farkhar et Surandir, guidés par Eïséryne, avaient pris la route vers le Chemin des Maléfices. Khaaster leur avait confié deux chevaux qui tiraient le chariot sur lequel Aïwana, endormie, avait été installée.

Les Ouloukhs leur avaient également préparé de la nourriture et des outres d'eau, qu'ils avaient chargées sur le véhicule.

Il leur avait semblé que tout le village s'était assemblé pour saluer leur départ, au lendemain d'une réception dont la simplicité n'avait eu d'égales que sa chaleur et sa convivialité. Khaaster avait tenu à ce que leurs tenues soient lavées, et les avait fait vêtir autrement pour la soirée. Ils avaient eu quelques difficultés à trouver des habits à leur taille, et le résultat, quoique satisfaisant, aurait certainement provoqué entre eux des rires, si leur esprit n'avait été assombri par le doute qui planait sur l'avenir d'Aïwana. Si elle avait été, tout simplement, éveillée, avec eux, auquel cas elle n'eût sans doute pas été la dernière à ironiser sur la situation.

Durant la soirée, Farkhar avait été gagné par l'ambiance réconfortante du repas, à laquelle tout concourait : le raffinement des mets, la chaude lumière des candélabres et des torches, le ton paisible des conversations, l'évident effort de leurs hôtes pour les distraire de leurs soucis sans leur donner le sentiment de les ignorer. À un moment, il s'était penché vers Eïséryne pour glisser dans son oreille :

« Je veux croire, comme toi, qu'Ischeltroëm avait choisi ce peuple pour veiller sur l'accès à ses terres, et que ce n'est pas par hasard si ces êtres vivent ici. »

Elle lui avait souri en retour.

Si le jeune prince avait éprouvé beaucoup de mal à s'évader de ses pensées, Surandir s'était, quant à lui, laissé entraîner à plaisanter assez souvent.

Quand, au matin, était venu l'instant du départ, Khaaster s'était approché de Farkhar, qui s'apprêtait à monter sur Actarès, alors que Surandir et Eïséryne l'attendaient déjà sur leurs chevaux :

« La tâche qui t'attend est au-dessus des talents de la plupart des hommes, Seigneur. Sache que les pensées de tout mon peuple t'accompagneront dans l'accomplissement de celle-ci. Et que nous guetterons avec impatience ton prochain passage sur nos terres, car il signifiera, non point que tes épreuves sont terminées, mais que tu as surmonté les plus périlleuses. Pour affronter celles qui suivront, ta vaillance pourra suffire. Mais face à celles qui t'attendent sur la voie du Lac, il te faudra bien plus !

— Toi et ton peuple avez déjà beaucoup fait pour nous aider. Et nous vous sommes reconnaissants de votre aide. »

En prononçant ces mots, Farkhar avait dirigé un regard éloquent vers le chariot où reposait la fille de Theinabrÿn.

« Allez, maintenant, avait dit Khaaster. Car, même si vous avez parcouru la plus grande partie de votre route, longue est encore celle jusqu'au Chemin des Maléfices. »

Sur un dernier signe d'adieu, les silhouettes sombres des voyageurs, nimbées par les premiers rayons du soleil, s'étaient éloignées vers l'orient, bientôt tremblantes dans les ondes de chaleur exhalées par la terre. S'ils avaient jeté un regard en arrière, ils auraient vu Khaaster et les Ouloukhs les regarder, immobiles, jusqu'à ce qu'ils eussent disparu à l'horizon, laissant l'herbe se refermer sur leurs pas et reléguer définitivement leur venue dans le monde du souvenir.

Très loin devant eux, ils voyaient toujours le ciel tourmenté et ardent qu'ils apercevaient depuis leur départ, deux jours plus tôt, et qui semblait reculer à mesure qu'ils avançaient.

Ils venaient de s'arrêter en vue d'un spectacle d'une surprenante beauté. Parvenant au sommet d'une colline, ils avaient découvert une vallée : à mesure que le regard s'éloignait vers l'horizon, de celle-ci émergeaient des lignes de reliefs ; chacune d'elles se dessinait sur la suivante en s'en distinguant par sa couleur, intermédiaire entre celles de la précédente et de la suivante : en passant par diverses nuances mêlant des verts et des marrons pastel, on s'acheminait ainsi d'un ocre ténébreux vers un beige pâle, que les lointains flamboiements embrasaient, pour finir, de lueurs fugitives.

Sur cet ensemble planait une brume : s'épaississant vers le fond des vallons successifs, son voile conférait au paysage une irréelle douceur et le baignait d'une quiétude hors du temps.

Jamais vision n'avait inspiré à Farkhar autant de nostalgie.

Il jeta un regard vers Aïwana, immobile. Si tout se passait bien, elle reprendrait connaissance dans peu de temps. Mais dans l'attente de ce moment, nul ne pouvait prédire de quoi l'avenir serait fait. La tristesse dans laquelle le plongeait cette incertitude, s'ajoutant au trouble qu'il éprouvait à la vue de ces étendues empreintes d'un lyrisme apaisé, lui arracha une larme qu'il sentit couler lentement le long de sa joue.

« Est-ce encore loin, demanda-t-il d'une voix dont le léger tremblement n'échappa point à Eïséryne.

— Une fois passées ces vallées et ces collines, nous parviendrons à l'entrée du Chemin des Maléfices », répondit-elle avec beaucoup de douceur, touchée par l'émotion du jeune homme.

Farkhar resta un moment silencieux, perdu dans sa contemplation.

« Jamais nous n'y parviendrons demain. »

Son ton exprimait une sorte de désespoir.

« Si, le rassura-t-elle. Un passage circule entre ces collines. Elles ne forment pas un massif continu. Mais le brouillard t'empêche de voir ces détails. »

Il hocha lentement la tête.

« Alors, allons-y. Nous te suivons ! »

À peine eut-elle fait un pas que Truffe d'Or et Truffe d'Ombre s'élancèrent dans la pente qui menait vers la première vallée, disparaissant dans le voile de brume qui stagnait à mi-hauteur.

* * *

Une fois qu'ils furent descendus dans celle-ci, Farkhar et Surandir eurent la surprise de constater que le brouillard n'était pas du tout aussi épais qu'il le paraissait depuis la hauteur. Sans doute parce la lumière du jour pénétrait abondamment à travers lui, alors que, vu de haut, il opposait au regard toute sa densité.

Les deux chiens les guettaient, haletants, la langue un peu pendante.

Ils cheminèrent dans une lumière diaphane qui rendait leur progression onirique. Se confiant entièrement à Actarès, Farkhar ne quittait pas des yeux Aïwana, attentif au moindre signe annonciateur de son éveil. Détaché du temps, et presque de l'espace, tant la nature alentour semblait uniforme, il sentait son esprit se vider. Il en tirait une forme de bien-être qui compensait son inquiétude, sans pour autant la taire.

Eïséryne et Surandir restaient muets. C'était à peine si le pas des chevaux et le roulement du chariot perturbaient le silence, ponctué par quelques chants d'oiseaux, révélateurs de la paix totale qui baignait les lieux.

Comme Eïséryne l'avait annoncé, la voie qu'ils suivaient serpentait entre les lignes de collines sans qu'ils eussent jamais à gravir celles-ci. La durée de leur voyage s'en trouverait considérablement diminuée par rapport à ce qu'avait craint Farkhar, quand il avait découvert le paysage. Par contre, leur perception de l'horizon était limitée par le relief et par la vapeur qui, quoique inégalement épaisse selon les endroits, n'était jamais complètement absente. Il leur était difficile d'évaluer la distance qu'ils parcouraient.

La végétation, foisonnante, était d'une variété infinie, rappelant à Farkhar l'impression qu'avait fait naître en lui sa première vision de la forêt des Iazliks. Dans l'après-midi, ils s'arrêtèrent près d'un ruisseau pour se rafraîchir, faire boire leurs montures et prendre un peu de repos. Les chiens d'Eïséryne, qui n'avaient cessé d'aller et venir entre les cavaliers, batifolèrent joyeusement, puis, de façon inattendue, vinrent vers le chariot et se couchèrent devant celui-ci, après un regard à sa passagère. C'est à ce moment que, pour la première fois depuis la veille, Farkhar, Eïséryne et Surandir, alertés par le manège des animaux, virent un frisson parcourir le corps d'Aïwana, si ténu qu'ils doutèrent d'abord qu'il eût été réel. Puis un frémissement furtif anima ses doigts, ses paupières tremblotèrent et, finalement, s'ouvrirent sur des prunelles lumineuses, limpides, empreintes d'une grande paix.

Déjà, Farkhar était près d'elle, le regard fiévreux. Eïséryne et Surandir restèrent à l'écart.

« Aïwana… » souffla-t-il doucement.

Guidée par sa voix, elle tourna le visage vers lui.

« Farkhar… »

Ses traits respiraient un étonnement croissant, à mesure qu'elle découvrait le monde alentour.

« Où sommes-nous ?

— Comment te sens-tu ? lui demanda le garçon, ignorant sa question.

— Je me sens… bien. Merveilleusement bien. »

Elle se leva, d'abord sur un coude, puis s'assit et se laissa glisser du chariot avec une grâce qui ne trahissait aucun signe de la torpeur dont elle venait de sortir. Farkhar, Eïséryne et Surandir partageaient la même surprise. Elle fit quelques pas, puis s'arrêta et ferma les yeux.

« Je me souviens, à présent » dit-elle d'une voix un peu absente.

Elle resta longuement silencieuse, immobile. Puis s'éloigna en leur tournant le dos. Tandis qu'elle avançait, la brume devenait plus translucide, le soleil plus ardent. Dans ses rayons, le pelage de Truffe d'Or prit des reflets qui, plus que jamais, lui firent mériter son nom. Un univers de lumière les enveloppait, éveillant chaque détail de la nature, donnant sa luxuriance au décor qui semblait, par comparaison, sortir lui aussi d'un profond sommeil et reprendre vie. Les sons se multipliaient, se répondant ou se faisant écho : tressaillements dans les herbes et les feuillages, gazouillis, piaillements, pépiements, glissements furtifs…

Quand elle fut à quelques pas de Farkhar, elle se retourna, affichant une expression espiègle, et posa sur lui le regard d'ambre qu'il lui connaissait si bien et qui, tout à coup, lui sembla avoir repris un éclat perdu depuis longtemps.

« Oh oui, dit-elle, je me souviens ! »

L'instant d'après elle avait disparu. Farkhar, Eïséryne et Surandir restèrent interdits. Puis la reine et le nain éclatèrent de rire ; au même moment une infime sensation sur son épaule gauche attira l'attention de Farkhar, et une voix amusée glissa dans son oreille :

« Et toi, prince Farkhar, te souviens-tu ? »

Le plumage ocre qui couvrait la gorge de l'oiseau posé sur sa tunique brune lui parut d'un seul coup resplendir de mille soleils, tant la joie étreignit son cœur. Délicatement, il tendit son index vers l'animal qui s'y percha d'un saut léger. Leurs regards restèrent fixés l'un dans l'autre, tandis qu'il amenait le rouge-gorge en face de son visage.

« Aïwana, ma douce magicienne, murmura-t-il, laisse-moi te contempler à nouveau. »

D'un geste vif, il lança vers le ciel le passereau qui, après avoir tourbillonné autour d'eux, revint se poser devant lui. Mais il ne le vit pas toucher le sol, car, dans l'instant où cela aurait dû se produire, l'air fut parcouru par un subtil flottement et la jeune fille se matérialisa telle qu'au premier jour, lorsqu'il l'avait découverte assise sur le rebord de sa fenêtre, dans sa chambre du château de Sarm'Eïloan : attirante, mystérieuse, envoûtante...

* * *

« Quelles sont les dernières nouvelles, Silfadred ? »

Dominant depuis les remparts le terrain qui s'étendait jusqu'à la palissade, en direction de la rivière, Antrégor et Spartan parcouraient des yeux les collines désertes qu'on apercevait au-delà.

Silfadred avait reçu les éclaireurs qu'il avait envoyés espionner l'ennemi. Puis il n'avait pas tardé à les rejoindre. Une certaine distance éloignait le souverain de son conseiller depuis quelques jours. Antrégor ressentait pour l'homme une méfiance inexplicable, tant elle paraissait naître dans le tréfonds de sa pensée et ne trouvait par ailleurs guère de justification objective à ses yeux.

Certes, la mort de Gwenaline avait creusé entre eux un fossé que rien ne pourrait combler, en raison du caractère affectif des motivations du roi. Mais cet acte s'était par ailleurs avéré justifié par les coutumes ancestrales qui régissaient la vie de Sarm'Eïloan, et n'avait provoqué aucune réaction dans la population. Tout au plus, le tribunal et Silfadred avaient donné d'eux-mêmes une image impitoyable, mais elle avait trouvé toute sa place dans une situation générale qui ne l'était pas moins.

Dix jours ! Le temps avait passé si vite depuis la tragédie, emportant les esprits dans le tourbillon des événements, que même le chagrin du roi, à défaut de s'atténuer, n'avait pas trouvé l'opportunité de s'extérioriser.

Sauf le soir.

Quand, dans la solitude de sa chambre, Antrégor avait le sentiment qu'il allait passer sa nuit à contempler le lancinant ballet que se livraient devant ses yeux les visages de sa reine disparue et de sa fille sacrifiée. Toujours, finalement, un sommeil qu'il jugeait improbable s'emparait de son esprit et de son corps, sans qu'il le sente approcher.

Et chaque matin, il s'éveillait revigoré, plein d'espoir et de résolution, dans un état d'âme diamétralement opposé à celui qui était le sien la veille, tandis qu'il cherchait désespérément à s'endormir. Une fois, il avait eu le vague souvenir d'un rêve traversé par Theinabrÿn. Sans plus.

à présent, il examinait l'imposante fortification de bois édifiée tout autour de sa citadelle, les tours qui la jalonnaient, les engins de guerre disposés par endroits sur des emplacements aménagés au long du chemin de ronde. Organisées par corps, les tentes qui couvraient l'espace, laissant libres de larges voies, suggéraient la présence d'une grande quantité de combattants. Depuis la veille, le flot des réfugiés s'était tari. Les portes s'étaient définitivement refermées, sauf pour livrer passage aux patrouilles, dans l'attente de voir l'armée ennemie resserrer son étau sur les lieux.

« Comme nous le supposions, répondit le mage, Viridius sera là demain. Il a établi son camp pour la nuit derrière ces collines.

— Que n'est-il venu directement sous nos murs !

— Il ne souhaitait sans doute pas se mettre à la merci de nos sorties sans avoir le temps de se retrancher. Là où il se trouve, il est certainement au courant de tous nos faits et gestes : nous ne pourrions le prendre par surprise.

— Alors espérons que la dernière nuit de paix que va connaître notre cité sera calme, dit Antrégor, les yeux rivés sur le couchant qui commençait à colorer chaudement l'horizon.

— J'ai pris mes dispositions pour qu'elle le soit ! » dit Silfadred avec un sourire ambigu.

Ni Spartan, ni Antrégor ne pouvaient savoir qu'il songeait alors aux Thrughs décimés, au fléau auquel Sarm'Eïloan avait échappé la nuit précédente et à la bataille livrée par Viridius, laquelle avait failli ruiner ses plans.

« Je te fais confiance, Silfadred. Spartan a fait un travail superbe, ne trouves-tu pas ? » demanda le roi en balayant le paysage de la main.

Son ton, jusqu'alors sombre, s'était soudain ragaillardi.

« Si, absolument superbe, Sire. Je pense que notre adversaire aura fort à faire, s'il veut nous atteindre.

— Une fois qu'il nous aura emprisonnés, le temps jouera pour lui...

— Pour nous aussi, quand il s'épuisera dans ses assauts.

— Pourquoi voudrais-tu qu'il s'y risque, quand il lui suffira d'attendre ? demande Antrégor.

— Croyez-vous que Viridius soit homme à se contenter de pareille solution ? Qu'il soit venu ici avec une telle armée pour seulement la faire camper sous nos murs ? Son comportement a montré l'étendue de son orgueil. La passivité n'est jamais source de gloire. »

Antrégor risqua un coup d'œil vers Spartan, qui semblait décidé à ne pas se départir de son mutisme. Puis il dodelina lentement la tête.

« Quoi qu'il en soit, ce sera terrible... »

Mystères de l'Amour, lors vient le crépuscule
Où de votre pouvoir le guerrier indompté
Éprouve la magie, et dans la volupté
Exalte les vertus dont sa vaillance brûle !

LIVRE DES CÉLESTES
Chant III, vers 2325-2328

54

Un grondement étouffé et lointain acheva de tirer Sarm'Eïloan de sa torpeur matinale quotidienne.

Alertés, Antrégor et Silfadred étaient déjà sur le chemin de ronde de la palissade, à côté de la porte qui s'ouvrait vers le pont enjambant la rivière. Ils avaient tous deux revêtu leur armure.

Celle du mage avait la noirceur de l'ébène, comme la cape qui flottait sur son dos ; son casque, le mézail relevé, était surmonté d'un cimier représentant un aigle aux ailes déployées. L'ensemble donnait au personnage une prestance écrasante que son visage impassible et son regard d'acier rehaussaient d'une incontestable noblesse. On était accoutumé à ses tenues sombres, auxquelles sa démarche donnait toujours une allure aussi menaçante que princière. Mais cette fois, il émanait de lui une splendeur virile que nombre de chevaliers lui avaient presque mortellement enviée, en le voyant paraître ainsi vêtu pour la première fois depuis son arrivée à Sarm'Eïloan.

Plus humble, plus ordinaire aussi, l'adoubement d'Antrégor était assorti d'un parement vert pâle : sur la poitrine étaient brodées en la même couleur, mais sombre, les armes de Sarm'Eïloan, réduites, ainsi que l'avait voulu Silfadred, au symbole de la citadelle et aux deux silhouettes de chevaux affrontées. Le roi portait son heaume sous le bras.

Dans leurs yeux transparaissait la même résolution. Toutefois, à la fierté rayonnante du guerrier se préparant à une bataille longtemps attendue affichée par le premier, le second opposait l'humble réserve de l'homme de paix entraîné vers le combat à son corps défendant.

Le soleil, émergeant dans leur dos derrière la citadelle, projetait leurs ombres démesurées sur le sol, devant la fortification.

Spartan les avait bientôt rejoints, après s'être assuré que les défenseurs étaient bien à leur poste, tout au long de la fortification.

Antrégor était en train de regarder d'un œil attentif le fossé à ses pieds. Spartan avait jugé bon de le garnir de branchages et de pieux fixés dans le sol pour rendre sa traversée, sinon impossible, du moins redoutablement dangereuse : tout attaquant, même s'il parvenait à éviter les pièges, se trouverait assez ralenti pour devenir une cible facile.

À mesure qu'il s'élevait dans le ciel, le soleil faisait rutiler le métal des armes et des armures. Un étincellement couronna le sommet des collines, en face d'eux, révélant l'apparition de l'armée ennemie, lorsqu'elle surgit le long de la ligne que leur relief dessinait sur le ciel.

« Les voilà, Sire ! » dit Spartan, d'une voix assombrie par la vision de la crête qui, en un instant, s'était hérissée de lances, de piques, d'étendards et de silhouettes bardées de fer.

Tous les défenseurs de la citadelle la virent s'arrêter net, sur l'ordre qu'un cavalier vêtu de blanc lui avait intimé en levant le bras. Il était entouré de deux autres. Il se mit à parcourir les troupes avec eux. La distance ne permettait pas d'entendre leur galop. Le paradoxe entre la force colossale suggérée par la longueur du front ennemi et le silence qui s'était tout à coup imposé donnait à la scène le caractère d'un ballet irréel.

Puis le chevalier revint se placer devant le centre de la formation, et, d'un nouveau geste, la fit avancer.

Ce fut comme une marée déferlant sur des dunes. Les pentes se couvraient lentement dans un roulement dont le son s'amplifiait peu à peu ; on pouvait y discerner sans cesse davantage les milliers de pas et l'incessant cliquetis qui le composaient. Peu à peu, le bruit de fond devenait la menace d'une multitude.

Arrivée à mi-hauteur, l'armée se scinda en deux corps. Tandis qu'il surgissait toujours davantage de soldats sur la ligne d'horizon, ils se mirent à se déployer autour des fortifications. Le vacarme de leur marche commença d'envelopper la citadelle et tous ceux qui, bouche bée, assistaient à la scène, prenaient un peu plus conscience, à chaque instant, de la formidable puissance de l'étau qui se refermait sur eux.

À cet instant, ce qui n'avait été qu'une abstraction dans l'esprit de beaucoup s'imposa comme une réalité, dont l'ampleur se révélait sous leurs yeux.

* * *

Depuis le versant de la colline conduisant vers la rivière, Viridius, juché sur son destrier, observait attentivement le déploiement de son ost, bravant de ses yeux les rayons du soleil qui s'élevait en face de lui. Pour cette journée, il avait revêtu son armure de combat agrémentée du parement blanc, sur lequel rutilait la tête de cheval couleur sang. Tels des fleuves puissants, l'environnant d'un assourdissant tumulte, les deux moitiés de ses troupes se déversaient autour de lui. Elles se répandaient dans la plaine immobile en opérant un vaste mouvement circulaire autour des fortifications ennemies, visant à se rejoindre de l'autre côté de celles-ci : il semblait qu'une gigantesque mâchoire s'apprêtait à les broyer.

La gauche était conduite par Olern, et la droite, par Thorwald. Le roi éprouvait sporadiquement un pincement de cœur, chaque fois que lui revenait à l'esprit le fait qu'Olern aurait dû être à ses côtés, et Sirgur à la place qu'occupait ce dernier.

Au fur et à mesure de leur avance, les ailes se délestaient de soldats qui commençaient d'établir leur campement à l'endroit où ils s'arrêtaient. Les premiers rangs des deux colonnes ne s'étaient pas encore rejoints que, déjà, des tentes commençaient à se dresser, formant un épais cordon autour de la citadelle.

Plus lents que les hommes, des animaux de trait conduisaient des chariots sur lesquels étaient disposés les piquets de bois qui avaient été utilisés pour les camps de nuit. Ils étaient progressivement déchargés et serviraient à la construction des éventuels éléments d'une contrevallation dont Viridius n'avait pas encore décidé la forme qu'elle prendrait. Il attendait, pour cela, d'avoir une exacte connaissance des préparatifs d'Antrégor.

Plus tard arriveraient les engins de siège, beffrois, trébuchets, catapultes et scorpions, qui permettraient d'accabler les défenses de l'ennemi et de rendre la vie de celui-ci impossible, en le plaçant perpétuellement sous la menace de frappes aveugles et soudaines. Sans compter l'appréciable soutient qu'ils apporteraient aux troupes en cas d'assaut.

Viridius essayait de discerner ce qui se passait à l'intérieur de l'enceinte adverse. Les mouvements étaient nombreux, l'agitation à son comble. Nul doute que le déferlement de son armée dans la plaine impressionnait les esprits et incitait bon nombre des habitants à venir vérifier les bruits, a priori incroyables, que ne manquaient pas de répandre les témoins de la scène. Quoiqu'elle s'apaisât, la panique initiale marquerait les esprits. Pour l'instant, Viridius n'en demandait pas plus. Bien qu'il en eût été averti par les rapports de ses éclaireurs, le dispositif mis en place par Antrégor et l'importance numérique des défenseurs qu'il impliquait l'avaient suffisamment impressionné pour qu'il saisît le poids de tout impact psychologique dans la conduite de la guerre.

S'abandonnant à la fascination que le spectacle exerçait sur son esprit, il se prit tout à coup à songer à Gwenaline qui, vraisemblablement, regardait aussi les troupes d'Aak-Sour s'épancher autour de la citadelle de son père. Était-elle consciente du rôle qu'elle avait joué dans l'enchaînement des événements ? Éprouvait-elle quelque regret, quelque repentir ? Instinctivement, il la chercha des yeux, convaincu que si elle était quelque part sur les fortifications, il la verrait malgré l'éloignement. Mais ce fut en vain. La place d'une femme de son rang et de sa beauté était-elle parmi la soldatesque ? Non, bien sûr.

Alors, fixant le château qui se dressait orgueilleusement sous ses yeux, Viridius oublia le présent pour plonger un instant au sein d'un rêve désormais impossible, dans lequel il menait un cortège entrant pacifiquement dans Sarm'Eïloan et la princesse l'attendait, souriante, posant sur lui un regard où scintillaient les promesses de toute une vie…

* * *

L'après-midi était déjà bien avancé quand Antrégor et Silfadred furent appelés sur l'enceinte par Spartan.

« Quelque chose se prépare. » leur dit-il, en pointant le doigt vers le coteau sur lequel l'armée ennemie était apparue dans la matinée.

En haut se dressait le pavillon de Viridius : il se distinguait des autres par sa taille et par l'étendard aux armes d'Aak-Sour qui flottait au-dessus de lui. Un branle-bas inaccoutumé y avait attiré son attention.

« Ils ne vont tout de même pas lancer déjà une attaque ! s'étonna le roi.

— Cela me paraît peu probable, tant qu'ils ne se seront pas complètement organisés, rétorqua le chevalier.

— C'est aussi mon avis » confirma le mage.

La plaine était maintenant couverte de tentes. Il semblait qu'une ville de toile bigarrée se fût établie autour de Sarm'Eïloan, sur une profondeur variable selon les endroits. Il régnait dans le camp ennemi une effervescence très supérieure à l'activité qui agitait l'intérieur de l'enceinte.

Bien que l'adversaire fût loin d'être complètement installé, Silfadred était satisfait de ce qu'il voyait. Viridius avait bien retenu les leçons qu'il lui avait dispensées à son insu. Partout, il sentait la présence des Hurleurs, regroupés à l'intérieur de tentes dispersées sur toute l'étendue du terrain qu'occupait l'armée d'Aak-Sour. Le moment venu, ils se concentreraient si cela s'avérait nécessaire, ou resteraient éparpillés.

Il jeta un coup d'œil de part et d'autre de l'endroit où il se trouvait, surplombant la porte donnant sur la rivière, la seule qui fût distinctement visible depuis l'extérieur. À sa droite, sur la tour de guet la plus proche, il aperçut Pantrax qui s'était, sur son ordre, mêlé aux soldats d'Antrégor.

En contrebas, derrière lui, un trébuchet était installé, cordes bandées, une pierre dans la poche. Au moindre mouvement suspect de l'ennemi, il pourrait servir à une démonstration de force. D'autres étaient disposés, à intervalles réguliers, sur tout le périmètre dessiné par l'enceinte. Face à la porte, un scorpion était en place, prêt à lancer de longues flèches sur les attaquants si elle était enfoncée.

Silfadred parcourut du regard les troupes assemblées en cohortes le long du talus sur lequel se dressait la palissade, dans l'attente de ce qu'allait faire Viridius. D'un commun accord, Spartan et le mage avaient estimé que, tant qu'on ne saurait pas quel type de guerre Viridius envisageait, on pouvait tout redouter de lui dès les premiers moments du siège.

Il fut surpris d'apercevoir comme une discrète aura autour d'un certain nombre de combattants qu'a priori, rien ne distinguait des autres. Il plissa les yeux. Le phénomène s'estompa. Il se dit que ce devait être dû au reflet parfois éblouissant du soleil sur les armures. Il était trop loin d'eux pour saisir, dans la luminescence fugitive que ses yeux avaient perçue, la moirure pastel d'une infinité de formes végétales dont les corps, enfermés dans les cuirasses, exhalaient l'essence.

Sentant les yeux du mage posés sur lui, un Iazlik leva les siens vers celui-ci : ils brillaient d'une flamme étrange, tant il savait, comme tous ses semblables, que l'ennemi n'était pas seulement de l'autre côté des remparts. Lorsque leurs regards se croisèrent, sans que Silfadred en fût conscient, le Iazlik sentit un poids comprimer sa poitrine : il venait de saisir ce qui allait arriver, et contre quoi il était impuissant.

La voix de Spartan ramena Silfadred à ce qui se passait dans la plaine.

« Que font-ils ? »

Un cavalier venait de quitter la tente de Viridius, et descendait au galop la colline, en direction du pont.

« Viridius nous enverrait-il un émissaire ? » soliloqua Antrégor.

L'homme franchit la rivière et vint arrêter son cheval devant la porte. Il fixa les personnages qui se trouvaient au-dessus d'elle. Il tenait un rouleau dans sa main, et le brandit :

« Ceci est un message de mon roi, Viridius, souverain d'Aak-Sour, pour le roi Antrégor, souverain de Sarm'Eïloan ! » lança-t-il d'une voix forte.

Déjà, Antrégor s'avançait d'un pas. Spartan le retint.

« C'est peut-être un piège, Sire...

— L'homme n'a que son épée ! dit le roi.

— Il peut vous désigner à un archer, caché dans leurs lignes !

— Viridius n'est pas un félon. Il n'est pas homme à employer semblable procédé ! » rétorqua Antrégor d'une voix sans appel, tant il voyait dans le jeune roi un pair.

Puis il leva la main et cria :

« Je suis le roi Antrégor ! »

Le cavalier l'observa un bref instant, puis déroula le parchemin et se mit à le lire :

« Roi Antrégor, à dater de cet instant, sachez que nul ne pourra sortir de votre citadelle ni tenter d'y entrer sans risquer une mort certaine. Toutefois, s'il vous arrivait de songer à vous soumettre et à demander la paix, vous pourrez à tout moment envoyer vers moi un de vos messagers, à la condition qu'il soit seul et sans arme, et qu'il se rende à pied jusqu'aux positions avancées de mes soldats, tenant son cheval par la bride et portant un fanion aux armes de votre couronne. Enfin, sachez que je serais prêt à envisager de retirer mon armée, sous des conditions que nous aurions à débattre ensemble, si vous m'accordiez avant ce soir ce que je vous ai demandé maintes fois depuis le début du différent qui oppose nos deux royaumes : une rencontre avec votre fille, la princesse Gwenaline, qui devra se rendre jusqu'à ma tente avec une escorte de son choix, et à laquelle, sur mon honneur, je m'engage à apporter paix et sécurité jusqu'à son retour dans vos murs. Sinon, ce jour marquera le début d'un siège sans merci, que je conduirai, si vous m'y contraignez, jusqu'à l'anéantissement total de vos forces et de votre cité ! Viridius, souverain du royaume d'Aak-Sour. »

Nul ne prêta attention à la main que Silfadred levait lentement. Le cavalier regarda de nouveau Antrégor.

« Quelle réponse dois-je porter à mon roi, Sire ? »

À mesure qu'Antrégor entendait les derniers mots de l'ultimatum de Viridius, ses traits s'étaient crispés. Mais il n'eut pas le temps de réfléchir à une réponse. Le bras de Silfadred s'abaissa sèchement, et un trait lancé par Pantrax vint traverser de part en part le cou de l'envoyé de Viridius. Lâchant le parchemin et la bride de son cheval, celui-ci porta les mains à sa gorge, d'où le sang s'était mis à gicler sur sa cuirasse et ses épaules. Il émit une sorte de gargouillis qui se transforma en râle. Son destrier, ne sentant plus la poigne de son maître, fit demi-tour vers le pont en bondissant et le désarçonna. Dans le mouvement, l'un de ses pieds se coinça dans un étrier, et l'animal entraîna au galop son corps ballotant dans la poussière.

Antrégor et Spartan s'étaient brusquement tournés vers l'endroit d'où était partie la flèche, et, voyant Pantrax, en haut de la tour de guet, baisser son bras armé d'un arc, se portèrent d'un même mouvement vers le mage.

« Qu'est-ce que cette odieuse trahison ? » s'insurgea le roi.

Silfadred posa sur eux un regard glacial.

« Sire, vous m'avez confié la conduite de cette guerre : je la mène donc comme je l'entends. Viridius n'est peut-être pas homme à se livrer à une félonie, mais vous, êtes-vous homme à vous traîner à ses pieds pour boire ses conditions comme un nectar ? »

Laissant Antrégor et Spartan atterrés sous le coup de ce qui venait de se produire, il leur tourna le dos avec désinvolture, pour emprunter la rampe qui menait en bas du chemin de ronde, et ajouta, en esquissant un sourire :

« D'ailleurs, Sire, je vois mal comment vous auriez pu satisfaire à ces exigences en envoyant avant ce soir votre fille, la princesse Gwenaline, se jeter aux pieds de votre arrogant adversaire ! »

Puis il hurla, aussi loin qu'il pouvait faire porter sa voix :

« Je veux que jusqu'à la nuit, tous les hommes restent en position. L'ennemi peut attaquer d'un instant à l'autre. L'état de guerre est à présent définitif. »

* * *

« C'est ici que nos routes se séparent : vous avez atteint le terme de votre quête. Il me faut à présent retourner vers mon peuple. Vous seuls, désormais, pouvez agir, chacun à sa façon. Toi surtout, Farkhar. De ta capacité à surmonter les épreuves qui t'attendent dépend que nos destins se croisent à nouveau ou que notre univers retourne à sa déchéance. »

La voix d'Eïséryne s'éteignit dans les roulements sombres qui les environnaient, comme à l'approche d'un lointain orage. Truffe d'Ombre et Truffe d'Or s'étaient assis, les sens aux aguets, inquiets, de part et d'autre du petit groupe que la reine formait avec Aïwana, Surandir et Farkhar.

Tous regardaient les terres qui s'étendaient devant eux, au pied de la colline boisée sur laquelle ils se trouvaient. Le contraste qu'elles offraient avec celles qu'ils venaient de traverser était saisissant. À la luxuriance qui avait caractérisé ces dernières tout au long de leur parcours au milieu d'une forêt dense, riche en senteurs d'une diversité infinie, s'opposait la brutale vision d'une contrée dévastée, respirant la mort. Au long de la pente qui descendait devant eux sur quelques centaines de pas, la flore passait d'un monde à l'autre, se desséchant progressivement pour ne laisser place, dans le vallon, qu'à des troncs nus et secs, et à une herbe grise, pétrifiée, parsemée d'arbustes réduits à l'état de squelettes. Le sol lui-même perdait son aspect fertile pour devenir poudreux, couvert par la cendre terne accrochée à la végétation.

Au-delà du petit val, débutait une succession de reliefs de plus en plus élevés dont la teinte funeste se colorait peu à peu de lueurs flamboyantes, reflétant les nuées qui s'étendaient à perte de vue : sous elles, d'intempestifs rougeoiements montaient par endroits du sol, d'où surgissaient parfois des pluies d'étincelles qui retombaient en se dispersant, noyées dans des fumerolles qu'elles irradiaient de leur incandescence.

Le sol était agité par un perpétuel tremblement, tantôt sourd et latent, tantôt nettement perceptible, qui se propageait à travers lui par vagues successives. Partout retentissait un grondement dont ils avaient perçu les prémices alors qu'ils approchaient : augmentant et diminuant avec une régularité menaçante, il semblait la respiration de forces terrifiantes.

Au milieu de ce pandémonium serpentait une voie de pierres s'élevant à travers les collines, à demi ensevelie sous la poussière.

« Quelle horreur ! laissa échapper Farkhar. Est-ce là le Chemin des Maléfices ?

— Je n'aurais jamais imaginé qu'il pût autant justifier son nom » murmura Aïwana, d'une voix tremblante.

Farkhar fut intrigué par l'absence d'étonnement qu'il découvrit dans le regard que Surandir posait sur les lieux. Mais la perception légère de la main d'Eïséryne sur son épaule coupa court à ses pensées. Avant d'être celle de la reine des Iazliks, c'était celle d'une femme : la sensation qu'éveillait son contact, même à travers le vêtement, était d'une indéfinissable singularité. Indirectement, elle le ramena au moment où, tandis qu'ils chevauchaient côte à côte, un peu plus tôt, les doigts d'Aïwana s'étaient subrepticement glissés dans les siens, qui s'étaient resserrés sur eux pour ne plus les lâcher. De furtives œillades avaient jalonné cet pudique attouchement : il n'avait pris fin qu'à l'instant où ils avaient débouché en vue du Chemin des Maléfices, et étaient tous descendus de cheval.

Farkhar se tourna vers Eïséryne, derrière lui, affichant une expression qui se voulait impassible. Les yeux de la jeune femme chatoyaient sous l'effet des lueurs projetées par le ciel dominant les terres maudites.

« Ma reine...

— Ma pensée t'accompagnera, elle aussi, tout au long des jours qui vont suivre...

— Des jours ? »

Le laissant à l'énigme – une de plus ! – qu'elle venait de lancer, Eïséryne l'incita d'une pression des doigts à s'agenouiller devant elle.

« Je sais que tu peux vaincre. Tout en toi me le dit, à moi qui ai depuis longtemps pénétré le secret des forces de la nature. À condition d'avoir une confiance totale en ceux qui seront avec toi, et dont l'aide ne t'accompagnera peut-être pas sous la forme que tu imagines. »

Elle déposa un baiser sur son front.

« Moi aussi, et le monde que je représente, nous serons avec toi, à notre façon. Si tu acceptes ce présent. »

Farkhar regarda autour de lui, sans comprendre. Puis il vit Truffe d'Or venir vers lui en agitant le flamboyant panache de sa queue en tout sens, et se blottir contre sa jambe avec souplesse. Le jeune homme passa un bras autour du cou de l'animal qui, sans autre forme de procès, balaya sa joue d'une langue affectueuse, fixant sur lui ses prunelles mordorées.

« Truffe d'Ombre restera avec moi. Jusqu'à ta victoire complète. Il est promis à une autre destinée.

— Qui ne s'accomplira que si je suis vainqueur ? enchaîna Farkhar avec humilité.

— Comme tant d'autres choses ! » rappela la reine des Iazliks.

Elle le fit se relever. Puis, le prenant par un coude, elle s'avança, l'obligeant à se retourner lentement vers les collines menant au Lac des Maléfices.

« Efforce-toi de voir dans ces terres, non point le lieu d'épreuves redoutables, mais celles où prendront son envol la gloire et la prouesse qui, depuis ta naissance, sommeillent en toi, et dont tes précédents exploits ne furent que les prémices. »

Perdu dans la fascination qu'exerçait sur lui la perception nouvelle du paysage que lui avaient inspirée les paroles d'Eïséryne, Farkhar mit un certain temps à réaliser combien le son de sa voix était devenu lointain tandis qu'elle parlait. Il prit soudain conscience que la sensation de sa main sur son bras avait disparu : derrière lui, Eïséryne et son cheval s'en étaient allés, avec Truffe d'Ombre, il ne savait comment. Mû par un incontrôlable réflexe, il balaya des yeux l'espace autour de lui, constatant avec soulagement que Surandir, Aïwana et Truffe d'Or étaient, quant à eux, toujours là.

« Je suggère que nous campions ici. » dit le nain à voix basse.

À moins que ce ne fussent les grondements de la terre qui l'aient étouffée.

« Cela me paraît sage, en effet » admit Farkhar.

Par-delà les rougeoiements qui les agitaient, les nuées qui couvraient la contrée menant au Lac des Maléfices semblaient s'assombrir en direction de l'orient, annonçant le soir.

Ils coupèrent des branchages pour assembler un abri de fortune. La nuit approchait rapidement. Quand elle fut presque tombée, ils allumèrent un feu dont les flammes s'élevèrent vers le ciel, déchirant la pénombre que coloraient les lueurs chatoyantes, à chaque instant plus vives à la faveur de la nuit, en provenance des terres mortes.

Ils partagèrent en silence un repas simple. Truffe d'Or s'était couché contre Farkhar, manifestant son attachement par la chaude pression que son corps exerçait sur la cuisse de son nouveau maître. Inexplicablement, le jeune homme se sentait réconforté par ce contact et la promesse de fidélité qu'il lui exprimait. Il passa une main amicale sur le pelage soyeux de l'animal qui leva la tête pour le regarder, avant de la reposer sur ses pattes allongées devant lui.

Puis les yeux de Farkhar suivirent distraitement la fumée qui allait se perdre en s'évanouissant dans le ciel constellé d'étoiles, dont la voûte s'étalait au-dessus d'eux, plus sombre, plus nette à mesure qu'on s'éloignait vers l'occident et que s'atténuait l'effet des effluves flamboyants.

Sans le savoir, il croisa le regard que l'esprit de Theinabrÿn posait sur eux. Un regard impalpable, dans lequel se mêlaient amitié, tendresse et bienveillance.

Le moment est venu, Aïwana..., dispensa sa pensée à travers l'espace. Celui que tu attendais et redoutais tant à la fois. N'oublie pas que la victoire de Farkhar dépend de ton énergie autant que de son courage ; que c'est seulement de la complémentarité de vos forces que naîtra la puissance capable de renverser celle de l'Ennemi. »

Puis l'attention du magicien s'envola à des lieues de là, vers Sarm'Eïloan, en face de laquelle s'élevait un imposant bûcher. Sur celui-ci reposaient côte à côte deux corps revêtus de leur armure. Celui de Sirgur, et celui de la première victime du siège de la cité.

Devant eux, les yeux embués de larmes, Viridius et Thorwald se tenaient dans leurs costumes de guerre, une torche à la main, au milieu de l'armée assemblée. Le second pleurait un frère, le premier un compagnon d'armes, et plus encore un amour dont les ultimes espoirs s'étaient évanouis dans le soir, tandis qu'il guettait, fébrile, les portes de la citadelle, en espérant les voir s'ouvrir sur celle qu'il avait tant aimée.

Attristé Theinabrÿn regarda Viridius se tourner vers la cité d'Antrégor, et lancer une imprécation dont les accents terribles allèrent se perdre dans l'éther. Puis le jeune souverain fit lentement demi-tour et, d'un geste vif, enfonça son flambeau dans le tas de bois, aussitôt imité par Thorwald. Le feu se mit à dévorer les fagots, illuminant les visages et les armures de ceux qui l'entouraient avec une intensité croissante, et projetant dans la nuit son embrasement.

Alors l'esprit du magicien parcourut la citadelle d'Antrégor, pour la dernière fois encore indemne de tout combat, puis retourna vers le petit campement depuis lequel, obstinément, Farkhar, posait les yeux sur le ciel.

À moins que ce ne fût lui qui, à l'insu de ce dernier, ait détourné son attention

Il constata que les deux hommes et le chien étaient à présent seuls. Aïwana avait disparu.

L'âme de Theinabrÿn se tourna, impatiente, vers l'avenir.

Elle savait qu'à présent, les destins étaient scellés.

« Qu'est devenue Aïwana ? » s'enquit Farkhar en reprenant contact avec la réalité.

Le visage de Surandir resta imperturbable dans les mouvantes lueurs du feu qui, seules, donnaient vie à ses traits. Farkhar crut que son compagnon n'allait jamais répondre. Puis celui-ci dit, dans un souffle :

« Elle t'attend... »

Sur le moment, Farkhar resta interloqué.

« Elle m'attend ? Mais où ? Et pourquoi ? »

Surandir le fixa de ses prunelles dans lesquelles, minuscule, dansait le reflet des flammes.

« N'as-tu donc point souvenir de mes paroles, dans la grotte de Theinabrÿn ?

— Lesquelles ? Vous m'avez dit tant de choses ! »

Il y avait presque une nuance de reproche dans sa voix. Alors celle du nain s'éleva, teinté d'une solennité :

« Tous les sortilèges imaginés par Silfadred sont d'inspiration, et, par voie de conséquence, d'essence masculine. Seule l'aura d'une femme, décuplée par les pouvoirs d'Aïwana, te permettra de les affronter. »

Farkhar éprouva un frisson tant ces mots et le ton sur lequel ils avaient été prononcés le ramenèrent presque physiquement dans l'antre du magicien. Le même frisson qui l'avait parcouru, lorsqu'il avait cherché à pénétrer leur sens intime.

« C'est pourquoi, poursuivit Surandir, il était impératif qu'Aïwana recouvre ses dons, pour éviter que ta mission soit mortellement compromise. »

Une intuition qui avait déjà ressentie mainte fois envahit les pensées du jeune homme.

« Elle ne poursuivra pas la route avec nous, c'est bien cela ? risqua-t-il.

— Si, mais à sa façon, répondit le nain avec mystère. Tout comme, à ta façon, tu ne quitteras pas ce lieu. »

Farkhar resta silencieux, puis :

« Je ne comprends pas.

— Il est des choses qui n'appartiennent pas au domaine du compréhensible, mais à celui du sensible. Elles ne peuvent s'expliquer. Seulement se vivre. L'espace et le temps sont des dimensions si multiples, entre les mains de ceux qui les maîtrisent et savent en exploiter la richesse, qu'ils échappent à la connaissance que tu crois en avoir. »

Farkhar soupira longuement.

« Elle t'attend..., répéta Surandir dans un souffle.

— Mais où ?

— Qu'il te suffise de suivre entièrement ton cœur, en oubliant la raison qui toujours en altère les élans. Comme le fit Gwenaline, le soir où elle vint à la porte de ta chambre, et toi-même, quand tu refermas sur elle, celle-ci.

— Mon cœur était à Gwenaline, non à Aïwana » murmura Farkhar, conscient que sa sincérité se voilait d'une once de mensonge.

Surandir le dévisagea fixement.

« Elles ne sont que les visages d'une même essence plus profonde. Celle que chante le poète à travers toute femme. Ne sais-tu point cela ? ajouta-t-il avec un sourire complice.

— Et toi, comment le sais-tu ?

— Je le sais. C'est tout. »

Farkhar fixa intensément son compagnon, puis se leva sans ajouter un mot. Truffe d'Or le regarda, puis reposa sa tête, et resta immobile : il semblait que ce qui se passait ne le concernait pas. Le garçon tourna lentement sur lui-même, sondant l'obscurité à la recherche d'une improbable réponse. Et, d'un coup, sa décision fut prise. À un endroit, la forêt s'ouvrait sur un semblant de sentier ; dans le prolongement de celui-ci, la lune émergeait derrière le lacis des arbres, le révélant dans ses moindres détails. Elle paraissait immense. Il sut qu'il devait aller vers elle. Qu'elle l'appelait.

Il s'engagea dans le chemin, progressant lentement. Il entendait le crissement de brindilles et de feuilles sous ses pas. Un oiseau lança un cri, brisant le silence relatif que laissaient planer les lointains grondements. Mais il ne sursauta pas, tout à l'attention qu'il consacrait à déceler le moindre signe de la présence d'Aïwana. Parfois, provenant du ciel qui couvrait les terres mortes, dans son dos, une lueur vaguement flamboyante ciselait dans l'obscurité le dessin d'une branche ou d'un tronc.

Au fur et à mesure qu'il avançait, il avait l'impression que la nuit devenait sienne.

* * *

Soudain, alors que rien ne l'en a averti, il débouche dans une clairière baignée par la clarté que diffuse l'astre nocturne.

Elle est là, lui tournant le dos. Sa silhouette noire, nimbée par un imperceptible tremblement de l'air, se découpe sur le disque de la lune émergeant de la colline.

Il s'approche d'elle, fasciné, ne pouvant détacher les yeux des lignes que découpent sur l'opalescence bleutée le galbe de ses épaules et de son dos, de ses hanches et de ses jambes. Il sait qu'elle est nue. Et sent une onde brûlante l'envahir.

Il n'est plus qu'à quelques pas, lorsqu'elle se retourne avec une lenteur irréelle. Ouvrant les bras, elle le fixe : l'ambre de son regard étincelle dans le fugitif éclat d'une lueur de feu qui illumine son corps, avant de laisser l'obscurité se refermer sur les mystères qu'elle en a un instant dévoilés.

Et la voix d'Aïwana s'élève, douce et chantante, venant jusqu'à lui, enveloppant ses sens :

« Cette nuit, je suis tienne, Farkhar. Prends-moi. Et puise en moi la force de ton combat… »

Il a l'impression de pénétrer dans ce regard qui aspire tout son être.

Et il sent monter en son corps une puissance dont, jusqu'à cet instant, il n'a jamais entrevu l'ombre...

FIN DU TROISIEME CHANT

FIN DU TOME II

LEXIQUE

Des termes médiévaux, techniques,

archaïques ou peu usités

VETEMENTS & ARMURES

ADOUBEMENT

Désignant la cérémonie au cours de laquelle un jeune noble était armé chevalier et recevait son équipement, le mot désigne aussi l'équipement lui-même et particulièrement l'armure.

BATES

Pièces verticales fixées à l'avant (bâte d'arçon) et à l'arrière (bâte de troussequin) de la selle : la première était une protection et permettait de retenir les rênes quand on les lâchait, la seconde assurait au cavalier un point d'appui en cas de choc pendant un combat.

BAUDRIER

Au Moyen-Âge, le terme désigne la courroie à laquelle est attachée l'épée : elle se porte comme une ceinture et non en bandoulière, comme ce sera le cas au XVIIe siècle.

CAMAIL
Partie complémentaire du haubert destinée à couvrir le tête et les épaules.

GAMBISON
Vêtement sans manche, parfois rembourré, couvrant le corps du cou à la ceinture.

GONFANON
Bannière.

GREVES
Vêtement en mailles protégeant les jambes du genou jusqu'au pied.

GUIGE
Courroie permettant de suspendre l'écu au cou.

HAUBERT
Cotte de mailles à manches descendant en général jusqu'au genou, et souvent muni d'une coiffe.

HOUSSE
Vêtement du cheval, équivalent du parement du chevalier.

MERLON
Intervalle plein laissé entre les créneaux d'un rempart, le mot « créneau » désignant quant à lui les vides laissés au sommet de celui-ci pour permettre aux défenseurs de voir les assaillants et de les accabler de projectiles

MEZAIL
Visière mobile du casque.

PAREMENT
Vêtement ornemental porté par-dessus l'armure.

PLASTRON
Partie de l'armure protégeant le torse.

RONDACHE
Bouclier circulaire.

SPALLIÈRE
Pièce de l'armure protégeant l'épaule.

TASSETTE
Pièce de l'armure protégeant la cuisse.

VOCABULAIRE HERALDIQUE

ECARTELE
Désigne un écu divisé en quatre parties.

ENGINS DE SIEGE

BALISTE
Machine de guerre basse (sensiblement de la hauteur d'un homme) destinée à envoyer des projectiles, notamment des pierres. Aussi désignée par les mots catapulte, onagre ou pierrière.

BEFFROI
Tour mobile en bois destinée à l'attaque des remparts.

MANGONNEAU
Haut engin de tir, muni d'un contrepoids, permettant d'envoyer des projectiles par-dessus les murailles. Il était semblable au trébuchet, mais plus précis que ce dernier.

ONAGRE
Voir baliste.

SCORPION
Arbalète géante, catapulte à flèche.

TREBUCHET
Haut engin de tir, muni d'un contrepoids, permettant d'envoyer des projectiles par-dessus les murailles. Il pouvait lancer jusqu'à plus de 200 mètres des poids allant jusqu'à 120 kg.

DIVERS

OST
Armée.

PALANQUE
Mur de retranchement fait de troncs et de pieux plantés verticalement.

PAVILLON
Tente.

POLIORCETIQUE
Ensemble des techniques de siège des villes.

UNITES DE MESURE

COUDÈE
Environ 52 cm

MILLE
Environ 1,5 km

PAS
Environ 75 cm

PIED
Environ 30 cm

REMERCIEMENTS

J'exprime toute ma reconnaissance à mon épouse, Arlette, pour le stoïcisme éclairé avec lequel elle supporte depuis quelques décennies, déjà, un époux passionné d'histoire et d'épopées en tout genre - avec tous les à-côtés que cela implique et qu'on imagine parfois mal ! - pour la patience dont elle fait preuve avec un (presque) constant sourire quand je disparais des heures entières m'enfermer dans mes rêves d'un autre temps et d'un autre monde. Je la remercie surtout pour les précieuses remarques dont elle a jalonné la longue rédaction de ces lignes, et les corrections qu'elle m'a suggérées en les relisant, jusqu'à la dernière minute, avec la plus minutieuse attention.

Sans doute aussi dois-je remercier quelques écrivains, poètes, peintres et cinéastes dont j'ai croisé les univers. D'aucuns lecteurs avertis auront peut-être repéré dans ce roman quelques allusions, quelques discrètes citations, faisant référence à des textes classiques ou à des films appartenant aux genres historique et merveilleux, qui sont sous ma plume une façon de leur rendre hommage. Car il n'est pas de création qui naisse du néant.

BIOGRAPHIE

Écrivain, journaliste, réalisateur et scénariste, Bertrand Borie a enseigné les Lettres Classiques avant de se consacrer à l'écriture et à l'image.

Sa passion pour l'Antiquité et son intérêt pour l'histoire en général ont inspiré une large partie de ses entreprises. Spécialiste de la civilisation gréco-latine, et plus particulièrement de la République romaine, il collabore régulièrement à la revue *L'Histoire, de l'Antiquité à nos jours* (ex-*Histoire Antique*).

Cet attrait et celui qu'il éprouve pour le Fantastique et le Merveilleux sont à l'origine de ses premiers romans : une trilogie d'heroic fantasy (*Les Amants de la Lumière*), hommage affiché à la littérature arthurienne, et une tétralogie historique (*L'Aigle et le Lion*) qui suit jusqu'à sa mort la destinée du général et stratège carthaginois Hannibal Barca, à travers une évocation épique de la Méditerranée du IIIè siècle avant Jésus-Christ et de la deuxième guerre punique, entre Rome et Carthage.

L'Aigle et el Lion a reçu le Prix Histoire 2018 de l'Académie des Lettres et des Arts du Périgord.

Romancier

Les Amants de la Lumière

L'Aigle et le Lion

Journaliste

revue *Histoire Antique* (Ed. Faton)

(act. *L'Histoire, de l'Antiquité à nos jour,*)

Conception et rédaction de plusieurs Hors-Séries :

Hannibal (2006)

Cicéron (2009)

L'esclavage dans l'Antiquité (2010)

Conflits sociaux et guerres civiles de la République romaine (2012)

Sénèque (2013)

Jules César (2014)

Scipion l'Africain (2015)

Marc Aurèle (2017)

Alexandre le Grand (2018)

La dynastie Plantagenêt (2018)

(la légitimation arthurienne & la vision shakespearienne et cinématographique)

De nombreux dossiers : Les guerres puniques, Néron, Trajan, les Antonins,

Carthage, Brutus, Pouvoir militaire et pouvoir civil sous la République romaine,

série d'articles sur les voies romaines de l'Empire, etc.

Plusieurs années de collaboration

aux revues *Positif*, *Écran* et *L'Écran Fantastique*

Auteur/Réalisateur de Documentaires

Les voies romaines d'Alsace et la naissance du carrefour européen de Strasbourg

Évreux, mémoire du coutil

Mentions légales

© Evidence Editions 2019

ISBN : 979-10-348-1198-4
ISSN : 2608-8665

Evidence Editions
ZAI Bel Air
17230 Andilly

Site Internet : www.evidence-editions.com
Boutique : www.evidence-boutique.com

Dépôt légal septembre 2019

« Le Code de la propriété intellectuelle interdit les copies ou reproductions destinées à une utilisation collective. Toute représentation ou reproduction intégrale ou partielle faite par quelque procédé que ce soit, sans le consentement de l'auteur ou de ses ayant droit ou ayant cause, est illicite et constitue une contrefaçon, aux termes des articles L.335-2 et suivants du Code de la propriété intellectuelle. »

Imprimé sur papier **Clairefontaine** fabriqué dans les Vosges.

Achevé d'imprimer par C.L.I.P

9 791034 811984